HEYNE BÜCHER

Fantasy

Herausgegeben von Friedel Wahren

Von VALERIO EVANGELISTI erschienen in der Reihe
HEYNE SCIENCE FICTION & FANTASY:

Der Inquisitor-Zyklus

1. Der Schatten des Inquisitors · 06/9124
2. Das Blut des Inquisitors · 06/9125
3. Die Ketten des Inquisitors · 06/9126
4. Das Geheimnis des Inquisitors · 06/9156 (in Vorb.)
5. Die Versuchung des Inquistors · 06/9157 (in Vorb.)

Weitere Bände in Vorbereitung

Valerio
Evangelisti

Die Ketten des Inquisitors

Dritter Roman
des Inquisitor-Zyklus

Deutsche Erstausgabe

WILHELM HEYNE VERLAG
MÜNCHEN

HEYNE SCIENCE FICTION & FANTASY
Band 06/9126

Titel der italienischen Originalausgabe
LE CATENE DI EYMERICH
Übersetzung aus dem Italienischen von Barbara Kleiner
Das Umschlagbild malte Brom

Umwelthinweis:
Dieses Buch wurde auf chlor- und
säurefreiem Papier gedruckt.

Deutsche Erstausgabe 6/2001
Redaktion: Rainer Michael Rahn

http://www.heyne.de
Printed in Germany 2001
Umschlaggestaltung: Nele Schütz Design, München
Technische Betreuung: M. Spinola
Satz: Schaber Satz- und Datentechnik, Wels
Druck und Bindung: Ebner Ulm

ISBN 3-453-18809-8

Inhalt

Inhalt

Rache – Der Anfang

Durch die Glasscheibe betrachtete Homer Loomis den massigen Körper des Jesuiten, der am Hals und an der Taille, an Hand- und Fußgelenken mit Riemen an das Krankenhausbett geschnallt war. Ohne die dunkle Sonnenbrille und mit ungepflegtem Bart schien der Geistliche alle Energie eingebüßt zu haben. Mit erloschenem Blick sah er die Ärztin an, die neben ihm saß und unentwegt redete.

Loomis wandte sich an den Primar, der die Szene mit dem Blick des Experten verfolgte.

»Was macht sie mit ihm?«

»Das nennt sich geführte Visualisierung. Es ist eine leichte Hypnose. Die Ärztin erzählt dem Patienten eine Art Märchen, das scheinbar harmlos, in Wirklichkeit aber reich an Bildern und Symbolen ist, die das Gefühl ansprechen. Wenn diese Stimuli wirken, verfällt der Patient in einen dem Schlaf ähnlichen Dämmerzustand.«

Auf Loomis' rohem Gesicht zeichnete sich Verwunderung ab. »Und das genügt?«

»Nein, das ist nur die Voraussetzung«, erklärte der Psychiater in leicht belehrendem Ton. »Bisher hat sich das Subjekt allen direkten Attacken gegenüber als resistent erwiesen. Durch die Visualisierung hoffen wir, ihn in den Dämmerzustand zu versetzen, der Voraussetzung für eine tiefere Hypnose ist. Wir versuchen also, seine oberflächlichen Abwehrmechanismen außer Kraft zu setzen, um leichter an die tiefer liegenden Widerstände heranzukommen.«

Sie schwiegen einen Augenblick und beobachteten

die Ärztin, die ganz von ihrem Monolog in Anspruch genommen war. Der bärtige Mann atmete jetzt sehr regelmäßig, die Augen halb geschlossen. Die zur Hälfte heruntergelassene grüne Jalousie dämpfte das grelle Licht, das aus dem Park hereinkam, und schuf eine beruhigende Atmosphäre im Raum.

»Wollen Sie zuhören?«, fragte der Primarius.

»Ist das möglich?«

»Ja, aber nicht lang.« Der Psychiater lächelte. »Sie werden gleich verstehen, warum.«

Er drückte den Knopf der Wechselsprechanlage, die rechts an der Glasscheibe angebracht war. Man hörte die Stimme der Ärztin: eine Folge von Schnalzlauten, Modulationen, plötzlichen Wechseln der Stimmlage und leisem Gesäusel. Keines der Worte, das sie auszusprechen schien, war verständlich.

Loomis versuchte nicht, seine Verwunderung zu verbergen. »Und das sollen die Visualisierungen sein?«

»Nein, das ist schon die anschließende Phase. Vokalhypnose. Eine Folge von labialen und gutturalen Lauten, die tiefere Gefühlsschichten ansprechen.«

Mit Unbehagen musste Loomis feststellen, dass das Säuseln und Summen, das Auf und Ab der Stimme der Ärztin auch auf ihn seine Wirkung zeigte; unwillkürlich drang es in ihn ein und vernebelte seine Gedanken. Abrupt streckte er die Hand aus und drückte den Knopf. Dann atmete er erleichtert auf. »Das ist ja unglaublich. Dauert das lang?«

Ironisch lachte der Psychiater kurz auf. »Nein, nicht lang, wie Sie ja sehen.«

Es vergingen noch einmal ein paar Minuten, dann verstummte die Ärztin. Sie beobachtete den Patienten, der jetzt zu schlafen schien, und fühlte ihm den Puls. Dann sah sie fragend zur Glasscheibe herüber.

Der Primarius betätigte die Wechselsprechanlage. »Sind wir so weit?«

Die Ärztin nickte.

»Dann fangen Sie an, ihn zu befragen.«

Die Frau stand auf und begab sich ins Blickfeld des Patienten. »Wie fühlen Sie sich?«, fragte sie.

Der Priester seufzte tief. Er schlug die Augen auf und sagte: *»Bien, pero estoy muy cansado.«*

Ärgerlich fuhr Loomis in die Höhe. »Er spricht Spanisch. Das hätten wir in Betracht ziehen müssen.«

Die Ärztin, die das gehört hatte, machte eine beschwichtigende Handbewegung in Richtung Glasscheibe. »Das ist kein Problem.« Dann wandte sie sich an den Jesuiten: »Können Sie mir auf Englisch antworten?«

»Ja.«

»Erzählen Sie mir von sich, von Ihrem Leben. Wo sind Sie geboren?«

Der Patient sah an die Decke. »Ich bin in Valladolid geboren, der Hauptstadt des Königsreichs Kastilien, im Sommer 1318; den genauen Tag kenne ich nicht. Damals war der kleine Alfonso XI. an der Regierung, doch in Wirklichkeit regierte seine Großmutter, Maria de Molina. Mein Vater, der Hofstallmeister war, beschloss schon bald, mich ins Kloster zu schicken ...«

Der Primarius saß mit offenem Mund da. »Mein Gott«, flüsterte Loomis ihm zu. »Da können wir uns ja auf was gefasst machen.«

1937 – Der erste Ring

Als er das Labor betrat, das in einer Ecke des Glashauses untergebracht war, bemerkte Doktor Albert Blakeslee, dass er in der Nacht zuvor vergessen hatte, das Radio auszuschalten. Und nicht nur das. Mitten auf dem Tisch unter einer Flut von Blättern voller Aufzeichnungen und lose herumfliegenden Karteikarten lag das Buch, das er seiner Frau als Vorbereitung auf die Ferien hätte mitbringen sollen: *Der große Regen* von einem gewissen Louis Bromfield. Als er nach Hause gekommen war, hatte sie Gott sei Dank schon seit einer Weile geschlafen und seine Vergesslichkeit nicht bemerken können. Jetzt war es sechs Uhr früh und sie schlief immer noch. Der Fehler ließ sich noch beheben.

Blakeslee seufzte, strich sich über den Schnurrbart und warf einen Blick auf die Reihe von Behältern, in denen die Kulturen untergebracht waren. Sollte das Experiment glücken, würde sein Name für jeden Botaniker ein Begriff werden, auch außerhalb der USA. Die Vorstellung verursachte ihm eine Art lustvollen Schmerz, das Gegenstück zu der euphorischen Anspannung, die er in der Nacht zuvor durchlebt hatte. Er bewegte sich bewusst langsam und kostete jeden einzelnen Moment aus, der ihn von dem Augenblick trennte, in dem sich erweisen würde, ob seine Entdeckung der Überprüfung standhielt.

Zuerst schaltete er das Radio aus und würgte dabei die Stimme eines Sprechers ab, der die Details des japanischen Angriffs auf China erläuterte. Dann näherte er sich wie in religiöser Ehrfurcht dem Behälter, in dem sich diese Safranart befand, deren besondere Eigenschaften er als Erster vermutet hatte.

Oder vielleicht nicht ganz als Erster. Es hieß, schon einige Amazonasindianer hätten sich dieser Pflanze bedient, um die Köpfe von getöteten Feinden zu verkleinern und zu mumifizieren. Im Abendland jedoch hatte niemand geahnt, welchen Wirkstoff diese Blüten bargen, auch jene verantwortungslosen Stümper nicht, die sie im 19. Jahrhundert benutzten, um die Gicht zu bekämpfen.

Er seufzte erneut und strich sich über den vorgewölbten Bauch; dann ging er entschlossen auf die Kultur von Kleepflanzen zu, denen er um neun Uhr morgens des vorherigen Tages eine Lösung injiziert hatte, die reichlich mit pulverisierten Samen eben jenes falschen Safrans gesättigt war.

Mit klopfendem Herzen beugte er sich über die Töpfe. Was er sah, löste in ihm, der gewöhnlich sehr kontrolliert war, eine heiße Gefühlswallung aus, die sich in einem Schrei des Jubels Luft machte.

Der Anblick war monströs und wunderbar zugleich. In einer einzigen Nacht war aus dreiblättrigem Klee vierblättriger, fünfblättriger und sechsblättriger Klee geworden. Die dünnen Stiele waren länger und dicker geworden, hatten sich zu Schlangenlinien oder Kringeln verbogen. Die Äderung machte einen vollends baff. Rauten, Dreiecke, beliebige und äußerst komplizierte Figuren. Es wirkte wie das Produkt eines Schizophrenen.

Schwankend ging Blakeslee zum Tisch und ließ sich auf den Sessel fallen. Während er sich noch bebend vor Freude die schweißnasse Stirn wischte, fragte er sich, welche Wirkungen dieses Alkaloid auf menschliche Wesen haben würde.

Sofort verscheuchte er den Gedanken.

An diesem 22. Juli 1937, allerdings mit sechs Stunden Zeitverschiebung, wartete der deutsche Biologe Jakob Graf ungeduldig darauf, vom Minister für Volkserziehung und Propaganda Joseph Goebbels empfangen zu werden.

Es war ein verregneter Vormittag und durch die großen Fensterscheiben sah man die riesige rote Fahne mit dem Hakenkreuz klatschnass am Fahnenmast hängen. Vom Hof her hörte man den Lärm von Marschschritten auf dem nassen Asphalt, zusammen mit dem Dröhnen eines schweren Motorrads mit Beiwagen, das zwischen den Pfützen hin und her kreuzte. Ab und zu brüllte ein Offizier durchnässten Soldaten ein raues Kommando zu.

Graf wartete seit zehn Uhr Vormittag; aber er sah ein, dass der Minister ernsthaft beschäftigt sein musste, war doch der Spanienkrieg in vollem Gange. Das Kommen und Gehen von Boten mit Akten und Dokumenten, Offizieren und finsteren Typen im schwarzen Regenmantel war der Beweis dafür.

Endlich taten sich die sehr hohen Türflügel mit Adler und Hakenkreuz darüber auf. Ein SS-Unteroffizier kam auf ihn zu.

»Seine Exzellenz kann Sie jetzt empfangen. Kommen Sie.«

Graf folgte dem Soldaten mit weichen Knien. Er durchquerte ein Vorzimmer, in dem der Unteroffizier zurückblieb, wobei er auf eine zweite Tür wies. Graf fasste sich ein Herz und schritt hindurch.

Sein Arm zitterte noch heftig, als er ihn auf der Schwelle zu dem nicht sehr großen und schlecht eingerichteten Raum zum Hitlergruß erhob. Goebbels blieb hinter dem großen Schreibtisch sitzen, über dem ein riesiges Bild des Führers hing. Ein paar Augenblicke lang musterte er Graf intensiv, wobei er die Augen halb zusammenkniff. Dann entspannten sich seine Züge und er erwiderte den Gruß durch ein schlichtes Heben des Unterarms, wie Hitler.

»Setzen Sie sich, Herr Professor, und verzeihen Sie mir, wenn ich Sie habe warten lassen.«

Ermuntert durch den freundlichen Empfang, aber doch noch etwas verschüchtert, nahm Graf auf einem Sessel mit hoher Rückenlehne vor dem Schreibtisch Platz.

Goebbels griff nach einem Buch auf seinem Schreibtisch.

»Ich habe Sie kommen lassen, Herr Professor, weil ich die zweite Auflage Ihrer« – er beugte sich über das Buch und las den Titel – »*Vererbungslehre, Rassenhygiene, Kampf für die Erbgesundheit* erhalten habe.«

Mit einem schüchternen Lächeln hob Graf leicht die Schultern. »Oh, ein bescheidenes Werk.«

»Falsche Bescheidenheit ziemt sich nicht für einen Nationalsozialisten, Herr Professor«, erwiderte Goebbels ziemlich trocken. »Es ist ein herrliches Werk. Tiefschürfend.«

»Zu gütig«, murmelte Graf.

»Wir haben vor, es nicht nur zu würdigen, sondern auch anzuwenden. Bis zum heutigen Tag haben wir den Juden erlaubt, außer Landes zu gehen, und den Schwachsinnigen, Blinden, Tauben, Epileptikern, Idioten, Stotterern und sonstigen Schädlingen der Volksgesundheit gegenüber haben wir keine klare und entschiedene Linie befolgt. Doch jetzt will die Partei das ändern und Sie weisen uns den rechten Weg. Rassenhygiene, Sterilisierung, Eliminierung, je nachdem.«

Graf nickte. »Die hier beschriebenen Eigenschaften sind erblich. Es gibt keine andere Lösung.«

»Richtig. Wir brauchen Köpfe wie Sie. Ich verkünde Ihnen schon jetzt, dass Sie binnen eines Monats auch offiziell die Stelle erhalten werden, die Sie an der Universität ohnehin schon bekleiden. Und dass Ihnen ein Forschungsprogramm mit unbeschränkten Mittel zugewiesen wird. Heil Hitler!«

Das war eine Verabschiedung. Graf sprang auf, streckte den Arm vor und schrie: »Heil Hitler!«

Während er in Begleitung des Unteroffiziers hinausging, meinte er, vor Glück bersten zu müssen. Und doch gab es in einem Winkel seines Gehirns eine leise warnende Stimme. Die Eugenik im Rahmen eines Programms für Rassenhygiene von der Theorie in die Praxis umzusetzen war ein gewagtes Unterfangen, auch weil man noch zu wenig über die menschlichen Zellen wusste, über die Mechanismen ihrer Teilung und Veränderung.

Noch fehlte die Substanz, die, gezielt injiziert, erlauben würde, diese Prozesse unter Kontrolle zu halten und so die Erneuerung der arischen Rasse von Anfang an zu steuern. Aber er würde viel Zeit haben, darüber nachzudenken.

KAPITEL I

Verrückte Ameisen

Die verrückten Ameisen, *hormigas locas,* zu beobachten, fand Leutnant Rick Da Costa als Zeitvertreib überhaupt nicht blöd. Die Bank, auf der er in der Avenida 6 zwischen den Calles 11 und 12 saß, war ein über zwei Eimer gelegtes Brett und stand auf einem Boden, der durch die große Anzahl von Ameisen fast völlig porös war. Die winzigen Insekten, die sehr viel kleiner waren als die, die er von den USA her gewohnt war, liefen auf undurchsichtigen und verschlungenen Wegen in alle Richtungen. Daher der Spitzname »verrückte Ameisen«; daher und von den heftigen Stichen, die sie jedem beibrachten, der sie anfasste oder sie unbemerkt an seiner Kleidung hochkrabbeln ließ.

Die brütende Hitze von Guate grenzte ans Unerträgliche. Einen Moment lang hob Da Costa den Blick und sah auf den Eingang des Restaurants Peñalba, sicher nicht das luxuriöseste aber eins der weniger schmuddeligen Lokale der Stadt.

Wenn seine Befehle es ihm erlaubt hätten, wäre er gern zu seinen Kameraden gestoßen, die auf der schattigen Terrasse saßen und mit sichtlicher Befriedigung Bier und Coca Cola schlürften. Einige von ihnen kannte er: Mort Lafferty, Ausbilder der *Green Barrets;* José Ramirez Cuadra, der gefürchtete und arrogante Unteroffizier der Kompanie Cobra, mit der zusammen er die erste »Wiederansiedelungs«-Operation von Indios durchgeführt hatte; ein paar einfache Soldaten, auch sie von der Cobra. Ihr einladendes Winken hatte er mit einem schwachen Gruß beantwortet. Sein Auftrag lautete, den dicken Fisch nicht im Restaurant anzusprechen, sondern abzuwarten, bis er herauskam und in eine der staubigen Seitenstraßen eingebogen war.

Er kehrte zurück zu seinen Ameisen, die gerade das typischste ihrer Kunststücke vorführten. Zwischen den Sandhügeln der Ameisenhaufen bewegte sich rasch eine Reihe von senkrecht aufgestellten Blättern voran. Nur bei genauem Hinsehen konnte man die winzige Ameise entdecken, die das Blatt trug, offenbar völlig ungerührt von der enormen Anstrengung, das Vielfache ihres eigenen Gewichts tragen zu müssen.

Als Da Costa sich hinunterbeugte, um besser zu sehen, lösten sich einige Schweißtropfen von seiner Stirn und fielen auf die laufenden Ameisen. Sofort stob die Reihe auseinander, die Blätter wurden liegen gelassen und die Insekten flohen auf den sonderbarsten Bahnen in alle Richtungen.

In dem Moment kam der dicke Fisch aus dem Restaurant, begrüßte jemanden auf der Terrasse und trat auf die Straße hinaus. Er trug den weißen Baumwollanzug, der für reiche Amerikaner in den heißen Ländern mittlerweile Standard geworden war. Er setzte sich den unvermeidlichen Panama auf die Glatze, warf Da Costa einen raschen Blick zu und ging langsamen Schritts davon, wobei er den Bauch hin und her schwanken ließ.

Da Costa wartete ein paar Minuten, dann stand er auf und ging hinter ihm her. Der Verkehr war ziemlich dicht, aber Passanten waren wenige unterwegs. Zu heiß. Die Verkäuferinnen von *aguacates* mit ihrem Korb auf dem Kopf hatten es vorgezogen, von der Avenida 6 in schattigere Straßen auszuweichen. Ebenso hatten es die Verkäufer von süßen Getränken gehalten, die barfüßigen Kinder, die Bettler und der ganze Rest des bunten und zerlumpten Völkchens, das sich Tag für Tag im Viertel herumtrieb.

Fast am Ende der breiten Straße angekommen, bog

der dicke Fisch in eine nicht asphaltierte Straße ein. Sofort traten an die Stelle der protzigen und heruntergekommenen Villen im Kolonialstil baufällige Wellblechbaracken mit bunten Stoffen anstelle von Türen und jeder Menge Schrott in den Gärten. Der Pflanzenwuchs, von der Hauptstraße mühsam ferngehalten, konnte sich hier ungehindert ausbreiten. Blätter und Schlingpflanzen überwucherten Abfallhaufen, drangen in ungenutzte Leitungsrohre ein und umrankten die Wäschebottiche und die aus Eimern gebastelten Öfen.

Man sah ganze Indiofamilien beim Essen von Reis und Bohnen, auf der Schwelle zu Behausungen, die zu finster waren, um zu etwas anderem als zum Schlafen zu dienen. Hier und da übertrug ein alter Schwarzweißfernseher mit verbogenen Drähten als Antenne die letzte Folge von *Ronda de pedra.* Die Verkaufsstände waren momentan verwaist, wurden jedoch von ihren Besitzern im Auge behalten, die mit der vielköpfigen Familie bei Tisch saßen.

Der weiße Anzug des dicken Fischs und Da Costas grüne Uniform wurden aus hunderten von tiefschwarzen und scheuen Augen mit fast orientalischem Schnitt verfolgt. Das störte die beiden Fremden aber nicht. Abseits von den wenigen repräsentativen Straßenzügen von Guate – für sie war es allerdings Guatemala City – gab es nur eine Freizone, die eine zahme Polizei sich hütete zu überwachen; und die Untermenschen mit der kupferfarbenen Haut, die in den Baracken lebten, beschränkten ihren Verkehr mit Fremden auf das strikt Notwendige, gemäß dem ungeschriebenen Gesetz, dass das zumindest das Überleben sicherte.

Der dicke Fisch platzierte seinen Bauch vor einem Verkaufsstand, der Handwerksartikel feilbot: ein paar Körbe, verzierte Krokodilhaut, eine grobe Holzfigur der Madonna, eine Reihe von Rosenkränzen. Da Costa trat neben ihn und tat so, als würde er sich für diesen Ramsch interessieren.

»Hat man Ihnen alles erklärt?«, fragte der dicke Fisch nach einem Augenblick mit gedämpfter Stimme. Der Akzent war der von Alabama.

»Ja, Mister Ownby.«

»Frisch muss es ein. Vor allem frisch, wenn ich bitten darf.«

Die nachdrückliche Bitte verwunderte Da Costa. »Und wie soll ich das erkennen?«

»An der Farbe und am Geruch, oder?«, erwiderte der andere ärgerlich. »Ich hab' schon genug Scherereien.«

»Das liegt nicht an mir«, wandte da Costa ein und wurde seinerseits reserviert. »Ich tue, was man mir befiehlt. Sonst nichts.«

»Ich weiß, ich weiß.« Der dicke Fisch hatte es jetzt eilig. Der Besitzer des Verkaufsstands hatte Reis und Bohnen stehen lassen und kam auf sie zu. Außerdem kam ein bärtiger Priester, auf seinen Stock gestützt, langsam die Straße herauf.

»Ich gehe jetzt. In einer Stunde hier – ist das in Ordnung?«

»Okay.«

Da Costa entfernte sich, während der dicke Fisch begann, über den Preis für ein Kruzifix zu verhandeln.

Am Ende der Straße wurden der Boden noch holpriger und der Pflanzenwuchs noch dichter. Die Luft war erfüllt von Düften und Insektengesumm.

Völlig verschwitzt ging Da Costa zwischen den Baracken hindurch, bis er einen schmalen Pfad erreichte. Als er ein Stück darauf zurückgelegt hatte, traten abwechselnd Müllhaufen, Heckenstücke und schiefe Zäune an die Stelle der notdürftigen Behausungen. Die Palmen neigten ihre Wipfel zur Mitte der Straße und verschränkten sie ineinander. Farn und Kletterpflanzen, die sich an den Stämmen hinaufrankten, ließen fast gar kein Licht hindurchfallen.

In diesem Halbdunkel sah er die ersten zwei Kinder. Sie kletterten zwischen den Büschen herum, ängstlich darauf bedacht, sich nicht zu zeigen. Das Laub hinderte Da Costa nicht, ihre abnormen Proportionen zu erkennen; an vielen Stellen traten Auswüchse hervor. Sie hefteten einen schüchternen Blick auf Da Costa und liefen davon, tauchten ins Gebüsch, dort, wo es am dichtesten war. Der Größere zog den anderen mit, der sichtbar hinkte.

Schon seit einiger Zeit hatte Da Costa aufgehört, Mitleid mit ihnen zu empfinden. Sein Erbarmen war schon seit einer Weile tot – seit Parraxtut. Jetzt hatte er nur eine große Leere in sich, nicht unangenehm allerdings. Das war, wie in Watte gepackt zu sein, ohne zu wissen, wie und warum.

Er betrachtete Geschöpfe wie diese Kinder mit der Mischung aus Neugier und gelassenem Staunen, die er auch für die verrückten Ameisen übrig hatte. Fremde Wesen ohne Bezug zu seiner eigenen Rasse und vielleicht sogar seiner Spezies.

Palmen, Hecken und Kaffeesträucher bildeten jetzt eine Art dunklen Korridor, an dessen Ende die weiße Einfassungsmauer einer Klinik aufleuchtete, eine weiß gekalkte Fläche, blendend in der Sonne. Die Luft war jetzt voll von einem schweren Duft, zu intensiv, ähnlich dem Schweißgeruch der Huren, mit denen er viele seiner Nächte verbrachte.

Schon aus dieser Entfernung hörte man die Stimmen der Kinder. Kein fröhliches Geschrei, wie in den meisten der Armenviertel von Guate, sondern ein unterdrücktes Krächzen, eine Mischung aus gutturalen Schreien, Klagelauten und leisem Winseln.

»Ola, Rick, como estás?«

»Bien«, antwortete Da Costa und schüttelte dem

Mann, der den Eingang bewachte, die verschwitzte Hand.

Er kannte Roberto Merinos gut und er mochte ihn. Zusammen hatten sie unter »Kommandant Mike« gekämpft, als Da Costa dessen Militärberater war, in den goldenen Zeiten der Kompanie Cobra. Xejuyeu, Chajul, Nabaj trugen noch die Narben ihres Eingreifens. Vor allem aber trug San Francisco sie, im Gemeindebezirk Nentón. Am 17. Juli 1982 hatte Da Costa sich dort für immer von seiner ethischen Lebensauffassung verabschiedet. Hätte er sie aufrechterhalten, so hätten ihn die Gewissensbisse schnell um den Verstand gebracht.

Harte Zeiten, gewiss. Aber immer noch besser, dachte er, als diese Scheiße heute.

»Du wirst von Tag zu Tag fetter«, bemerkte er mit Blick auf den vorgewölbten Bauch des ehemaligen Kameraden.

Unwillkürlich versuchte Merinos, den Bauch einzuziehen und die Brust herauszudrücken, doch dann entspannte er sich und brach in Gelächter aus. Mit einer trägen Bewegung stützte er sich auf den Lauf der Galil.

»Natürlich werde ich fett. Den Wächter für Blagen spielen, das ist nicht mein Beruf.«

Lustlos wies er auf den staubigen Hof, wo die Kinder langsam im Kreis gingen. Einige, die zu schwache Beinchen hatten, schleppten sich auf den Knien dahin oder wurden von den Glücklicheren gestützt. Ab und zu fielen ganze Trauben von Kindern in den Staub, japsten, als sie versuchten wieder aufzustehen und das Gewicht ihrer geblähten Körper hochzuwuchten.

»Ein ödes Leben«, fuhr Merinos fort. »Ganz der Gegensatz zu damals – vor sieben Jahren.«

»Ja«, pflichtete Da Costa bei. »Andere Zeiten.«

»Du bist wegen der üblichen Sache hier, nehme ich an.«

»Ja. Ich muss mich beeilen. Ist der Doktor da?«

Merinos wies auf den zweiten Stock der Klinik.

»Um die Zeit sollte er mit dem Essen fertig sein. Er operiert wahrscheinlich.«

»Wie viele Operationen macht er denn am Tag?«

»Das weiß ich nicht, aber viele. Die Nachfrage ist groß. Nicht nur ihr Gringos habt Interesse an dieser Art von Ware.«

»Ich weiß«, gab Da Costa zurück. Er drehte sich um. »Wir sehen uns nachher.«

Er überquerte den sonnenbeschienenen Hof und konnte dabei knapp einer Reihe von Kindern mit geblähtem Bauch ausweichen, die mit gesenktem Kopf dahinrannten. Eine guatemaltekische Krankenschwester mit scharfem, wie gemeißeltem Indioprofil beobachtete finster diesen sinnlosen Ringelreihen.

Der Portier saß in seiner Loge und fächelte sich mit einer pornographischen Zeitschrift Luft zu. Er trug ein schwarzes T-Shirt mit der Aufschrift *Peace through superior firepower,* darüber die Zeichnung einer Baskenmütze und zwei gekreuzte Dolche.

»Willkommen, Herr Unteroffizier«, begrüßte er ihn. »Doktor Mureles operiert gerade.«

»Mir reicht ein Assistent.«

»Doktor Estrada ist da. Sie finden ihn auf der Station, bei den Gebärenden.«

Da Costa ging durch den langen, verlassenen Korridor. Fast am Ende angekommen, stieß er eine Flügeltür auf, von wo ihm das ferne Echo einer angeregten Unterhaltung zu kommen schien. Beim Betreten des Saals musste er schlucken, obwohl ihm dieses Schauspiel doch vertraut war.

Auf etwa zehn Betten lagen ebenso viele hochschwangere Frauen unter verrutschten und verschwitzten Decken. Beeindruckend war der enorme Bauch der meisten von ihnen, übermäßig groß auch für eine Frau kurz vor der Geburt. Aber noch mehr beeindruckten die aufgerissenen und entsetzten Augen, die sie alle hatten und die ins Leere gerichtet waren oder wie bei verängstigten Tieren hin und her huschten.

Die Einstiche an den Armen, die so dicht beeinander lagen wie die Pusteln einer ekelhaften Kinderkrankheit, wiesen auf Abhängigkeit von Narkotika hin. Da Costa erkannte einige Prostituierte wieder, bei denen er vor Monaten gewesen war und die jetzt stumpfsinnig in die Betrachtung der Decke oder ihres ungeheuerlichen Bauches versunken waren. Niemand sprach. Die Luft war voller Fliegen.

Ihm wurde klar, dass die Stimmen aus dem daneben gelegenen Zimmer kamen, und er durchquerte den Saal. Als er am Bett einer der Prostituierten vorbeikam, blieb er kurz stehen, lange genug, um einen erloschenen Blick voller Verzweiflung aufzufangen. Mit der Hand verscheuchte er eine Fliege, die sich auf ihr Augenlid gesetzt hatte. Die Fliege flog eine Runde und kehrte summend exakt an denselben Punkt zurück. Da Costa zuckte die Achseln und ging weiter.

Estrada war im Behandlungsraum und dort mit einem dicken Kerl in Unterhemd zugange, der redete wie ein Wasserfall und dazu heftig gestikulierte. Neben ihm saß eine bescheiden gekleidete Frau und weinte still vor sich hin. Sie war schwanger, mindestens im sechsten Monat. Hinten im Raum stießen vier missgebildete Kinder alle möglichen Laute aus und tollten unbeholfen um einen kleinen Diwan herum.

»Hören Sie nicht auf diese Schlampe«, sagte der dicke Kerl gerade, wobei er auf die Frau wies. »Sie taugt nichts, der ist es egal, wenn wir verhungern. Ich bin es, der hier für alle das Essen ranschafft, und jetzt, wo wir endlich mal Gelegenheit hätten, was zu verdienen, sagt sie, sie macht nicht mit.«

Estrada hörte mit verschränkten Armen zu und verfolgte eine Fliege, die um die Lampe ihre Kreise zog. Er warf Da Costa einen ironischen Blick des stillen Einverständnisses zu, dann wandte er sich in nachsichtigem Ton an den Mann im Unterhemd: »Das sind Ihre Angelegenheiten. Was soll denn ich dabei tun?«

»Reden Sie mit ihr, machen Sie ihr klar, dass es den Kindern nachher gut geht. Siehst du denn nicht, du dummes Luder?« Er packte einen der menschlichen Plumpsäcke, der gerade vorbeiwankte, im Nacken. »Sie sind fett, dass es eine Wonne ist.«

Vielleicht hielt das Kind den Griff für eine liebevolle Geste, denn es klammerte sich an die Hosen des Mannes und wandte ihm einen erwartungsvollen, wenn auch debilen Blick zu.

Die indianische Abstammung war unverkennbar, trotz der Aufgedunsenheit, die die Züge des Kleinen in grotesker Weise entstellte.

»Siehst du? Dem hier geht's besser als mir«, fing der Mann wieder an und schüttelte das Kind vom Bein. »Nach dem kleinen Schnitt sind sie wieder munter wie zuvor.«

Als er sah, dass die Frau weiter schluchzte, fühlte Estrada sich verpflichtet einzugreifen.

»Ihr Mann hat Recht«, sagte er und legte Autorität in seine Stimme. »Sie überleben fast immer, wenn sie wieder zusammengenäht sind. Und Sie selbst, Sie spüren absolut gar nichts. Nur die normalen Geburtswehen. Danach können Sie so viele Kinder auf die Welt bringen, wie Sie wollen, gar kein Problem.«

Als der Mann das Bein geschüttelt hatte, war das Kind auf den Boden gefallen. Im Bemühen, wieder aufzustehen, war ihm das Hemdchen hochgerutscht und man sah zwei lange, rote Narben, die vom Nabel ausgingen und sich auf einer Seite verloren. Dieser Anblick machte Da Costa nervös.

»Ich habe wenig Zeit«, sagte er zu Estrada. »Ich muss die Ware abholen.«

»Welche Art von Ware?«, fragte der Arzt.

»Eine Niere. Frisch.«

»Doktor Mureles schneidet gerade zwei heraus. Wenn du einen Moment Geduld hast, gehört eine davon dir. Sonst muss ich dir eine von denen geben, die heute Morgen entfernt wurden.«

»Ich warte«, seufzte Da Costa und bezwang die Nervosität, die ihn befallen hatte.

Unterdessen fuhr der Dicke fort, der Frau gut zuzureden.

»Wenn du das nicht kapierst, dann bist du wirklich bescheuert. Es ist nichts Schlimmes dabei. Du kannst drei Monate im Bett bleiben, ohne was zu tun, und die geben dir das Montagen …«

»Mutagen«, korrigierte Estrada sachlich.

»Genau das. Und so kommt das Kind auf die Welt und ist ein Poly …«

»Polyploid.«

»Kurzum, es kommt auf die Welt und hat vier Nieren, zwei Lebern, vier Lungen. Das ist alles. Wenn es dann größer ist, schneiden die hier raus, was sie brauchen, und nähen es wieder zu. Es merkt gar nichts davon.«

»Und außerdem rettet ihr das Leben dieses Gringo-Kindes, das eine Organtransplantation braucht«, schloss Estrada mit geheuchelter Begeisterung.

Plötzlich schrie die Frau auf und rannte den Kopf schüttelnd und sich mit den Händen die Ohren zuhaltend hinaus. Da Costa sah den Dicken fluchend hinter ihr herlaufen, doch er wurde abgelenkt durch das Erscheinen von Doktor Mureles, der durch eine Tür neben dem Diwan hinten im Behandlungszimmer hereingekommen war. »Was geht hier vor?«, fragte der Chirurg und zog seine Handschuhe aus.

Estrada zuckte mit den Achseln. »Nichts. Die üblichen Scherereien.«

»Die führen sich immer so auf vor der Behandlung. Und dabei überhäufen wir sie mit Dollars.«

Da Costa trat näher. »Guten Tag, Doktor Mureles.«

»Mein lieber Herr Leutnant«, sagte der Chirurg, wobei ein Lächeln sein rundliches Gesicht überstrahlte. »Ich gebe Ihnen nicht die Hand, weil ich sie mir erst noch waschen muss. Was kann ich für Sie tun?«

Da Costa deutete auf die geblähten Kinder, die jetzt in einer Reihe über den Boden krabbelten. »Ich brauche eine Niere. Ein sehr vermögender Kunde hat sich an Loomis gewandt. Er hat's höllisch eilig.«

»Sie haben Glück. Der letzte Spender, den ich operiert habe, hatte ganze sechs Stück davon, davon drei in gutem Zustand. Eine ist sicher für Sie dabei.« Er wandte sich an Estrada.

»Ich bin wieder im OP. Lassen Sie eine Niere für den Leutnant herrichten.«

Wenig später verließ da Costa die Klinik, in der Hand den Griff einer Campingkühltasche. Er traf Merinos, der sich den Schweiß abwischte.

»Verfluchte Hitze«, brummte der Wachposten. »Hast du bekommen, was du wolltest?«

»Ja. Der reiche Kerl wird zufrieden sein. Und Loomis auch.«

Während Da Costa mit raschen Schritten unter den Palmen entlangging, auf dem Weg zu seiner Verabredung, sah er noch einmal die beiden Kinder, die ihm auf dem Herweg aufgefallen waren. Das größere schleifte noch immer das kleinere mit sich, aber das abnorme Gewicht ihrer Körper und die Schwäche ihrer Beinchen ließen sie hin und her schwanken und zwangen sie, beim Versuch das Gleichgewicht zu halten, zu unberechenbaren Bewegungen.

Ameisen, dachte Da Costa. Verrückte Ameisen.

In diesem Moment begegnete er noch einmal dem Priester mit dem Stock.

KAPITEL II

Der Inquisitor

Der Pfarrer von Saint Didier betrachtete den jungen Priester, der fast im Laufschritt vom Papstpalast herübergeeilt war, mit einem gewissen Misstrauen. »Welchen Namen habt Ihr gesagt?«

Der junge Mann ließ den Blick durch das feuchte Halbdunkel des Mittelschiffs wandern.

»Eymerich, Pater Nikolas Eymerich. Man hat mir gesagt, er sei hier.«

Der Pfarrer verzog das Gesicht, dann wies er auf den Dominikaner, der in der Mitte des Schiffs kniete, weitab von den Rosenkranz betenden Beginen.

»Der da muss es sein. Er kommt fast jeden Tag. Doch wie er heißt, erfahre ich erst heute von Euch. Jedes Mal, wenn ich versucht habe, ein Gespräch anzufangen, hat er mich nicht einmal einer Antwort gewürdigt.«

Der junge Mann lachte. »Ihr seid nicht der Einzige, dem eine solche Behandlung zuteil wurde. Pater Eymerich hat viele Vorzüge, aber gewiss nicht den der Herzlichkeit.«

Einen Augenblick später erwies sich die Wahrheit dieser Behauptung, als der junge Priester sich Eymerich näherte und ihn leise beim Namen rief. Der Dominikaner warf ihm einen so erbosten Blick zu, dass er jeden, der solche Intensität nicht gewohnt war, in die Flucht geschlagen hätte.

»Ihr seid Bruder Bernat Ermengaudi, nicht wahr?«

»Ganz genau. Wir sind uns vor Jahren schon einmal begegnet. Gott sei mit Euch.«

»Und mit Euch. Weshalb stört Ihr mich?«

»Der Papst will Euch sprechen.«

Eymerich stieß einen Seufzer aus, dann erhob er sich aus dem Betstuhl. »Ist gut. Ich komme.«

Damals, im Jahr 1365, war Nikolas Eymerich 45 Jahre alt. Seit zwei Jahren hatte er sein Amt als Großinquisitor von Aragón vorübergehend niedergelegt und weilte in Avignon, wo seine Anwesenheit den päpstlichen Hof in bedingungslose Bewunderer und erbitterte Gegner gespalten hatte, ohne Zwischentöne. Und vor wenigen Monaten hatte er den ersten Teil seines *Directorium Inquisitorum* herausgebracht, das ihm zehn Jahre später, nach Vollendung des Werks, dauerhaften Ruhm sichern sollte. Doch schon die ersten Entwürfe hatte der Papst als die gelehrteste und gründlichste Anleitung zur Ausrottung der Häresie gewürdigt.

Widerwillig folgte Eymerich dem kleinen Priester durch die stinkenden Gässchen von Avignon, die nachts überaus gefährlich waren, bis zum festungsähnlichen Palast der Päpste. Wenn er konnte, hielt er sich diesen Räumlichkeiten fern, in denen er eine grenzenlose Einsamkeit und enormen Ärger über die Pracht der violetten und purpurnen Gewänder verspürte. Seine Beziehung zum Pontifex Maximus hingegen war anders, setzte sie sich doch zusammen aus bedingungslosem Gehorsam aufseiten Eymerichs und maßvoller Hochachtung aufseiten Urbans.

Bernat Ermengaudi begleitete den Inquisitor durch den Haupteingang, dann führte er ihn eine lange Treppe hinauf, die ins obere Stockwerk führte. Auf den letzten Stufen konnte Eymerich gerade noch rechtzeitig einem Mann ausweichen, der die Treppe hinuntereilte. Er wollte ihm schon einen Fluch nachrufen, als er das Gesicht sah. Seine Miene hellte sich auf. »Herr de Berjavel! Ihr hier!«

Der kleine, in Schwarz gekleidete Mann antwortete ihm mit einem Lächeln. »Pater Nikolas! Es sind Jahre, dass ich Euch gesehen habe! Wie geht es Euch?«

Eymerich runzelte die Stirn. »Die Abwesenheit von Aragón fängt an, mir schwer zu fallen. Doch ich will bald wieder dorthin zurück, auch wenn ich es mit der Feindseligkeit des Königs aufnehmen muss.« Er stieß einen leisen Seufzer aus. »Erzählt mir von Euch. Seid Ihr noch immer Notar beim Inquisitionstribunal von Carcassonne?«

»Ja, aber der Papst hat mich zu sich rufen lassen. Eure Anwesenheit lässt mich vermuten, dass es um dieselbe Sache geht ...«

Bruder Bernat wand sich vor Ungeduld. »Pater Nikolas. Ich bitte Euch, wir dürfen uns nicht verspäten.«

Eymerich warf ihm einen vernichtenden Blick zu. »Es ist nicht an Euch, über meine Zeiteinteilung zu bestimmen.« Er wandte sich wieder dem Notar zu. »Welche Sache? Ich weiß noch gar nichts.«

Herr de Berjavel strich über die Fransen des weiten weißen Kragens, der sein Gesicht umrahmte.

»Ein Wiederaufflammen der Häresie. Ihr wisst vielleicht, dass vergangenes Jahr der päpstliche Hofstaat durch den Besuch Amadeus' VI. von Savoyen in Aufruhr versetzt wurde. Der Mann ist ein Original und lässt sich gerne der ›Grüne Graf‹ nennen. Er ist hier mit einem Gefolge von Rittern aufgekreuzt, das selbst für den Kaiser übertrieben gewesen wäre. Und dann hat er bei Turnieren und Wettkämpfen geglänzt, dass Prälaten und Würdenträgern Hören und Sehen verging.«

»Ich habe davon gehört. Kommt zur Sache«, drängte Eymerich ungeduldig.

»Am Ende seines Besuchs hat der Grüne Graf Papst Urban V. eine Eröffnung gemacht, die er ihm wie ein kostbares Geschenk dargeboten hat. Seiner Aussage nach ist in einer Ortschaft des Herzogtums Savoyen, Chatillon, seit über einem Jahrhundert insgeheim eine Gemeinschaft von katharischen Häretikern ansässig, vielleicht die letzten Überlebenden der Sekte.«

Eymerich fuhr zusammen. »Katharer? Das ist nicht möglich.«

»Amadeus zufolge doch. Es soll sich um einen Stamm von Albigensern handeln, die durch ein Wunder dem Scheiterhaufen von Montségur entkommen konnten und nach einer strapaziösen Odyssee schließlich jenseits der Alpen gelandet sind. Dann sollen sie über Generationen hinweg von den Einwohnern versteckt und gedeckt worden sein. Ein wirklich seltsames Phänomen, halten die Katharer doch die Zeugung für sündhaft.«

Der Inquisitor runzelte die Stirn. »Wenn das alles wahr ist, warum hat Amadeus von Savoyen dann nicht selbst eingegriffen? Wieso muss er den Papst damit behelligen?«

»Eine logische Frage, die Urban nicht versäumt hat, ihm zu stellen«, antwortete der Notar nickend. »Amadeus war mit seiner Antwort schnell bei der Hand. Es sei nicht nur ein militärisches und juridisches Eingreifen nötig, sondern auch eine Wiederherstellung der Religion, und der Klerus in seinen Landen verfüge nicht über die nötige Erfahrung in Sachen Häresie. Seiner Ansicht nach ist es nur in Avignon möglich, Kirchenmänner zu finden, die ausreichend gelehrt und vor allem in inquisitorischem Recht bewandert sind.«

Eymerich schüttelte den Kopf. »Als Erklärung wenig überzeugend.«

»In der Tat.« Berjavel senkte die Stimme etwas. »Die Wahrheit ist, dass Amadeus Motiven gehorcht, die mit Eifer oder Großzügigkeit wenig zu tun haben. Die Savoyen und die Herrn von Challant, auf deren Gebiet Chatillon liegt, sind auf vielfache Weise miteinander verfeindet. Schon 1295 haben die Challant zugunsten der Savoyen auf die Vizegrafschaft Aosta verzichtet. Trotzdem sind sie nach wie vor die mächtigsten Feudalherren in diesem Teil der Grafschaft, Besitzer der besten

Schlösser und Burgen und mit einer stattlichen Anzahl bedingungslos treuer Vasallen gesegnet.«

»Und was hat diese Rivalität mit der Häresie zu tun?«

Der Notar senkte sein Stimme noch mehr, er tuschelte fast nur noch. »Während seines Aufenthalts in Avignon hat Amadeus VI. Ebail de Challant gegenüber, der zu seinem Gefolge gehörte, große Herzlichkeit an den Tag gelegt. Er hat ihn sogar mit einem Ritterorden ausgezeichnet, den er eigens aus diesem Anlass gestiftet hatte. Im Grunde aber hält er ihn für zu mächtig, zu reich und zu arrogant und hat nur den einen brennenden Wunsch, all diese Eigenschaften zu reduzieren.«

»Ja, aber wie?«

»Der Hinweis auf eine Gruppe von Häretikern in Chatillon diente diesem Zweck. Wenn die Challant die Einsetzung eines Inquisitionstribunals auf ihrem Hoheitsgebiet dulden, dann unterwerfen sie sich damit einer fremden Macht und müssen auf einen Teil der eigenen Gerichtsbarkeit verzichten; wehren sie sich aber dagegen, stehen sie als Verteidiger der Ketzer da, und das wäre ihr sicherer Ruin.«

Eymerich dachte kurz über diese Worte nach, dann fragte er: »Ist der Papst über diese Hintergründe im Bilde?«

»Ja, seit dem Tag der Eröffnung. Dennoch hat Urban beschlossen, den Grünen Grafen zu unterstützen. Ihr wisst ja, dass er schon seit geraumer Zeit einen Kreuzzug gegen Bulgaren, Türken und Serben plant, der seiner Ansicht nach nützlich wäre, um den Bruch mit der Ostkirche rückgängig zu machen. Zusagen hat er schon viele, doch man weiß nicht, wie ernst gemeint die sind. Indem er Amadeus hilft, die Vorherrschaft der Savoyen in seinen Landen zu festigen, will er ihn auf das Kreuzzugsvorhaben festlegen, um so wenigstens einen sicheren Namen zu haben auf einer Liste, die zu lang ist, um glaubwürdig zu sein.«

»Meine Herren, es wird wirklich spät …«, beschwerte sich Bruder Bernat.

Eymerich, der sehr nachdenklich geworden war, riss sich los. »Ihr habt Recht.«

Mit einem Kopfnicken verabschiedete er sich von Herrn de Berjavel.

»Es wird bestimmt Gelegenheit geben, sich wiederzusehen.«

»Bestimmt, das glaube ich auch«, erwiderte der Notar mit einem Lächeln.

Der Papst empfing den Inquisitor im großen Audienzsaal, der in zwei Schiffe unterteilt und mit herrlichen Fresken ausgeschmückt war, einige davon im letzten Stadium der Fertigstellung. Eymerich schätzte an Urban die extreme Höflichkeit der Umgangsformen und das herzliche, um nicht zu sagen vertrauliche Klima, das er zu schaffen wusste, ohne deswegen auch nur ein Jota an Autorität einzubüßen.

Auch diesmal unterbrach Urban mit einer raschen Bewegung die Höflichkeitsfloskeln und rituellen Ehrbezeugungen. Er kam vom Thron herab, trat zu seinem Gast und führte ihn ans Ende des rechten Schiffes, fernab von den Edelleuten und kirchlichen Würdenträgern, die dort auf eine Audienz warteten.

»Wie lange habt Ihr Euch schon nicht mehr mit Katharern beschäftigt?«, begann der Pontifex in fast jovialem Ton und betrachtete das strenge und kluge Gesicht des Dominikaners.

Eymerich tat verwundert. »Katharer, Eure Heiligkeit? Die müssten ausgerottet sein. Mit einigen von ihnen hatte ich vor ein paar Jahren zu tun, als ich auf meiner Mission in Castres war, aber das war ein Wiederaufflackern ohne Bedeutung. Praktisch ist diese Häresie seit dem Kreuzzug von Innozenz III. gegen sie erloschen.«

Ein Schatten flog über Urbans schmales Gesicht. Die radikalen Methoden, die Arnaud de Citeaux und die anderen christlichen Ritter bei dieser Gelegenheit angewandt hatten, schätzte er ganz und gar nicht, vor allem nicht die Ermordung sämtlicher Männer, Frauen und Kinder von Béziers, ob Ketzer oder nicht. Ein unauslöschlicher Makel auf dem Papsttum, dessen Erwähnung ihn irritierte. Doch er äußerte sich nicht dazu. »Offenbar sind doch nicht alle Katharer ausgerottet. Leider.«

Er berichtete Eymerich, was Amadeus VI. ihm anvertraut hatte. Während er sprach, machte sich auf Eymerichs energischen Zügen ein immer ungläubigerer Ausdruck breit, den er mit Gewalt zu unterdrücken suchte. Urban bemerkte es und zog es vor, jedem Einwand zuvorzukommen.

»Auch Wir glauben nicht allzu sehr an diese Geschichte. Dennoch ist eine Untersuchung angebracht, auch um einen treuen Freund der Kirche wie den Savoyen nicht zu enttäuschen. Wollt Ihr den Auftrag übernehmen?«

»Muss ich mich vor Ort begeben, Eure Heiligkeit?«

»Das erscheint Uns empfehlenswert. Amadeus hat um einen tüchtigen Inquisitor gebeten, mit langer Erfahrung. Außerdem brauchen wir jemanden mit diplomatischem Geschick, denn zwischen den Herren des Gebiets und den Herzögen von Savoyen herrscht Zwist. Aber da ist noch etwas.«

Urban trat vor Eymerich und sah ihn eindringlich an. Beide waren groß gewachsen und ihre Augen befanden sich auf gleicher Höhe. »Wir haben den ersten Entwurf Eures vortrefflichen *Directorium* gelesen, und Wir hatten schon Gelegenheit, es zu loben, Euch und anderen gegenüber. Wir schätzen daran vor allem die Mäßigung, die prozedurale Strenge, die Abkehr von jeder Form von Exzess. Wir wollen keinen Inquisitionsprozess nach altem Muster mit Quälereien und Grausamkeiten. Deshalb schicken Wir einen Juristen mit Euren Fähigkeiten nach Chatillon.«

»Ihr beschämt mich, Heiligkeit«, flüsterte Eymerich und schlug die Augen nieder, ohne jedoch eine gewisse Genugtuung verbergen zu können.

»Das ist kein Lob«, bemerkte Urban trocken. »Das ist eine Feststellung. Wir wollen unser Pontifikat nicht mit den blutigen Vorgehensweisen beflecken, die bei einigen Unserer Vorgänger üblich waren. Ihr habt das inquisitorische Recht von solchen perversen Praktiken befreit. Ihr werdet Uns nicht enttäuschen.«

Eymerich verneigte sich leicht zum Zeichen des Gehorsams.

»Bereitet alles vor«, schloss Urban in beinah liebevollem Ton. »Nehmt Euch die Zeit, die Ihr braucht. Dann geht nach Chatillon, und wenn es dort Häretiker gibt, vernichtet sie, aber mehr durch Einwirkung auf die Seele als auf den Körper. Ihr werdet Uns über die Vorbereitungen auf dem Laufenden halten.«

Während Eymerich den Saal verließ, warfen nicht wenige der Prälaten in prächtigen Gewändern und mit breitkrempigen Hüten scharfe Blicke voller Herablassung auf seine schlichte weiße Kutte mit schwarzem Umhang und schwarzer Kapuze. Auf vielen Gesichtern war Neid auf die Vertraulichkeit zu lesen, die der Papst einer so unbedeutenden Person gewährt hatte; doch größer noch war der Neid derer, die wussten, dass dieser Dominikaner alles andere als unbedeutend war.

In den folgenden vier Monaten bereitete Eymerich die Expedition bis ins Kleinste vor und ließ dabei auch nicht das geringfügigste Detail aus. Vor allem berief er Pater Jacinto Corona nach Avignon, der ihn bei den Ermittlungen zu wichtigen Prozessen sowohl in Aragón als auch im Languedoc unterstützt hatte. In seinen

Augen besaß Pater Jacinto die wesentlichen Tugenden der Diskretion, der Menschlichkeit und der Tüchtigkeit, neben einer Schlichtheit der Manieren, die ihm ganz besonders entgegenkam.

Sodann schickte er einige Männer seines Vertrauens, als Kaufleute oder Reisende verkleidet, mit dem Auftrag nach Chatillon, ihm von den Schwierigkeiten des Reisewegs zu berichten sowie jedes Gerücht über die Anwesenheit von Ketzern und über das politische Klima in diesen Tälern, derer sie habhaft werden konnten, an ihn weiterzugeben. Einer dieser Abgesandten, ein junger Terziar aus der Provence, der nicht allzu aufgeweckt wirkte, aber ein überaus genaues Gespür besaß, hatte den zusätzlichen Auftrag, bis zur Ankunft des Inquisitors in der Stadt zu bleiben und sich so gut wie möglich in das örtliche Leben einzufügen.

Außerdem stellte Eymerich zwei erfahrene Versehpriester ein, ebenfalls Dominikaner, ein Dutzend Bewaffnete, die der ausführende Arm der Inquisition sein würden, unter dem Kommando eines bewährten und durch Tapferkeit und Treue ausgezeichneten Hauptmanns, sowie einen Henker mit seinen beiden Gehilfen. Grundlegende Voraussetzung war, neben unzweifelhaftem Glauben, gute Beherrschung des Franco-Provenzalischen, woher auch immer die Männer kamen. Vom Papst erwirkte er auch, dass er Herrn de Berjavel als Notar auf diese Mission mitnehmen durfte. Er schätzte diesen kleinen Notar sehr, der vor dreizehn Jahren nicht wenig zu seiner Ernennung zum Großinquisitor von Aragón beigetragen hatte und mit dem gemeinsam er später viele Prozesse geführt hatte. Er schätzte sowohl seine juristische Bildung als auch die enormen politischen Fähigkeiten, die sich hinter dem unscheinbaren Äußeren eines Kleinbürgers verbargen.

Schließlich besorgte Eymerich sich Empfehlungsschreiben für den Hof von Chambéry, die Residenz der Savoyen, für Ebail de Challant und für den Bischof von Aosta. Dieses letzte Schreiben von Hand des Papstes unterstellte das künftige Inquisitionstribunal von Chatillon der richterlichen Oberhoheit des Bischofs, schränkte diese aber gleichzeitig durch so viele Klauseln und Zusatzbestimmungen derart ein, dass die wirkliche Verfügungsgewalt in Händen des Papstes blieb; und Eymerich war sein umittelbarer Stellvertreter.

Als die Vorbereitungen abgeschlossen und die Kundschafter mit ihren Berichten zurückgekehrt waren, erbat Eymerich noch einmal eine Audienz beim Papst, die ihm umgehend gewährt wurde. Der Inquisitor verkündete, dass er zum Aufbruch bereit sei, und berichtete Urban kurz von den in der Zwischenzeit eingeholten Auskünften.

»Ich will Eurer Heiligkeit nicht verhehlen, dass meine Zweifel unverändert weiter bestehen«, bekannte Eymerich am Ende seines Berichts. »Keiner der Kundschafter hat in Chatillon oder in den umliegenden Dörfern die Anwesenheit von Ketzern ausmachen können. Hingegen haben sie mir eine Menge Anekdoten über ungewöhnliche Erscheinungen mitgebracht, die in diesen Tälern vorkommen, doch ohne erkennbaren Zusammenhang mit der Häresie.«

»Welche Art von Erscheinungen?«, fragte Urban, neugierig geworden.

»Das Auftauchen von unheimlichen Wesen, unbeschreibliche Ungeheuer, Kobolde.«

»Wir glauben, kein Gebirgsort ist frei von solchen Märchen und Legenden«, bemerkte der Papst und strich sich über seinen Bart, das letzte Zeichen seiner ritterlichen Herkunft.

»Ich pflichte Eurer Heiligkeit vollkommen bei. Jedenfalls werde ich auch diese Phänomene untersuchen, ohne meinen Hauptauftrag außer Acht zu lassen.«

»Wir verlassen Uns darauf.« Urban legte Eymerich eine Hand auf den Arm. »Und nun geht, Pater Nikolas, und gebt Uns so bald wie möglich Nachricht.«

Eymerich verneigte sich, um den Ring des Fischers zu küssen, und stieg die Stufen, die zum Thron hinaufführten, rückwärts hinunter. Dann durchquerte er den großen Audienzsaal mit raschen Schritten, ohne die gravitätischen Prälaten, die an den Seiten saßen, eines Blickes zu würdigen. Urban folgte ihm mit einem amüsierten und milden Blick.

In der ersten Stunde des folgenden Tages, nachdem er rasch eine Mahlzeit bestehend aus Bohnensuppe und einer Scheibe Thunfisch zu sich genommen hatte, verließ der Inquisitor Avignon auf dem Rücken eines schönen Schimmels. Neben ihm ritt Pater Jacinto, dessen schwerer Leib auf dem Reittier lastete, gefolgt vom Hauptmann, dem Notar und den beiden Geistlichen. Der Henker und seine Helfer beschlossen den Zug hinter den Soldaten, die in Zweierreihe ritten.

In den folgenden Tagen zog die Karawane das Rhone-Tal hinauf bis nach Lyon, dann überschritt sie die Grenze zur Grafschaft Savoyen und machte in Chambéry Rast, wo Eymerich den Grünen Grafen zu treffen hoffte. Sie wurden mit großen Ehren im Schloss empfangen, doch dort erfuhren sie, dass Amadeus sich in seiner Residenz in Ripaille aufhielt und nicht vor Ende des Sommers zurückerwartet wurde.

Die Aufmerksamkeiten für seine Person eher scheuend, machte sich der Inquisitor unverzüglich wieder auf den Weg. Bei Columna Jovis überschritt die Expedition die Alpen. Drei Jahre zuvor hatte der Grüne Graf die Bergbewohner dieser Gegend in Erstaunen versetzt, als er einen Löwen, der für seinen Hof bestimmt war, in einem Käfig über diesen Pass brachte. Eymerich hörte die Geschichte und seine Zweifel an der Zuverlässigkeit dieses Mannes wuchsen erheblich.

Die Reiterkolonne zog in Richtung Aosta, mit einem kurzen Halt im Pfarrsprengel Moracio. Sie ritten durch das Osttor in die Stadt ein und Eymerich begab sich sofort zum Bischof de Quart, mit dem er eine kurze Unterredung hatte. Er fand ihn höflich, aber kalt und im Grunde verärgert über die Tatsache, dass der Papst ihm eine bloß formale Macht über das einzurichtende Tribunal eingeräumt hatte. Dann versammelte der Inquisitor sein Gefolge und gab seine Absicht bekannt, die Strecke nach Chatillon mit zwei Tagen Vorsprung gegenüber der Gruppe allein zurückzulegen.

Pater Jacinto widersprach heftig. »Das könnt Ihr nicht tun, *magister.* Wenn die Ketzer von Eurer Ankunft gehört haben, könnten sie Euch in einem Hinterhalt auflauern, bevor Ihr am Ziel ankommt.«

»Außerdem riskiert Ihr, Briganten in die Hände zu fallen«, setzte der Hauptmann der Eskorte hinzu. »Ich weiß, dass es in diesen Tälern welche gibt; manchmal stehen sie im Dienst von Lehensleuten.«

Eymerich war unerschütterlich. Nachdem er sich in einer Taverne mit einem raschen Mahl, bestehend aus gekochtem Fleisch und gewässertem Wein gestärkt hatte – der Bischof hatte es verabsäumt, ihm seine Gastfreundschaft anzubieten –, stieg er um die sechste Stunde zu Pferd, wiederholte seinen Befehl an sein Gefolge, sich erst in zwei Tagen wieder in Marsch zu setzen, und ritt im flotten Trab aus der Stadt. Angesichts der Gefährlichkeit des Auftrags hatte der Papst ihn vom Verbot des Waffentragens entbunden. Eymerich ritt also mit einem Schwert an der Seite, dessen Scheide gegen eine Tasche mit Büchern schlug, die am Sattel hing.

Darunter waren das *Opus de fide catholica adversus haereticos et Waldenses qui postea Albigenses dicti* von Alanus de Lille, in der Abschrift der Dominikaner von Avignon; die *Summa da Catharis et Leonistis seu pauperibus de Lugduno* von Ranieri Sacconi, einem häretischen und dann konvertierten Bischof; das *Liber qui Super Stella dicitur* von Salvo Benci, noch einem Katharer, der seinem Irrglauben abgeschworen hatte, und das *De inquisitione haereticorum* von Ivoneto, auf das Eymerich für seinen eigenen Traktat häufig zurückgegriffen hatte.

Das Gewicht der Bände war so groß, dass sich das Pferd ab und zu schüttelte, nicht wissend, dass es das Gelehrteste und Maßgeblichste auf seinem Rücken trug, was bis dahin über die Häresie der Katharer geschrieben worden war.

Wenig später, als er vom Schloss der Quart zum Talboden hinunterritt, konnte Eymerich die Genugtuung darüber, sich von seiner Begleitung losgemacht zu haben, voll auskosten.

Seit jeher hatte er in der Einsamkeit Trost gefunden, Momente innigster Freude und solche größter innerer Freiheit. Zwar erklärte sich sein Eintritt in den Dominikanerorden aus seiner Position als zweitgeborener Sohn der Adelsfamilie, der er entstammte, doch hatte dies aufs Vollkommenste seinen Wünschen und Vorstellungen entsprochen. Die stillen Gänge in der Abtei von Gerona, wo er sein Noviziat absolvierte, die feuchten und schattigen Kirchenräume, die Stunden der Sammlung und des Gebets in der Zelle, kaum aufgelockert durch flüchtige und rasche Wortwechsel mit anderen Novizen, hatten ihm Stunden der tiefsten Freude beschert, wie sie außerhalb von Klostermauern kaum möglich sind.

Nicht, dass er von Natur aus ein Einzelgänger gewesen wäre. Die Jahre im angesehenen *studium* der Dominikaner von Toulouse hatten ihm erlaubt, einen handfesten Ehrgeiz zu entwickeln, vor allem den, sich hervorzutun, doch auf eine diskrete Art und Weise, sowie den, eine Reihe junger Bewunderer um sich zu scharen. Doch wehe, einer von denen versuchte, eine freundschaftliche Beziehung zu ihm herzustellen und ihm öfter als nötig nah zu sein. Dann fühlte Eymerich sich bedrängt, erstickt. Er erledigte den Störenfried mit ein paar bissigen Bemerkungen und giftigen Antworten, hüllte sich in eisiges Schweigen und zog sich in seine Zelle zurück, wohl mit einem gewissen Gefühl der Reue für sein Betragen, aber auch von einem euphorischen Gefühl der Befreiung druchdrungen.

Hier jetzt, auf seinem Pferd, inmitten des Schweigens der Berge und angesichts des zauberhaften Schauspiels der smaragdgrünen und von weißen Schneeflecken gesprenkelten Täler, bebte Eymerich vor Glück, freilich unter einer leichten Maske heiterer Leutseligkeit, wie der Klosterbrauch sie ihm auferlegte.

Er erkannte das stolze Schloss der Herren von Nus wieder, das seine Kundschafter ihm schon beschrieben hatten, und nicht weit entfernt davon, auf der anderen Seite des Flusses, das so genannte Schloss des Pilatus, plump und bedrohlich. Doch er war mit den Augen ganz bei den gleißenden Zungen der Gletscher, bei den undurchdringlichen Wäldern, bei den mächtigen Gebirgsbächen, die zum Fluss herabeilten und dabei ab und zu seinen Weg kreuzten.

Er hielt sich in Gedanken nicht viel bei der Mission auf, zu der er unterwegs war. Die Greuel, die er in Aragón im Namen der Inquisition hatte verüben sehen, würden sich hier bestimmt nicht wiederholen; und auch die überaus grausame Unterdrückung verbleibender Reste von Ketzertum in Castres, in diesem Fall von ihm selbst ins Werk gesetzt, würde nicht nötig sein. Jedenfalls nicht in diesem Maß.

Eymerich hasste Blut. Leiden zuzufügen bereitete ihm kein Vergnügen. Manchmal freilich fühlte er sich von fast unkontrollierbaren aggressiven Impulsen geschüttelt, die ihn erstaunten und ein unbestimmtes Gefühl der Demütigung in ihm zurückließen. Dagegen behalf er sich, soweit möglich, mit einer eisernen Logik, die das Schuldgefühl für die verübte Gewalt in der Überzeugung erstickte, im Dienste Gottes seine Pflicht getan zu haben. Doch wenn ihn das auch ermunterte, so konnte es doch in seinem tiefsten Inneren eine gewisse Verwirrung nicht ausräumen, die von einer Art Identifikation mit seinen Opfern herrührte.

Der Zauber der Täler, die er durchquerte, schuf in ihm eine innere Ruhe, wie er sie schon lang nicht mehr empfunden hatte. Er, der sonst immer so Wachsame, war daher völlig überrascht von dem Anblick, der sich ihm unweit von Fénis bot.

Eine harmlose Viper schlängelte sich am Boden zwischen den großen Steinen dahin, den letzten Überresten einer römischen Straßenpflasterung. Eymerichs Pferd, das träge dahintrottete, hob den Huf, um nach dem Reptil zu treten. In diesem Augenblick sprang aus den Ginsterbüschen, die die Straße säumten, ein rosa Wesen hervor, hechtete vor das Pferd, packte die Schlange und kam in ein paar Schritten Entfernung mit erstaunlicher Geschicklichkeit wieder auf die Beine.

Es war ein Kind – oder etwas Ähnliches. Die Unsicherheit rührte daher, dass das Geschöpf, das jetzt keuchend das Reptil in der Hand hielt, irgendwie anomal war. In der kurzen Zeit, in der ihre Augen sich begegneten, konnte Eymerich einen stieren und dumpfen Blick erkennen, vergleichbar dem eines Fisches, und kaum ausgeprägte Züge in einem völlig unbehaarten Gesicht.

Das dauerte nur einen Augenblick. Das knochendürre und nackte Geschöpf hüpfte auf allen vieren durchs Unterholz und verschwand mit seiner Beute aus dem Blickfeld. Zunächst dachte Eymerich an eine ihm unbekannte Affenart; doch dann erinnerte er sich wieder an die eindeutig menschlichen Gliedmaßen, wenn sie auch sehr lang und mager waren, und er schob die Idee beiseite. Nein, es war ein Kind. Vielleicht eine

Laune der Natur, hervorgegangen aus einer unerlaubten Verbindung oder einer verheerenden Krankheit.

Eymerich schaute noch eine Weile aufs Gebüsch, dann ritt er weiter. Er durchquerte gerade einen Bach, der sehr schnell über den Weg hinwegsprang und sich dann wie der Strahl eines Springbrunnens den Hang hinunterstürzte, als eine zweite verwirrende Erscheinung ihm auch noch den letzten Rest von guter Laune raubte.

Es schien sich um eine große Ratte mit menschlichen Händen anstelle der Pfoten zu handeln. Es huschte schnell durch die Ginsterbüsche, aber nicht schnell genug, um zu verhindern, dass der Inquisitor die vollkommen ausgeformten Finger mit Nägeln sah, die über den Boden liefen und den behaarten Leib des Tieres trugen.

Trotz seiner Kaltblütigkeit bekreuzigte Eymerich sich unwillkürlich rasch. Mit angehaltenem Atem blieb er stehen und suchte ängstlich das Unterholz ab, während auch sein Pferd Zeichen von Unruhe erkennen ließ. Alles schien jedoch wieder ruhig und man hörte keinen anderen Laut als das Murmeln des Bachs.

Nach und nach gewann die Vernunft im Geist des Inquisitors wieder die Oberhand und legte ihm die Vermutung nahe, dass es sich um eine Sinnestäuschung handeln musste. Er war jedoch miserabler Laune und sogar der so heitere Himmel erschien ihm mit einem Mal finster und dräuend. Er beschleunigte die Gangart seines Pferds und zog das Gewand aus grobem grauen Tuch, das er für die Reise trug, fester um sich. Jetzt war ihm kalt und die Luft peitschte ihm unangenehm ins Gesicht.

Als er schließlich in Fénis anlangte, das beherrscht war von seiner mächtigen Burg, traf er ein paar Bauern mit ihren Gerätschaften. Er erwiderte ihren Gruß nicht. Dann überwog aber doch wieder die Schönheit der Gegend und die Erinnerung an die unterwegs gesehenen Geschöpfe verblasste nach und nach, erstickt von der Gewissheit, Gespenster gesehen zu haben.

Es war Vesperzeit, als er über eine alte Brücke mit einem einzigen Brückenbogen nach Chatillon gelangte: ein kleiner Ort mit Holz- und Steinhäusern, überragt von der Kirche und dem Schloss. Das Aussehen des Letzteren wirkte fast heiter, verglichen mit dem anderen Bau jüngeren Datums, der sich an einen Steilhang im Süden des Dorfes krallte. Auf dem Ersten wehte das Banner der Challant, Zeichen dafür, dass Ebail in seinen Gemächern weilte; doch es war zu spät für einen Besuch und Eymerich verschob ihn auf den nächsten Morgen.

Jenseits der Brücke waren vier Soldaten als Wache postiert. Auf den Jacken trugen sie ein silbernes Wappen mit rotem und blauem Band und das Motiv kehrte auf ihren kurzen Umhängen wieder. Es waren kräftige und grobschlächtige Männer, mit dichten blonden Bärten und harten Gesichtszügen. Beim Eintreffen des Inquisitors unterbrachen sie kurz ihre Würfelpartie, in die sie vertieft waren. Stumm musterten sie den Fremden, und als sie festgestellt hatten, dass er gewöhnliche Kleidung trug und nichts bei sich führte, setzten sie ihr Spiel fort.

Eymerich nahm in einer Herberge Quartier, auf deren Schild drei gekrönte Köpfe zu sehen waren, unweit von dem Weg, der zur Kirche und zum Schloss führte. Später, als er in dem großen Saal im Erdgeschoss sein Abendessen einnahm, bestehend aus ein paar reichlich gepfefferten Stücken gekochten Fleisches, aufgetragen von einem wortkargen und zerstreuten Wirt, betrachtete er aufmerksam die Gäste an den anderen Tischen.

In der Mehrheit waren es Soldaten, damit beschäftigt, zu essen und mächtige Krüge ungewässerten Weins zu trinken. Die meisten würfelten und begleiteten jeden

Wurf mit Rufen der Anfeuerung, der Freude oder des Ärgers. Erfreut stellte Eymerich fest, dass trotz der Lautstärke und der Erregung des Spiels keine Flüche zu hören waren und man keine Prostituierte sah, was für ein Lokal dieser Art wirklich ungewöhnlich war.

Auf der anderen Seite des Saals saß neben dem Kamin, der durch eine Öffnung in der Decke den Rauch hinausließ, ein schmächtiger junger Mann, in dessen Gesicht man die Zeichen einer überstandenen Pockenerkrankung sah. Der Inquisitor tauschte flüchtig ein paar Blicke mit ihm, hatte er in ihm doch den dominikanischen Terziaren wiedererkannt, den er als Kundschafter geschickt hatte, und er vermied es, ihn anzusehen. Der junge Mann, der eine gewöhnliche Joppe mit engen Ärmeln trug, verhielt sich ebenso.

Der Tisch beim Eingang zur Küche hingegen wurde eingenommen von drei Männern in kurzer Tunika, elegant mit Tressen verziert. Auf dem Kopf trugen sie reich bestickte Turbane, die ihnen auf die Schulter herabfielen. Sie sprachen leise, doch Eymerich verstand, dass sie über Geschäfte redeten und im Verlauf der Diskussion immer hitziger wurden. In ihrer Nähe saß ein korpulenter Alter; die Kapuze seines Mantels fiel ihm in die Stirn, und er verzehrte in Einsamkeit seine Suppe, ohne die Augen vom Teller zu heben.

Rechts von Eymerich, neben dem Eingang, war ein leerer Tisch. An dem dahinter saßen vier Soldaten, drei junge und ein alter, alle mit dem Wappen der Challant. Eymerich hörte ihre Stimmen ziemlich deutlich, trotz des Lärms, den ihre Kameraden beim Spiel machten.

Sie hatten Wein, Brot und Bohnensuppe bestellt. Und dann, nachdem ihnen aufgetragen worden war, brachen sie das Brot und sammelten sich – wirklich ungewöhnlich für Männer der Waffe – zum Gebet, auf Aufforderung des Ältesten unter ihnen. Der Inquisitor beobachtete sie mit Interesse.

»… sanctificetur nomen tuum, adveniat regnum tuum …«

Positiv beeindruckt, stimmte Eymerich in ihr Gebet ein. *Fiat voluntas tua, sicutin coelo et in terra. Panem nostrum quotidianum …*

An dem Punkt zuckte er zusammen, weil er feststellen musste, dass sein Gebet und das der Soldaten nicht übereinstimmten.

»Panem nostrum supersubstantialem da nobis hodie«, sagten die vier, die das Gebet dann mit den üblichen Worten abschlossen und sich munter über ihr Essen hermachten, ganz normal plaudernd.

»Panem nostrum supersubstantialem«, wiederholte Eymerich bei sich. Ausgeschlossen, dass er sich da täuschte.

Er betrachtete die Soldaten lange, mit nachdenklichem Blick. Dann stand er mit bedächtigen Bewegungen auf, grüßte den Wirt und ging in sein Zimmer. Die Komplet war schon eine Weile vorüber.

1945 – Der zweite Ring

»Was fällt Ihnen ein, hier am Geburtstag des Führers aufzukreuzen?«

Jakob Graf fühlte sich zutiefst verletzt durch den arroganten Tonfall von Professor Gebhardt. Er hatte nicht sein Leben aufs Spiel gesetzt und war durch die Straßen eines halb zerstörten Berlin gelaufen, um sich so schnöde abkanzeln zu lassen. Und dann stand der rundliche Gebhardt, mit dem er gelegentlich zusammengearbeitet hatte, in der akademischen Rangfolge unter ihm.

Doch es war nicht Grafs Art, seine zornigen Regungen nach außen hin sichtbar werden zu lassen. Daher antwortet er mit fast demütiger Stimme:

»Der Führer selbst hat mich kommen lassen. Ich kenne den Grund dafür nicht, doch sicher hat es etwas mit meinen Forschungen zu tun.«

»Ich verstehe.« Gebhardts Ton war erheblich freundlicher geworden. »Das ändert natürlich die Sachlage, und Sie haben gut daran getan, sich bei mir zu melden. Doch ich werde Sie nicht begleiten können.« Der Wissenschaftler warf sich in die Brust. »Ich bin soeben zum Kommandanten des Deutschen Roten Kreuzes für das gesamte deutsche Staatsgebiet ernannt worden.«

Da beneide ich dich nicht, dachte Graf. Doch er sagte nur: »Herzlichen Glückwünsch.«

»Danke. Ein SS-Mann wird Sie durch die Gänge des Bunkers führen. Sie werden sich selbst davon überzeugen können, dass der Führer in bester Verfassung und wie immer wachsam auf seinem Kommandoposten ist.«

Gebhardt vertraute den Gast einem Unteroffizier in tadelloser schwarzer Uniform an und verabschiedete sich. Während sie durch einen finstren, kalten Korridor gingen, dessen gepanzerte Wände den Widerhall von Bombenexplosionen in der Nähe nicht abhalten konnten, fragte sich Graf, ob er seinen eitlen Kollegen je wiedersehen würde.

Er hatte erwartet, dass das Personal im Vorbunker auf ein Minimum reduziert sein würde, hingegen war fast jeder Raum, in den er einen Blick werfen konnte, überfüllt von Menschen. Inmitten einer Gruppe erkannte er die Generäle Keitel und Krebs, in eine heftige und angespannte Diskussion verwickelt. Der dicke Mann in brauner Uniform, der bei ihnen war, musste Martin Bormann sein, doch da war er sich nicht sicher.

Zum Führerbunker ging es über eine weitere Treppe nach unten. Der Unteroffizier bat ihn zu warten, und nachdem er die Treppe hinuntergestiegen war, verschwand er hinter einer verschiebbaren Stahlplatte. Wenige Augenblick später machte er ihm Zeichen herunterzukommen.

Sie gingen durch einige noch dunklere Korridore als die im Stock darüber, mit Stahltüren und an die Wände geschobenen Stahlbänken. An der Biegung eines dieser Korridore vernahmen sie plötzlich fröhliche Musik. Hinter einer von zwei SS-Leuten bewachten Schiebetür sang eine schwache weibliche Stimme ein englisches Schlagermotiv.

Der Unteroffizier redet kurz mit den Wachposten. Einer von ihnen öffnete die Schiebetür ganz, sodass er eine festlich gedeckte Tafel sehen konnte, geschmückt mit Girlanden und Fähnchen. Er entdeckte Goebbels, der ganz hinten saß, sich vorbeugte, um ihn zu sehen, und dann seinem Nachbarn zur Linken am Kopf des Tisches etwas zuflüsterte. Wenig später trat der Führer aus dem Raum und kam ihm langsam entgegen. Als die

Schiebewand geschlossen wurde, verstummte auch die Schlagermusik.

Während er noch zum Gruß strammstand, bemerkte Graf Hitlers extreme Blässe und seinen schleppenden Schritt; unter dem Arm trug er ein großes, rot gebundenes Buch und eine violette Schachtel. Doch Graf konnte seine Erkundung nicht zu Ende führen.

»Wer sind Sie? Ihr Name sagt mir nichts.«

Der Tonfall hätte auch hartgesottenere Männer als Graf aus der Fassung gebracht. Mit unsicherer, fast zitternder Stimme antwortete er:

»Professor Jakob Graf, mein Führer, Vizedirektor des *Genetischen Forschungsprogramms* des Reichs. Ich folge Ihrem Befehl und bin gekommen.« Dann setzte er hinzu: »Auch, um Ihnen zum Geburtstag zu gratulieren.«

Dieser Zusatz war überaus geschickt. Hitlers Züge schienen sich zu entspannen. Mit herzlicher, fast vertraulicher Geste begleitete er Graf zu einer der wenigen Bänke an der Wand.

»Ich empfange Sie nicht in meinem Büro, Herr Professor, weil es im Augenblick mit Geschenken angefüllt ist. Möchten Sie eine Praline?«

Graf sah, dass die Schachtel, die Hitler in der Hand trug, Pralinen enthielt. »Nein danke, mein Führer.«

Hitler sah auf die Schachtel, wie unschlüssig, ob er sie öffnen sollte oder nicht, dann stellte er sie neben sich. Sein Blick fiel auf das Buch, das er gedankenlos mitgenommen hatte.

»Das hier haben mir die Goebbels geschenkt. Die Originalpartitur der *Walküre.* Eines der großartigsten Zeugnisse deutschen Geistes.«

»Eine kostbare Ausgabe«, sagte Graf verlegen.

»Nein. Bloß eine Kopie.« Es war ein abfälliger Ton in Hitlers Worten. Offenbar hatte er sich ein wertvolleres Geschenk erwartet.

»Doch kommen wir zu uns. Wie war die Reise nach Berlin? Schwierig?«

»Ziemlich, mein Führer.«

»Es ist nur noch eine Frage von Stunden. Die Truppen von General Steiner sind im Begriff, mit dem Feind aufzuräumen. Wissen Sie, was ich sage?«

»Nein, mein Führer.«

»Mit dem Angriff auf Berlin hat Stalin den größten Fehler seines Lebens begangen.«

Hitler kicherte fröhlich zu diesem Satz. Ihm zum Gefallen lachte Graf ebenfalls.

»Und nun«, fuhr der Führer fort, »erzählen Sie mir alles, Herr Professor. Wie laufen Ihre Versuche?«

Graf schluckte. »Sehr gut, besonders seitdem wir mit Colchicum arbeiten. Eine Pflanze, die dem Safran ähnlich ist und deren Eigenschaften schon vor Jahren von einem Ame … von einem Ausländer entdeckt wurden.«

»Colchicum? Interessant. Und welches wären diese Eigenschaften?«

»Das ist etwas umständlich zu erklären, mein Führer.«

»Sagen Sie mir das Wesentliche.«

»Nun …« Graf suchte nach Worten. Er wusste nicht, ob Hitler seine Erklärungen verstehen würde; ja, er fand ihn etwas zerstreut.

»Die menschlichen Zellen vermehren sich in einem Mitose genannten Prozess. Im Zuge der Mitose verdoppeln sich zusammen mit der Zelle die Chromosomen, weswegen man am Ende des Prozesses zwei Zellen hat, jede mit derselben Anzahl Chromosomen wie die ursprüngliche Zelle. Ich hoffe, ich habe mich klar ausgedrückt.«

Hitler nickte, wobei er ein leichtes Gähnen unterdrückte. Graf fuhr fort: »Das Colchicum enthält ein Alkaloid, das Colchinin, das in diesen Prozess eingreift.

Die Zellen teilen sich und die Chromosomen verdoppeln sich, doch statt sich auf beide Zellen zu verteilen, bleiben sie nur in einer. So bekommt man Zellen mit doppelt so hoher Anzahl an Chromosomen als üblich.«

»Und was bedeutet das alles?« Hitlers Blick schweifte ziellos umher.

»Nun, wenn man die Chromosomenzahl bei Pflanzen verdoppelt, erhält man kräftigere und größere Expemplare. Tiere dagegen sterben. Meine Experimente zielen darauf ab, einen Weg zu finden, wie man das Colchinin gefahrlos bei den Menschen anwenden kann und dadurch genetisch hochwertigere Exemplare erhält. Herr Professor Gebhardt hat mir einige Sträflinge zur Verfügung gestellt ...«

»Ich hoffe, Sie wollen die nicht auch verbessern«, unterbrach ihn Hitler mit einem eisigen Blick.

Graf erblasste. »O nein, mein Führer. Das waren nur Versuchskaninchen.« Er beeilte sich, das Thema zu wechseln. »Wir untersuchen auch, ob es möglich ist, das Colchinin bei nicht befruchteten, gewöhnlichen Zellen anzuwenden und so auch beim erwachsenen Menschen deren Chromosomenzahl zu verdoppeln. Wir sind auf der Suche nach einem geeigneten Vehikel.«

Beim Ausdruck »Vehikel« schien die Aufmerksamkeit des Führers wieder wach zu werden. »Könnte dieses Produkt als Waffe eingesetzt werden? Könnte man so etwas Ähnliches wie Senfgas daraus machen?«

Graf sah ein, dass sein Gesprächspartner von seinen Erklärungen nichts begriffen hatte; wahrscheinlich wusste er nicht einmal, was Chromosomen waren. Er versucht jedoch, ihm nicht zu widersprechen.

»Diese Möglichkeit ließe sich ohne weiteres in Betracht ziehen«, log er.

»Gut, Herr Professor.« Hitler sprang auf, sofort gefolgt von Graf. »Kehren Sie baldmöglichst in Ihre Labors zurück und halten Sie mich auf dem Laufenden.

Sie sollten jedoch erst nach dem Angriff von Steiner abreisen. Das ist sicherer.«

»Ehrlich gesagt würde ich lieber ...«, begann Graf.

»Nein, ich will nicht, dass Sie in Gefahr kommen.« Hitler nahm die Schachtel und das Buch. »Im Übrigen ist es nur eine Frage von wenigen Stunden. Unterdessen wenden Sie sich an meinen Sekretär Bormann, der Ihnen ein Zimmer in der Nähe von seinem eigenen suchen wird.«

Während er sich vom Führer verabschiedete, der zu seinen Festgästen zurückkehrte, fühlte Graf sich wie ein Tier in der Falle. Von diesem unangenehmen Gefühl lenkte ihn nur die Idee ab, die ihm im Kopf herumging, seitdem Hitler auf das Senfgas angespielt hatte. Es war eine verrückte Idee, aber wer weiß, ob nicht ...

Mit leuchtenden Augen stieg er wieder nach oben, auf der Suche nach Bormann, dessen Schicksal er teilen würde.

KAPITEL III

Consolamentum

Ebail de Challant musterte Eymerich mit unverhohlener Feindseligkeit. Der Inquisitor begriff, dass es nicht nur der Grund seines Besuches war, der den Feudalherren gegen ihn aufbrachte. Es irritierten ihn auch Eymerichs bescheidene Kleidung, seine vorsichtige und ruhige Art, die Undurchdringlichkeit seines Blicks.

In der Tat hatte der Herr von Challant ein genau entgegengesetztes Temperament. Jung und kräftig wie er war, schien er Zwischentöne nicht zu kennen, weder in der Argumentation noch im Ton der Stimme. Außerdem strahlte jede seiner Bewegungen Energie und Dynamik aus, sodass es fast so aussah, als ob sein Muskeln unter dem prächtigen silbernen und purpurnen Gewand in beständiger Anspannung wären.

Außerstande, länger still zu sitzen, stand Ebail auf und ging nervös vor dem wuchtigen Kamin auf und ab. Er warf rasch einen Blick auf das Panorama von Chatillon, das durch die Rautenscheiben in der Sonne glänzte, dann blieb er vor Eymerich stehen und sah ihn unverwandt an.

»Ich vermute, das ist ein Streich von meinem Freund Amadeus«, sagte er sarkastisch.

Eymerich ließ sich nicht aus dem Gleichgewicht bringen. Mit leiser Stimme antwortete er: »Das weiß ich nicht, Herr. Ich beschränke mich darauf, die Gebote des Pontifex Maximus auszuführen.«

Ebail schlug mit der Hand auf den Tisch und brachte die Flasche, die darauf stand, ins Schwanken.

»Gebote!«, rief er aus. »Und was, um Himmels willen, hat diese Gebote veranlasst? Welche Notwendigkeit besteht denn, in meinen Ländern ein Inquisitionstribunal einzurichten? Weiß der Papst denn nicht, dass ich nicht einmal einen Henker habe und dass hier seit mindestens vierzig Jahren kein Ketzer mehr verbrannt worden ist?«

Eymerich hatte fest vor, den Gegenstand seiner Mission nicht gleich zu enthüllen, dennoch konnte er sich nicht enthalten zu sagen: »Es ist nicht nur das Ketzertum, wogegen die Inquisition vorgeht, Herr.«

»Und wogegen sonst?«, fragte Ebail prompt zurück. »Hexerei? Simonie?«

»Die Schwäche der Gläubigen«, war die Antwort.

Ebail verdrehte die Augen zum Himmel, seufzte und ließ sich wieder auf seinen Stuhl fallen.

»Hört«, sagte er in ruhigerem Ton. »Als wir den Savoyen die Vizegrafschaft überließen, haben wir ihnen viele unserer Vorrechte abgetreten. Alle wesentlichen, würde ich sagen. Nur eines ist uns noch verblieben: das der Rechtsprechung in unseren Landen. Und nun kommt Ihr daher, obendrein, mit Verlaub gesagt, in merkwürdiger Verkleidung, und verkündet mir, dass Ihr mir auch diese letzte Autoritätsausübung der Challants entziehen wollt. Was soll ich dazu sagen?«

»Das weiß ich nicht, mein Herr«, flüsterte Eymerich.

»Aber ich weiß es«, fuhr Ebail wütend fort. »Ich sollte sagen, dass die Visconti ihren Vasallen eine bessere Behandlung angedeihen lassen als die Savoyen.«

Das war eine unmissverständliche Drohung gegen Amadeus. Eymerich begriff, dass der Herr von Challant ihn für einen direkten Abgesandten des Hofes von Chambéry hielt. Das war nicht nur falsch, es war gefährlich. Er beschloss, dieses Missverständnis sofort auszuräumen.

»Erlaubt mir, Euch zu sagen, dass Ihr Euch täuscht.« Die Stimme des Inquisitors klang nun so bestimmt, dass sein Gesprächspartner davon beeindruckt schien. »Hier geht es weder um Savoyen noch um Visconti und auch nicht ums Monferrat. Es ist die Heilige Römische Kirche, die ihre Macht ausüben will. Ich hoffe, Ihr habt nicht die Absicht, sie darin zu behindern.« Nachdem er diese letzten Worte in fast feierlichem Ton gesprochen hatte, wurde sein Stimme etwas sanfter. »Im Übrigen versichere ich Euch, Herr, dass die Inquisition nicht in die gewöhnliche Gerichtsbarkeit eingreifen wird. Die bleibt in Euren Händen, wie es rechtens ist. Ich werde mich nur darum kümmern, alles Unkraut zu jäten, das den Erntestrauß der Seelen verunzieren könnte, der des Herrn ist. Wenn Ihr mir helft, wird nicht nur Euer Land Vorteil davon haben, sondern Ihr werdet auch das päpstliche Wohlwollen genießen.«

Ebail schwieg lange und sah Eymerich in die Augen. Als er sprach, schwang Resignation in seiner Stimme mit.

»Euch helfen, sagt Ihr. Aber ist Euch klar, dass ich mir, wenn ich Euch meine Soldaten zur Verfügung stelle, den Hass meiner Untertanen zuziehen?«

Eymerich zuckte mit den Schultern. »Ich habe meine eigenen Männer. Wenn ich wirklich Verstärkung brauchen sollte, dann könnt Ihr ja immer noch sagen, Amadeus habe euch gezwungen.«

»So würde ich in die Rolle des Schwachen geraten und an Achtung verlieren«, wandte Ebail ein. Nach einem Seufzer setzte er dann hinzu: »Einverstanden, ich kann mich Eurem Vorhaben nicht widersetzen. Doch wollt Ihr mir nicht wenigstens sagen, was das Eingreifen der Inquisition erforderlich macht?«

»Nein, Herr, oder wenigstes jetzt noch nicht. Was ich suche, könnte überhaupt nicht existieren oder nicht so schlimm sein. In diesem Fall wäre es nicht nötig, das Inquisitionstribunal einzusetzen.« Eymerich musste sich ein Lächeln verkneifen, als er einen Hoffnungsschimmer in den Augen des Challant aufblitzen sah. »Auf jeden Fall verspreche ich Euch eines: Sobald ich die Beweise habe – wenn ich sie finde –, werde ich Euch nicht nur ausführlich von allem unterrichten, sondern ich werde mich auch dafür einsetzen, dass Euer Haus und Euer Name von allem Folgenden nicht betroffen ist.«

»Jetzt will ich Euch etwas sagen«, meinte Ebail, wobei er sich über den Tisch lehnte und dem Inquisitor eine Hand auf den Arm legte. »Die Menschen in diesen Gebirgstälern sind eng miteinander verbunden. Wir leben friedlich miteinander, ohne Streitigkeiten oder Turbulenzen. Ich weiß nicht, wer das heute noch von sich behaupten kann. Ich möchte, dass das, was Ihr tut, diese friedliche Situation nicht stört. Das ist eine Bitte, die ich an Euch richte.«

Eymerich schien nachzudenken. Dann sagte er: »Während ich darauf wartete, dass Ihr mich empfangt, habe ich in einem Manuskript geblättert, das im dem Studio nebenan aufgeschlagen auf dem Lesepult lag. Es war ein Text von Arnaldo da Villanova, *Aphorismen*. Ein Satz war darin unterstrichen.«

Ebail nickte. »Ich weiß, welchen Satz Ihr meint. *Quod divisum est divideri non potest.* Was getrennt ist, kann nicht getrennt werden.«

»Genau. Nun, wenn das Unkraut, das auszurotten ich geschickt wurde, tatsächlich existiert, dann gibt es die Einheit Eurer Leute ohnehin schon nicht mehr. Doch da ist noch mehr.« Diesmal war es Eymerich, der sich über den Tisch beugte. Er sprach betont langsam. »Wir leben in einer schwierigen Zeit, in der die Welt aus der göttlichen Gnade gefallen zu sein scheint. Die große Pest hat Europa verwüstet, der Adel verliert seine Einheit, der König von Frankreich ist als Gefangener der Engländer gestorben. Das Ostreich ist von den Türken auf Konstantinopel reduziert worden. Überall Kriege, Hungersnöte, Bauernaufstände. In einer solchen Situation kann es nur einer Autorität gelingen, die auseinander brechenden Teile zusammenzuhalten. Und das ist die römisch apostolische katholische Kirche.«

»Im Exil in Frankreich«, bemerkte Ebail ohne jede Gehässigkeit.

»Urban sinnt schon auf Möglichkeiten, nach Rom zurückzukehren. Doch das ist es nicht, was zählt. Was zählt, Herr, ist, dass die Kirche als einzige Macht imstande ist, so gut wie unbeschadet durch alle diese Wechselfälle hindurchzugehen, die einzige Macht, die alle anerkennen, wenigstens in geistiger Hinsicht. Was vom Römischen Reich überlebt, ist in ihr. Und sie ist ein beständigeres Reich als jenes andere, weil sie sich nicht auf Gewalt gründet.« Eymerich legte die Fingerspitzen zusammen. »Ihr seht also, mein Herr, dass jeder Angriff auf die Christenheit, so geringfügig er auch sein mag, eine Bedrohung für die einzige Institution darstellt, die imstande ist, Völker und Reiche, die heute darnieder liegen, wiederherzustellen. Und Ihr werdet begreifen, dass jeder Edelmann, der bereit ist, mit seinem Schwert zur Verwirklichung dieser Mission beizutragen, eine Spur so dauerhaft wie der Stein seiner Burgen hinterlassen wird.«

Nach diesen Worten sah Eymerich, dass er die Partie gewonnen hatte. Ebail, Herr über wenige, zwischen den Bergen versprengte Täler, hatte sich einen Augenblick lang in Höhen erhoben gefühlt, die für ihn sonst unzugänglich waren, und einen Blick dorthin werfen können, wo über das Schicksal von Völkern und Kontinenten oder sogar einer ganzen Zivilisation entschieden wird. Das hatte ihn berauscht und jetzt sah er den Inquisitor mit vor Erregung funkelnden Augen an.

»Eure Worte sind weise«, sagte er schlicht, ohne den Respekt verhehlen zu wollen, den der andere ihm eingeflößt hatte. »Zählt auf mich und meine Soldaten, was immer auch Euer Vorhaben ist.«

Eymerich konnte seinen Jubel verbergen, indem er die Augen niederschlug, wie um nachzudenken, und sie dann langsam wieder hob.

»Ich danke Euch, Herr, und ich glaube, ich darf Euch auch im Namen des Papstes danken. Doch Eure Soldaten, ich wiederhole es, brauche ich nicht. Hingegen wäre es mir eine große Hilfe, wenn Ihr mir eine geeignete Unterkunft für das Tribunal zuweisen könntet, für die ganze Zeit, die es in Funktion ist.«

»Ich glaube, die Mönche von Verrès würden sich geehrt fühlen, wenn ...«

»Nein«, unterbrach ihn Eymerich »Wir müssen von Chatillon aus agieren. Wir möchten lieber hier bleiben.«

Ein Schatten legte sich über Ebails Augen. »Wollt Ihr mein Schloss?«

Der Inquisitor schüttelte den Kopf. »Nein, Herr. Etwas viel Bescheideneres und auch etwas abgelegener.«

Das offene Gesicht des Edelmanns entspannte sich. »Ich glaube, ich habe das Richtige für Euch.« Er wies auf das zweibogige Fenster. »Seht Ihr den Bau dort am Hang, jenseits des Flusses? Das ist das Schloss von Ussel. Ich selbst habe es bauen lassen, aus Gründen der Verteidigung, die dann weggefallen sind. Ich stelle es Euch zur Verfügung, solange Ihr wollt.«

Lächelnd stand Eymerich auf. »Meine Dankesworte, Herr, können meine Dankbarkeit nur unvollkommen zum Ausdruck bringen. Wenn ich meinerseits etwas für Euch ...«

»Nur, sobald Ihr könnt, mich über die Natur der Plage informieren, die Ihr zu heilen gekommen seid. Ich werde meinen Männern und dem Kastellan von Ussel Bescheid geben, dass sie Euch mit allem Nötigen versorgen. Ich werde noch heute Abend nach Fénis zurückkehren, wo ich und mein Bruder Francois gewöhnlich residieren. Ihr werdet mir Eure Nachrichten dorthin schicken.«

Eymerich war sich völlig im Klaren, dass Ebail sich aus Chatillon zurückzog, um so wenig wie möglich in die folgenden Ereignisse verwickelt zu werden. Er verabschiedete sich von dem Feudalherrn mit einer tiefen Verbeugung und zog sich, ein Lächeln auf den Lippen, zurück.

Der Besuch in der Kirche, einem trotz eines schönen Glockenturms nichtssagenden Bauwerk, war eine Enttäuschung. Er hatte gehofft, bei dem Pfarrer ein paar Auskünfte über die Gewohnheiten der Einwohner einholen und vielleicht sogar Erhellendes über die grotesken Geschöpfe erfahren zu können, die er tags zuvor gesehen hatte. Dagegen traf er einen gebrechlichen und halbtauben Priester an, der noch nicht einmal begriff, wer ihn da befragte. Mit der Verachtung, die er unwillkürlich dem allzu Schwachen entgegenbrachte, ließ Eymerich ihn stehen, während der noch versuchte, einen verworrenen Satz zu Ende zu bringen.

Er ging den Hügel hinunter und kam in den Ort, wo um diese Stunde rege Betriebsamkeit herrschte. Auf der Schwelle ihrer engen Buden und Läden saßen Schuster, Stangenmacher, Hufschmiede und Schneider, schimpften mit ihren Lehrlingen oder unterhielten sich mit ihren Kunden und versahen nebenher ihr Handwerk. Um sie herum bewegten sich träge und lärmend Maultiere und Karren, während Hühner, Enten und sogar Schweine den Passanten zwischen den Beinen herumliefen.

Eymerich hasste die Menge, außer sie war so dicht, dass sie vollkommene Anonymität gewährleistete. Er ließ also seine Kapuze herab, holte kräftiger aus und durchbohrte die Menge mit raschen forschenden Blicken.

Das Gefühl unerträglicher Beklemmung, das sich auf ihn legte, verflog, als er entdeckte, was er suchte. In einer Ecke des Platzes, wo Menschen und Tiere zusammenzuströmen schienen und wo sich die Stände eines Marktes drängten, war ein kräftiger Soldat mit roten Haaren gerade dabei, einem Schreiber einen Brief zu diktieren. In Letzterem erkannte Eymerich sofort den Terziaren, den er als Kundschafter vorausgeschickt hatte mit der Weisung, sich im Ort niederzulassen. Er lächelte still bei sich über den Erfolg der Mission.

Er musste lange warten, bis er sich dem jungen Mann nähern konnte. Die Botschaft des Soldaten musste ziemlich verworren sein, denn an jedem Satz hatte der Schreiber etwas auszusetzen; es gab Einwände und Rückfragen. Eymerich tat so, als würde er sich für den Vortrag eines Quacksalbers interessieren, der zwei Bauern eine fragwürdige Arznei anpries, dann betrachtete und befühlte er die Stoffe, die auf einem Stand ausgestellt waren und deren Enden in das Stroh und die Streu am Boden herabhingen. Endlich sah er, wie der Soldat davonging, seine Botschaft in Händen, und er trat vor.

Er hockte sich vor dem Schreiber nieder, als ob er einen vertraulichen Liebesbrief zu diktieren hätte und die Qualität der Handschrift prüfen wollte. Er warf die Kapuze zurück. »Erkennst du mich?«

»Ja, *magister.*« Der Schreiber machte eine leichte Verbeugung. »Ich habe Euch schon gestern Abend erkannt, in der Taverne.«

Vorsichtig sah Eymerich sich um. »Können wir reden?«

»Ja. Jeder, der uns sieht, wird denken, dass Ihr mir etwas diktiert. Ihr konntet keinen besseren Ort wählen.«

»Du heißt Jean Pierre, wenn ich mich nicht täusche.«

»Ja, *magister,* Jean Pierre Bernier aus Marseille. Ich bin Terziar im Orden …«

»Ich weiß, ich weiß.« Eymerich erhob sich, um einen Karren voller Heu vorbeizulassen. Dann beugte er sich zu dem jungen Mann hinunter. »Berichte mir kurz. Hast du etwas entdeckt?«

Die von Pockennarben entstellten Züge des Scheibers nahmen einen nachdenklichen Ausdruck an. »Nun ... ja und nein.«

Die Antwort machte den Inquisitor ungeduldig. »Was willst du damit sagen? Erklär das genauer.«

Der junge Mann dachte einen Augenblick lang nach, dann antwortete er: »Zunächst mal ist das Tal voll mit Ungeheuern ...«

»Also habe ich mich doch nicht getäuscht.« Seltsamerweise lag Erleichterung in Eymerichs Stimme. »Riesige Ratten mit Menschenhänden, Kinder, die wie Affen aussehen?«

»Ja, und noch mehr«, antwortete der junge Schreiber. Er schloss die Augen, als ob das, was er sich in Erinnerung rief, ihm Schrecken bereitete. »Als ich hier ankam, hatte ich das Gefühl, in einen Alptraum geraten zu sein. Ich war vor den Toren der Stadt an der Brücke. Zwischen den Wurzeln eines großen Baumes sah ich etwas am Boden kriechen. Ich dachte, es sei ein Verwundeter, und näherte mich bedenkenlos.« Er öffnete die Augen wieder und unwillkürlich riss er sie weit auf. Seine Stimme zitterte. »Es war kein Verwundeter. Der Körper und die Form der Schnauze waren die eines Schweins. Aber der Mund nicht, der Mund war der eines Menschen. Und auch die Augen, riesige, blaue Augen. Die Pfoten dagegen ... Das war das Schauerlichste. Zwei kurze Stümpfe, die im Nichts endeten und sich wanden wie Schlangen. Schreiend lief ich davon.«

Er unterbrach seine Erzählung, weil ein Bauer mit langem, staubigem Haar in der Nähe stehen geblieben war und den Sack, den er auf der Schulter trug, abgestellt hatte. Offenbar brauchte er die Dienste des Schreibers und war gewillt zu warten, bis er an der Reihe war.

»Ich hab noch eine Weile zu tun«, sagte der junge Mann und versuchte, sich wieder in den Griff zu bekommen. »Komm später wieder.« Um das Gesagte, zu untermauern, tauchte er den Gänsekiel in eines der vielen Tintenfässer, die er auf seinem Stand aufgereiht hatte, und tat so, als würde er schreiben.

Der Bauer machte ein verärgertes Gesicht, doch er nahm seinen Sack und zog unwillig davon. Bernier war jetzt ruhiger und wandte sich wieder Eymerich zu.

»Als ich mich im Ort niedergelassen hatte, erfuhr ich, dass das Ungeheuer, das mich so erschreckt hatte, nicht das Einzige seiner Art war. Der Ursprung diese Kreaturen ist nicht recht klar. Sie geben ihnen viele Namen: *Crochets, Berlics, Orchons.* Der Junge, den Ihr gesehen habt, den nennen sie *Z'kuerck.* Sie haben Angst vor ihnen, aber sie lachen auch über sie. Im Grunde halten sie das Phänomen für ziemlich normal, aber ich weiß zu wenig darüber. Was die Ketzerei angeht, so kann ich keine sicheren Schlüsse ziehen. Ich weiß nicht, ob es sie gibt oder nicht.«

Eymerichs Gesicht wurde sehr aufmerksam. »Was willst du damit sagen?«

Der Terziar las aus dieser Frage einen Vorwurf heraus, der aber nicht darin lag. Er bemühte sich um Klarheit.

»Offenbar ist der katholische Glauben der Leute hier über jeden Zweifel erhaben. Sie gehen zur Messe, empfangen die Sakramente, beten auch mehr als gewöhnlich. Aber ...«

»Aber?« Eymerich hing an den Lippen des jungen Mannes.

»In der Liturgie gibt es Elemente, die da nicht sein sollten. Ungewöhnliche Ausdrücke, ungewohnte Gesten, mir unbekannte Formeln. Aber all das, ohne dass die Orthodoxie darunter leiden würde.«

Gebannt von Berniers Worten, hockte Eymerich sich

wieder neben ihm nieder. »Hast du im *Pater Noster* Worte gehört, die dir nicht vertraut sind?«

Bernier nickte heftig. »Anstelle von *panem nostrum quotidianum* sagen sie *panem nostrum supersubstantialem,* überirdisch. Und dann ist da die Sache mit dem *consolamentum.*«

Bei diesem Wort sprang Eymerich auf und verscheuchte damit ein Huhn, das friedlich in der Nähe gescharrt hatte. Er vergaß sogar, seine Stimme zu dämpfen.

»Hast du *consolamentum* gesagt?«

»Ja. Ich sehe, dass Euch das Wort nicht neu ist. *Consolamentum* nennen sie eine ihrer Zeremonien. Fast jeden Abend versammeln sich etliche Leute in einer kleinen Kirche, die außerhalb der Ortschaft an der Straße nach Ussel liegt. Sie wird die Saint-Clair-Kapelle genannt. Dort beten sie und sprechen das *Pater Noster* in der Weise, die Ihr kennt. Ab und zu erneuern sie ihr Glaubensbekenntnis zu Jesus Christus, indem sie das Vierte Evangelium einem von ihnen auf den Kopf legen, den sie unter den Ältesten auswählen. Das scheint eine völlig harmlose Sache zu sein, aber es ist sehr ungewöhnlich.«

Der Bauer mit seinem Sack war wiedergekommen. Er stellte seine Last ab, setzt sich darauf und verschränkte die Arme zum Zeichen, dass er jetzt wartete.

Eymerich warf ihm einen vernichtenden Blick zu, aber der andere rührte sich nicht vom Fleck. Der Inquisitor fügte sich und wandte sich wieder an Bernier, diesmal mit sehr leiser Stimme.

»Hast du je an dieser Messe teilgenommen?«

»Ja, da besteht überhaupt keine Schwierigkeit. Auch Ihr könnt es tun. Für heute Abend ist auch eine Zeremonie geplant. Offenbar finden die Herren des Orts nichts daran auszusetzen.«

»Komm vor der Vesper ins Kastell Ussel hinauf, ich

werde dort sein. Du wirst mich zum ... *consolamentum* begleiten.«

Nach diesen Worten stand Eymerich auf, gab dem Schreiber eine Münze und nahm das Blatt an sich, worauf der junge Mann willkürlich ein paar Worte geschrieben hatte. Flugs packte der Bauer seine Last und hatte auch schon den Platz vor dem Stand eingenommen.

Eymerich entfernte sich, als sich über dem gewohnten Lärm des Platzes ein anderes Geräusch bemerkbar machte. Es hörte sich an wie ein laute Glucksen, das sich rasch von einem Stand zum nächsten ausbreitete. Während das Geräusch weiter anschwoll, begriff der Inquisitor, dass es sich um Gelächter handelte. Schallendes, unbezwingliches Gelächter griff um sich und erfasste Handwerker, Soldaten, Bauern und Verkäufer. Bald war nichts anderes mehr zu hören als dieses Lachen.

Als Eymerich den Grund für so viel Heiterkeit entdeckte, verschlug es ihm den Atem, zuerst vor ungläubigem Staunen, dann vor Abscheu. Zwischen den Marktständen und den Warenkörben kam ein groß gewachsener Mann daher, bekleidet mit einer Jacke aus grobem Tuch. An den Gliedmaßen war nichts Ungewöhnliches, aber der Kopf war eindeutig der eines Esels, mit den charakteristischen langen Ohren und schnaubenden Nüstern. Man hätte sagen können, jemand habe einem Esel den Kopf abgeschnitten und ihn auf einen menschlichen Körper gesetzt, wobei beide Teile lebendig geblieben waren.

Trotz allem, was er in seiner Laufbahn als Inquisitor schon gesehen hatte, fühlte Eymerich sich wie gelähmt. Hektisch machte er mit dem Daumen ein Kreuzzeichen auf den Saum seiner Kutte. Das gab ihm das Gefühl, wieder festen Boden unter den Füßen zu gewinnen.

Derart gestärkt, stürzte er zurück zum Schreiber. Bernier schien der Einzige auf diesem Platz zu sein, der sich nicht dem hemmungslosen Gelächter hingegeben hatte. Eymerich stieß den Bauern beiseite und beugte sich zu dem jungen Mann hinunter.

»Was ist diese Abscheulichkeit?«, zischte er.

»Das ist eine von vielen. Er kommt jeden Tag vorbei. Er ist der Spott des Dorfs.«

Eymerich überhörte die Proteste des Bauern, der auf seinen Sack gefallen war, und versuchte die Menge zu teilen, um zu dem Mann mit dem Eselskopf zu gelangen. Der war aber umgeben von einer Schar kreischender Kinder. Er schritt einher, schüttelte die Nase und rollte mit den vorstehenden Augen, unempfindlich für den Spott. Dann lief ein Raunen durch die Menge und brachte Schreie und Gelächter zum Verstummen. Der Inquisitor schnappte die Worte »der Herr Semurel« auf, die ein gut gekleideter Kaufmann dicht neben ihm mit großem Respekt aussprach.

Am Ende des Platzes waren vier Soldaten mit dem Wappen der Challant erschienen. Ihnen folgte ein völlig schwarz gekleideter Mann zu Pferd.

Rücksichtslos hieben die Soldaten mit der flachen Klinge ihrer Schwerter auf die Schultern und Köpfe der Kinder und Neugierigen ein, die das Ungeheuer umringten, und jagten sie auseinander; dann packten sie dieses und nahmen es zwischen sich. Sie verschwanden in einer Seitenstraße, während der Mann zu Pferd einen letzten warnenden Blick zu der Menge warf und dann ebenfalls verschwand. Nach und nach kehrte alles in die gewohnten Bahnen der regen Betriebsamkeit zurück.

Eymerich war mehr als nervös und wäre versucht gewesen, noch einmal zu Bernier zu gehen, doch die Aussicht, es noch einmal mit dem Bauern mit den langen Haaren aufnehmen zu müssen, genügte, um ihn davon abzubringen. Lieber schlenderte er weiter mit finsterer Miene herum, versuchte, Gesprächsfetzen aufzuschnappen und im Geist alles festzuhalten, was sich als nützlich erweisen konnte. Sein gesamtes Verhalten verriet eine enorme Erregung.

Als die Kirchenglocken die sechste Stunde schlugen, machte er sich auf den Weg zum Schloss Ussel, das Pferd führte er am Zügel. Er vertraute darauf, dass Ebail den Kastellan schon von seinem Kommen verständigt haben und er eine bequeme Unterkunft vorfinden würde, die ihm eine Pause des Rückzugs und der Reflexion erlaubte, die er jetzt brauchte.

Die Saint-Clair-Kapelle, von der Bernier erzählt hatte, lag am Fuß einer Steigung auf einem kleinen Hügel. Er stieß die Tür auf, die sich quietschend öffnete. Das Innere war völlig schmucklos, nicht einmal ein Kruzifix gab es an den Wänden aus porösem Stein. Der von Salpeter verkrustete Altar war ein einfacher Granitblock, nackt und ohne einen Tabernakel. Davor stand eine einzige Gebetbank, auf die das Licht fiel, das durch ein Fenster ohne Scheiben drang. Offensichtlich gab es keine weiteren Räume.

Schwer vorstellbar, dass in dieser Umgebung jeden Abend eine Messe stattfinden sollte. Eymerich schloss die Türflügel sorgfältig wieder, überquerte auf einer Holzbrücke den Fluss und nahm die Steigung in Angriff, das Pferd am Zügel hinter sich herziehend.

Der Nachmittag war herrlich. Von den Gletschern, die den Talboden von Chatillon umringten, erhielt das Sonnenlicht überraschende Tönungen, als ob ihre Reinheit sich in lebendiges Licht übersetzen würde. Nach und nach bot sich das gesamte Panorama der Ortschaft dem Blick des Inquisitors dar, gesprenkelt von dunkelgrünen Waldstücken und Ginsterbüschen. Er konnte eine Gruppe von Reitern erkennen, die mit reichlich Fahnen und Standarten den Hügel von Schloss Challant herunterritten, jenseits des Flusses, der ein gleißendes Band bildete: Sicher war das Ebail, der in Begleitung einer stattlichen Eskorte nach Fénis aufbrach.

Trotz der Heiterkeit des Gesamtbilds war Eymerichs Gesicht finster, von kalter Entschlossenheit geprägt. Mittlerweile wusste er, dass die Ketzerei in Chatillon fest verwurzelt war. Es ging nun darum herauszufinden, wie weit sich das Übel ausgebreitet hatte, und dementsprechend zu handeln. Wahrscheinlich würde er unnachgiebig sein müssen, vielleicht auch grausam, und das irritierte ihn. Er versuchte sich also auf die Rolle einzustellen, die er würde spielen müssen, damit dann nicht später Skrupel oder Schwäche ihn in der Erfüllung seiner Pflicht behinderten.

Er war nun am Fuß des Felsens angelangt. Im Unterschied zu Schloss Challant, das mehr Residenz war als Wehranlage, wirkte das Kastell von Ussel wie eine finstere Trutzburg. Ein einziger quadratischer Klotz mit wenigen Fensterluken wurde von ein paar viereckigen und runden Wachtürmen überragt. Kein einziges Ornament lockerte die karge und wuchtige Anlage auf, die fest im Felsen verankert und ständig vom Wind gepeitscht war.

Der Inquisitor wurde vom Kastellan persönlich empfangen. Ohne weiteres erkannte Eymerich in ihm jenen Semurel wieder, der ein paar Stunden vorher das Ungeheuer mit dem Eselskopf seinen Verfolgern entzogen hatte: ein kräftiger, schlanker Mann mit aristokratischem und freundlichem Gesicht. Er trug eine anliegende schwarze Jacke, auf die ein einfaches Wappen aufgestickt war.

»Ich habe nur sehr wenig Dienerschaft«, entschuldigte sich der Kastellan. »Nur ein paar Soldaten. Ebail de Challant hat mir Euer Kommen angekündigt, und ich habe mein Bestes getan, um Euch ein bequemes Quartier zu bereiten.«

»Meine Ansprüche sind äußerst gering«, antwortete

Eymerich. »Jedoch müsste man vielleicht für meine Begleitung Unterkünfte bereitstellen, ich erwarte sie morgen.«

»Wie viele Männer?«

»Achtzehn. Zehn Soldaten mit ihrem Hauptmann, ein Notar, drei Dominikanerpater und drei …«, Eymerich suchte nach dem passendsten Ausdruck, »Justizbeamte, zwei davon sehr jung.«

»Das ist kein Problem«, sagte Semurel. »Ich werde das Gros der Wacheinheiten nach Schloss Challant verlegen, so sind sofort bewohnbare Zimmer für alle frei.«

»Ich bin Euch zu Dank verpflichtet.«

Nachdem er das Pferd einem Stallburschen mit debilem Gesichtsausdruck übergeben hatte, führte Semurel den Inquisitor durch das Eingangstor und eine dunkle Eingangshalle, die mit Fresken von erstaunlicher Hässlichkeit ausgeschmückt war. Einige Soldaten, die an den feuchten Wänden hockten, erhoben sich mit lautem Waffengeklirr.

Am unteren Ende einer Wendeltreppe, die recht wackelig aussah, blieb der Kastellan stehen.

»Ich bin sicher, Pater, dass Ihr Euch etwas Besseres erwartet habt.«

»Nein, nein. Ich werde mich sehr wohl fühlen.« Tatsächlich hatte Eymerich auf eine einfache Unterbringung gehofft, mit nur den wesentlichen Einrichtungsgegenständen. Er liebte kahle Wände: Deshalb mied er in Avignon den Papstpalast, wenn er nur konnte. Die Überladenheit dort verursachte ihm Übelkeit, fast als ob er darin etwas Krankes erkennen würde.

Er war daher freudig überrascht, dass das Zimmer im dritten und obersten Stockwerk, das ihm zugewiesen war, seinem Geschmack vollkommen entsprach. Eine Rosshaarmatratze auf einem niedrigen Podest war umgeben von Truhen, ohne Baldachin; ein paar Hocker;

eine Truhe und ein Schreibtisch unter einem großen zweibogigen Fenster. Das war mehr, als er brauchte.

»Ihr werdet mir die Ehre erweisen, mit mir zu Abend zu speisen«, sagte Semurel, während ein alter Diener das sperrige Bücherpaket neben dem Bett ablegte.

»Die Ehre ist auf meiner Seite.« Eymerich brannte darauf, den Kastellan nach dem Mann mit dem Eselskopf zu fragen, doch er konnte den Wunsch beherrschen. »Ich möchte nur, dass das Abendessen nach der Vesper stattfindet. Ich habe im Dorf zu tun.«

»Ganz zu Eurer Verfügung.«

Als Semurel hinausgegangen war, öffnete Eymerich das Bücherpaket und vertiefte sich in die Lektüre der Texte, die er mitgebracht hatte. Er las noch, als der Diener ihm meldete, dass unten ein junger Mann auf ihn warte.

»Schon Vesper?«, sagte der Inquisitor. »Ich komme gleich.«

Bernier wartete vor dem Eingangstor auf ihn, auf einem Maultier mit trübsinnigem Ausdruck, das gut zum wenig lebhaften Äußeren des Schreibers passte. Eymerich ließ sich vom Stallburschen sein Pferd bringen und ritt mit dem jungen Mann den abschüssigen Weg hinunter, der zwischen zwei Reihen hoher Bäume über den Fluss und zur Kapelle führte. Die späte Nachmittagssonne ließ die Pflanzen rot aufleuchten.

»Bist du sicher, dass sie uns einlassen?«

»Sie scheinen Fremden gegenüber nicht misstrauisch zu sein«, antwortete Bernier. Dann setzte er mit einem leichten Zögern hinzu: »*Magister,* es gäbe da so viele Dinge, die ich Euch fragen möchte ...«

»Nicht jetzt.«

Durch die Tür und das einzige Fensterchen der Saint-Clair-Kapelle drang der Schein von Fackeln, die drinnen brannten, und Rauch. Die Zeremonie musste schon begonnen haben, denn vor dem kleinen Gebäude sah man nur ein paar Maultiere und ein Pferd, die an den Lärchen festgebunden waren.

Eymerich befahl Bernier, sich um ihre Tiere zu kümmern und sie für alle Fälle parat zu halten. Er löste den Gürtel und übergab sein Schwert dem jungen Mann, der es mit beunruhigtem Blick betrachtete. Dann, nachdem er sich mit gebieterischer Geste jeden Einwand verbeten hatte, ging er auf die Tür der Kapelle zu; die Türflügel standen weit offen.

Der beißende Geruch von Talg erfüllte den kleinen Raum. Anwesend waren etwa vierzig Leute, Männer und Frauen, die an den Wänden standen. Nicht alle sahen arm aus: Zwischen den unbedeckten Köpfen der Bauern mit ihren Blusen aus grobem Tuch stachen die bestickten Turbane einiger Kaufleute und Edelmänner von niedrigem Adel hervor. Zahlreich waren die Soldaten, unter denen Eymerich sofort diejenigen wiedererkannte, die er am Abend zuvor in der Taverne gesehen hatte. Drei oder vier Kinder spielten zwischen den Beinen der Erwachsenen Fangen.

Der Offiziant, der sich nur durch eine Kordel um die Taille auszeichnete, war derselbe Quacksalber, den Eymerich am Morgen in Chatillon gehört hatte, als er den Bauern auf dem Marktplatz eine fragwürdige Medizin aufzuschwatzen versuchte. Im markigen Tonfall eines Marktschreiers radebrechte er nun ein lückenhaftes Latein mit dem franco-provenzalischen Akzent dieser Gebirgstäler. In Händen hielt er ein dünnes Büchlein mit zerschlissenem Einband, das er über den Kopf eines Soldaten erhoben hielt, der mit seinem Helm unter dem Arm vor dem Altar kniete.

»Gibst du dich Gott und dem Evangelium hin?«

»*Ita*«, antwortete der Soldat.

»So schwöre denn, dass du keinerlei Fleisch essen wirst, weder Eier noch andere Nahrung, die nicht aus dem Wasser kommt, wie Fische, oder vom Holz, wie Öl ...«

Mit finsterem Gesicht und verschränkten Armen hatte sich der Inquisitor an die Wand gelehnt. Einige der Anwesenden hatten ihn neugierig gemustert, den Blick dann aber sofort abgewandt. Eymerich bemerkte eine so intensive Teilnahme am Ritus bei ihnen, dass diese an Ekstase grenzte, was in den gesammelten Gesichtern und den halb geöffneten Lippen zum Ausdruck kam.

Der Offiziant warf ihm einen flüchtigen Blick zu. Mit einer leichten Veränderung des Tonfalls ging er vom Latein zum Französischen über. Das verursachte unter den Anwesenden ein leises Schwanken der Köpfe, das jedem anderen als Eymerich entgangen wäre.

»Beten wir nun für unseren Heiligen Vater Urban, für die heilige Katholische Kirche, für unseren Bischof Quart. Auf dass der Segen unseres Herrn Jesus Christus auf sie komme, der für uns Mensch geworden und am Kreuz gestorben ist, wiederauferstanden am dritten Tag …«

Die Lippen des Inquisitor verzogen sich zu einem schmalen Lächeln, das sofort wieder verschwand. Er wartete noch etwas, indem er so tat, als betete er, dann bekreuzigte er sich und verließ die Kapelle.

»Welchen Eindruck hatten Sie, Pater Nikolas?«, fragte Bernier, während er die Reittiere losmachte.

»Ich hatte den Eindruck, dass du noch viel zu lernen hast«, antwortete Eymerich in unwirschem Ton. Er stieg aufs Pferd und ritt neben dem jungen Mann, der sein Maultier bestiegen hatte. »Weißt du, wie der Arzt heißt, der auf dem Markt Zaubertränke verkauft?«

»Er heißt Authié«, sagte der junge Mann, dessen gewöhnlich wenig ausdrucksvolles Gesicht eine gewisse Demütigung erkennen ließ. »Ich glaube, er ist Diakon. Manchmal hilft er dem Priester bei der Messe.«

Bei diesem Namen war Eymerich zusammengezuckt. »Authié, hast du gesagt? Pierre Authié vielleicht?«

»Ich weiß nicht. Niemand nennt ihn beim Vornamen.«

Der Inquisitor dachte einen Augenblick lang nach, dann schüttelte er den Kopf.

»Nein, das kann nicht der sein, den ich meine, denn das würde ja bedeuten, dass in diesen Gebirgstälern wirklich der Teufel herrscht. Willst du dich nützlich machen?«

»Befehlt, *magister.*« Bernier brannte darauf, das Wohlwollen seines Vorgesetzten wiederzugewinnen.

»Beschaff mir ein paar lebende Schlangen, sagen wir ein Dutzend. Auch Vipern sind gut, aber solche ohne Gift. Ich will sie bis morgen Abend auf dem Schloss.«

Der junge Mann riss die Augen auf. »Schlangen habt Ihr gesagt? Und wo soll ich die suchen?«

»Frag den Apotheker, oder?« Eymerich lenkte sein Pferd die Steigung hinauf. Nach zehn Schritten etwa wandte er sich noch einmal zu Bernier um, der reglos auf seinem Maultier sitzen geblieben war. »Und auch ein paar Eidechsen!«, rief er ihm zu. »Aber steck sie nicht in den gleichen Sack.« Nach diesen Worten ritt er im Trott weiter in Richtung Ussel.

Der junge Mann sah ihn zwischen den Lärchenstämmen verschwinden, während die Sonne, die hinter den schneebedeckten Berggipfeln schon untergegangen war, letzte, mit Gold verbrämte Strahlen über die Gletscher sandte.

1959 – Der dritte Ring

Dem fetten Lionel Trifa lief der Schweiß in Bächen herunter, während er zerstreut die Skyline von Guatemala City betrachtete. Die Hotelterrasse war von bunten Markisen überdeckt, die die Tischchen wohl vor der Sonneneinstrahlung schützten, aber gegen die drückende Hitze des guatemaltekischen Novembers nichts ausrichten konnten.

Das steigerte noch Trifas Ärger darüber, dass er hier sein musste. Er warf Oberst Eugen Dollmann, der an seinem Rum auf Eis nippte, einen verärgerten Blick zu.

»Für mich, einen Mann des Glaubens, ist es sehr kompromittierend, hier zu sein. Hätte nicht der Kommandant persönlich die Einladung ausgesprochen, wäre ich niemals gekommen.«

Dollmanns Augen funkelten vor Ironie, in der eine Spur Verachtung wohl auch nicht fehlte.

»Seit fünf Jahren ist Guatemala so sicher wie Paraguay. Deshalb hat der Kommandant beschlossen, sich hier niederzulassen.« Er machte eine Pause und fügte hinzu: »Wie heißt Ihre Kirche noch einmal?«

»Rumänisch-amerikanische Kirche der Episcopal-Orthodoxen, *Roumanian American Church of Episcopal-orthodoxes.* Wir benutzen die Abkürzung R.A.CH.E.«

»Ist das nicht etwas leichtsinnig, bei der Bedeutung des Wortes im Deutschen?«

»Um jeden Verdacht zu zerstreuen, haben wir den Namen durch ›Inc.‹ ergänzt, *incorporated.*« Trifa hörte auf, sich mit einem schmuddeligen Taschentuch den

Schweiß abzuwischen und grinste schlau. »Ich bin also auch Geschäftsmann.«

»Eben deswegen braucht der Kommandant Sie.« Obwohl er einen tadellosen grauen Anzug trug, schien Dollmann die Hitze nichts anhaben zu können. »Stimmt es, dass Sie vor vier Jahren das Eröffnungsgebet vor dem Kongress der Vereinigten Staaten gesprochen haben?«

»Vor dem Senat, vor dem Senat«, berichtigte Trifa. Sein Tonfall wurde weinerlich. »Damals ist der Skandal ausgebrochen. Die Juden haben ein Mordsspektakel gemacht und die Zeitungen gefüllt mit Anklagen gegen den früheren Leiter der Eisernen Garde, Anstifter des Pogroms von Bukarest und noch vieler anderer Dinge, von denen ich glaubte, sie wären längst vergessen. Ich war gezwungen, mit der RACHE zuerst nach Atlanta und dann nach Santa Fe zu gehen, wo sie endlich aufgehört haben, mich zu verfolgen.« Er stieß einen tiefen Seufzer aus.

Dollmann sah Trifa durchdringend an. »Ihre Gefolgsbereitschaft ist trotzdem unvermindert, nicht wahr?«

»Das habe ich Ihnen doch schon vor zwei Monaten gesagt, auf dem Kongress von Hameln«, erwiderte der Pastor. »Stets zu Diensten des Kommandanten Bor ...«

»Nennen Sie diesen Namen nicht«, unterbrach ihn Dollmann barsch.

Trifa machte eine unbestimmte Geste. »Sagen wir also zu Diensten der *Hilfsorganisation.*« Er trank einen Schluck von seinem Getränk, Tequila auf Eis, serviert in einem Glas mit Salz am Rand, und verzog das Gesicht. »Stimmt es, dass Graf tot ist?«

Dollmann kniff die blauen Augen zusammen. »Ja, vor zwei Wochen. Für den Kommandanten ist das ein schwerer Schlag gewesen. Seit dem Berliner Bunker waren sie immer zusammen gewesen.«

»Und das genetische Programm?«

Dollmann ließ seinen Blick über die anderen Tische auf der Terrasse schweifen, die zumeist von guatelmaltekischen Offizieren und jungen Prostituierten besetzt waren. Niemand schien ihnen zuzuhören.

»Wird fortgesetzt, wenn möglich.« Er senkte die Stimme und beugte sich nach vorn. »Es war Graf gelungen, das Colchicin für einen erwachsenen Menschen ohne tödliche Folgen verträglich zu machen und es gleichzeitig wirksam genug zu halten, um die Regenerationsprozesse in Gang zu setzen. Es war das Ei des Kolumbus: Man brauchte es bloß zu verdünnen. Das Problem war allerdings die Dosierung.« Er unterbrach sich einen Moment, um einen Schluck Rum zu trinken. »Vor einigen Jahren hat Graf entdeckt, dass das Colchicin in einer dreiprozentigen wässrigen Lösung nicht tödlich ist und trotzdem die Anzahl der Chromosomen in der Zelle verdoppelt.«

Trifas Aufmerksamkeit war nun geweckt. »Dann ist es also geschafft.«

Dollmann schüttelte den Kopf. »So einfach ist das nicht. Sie wissen vielleicht, dass es weibliche XX-Chromosomen und männliche YY-Chromosomen gibt. Als Graf anfing, Indios diese Lösung zu verabreichen, bekamen die meisten von ihnen unkontrollierbare Wutanfälle, überall im Körper brachen Tumore aus und sie starben im Lauf von drei Tagen. Offenbar hat das Colchicin unberechenbare Wirkungen und bringt Chromosomen vom Typ XYY hervor, die Graf für die Ursache der aggressiven Verhaltensweisen hielt.«

Trifa winkte den Ober heran. »Dann ist also alles verloren.«

»Ganz und gar nicht«, antwortete Dollmann. Er bestellte ein Bier und fuhr fort: »Was ich Ihnen erzählt habe, betrifft die Verabreichung von Colchicin an Erwachsene. Wir sind jedoch in der Lage, wenigstens theoretisch, direkt auf die befruchtete Zelle einzuwirken und ihre Entwicklung zu verändern. Wenn wir einen Weg fänden, den ganzen Prozess zu steuern, könnten wir extrem widerstandsfähige Kinder zur Welt bringen oder etwa solche mit zwei Herzen und einer einzigen Lunge.«

»Ein schönes Ergebnis«, brummte Trifa. Er wartete, bis der Ober ihm eine zweite Tequila und Dollmann das Bier serviert hatte, dann fuhr er fort: »Wir werden langsam zu einem Haufen Wissenschaftler, wir, die wir einst Soldaten waren. Wer hätte das gedacht, vor zwanzig Jahren?«

Der Blick der Obersten wurde eiskalt. »Wir kämpfen mit den Waffen, die die neuen Zeiten uns zur Verfügung stellen. Aber der Krieg ist noch immer der gleiche.« Er wischte sich den Bierschaum von den Lippen. »Jetzt ist das Problem die Steuerung der Prozesse. Wir verfolgen eine neue Forschungsrichtung, ohne jedoch Grafs alte Idee mit dem Senfgas ganz aufzugeben. Haben Sie schon einmal etwas von der DNS gehört?«

»Vage«, antwortete Trifa, der den Begriff zum ersten Mal hörte.

Dollmann sah ihn mit kaum verhohlener Ironie an. »Vielleicht laufe ich ja Gefahr, Dinge zu wiederholen, die Sie schon kennen. Tatsache ist, dass diese DNS, die in allen Zellen vorhanden ist, aus einer Doppelstrang-Helix besteht. Man sagt, die Chromosomen bestehen aus dieser DNS plus Proteinen. Das scheint zu erklären, wie die Chromosomen es fertig bringen, sich zu teilen, wenn sich die Zelle teilt. Die beiden verflochtenen Stränge der DNS lösen sich voneinander. Wenn das stimmt, dann setzt das Colchicin genau an dieser Stelle an. In einer Art und Weise, die wir nicht kennen, verändert es den Prozess der Ablösung.«

»Interessant«, sagte Trifa, der wirklich beeindruckt schien.

»Und das ist noch nicht alles. Vor wenigen Jahren hat ein gewisser Kornberg an der Stanford University – ein Jude, fürchte ich – ein Enzym entdeckt, das imstande ist, ausgehend von einem alten Stück neue Abschnitte DNS zu generieren. Wenn wir mehr darüber wüssten, könnte das das Instrument sein, nach dem wir suchen, um die Wirkung des Colchicin und die Vermehrung der Chromosomen zu steuern.«

»Und auf welche Weise?«

»Die Idee war Folgende. Wenn die Zelle sich zweiteilt, hält das Colchicin die verdoppelten Chromosomen in einer der beiden neuen Zellen fest. Soweit man darüber weiß, verursacht die Polymerase die Verdoppelung eines ganz bestimmten Segments der DNS, was ohne weiteres das eines Chromosoms sein könnte. Wenn wir in der Lage wären, die beiden Effekte zu kombinieren, dann könnten wir auswählen, welche Chromosomen verdoppelt werden, und sie in einer einzigen Zelle festhalten. Die Wirkung des Colchicin wäre nicht mehr zufällig.«

Trifa nahm einen großen Schluck Tequila. Er fuhr sich mit einer Hand durch das fettige Haar. »Mit wie vielen Dingen ein Mann der Kirche sich heutzutage befassen muss.«

Dollmann zuckte die Achseln. »Auch für einen Soldaten wie mich ist es nicht leicht gewesen, mich in diese Materie einzuarbeiten. Doch wir waren die Ersten, die sich mit Eingriffen in die Biologie des Menschen befasst und Massenversuche durchgeführt haben. Diesen Vorsprung müssen wir um jeden Preis halten.«

Trifa knöpfte sein von Schweiß durchnässtes, geblümtes Hemd noch weiter auf, und leckte etwas Salz vom Rand seines Tequilaglases. Er schaute auf die gleißende Fläche der Blechdächer. »Kennen Sie Mureles?«, fragte er dann.

»Den mit dem Hund?«

Eine Regung unsäglichen Abscheus blitzte kurz in den Glubschaugen des Pastors auf.

»Ich bitte Sie, erinnern Sie mich nicht daran.« Er schluckte. »Ja, der mit dem Hund. Der Sammler von Ungeheuern.«

»Und?«

»Mureles arbeitet jetzt mit mir zusammen. Ich habe ihm Grafs Aufzeichnungen zu lesen gegeben, die im vergangenen Juni in dieser argentinischen Zeitschrift erschienen sind ...«

»Der Weg?«

»Genau. Mureles behauptet, die Phänomene, die Graf schildert, können auch in der Natur eintreten.«

»Wie, in der Natur?« Dollmann verlor für einen Augenblick seinen autoritären Tonfall.

»Etwa fünfzig Kilometer von Santa Fe entfernt liegt am Fuß des Sangre-Christo-Gebirges das Heiligtum Chimayò. Mureles hat dort freien Zutritt, weil sein Vater auf dem Gelände Wächter war. Die Leute vom Ort glauben, dass ein bestimmter Teil der Erde in dem Heiligtum wunderbare Heilkräfte hat. Sie nehmen die Erde auf und reiben sich den Körper damit ein, überzeugt, dass sie das von Krankheiten heilt. Und in der Tat lehnen an den Wänden des Heiligtums überall Krücken, die Lahme, die wieder gehen konnten, dort zurückgelassen haben.«

»Warum erzählen Sie mir das alles?«

»Mureles ist überzeugt, dass es unter diesem Gelände eine Quelle mit schwefelhaltigem Wasser gibt und dass es dieses Wasser ist, in Verbindung mit den Gasen, die es freisetzt, das die Leiden der Gläubigen heilt. Mureles zufolge wirkt dieses Wasser auf die Zellen ein und regeneriert sie.«

Dollmann brach in ein Gelächter aus, das ohne jede Wärme war. »Jetzt werden wir also dann bald Wasser aus Lourdes in Flaschen abfüllen, um die arische Rasse zu verbessern.«

Trifa kicherte ebenfalls und fühlte sich leicht gedemütigt. In dem Moment war die Terrasse eine einzige glühende Zementplatte.

»Los, verlieren wir nicht unsere Zeit«, fing Dollmann wieder an, ernst geworden. »Was wir von Ihnen wollen, ist ganz einfach. Wir bitten Sie, Ihre Organisation, die RACHE, als Deckmantel für unsere Aktionen benutzen zu können.«

Trifa hätte sich fast an der Tequila verschluckt, die er gerade trank. Er hustete, spuckte und sah Dollmann mit blau angelaufenem Gesicht an. »Aber das ist doch eine Kirche!«

»Auch die *Hilfsorganisation* ist eine Gesellschaft für gegenseitige Hilfe.« Dollmanns Blick war eisig. »Wir brauchen eine unbescholtene und unverdächtige Institution mit Hauptsitz in den USA, die wir in allen Ländern, in denen wir operieren, einrichten können. Es gibt keine bessere Deckung als eine religiöse Institution. Wir würden sogar Fördermittel für unsere Forschungen locker machen können.«

»Niemals!« Trifa wischte sich wieder den Schweiß ab, der ihm in Bächen aufs Hemd floss. »Haben Sie mich verstanden? Niemals!«

»Der Kommandant selbst wird es übernehmen, Sie zu überzeugen!«, erwiderte Dollmann ruhig und sah auf die Glaswand der Bar.

Trifa folgte seinem Blick. Ein dicker Alter in Weiß kam vom Ende der Terrasse heran. Der Pastor sprang auf, die Knie zitterten ihm vor Aufregung.

Auch die Gäste, die näher bei der Glaswand saßen, standen unwillkürlich auf. Eine Frau schrie und schlug die Hände vors Gesicht. Ein Offizier, der ihr zu Hilfe eilen wollte, stieß einen Stuhl um. Der Ober wich mit entsetzt aufgerissenen Augen zurück.

»Mein Gott«, murmelte Trifa leichenblass. »Er hat den Hund mitgebracht!«

KAPITEL IV

Die Mauer im Wald

»Es tut mir Leid, dass ich Euch nichts Besseres bieten kann, Pater«, sagte Semurel, als der weißhaarige Diener zwei gekochte Forellen in reichlich Kräutersud auftrug. »Das Leben in diesem Schloss steht im Zeichen der Anspruchslosigkeit.«

»Das ist viel mehr, als ich gewöhnlich zu mir nehme, Herr«, entgegnete Eymerich, wobei er sich die Hände am Tischtuch abtrocknete, nachdem er sie in einer kleinen Schale, die neben dem Brot vor ihm stand, gewaschen hatte.

Das Abendessen, bestehend aus diesem einzigen Gericht und einem Krug Bier, fand in einem kahlen und unangenehm kalten Saal statt. Zwei eiserne Kandelaber standen in der Mitte des massiven Eichentischs neben einem riesigen Kamin, der aber doch nicht ausreichte, um den Raum zu erwärmen. Die Haube war mit nur wenigen Waffen geschmückt, Schwertern und Streitäxten mit Kettenbeschlag. Nichts sonst, außer einem alten Trog auf dem Weidengeflecht, das den Boden bedeckte, vermittelte den Eindruck, dass man sich in den Gemächern eines Adeligen befand.

Semurel hatte auf Eymerich einen positiven Eindruck gemacht. Von umgänglicherem Benehmen als Ebail, schien er weniger naiv und vor allem gebildeter.

Während er mit den Fingern die Forelle zerlegte, die sehr groß, aber nicht besonders schmackhaft war, fragte Eymerich sich, wie er es am besten anstellen sollte, um zu den Themen zu gelangen, die ihm am Herzen lagen. Er beschloss, den direkten Weg einzuschlagen, verbrämt durch Freundlichkeit in Gesten und Stimme.

»Mir scheint, Herr, ich hatte schon Gelegenheit, Euch zu treffen.«

»Ach ja?«, sagte der Kastellan. »Und wann?«

»Erst heute Morgen. Auf dem Markt war ein armes Geschöpf mit abnormem Kopf dem Spott der Menge ausgeliefert, bis Ihr ... Erinnert Ihr Euch?«

»Sicher«, antwortete Semurel mit einem Lächeln. »Ich würde allerdings nicht von einem abnormen Kopf, sondern von einem regelrechten Eselskopf sprechen. Ich nehme an, das Schauspiel hat Euch in Staunen versetzt.«

»In der Tat.«

»Das Staunen ist verständlich bei jemandem, der nicht aus dieser Gegend ist.« Semurel trank einen Schluck Bier und wischte sich dann mit dem Handrücken den Mund ab. »Ein merkwürdiger Fluch liegt auf diesen Gebirgstälern, die ansonsten doch so lieblich sind. Es wird das Wasser sein, die Luft, verseuchtes Blut oder irgendein anderer Faktor, den ich nicht kenne. Tatsache ist jedenfalls, dass die Bäuerinnen ab und zu ein abnormes Wesen zur Welt bringen, mit den Gliedmaßen von Tieren, oder häufiger noch ohne Haare und ohne Verstand.« Semurel unterbrach sich und betrachtete den Inquisitor verstohlen. »Ich nehme an, Ihr denkt jetzt an ein Werk des Teufels.«

»Nein«, antwortete Eymerich mit einem leichten Lächeln. »An den Teufel denke ich nur, wenn ich keine besseren Erklärungen habe.«

»Das ehrt Euch, Pater. Ich sehe das so: Wäre es das Werk des Teufels, dann würden böse Geschöpfe entstehen oder jedenfalls Werkzeuge des Bösen. Dagegen sind diese Wesen harmlos, meist fügsam, manchmal wild, aber immer scheu und aller Gewalt abhold.«

»Ihr sprecht von ihnen, mit Verlaub, mit einer Art von Sympathie.«

Semurel nickte heftig. »Ihr könntet fast sagen Zuneigung. Vor sechs Jahren befahl mir Ebail, der von der Sache beunruhigt war, alle abnormen Geschöpfe auszurotten. Der Bischof von Aosta, der wegen der Rechtmäßigkeit der Aktion befragt worden war, hatte seine Einwilligung gegeben. Als ich mich jedoch diesen armen unglücklichen Wesen gegenüber sah, war mir sofort klar, wie vollkommen harmlos sie waren. Jemanden zu töten, der sich nicht wehrt, sondern einfach versucht, sich dem Blick zu entziehen, widerspricht dem ritterlichen Ehrenkodex. Ich konnte Ebail davon überzeugen, den Fall auf andere Weise zu lösen. Ich versammelte alle Monstren mit einigermaßen menschlichem Aussehen und baute ihnen im Kastanienwald von Bellecombe ein Dorf mit Hütten, wenige Meilen von hier. Ab und zu lasse ich ihnen einen Korb mit Lebensmitteln bringen, wie wir es auch mit unseren Leprösen machen. Seither haben sie mir nie irgendwelchen Ärger gemacht.«

»Und der Mann mit dem Eselskopf?«

»Das ist einer der Einwohner von Bellecombe. Da er zu den wenigen gehört, die normal aufrecht gehen können, trage ich ihm manchmal einfache Dienste auf, besonders den Transport von schweren Lasten ins Dorf. Mein Diener ist zu alt und die Soldaten haben andere Aufgaben.«

Unterdessen war Eymerich mit der Forelle fertig. Während er sich abschließend noch einmal die Finger wusch, fragte er: »Wie verhalten sich die Eltern dieser Geschöpfe?«

Semurel verharrte einen Moment in Schweigen, dann antwortete er: »Es ist nie möglich gewesen, ihre Eltern auszumachen. Offenbar setzen sie ihre missgebildeten Kinder, sobald sie laufen können, einfach in den Bergen aus.«

Eymerich erschien diese Erklärung wenig überzeugend. Aus welchem Grund sollte eine Mutter oder ein Vater warten, bis ihr Kind herangewachsen war, um es auszusetzen? Und welche Wöchnerin würde sich ein Neugeborenes mit Eselskopf an die Brust legen? Er beschloss jedoch, darüber hinwegzugehen. Das Abendessen war vorbei und es war spät.

Während sie sich vom Tisch erhoben, stellte Semurel die Frage, auf die der Inquisitor schon lange wartete.

»Verzeiht, Pater. Ich weiß, dass ich vielleicht nicht fragen sollte … Ebail hat mir keine rechte Erklärung für Eure Anwesenheit hier gegeben. Ich würde den Grund dafür gern erfahren.«

Eymerich sah ihm unverwandt in die Augen. Noch einmal beschloss er, keine Ausflüchte zu suchen.

»Eure Neugierde ist berechtigt. Ich bin gekommen, um hier ein Tribunal der Heiligen Inquisition zu errichten, deren bescheidener Diener ich bin. Ich beabsichtige, damit schon morgen zu beginnen, sobald mein Gefolge eingetroffen ist.«

Bei den Worten »Heilige Inquisition« war Semurel zusammengezuckt. Er schluckte ein paarmal, dann brachte er murmelnd hervor: »Ein Tribunal … Und das wollt Ihr hier einrichten, in diesem Kastell?«

»Genau.« Eymerich fragte sich, ob die Verwunderung des Kastellans echt war und ob Ebail ihm wirklich nichts gesagt hatte. »Ich weiß, dass ich Euch ziemliche Ungelegenheiten bereite, doch ich denke, ich werde meine Arbeit schnell erledigt haben.«

Semurel hatte sich sofort wieder erholt. Es gelang ihm sogar, ein blasses Lächeln anzudeuten, das ihn einige Überwindung kosten musste.

»Wenn dies Ebails Wunsch ist, kann ich mich dem nur fügen.«

Er fragte nicht, welche Ziele dieses Tribunal verfolgen würde: Entweder ahnte er es schon oder die anhaltende

Verwunderung hinderte ihn am Denken. Eymerich vermutete, dass er im Geist alle möglichen Folgen der erschütternden Neuigkeit durchging.

Sie verabschiedeten sich mit scheinbar unveränderter Höflichkeit. Der alte Diener, der auf Befragen erklärte, der einzige Diener im Schloss zu sein, begleitete Eymerich bis zur Tür seines Zimmers im dritten Stock unter den Wehrgängen. Dann nahm er eine Kerze aus dem Kandelaber, den er in der Hand hielt, und gab sie ihm.

Eymerich schob den Riegel vor und rüttelte ein paar Mal daran, um seine Festigkeit zu prüfen. Dann löschte er die Kerze, warf sich auf die Matratze und schlief trotz der eisigen Kälte fast sofort ein.

Kurz nach Laudes wachte er auf, wie es seine Gewohnheit war, seitdem er außerhalb des Klosters lebte. Das zweibogige Fenster über seinem Schreibtisch hielt eine Überraschung für ihn bereit: Nur selten hatte er in einem Schlafzimmer mit einem so großen Fenster geschlafen, und das Schauspiel des rosafarbenen Sonnenlichts, das hinter den Berggipfeln emporkam, war ungewohnt und faszinierend für ihn.

Aus dem Paket, das auch die Bücher enthielt, zog er die sorgfältig zusammengelegte weiße Kutte und das weiße Skapulier sowie den schwarzen Umhang und die schwarze Kapuze hervor. Er legte die groben Kleider vom Tag zuvor ab und zog das Dominikanerhabit an, wobei ihm sein Schwert einfiel, das er achtlos Bernier überlassen hatte. Dann kniete er vor dem zweibogigen Fenster nieder, auf dem Stroh, das den Boden bedeckte, und versenkte sich ins Gebet.

Er betete an die zwei Stunden lang, bis seine Knie ihm fast unerträgliche Schmerzen bereiteten. Als er wieder aufstand, bewegte er, sehr vorsichtig und darauf bedacht, die seltenen und kostbaren Scheiben nicht zu beschädigen, den Rahmen der Glasscheiben im Fenster. Es gelang ihm, den Rahmen in seinen Angeln zu drehen.

Er bewunderte die geniale Einfachheit der Vorrichtung und beugte sich hinaus, um die Außenwand des Schlosses zu betrachten.

Schwindel erfasste ihn. Das Fundament des Bauwerks stand auf dieser Seite direkt über einem Abgrund, dessen Steilheit durch den Pflanzenwuchs zwischen den Felsen kaum gemildert wurde.

Er hielt sich gut an den Säulchen des Fensters fest und lenkte den Blick nach oben. Er erblickte das Glacis, wo ein Blitzen die Rüstung eines Wachsoldaten anzeigte. Vorsichtig zog er den Kopf zurück, erleichtert bei dem Gedanken, wieder mit beiden Beinen auf festem Boden zu stehen, und betrachtete die Aussicht.

Zu seiner Linken jenseits des Flusses drängten sich die mit Schindeln gedeckten Dächer der Häuser von Chatillon, an den Hügel gekrallt, auf dem sich das Schloss der Challant erhob. Daneben war die Kirche zu erkennen samt ihrem Glockenturm mit einer doppelten Reihe von zweibogigen Fenstern. Weiter entfernt sah man eine kleine namenlose Ortschaft, rund um eine große Kirche mit ebensolchem Glockenturm geschart. Doch den eindrucksvollsten Anblick boten die Berge und die Gletscher, vor allem die sehr hohen in der Ferne, deren Namen Eymerich nicht kannte und die sich hinter Chatillon erhoben und das Tal abschlossen.

Als er eben in diese Richtung sah, erblickte der Inquisitor einen kleinen Zug von Reitern, die sich auf das Dorf zu bewegten und dann die Brücke überquerten, die in den Ort hineinführte. Mit Sicherheit war das sein Gefolge, pünktlich wie verabredet. Er rannte hinunter, wobei er die Wachposten durch seine neue Kleidung in nicht geringes Erstaunen versetzte, ließ sein Pferd satteln und sprengte im Galopp nach Chatillon; im Vorbeieilen winkte er Semurel zu, der eben am Schlosstor erschien.

Er fand seine Getreuen am Fuß der Steigung, die zum Schloss Challant hinaufführte, wohin sie gezogen waren in der Annahme, den Inquisitor dort anzutreffen. Sie begrüßten ihn mit einem gewissen Überschwang, als ob sie um sein Schicksal gebangt hätten.

Eymerich lenkte sein Pferd neben das von Pater Jacinto Corona, der mit dem Hauptmann an der Spitze des Zuges ritt.

»Schwierigkeiten unterwegs?«

»Nein, *magister.* Es war eine sehr angenehme Reise.«

»Folgt mir.«

Während sie im Trab in Richtung Ussel ritten, gab Eymerich einen kurzen Abriss der Ereignisse vom Tag zuvor für Pater Jacinto, den Notar und die beiden Versehpriester. Diese, Pater Simon und Pater Lambert, begriffen wenig oder gar nichts davon. Durch ihre Fragen gereizt, verschob der Inquisitor alle weiteren Erklärungen auf den Augenblick der Ankunft und setzte sich an die Spitze des Zuges.

Erst als sie an der Kapelle des *consolamentum* vorbeikamen, verlangsamte Eymerich seine Gangart und setzte sich neben den Hauptmann der Eskorte.

»Heute Abend, Hauptmann …« Er unterbrach sich. »Hauptmann?«

»Reinhardt, Pater Nikolas«, antwortete der Soldat, der sich verpflichtet fühlte, als Erklärung hinzuzufügen: »Ich bin Schweizer Söldner.«

»Merkt Euch diese Orte, Hauptmann Reinhardt, und vor allem diese Kapelle. Heute Abend werdet Ihr dort Verhaftungen vornehmen müssen.«

»Zu Befehl.«

Semurel erwartete sie in Begleitung des alten Dieners unter dem Eingangstor des Kastells. Mit einer gewissen Unruhe betrachtete er die Stahlwamse über den grünen und schwarzen Jacken der Soldaten und noch mehr die kräftigen Glieder und die brutalen Züge des Henkers und seiner blutjungen Gehilfen, von denen einer ein sehr schweres Bündel trug.

Trotzdem zwang er sich zu einem Lächeln und kam ihnen mit feierlichen Gesten entgegen.

»Willkommen in Kastell Ussel, hochverehrte Patres. Ein Willkommen auch Eurer Eskorte, die tüchtig und gut bewaffnet ist, wie ich sehe. Ich und mein Diener stehen zu Eurer Verfügung.«

Alle antworteten mit einer leichten Verbeugung und stiegen vom Pferd. Während sich die Soldaten, der Henker und seine Gehilfen in die Küche und die Ställe zurückzogen, war es an Eymerich, die Herren einander vorzustellen.

»Das, meine Herren, ist Pater Jacinto Corona, ein treuer Diener Christi und gelehrter Angehöriger des Ordens des Heiligen Dominikus aus Kastilien. Neben ihm, das ist Herr de Berjavel aus Avignon, mein langjähriger Freund und ein in allen Prozeduren des Rechts überaus beschlagener Notar, der der Heiligen Inquisition schon viele wertvolle Dienste geleistet hat. Und dann sind da Pater Lambert aus Toulouse und Pater Simon aus Paris, Dominikaner auch sie, die von vielen Verurteilten gepriesen werden für den Trost, den sie ihnen in ihrer letzten Stunde zu spenden wussten.«

Als das getan war, trug Semurel dem Diener auf, den Gästen eine Stärkung anzubieten und sie in ihre schon vorbereiteten Unterkünfte zu geleiten; dann fragte er Eymerich, ob er sonst noch Wünsche habe. Als er diese Frage stellte, waren die aristokratischen Züge seines Gesichts angespannt, Zeichen dafür, dass die Höflichkeit, die er an den Tag legte, nicht seinen wahren Gefühlen entsprach.

»Mehr als einen, leider«, antwortete der Inquisitor. »Vor allem: Gibt es Verliese in diesem Schloss?«

Semurel runzelte die Stirn: »Ja, es gibt welche. Es handelt sich um vier unterirdische Räume, einen großen und drei kleine. Alle mit Holzwänden, aber mit Gitterstäben versehen, und am Boden steht überall das Wasser einen Finger hoch. Aus diesem Grund sind sie sehr selten benutzt worden. Habt Ihr vor, davon Gebrauch zu machen?«

»Ihr werdet die Freundlichkeit haben und mir die Schlüssel dazu aushändigen.«

Da von Semurels Seite Kälte zu spüren war, hatte Eymerich es für richtig erachtet, einen etwas gebieterischeren Ton anzuschlagen, wenn auch nicht so sehr, dass es für den Gesprächspartner beleidigend geklungen hätte.

»Wie Ihr befehlt«, sagte der Kastellan, der seine Feindseligkeit nun nicht mehr verhehlen konnte. »Ist sonst noch etwas?«

»Ja. Wie Ihr gesehen habt, habe ich meine eigene Eskorte. Ihr könnt auch Eure letzten Soldaten ins Schloss Challant schicken.«

»Wünscht Ihr vielleicht, dass ich auch gehe?« Ein verächtlicher Ton war in Semurels Stimme.

»Vielleicht wäre das besser.«

Eymerich wurde klar, dass er zu schnell mit dem Kastellan in eine offene Konfrontation geriet. Eine Richtigstellung war vonnöten.

»Ihr müsst verstehen, Herr, dass bei einem Tribunal der Heiligen Inquisition ausschließlich Diener der Kirche zugelassen sind. Es ist schlichtweg unvorstellbar, dass Laien daran teilnehmen, und sei es auch nur als einfache Zeugen oder Mitbewohner.« Er machte eine Pause. »Mir ist völlig klar, dass ich Euch aus Eurem eigenen Haus verweise. Doch glaubt mir, nach Meinung von Ebail ist dies das einzige Gebäude, in dem ich Unterkunft finden kann. Von meiner Seite aus werde ich, wie ich schon Gelegenheit hatte, Euch zu sagen, versuchen, meine Mission schnellstmöglich zu beenden.«

»Ich verstehe vollkommen«, sagte Semurel knapp. »Habt Ihr sonst noch Befehle?«

»Keine Befehle. Bitten.« Eymerichs Ton wurde freundlicher. »Die anderen Patres und ich müssen täglich die heilige Messe lesen oder doch wenigstens an ihr teilnehmen. Ich sehe in Eurem Schloss keine Kapelle.«

»In der Tat gibt es keine.«

»Ich habe jedoch eine gesehen, am Fuß des Weges, der hier heraufführt. Ich habe mich gefragt, ob sie wohl zu Eurem Besitz gehört.«

»Sie gehört tatsächlich dazu. Sie wird von einem Subdiakon für geistige Exerzitien genutzt. Ihr könnt dort machen, was Ihr wollt. Und jetzt, wenn Ihr nichts einzuwenden habt, gehe ich meine Sachen packen.«

Nach einer knappen Verbeugung kehrte Semurel dem Inquisitor den Rücken zu und entfernte sich.

Eymerich verfolgte den Abgang des Kastellans mit einem leicht ironischen Blick; dann kehrte er zu seinen eigenen Angelegenheiten zurück. Die folgenden Stunden verbrachte er in Gesellschaft von Pater Jacinto und den beiden Versehpriestern. Ihren Anweisungen folgend, verhängten die päpstlichen Soldaten die profanen Wandmalereien mit schwarzen Tüchern, entfernten den Tisch und den Trog aus dem Speisesaal im ersten Stock und brachten ein großes, völlig wurmstichiges Kruzifix dorthin, das sie in einer Abstellkammer gefunden hatten. Dann inspizierten sie die Unterkünfte der Wachsoldaten, die Wachtürme und die Wehrgänge.

Verärgert über diesen Lärm und dieses Durcheinander, verschwand Semurel, ohne sich von irgendjemandem zu verabschieden, und nahm den weißhaarigen Diener und die letzten Soldaten mit.

Sobald das Schloss von Ussel ganz in ihrem Besitz war, stiegen die Dominikaner trotz ihrer Müdigkeit hinunter, um die Verliese zu besichtigen, in Begleitung des Henkers und des Notars. Die Fackel, die Pater Jacinto in der Hand hielt, beleuchtete eine ziemlich steile Steintreppe mit hohem und schmalem Gewölbe. Sie endete auf einem von Pfützen übersäten Lehmboden. Die Feuchtigkeit war erstickend. Die unebenen und von Rauch geschwärzten Wände, die rings um einen Felsbrocken angeordnet waren, trieften davon, sodass regelrechte Rinnsale durch die Ritzen im Stein herunterliefen.

Wie Semurel gesagt hatte, waren es vier Zellen, davon eine sehr große, mit Gitterstäben verschlossene, und drei kleinere, wovon zwei miteinander verbunden waren. Diese letzten beiden waren mit handbreiten, grob gehobelten Brettern verschlossen, verstärkt durch dicke Nägel und Eisenstäbe. Alle Zellen hatten Holzwände, und ihr Boden fiel nach hinten hin ab, sodass der von der Tür am weitesten entfernte Teil komplett unter Wasser stand. Eine dünne Schicht Wasser stand auch auf dem Boden dicht bei den Besuchern.

»Was haltet Ihr davon, Pater Jacinto?«, fragte Eymerich.

»Ehrlich gesagt, Meister, das ist das verkommenste Gefängnis, das ich je gesehen habe.« Der dicke Dominikaner schüttelte den Kopf. »Diese Challant haben keine Zellen sondern Kloaken gebaut. Für uns sind sie unbrauchbar.«

Der Notar ergriff das Wort. »Nach meinem Urteil, Pater Nikolas, können diese Verliese angehen, wenn der Tod des Gefangenen vorgesehen ist. Doch das ist nicht das Ziel der Heiligen Inquisition.«

Alle, Eymerich eingeschlossen, pflichteten gravitätisch bei. Der Inquisitor trat jedoch zu dem Henker, der mit verschränkten Armen zurückgeblieben war, und fragte ihn: »Und Ihr, Philippe, was meint Ihr?«

Der Mann kratzte sich mit ratlosem Ausdruck den Kopf, dann murmelte er: »Ich muss dem Notar Recht geben, Pater Nikolas. Diese Zellen sind gebaut worden, um das Leben der darin Eingeschlossenen zu verkürzen. Ich habe so etwas noch nie in Verbindung mit einem Tribunal gesehen.«

Auch Pater Lambert und Pater Simon wollten etwas sagen, doch Eymerich kam ihnen zuvor.

»Ich bin mit Eurem Urteil einverstanden, nicht jedoch mit Euren Schlussfolgerungen. Sicher ist es nicht unsere Absicht, einen Unglücklichen in dieser Hölle sterben zu lassen. Doch solltet Ihr nicht vergessen: Unser Ziel ist das Geständnis und die Reue des Sünders, die wir in ziemlich kurzer Zeit erwirken sollten, um nicht aus einem religiösen ein politisches Problem werden zu lassen. Für den kurzen Zeitraum der Verhöre in diesen Verliesen eingeschlossen zu werden kann ein Ansporn sein – wie das Strecken mit dem Seil. Danach, das ist selbstverständlich, werden wir nicht erlauben, dass jemand hier länger bleibt als nötig.«

»Eure Worte dünken mich weise«, sagte der Notar. »In der Tat, wenn es darum geht, diese Verschläge hier als Druckmittel zu benutzen, dann bleibt der Zweck des Inquisitionsprozesses gewahrt, der ja die Besserung des Sünders ist und nicht sein Tod.«

»Ich pflichte Pater Nikolas und Herrn de Berjavel bei.« Lambert de Toulouse, ein großer, knochiger Mann mit feierlich-ernstem Gesichtsausdruck, sprach die Worte betont langsam aus. »Unter der Bedingung allerdings, dass wirklich schwere Verdachtsmomente den Gefangenen belasten.«

Eymerich nickte. »Ich sichere unbedingte Wahrung der Rechte zu. Und Ihr, Pater Simon, was ist Eure Meinung?«

Der Angesprochene mit seinen weißen Haaren, die ihm von der Tonsur bis auf die Schulter herabfielen, war nicht nur der Älteste der Gruppe, sondern auch der Geachtetste. Er sprach mit leiser, aber entschiedener Stimme.

»Die Sünde verdient keinerlei Nachsicht und auch

keine große Zimperlichkeit bei der Wahl der Mittel zu ihrer Bekämpfung. Deshalb frage ich Euch, Pater Nikolas: Habt Ihr ausreichend Beweise gesammelt, um die Anwendung extremer Mittel zu rechtfertigen? Im positiven Fall ist es unwichtig, ob der, der sich einer Übertretung schuldig gemacht hat, einen Monat oder ein Jahr lang hier unten schmachtet, wenn das zum Schutz der Kirche und zur Bekämpfung teuflischer Ränke beitragen kann.«

Eymerich verharrte kurz in Schweigen. Als er sprach, waren seine Worte voll wohlberechneter Dramatik.

»Die Antwort ist positiv. Das Unkraut der Ketzerei wuchert und gedeiht in dieser Gegend.«

Pater Simon nickte und wandte sich ohne ein weiteres Wort zur Treppe. Die anderen folgten ihm in Stille, die nur durch die Tröpfchen unterbrochen wurde, die von der Decke in das abgestandene Wasser am Boden fielen.

Nach der sechsten Stunde nahmen sie in einem schmucklosen Saal im zweiten Stock eine karge Jause ein, bestehend aus süßen Karotten und Brot, und dabei informierte Eymerich seine Gefährten ausführlich über seine Entdeckungen.

Er saß mit dem Rücken zu einer breiten Fensteröffnung ohne Glasscheiben, durch die ein kalter Luftzug, aber kaum genug Licht eindrang, um die Holzschüsseln zu erkennen. Zu seiner Rechten saß Pater Jacinto, der dem riesigen Kamin ohne Feuer darin den Rücken zukehrte. Zu seiner Linken saßen Pater Lambert und Pater Simon, ernst und finster. Der Notar hatte am anderen Ende des Tisches Platz genommen, in respektvollem Abstand zu den Geistlichen.

»Mir ist nicht bekannt, welche Art von Verbindung zwischen den Ungeheuern, die Herrn Semurel so teuer sind, und dem Fortleben des Katharertums besteht«, sagte Eymerich, »doch ehrlich gesagt, interessiert mich das weniger als das Hauptproblem, was eben die Anwesenheit des Ketzertums ist. Derart massiv und so allgemein geduldet ist diese Anwesenheit, dass sie sich dreist und ohne Anstoß zu erregen in öffentlichen Zeremonien wie dem obszönen *consolamentum* bekunden kann oder sogar in laut in der Taverne gesprochenen Gebeten.«

Pater Simon schauderte vor Grauen. »Wenn Euch so wenige Stunden genügten, um das herauszufinden, dann muss die Korruption bei den Priestern und Fürsten des Orts ein unerhörtes Ausmaß erreicht haben.«

»Verzeiht, Pater Nikolas«, griff Pater Lambert de Toulouse ein. »Wie Ihr wisst, habe ich einen Teil meines Lebens mit der Verfolgung der Bruderschaft des Freien Geistes verbracht, sowohl in Sachsen als auch in Frankreich. Über die Riten der Katharer hingegen weiß ich gar nichts. Ich hielt sie längst für eine bloße Erinnerung und ins Reich der Legende verbannt.«

»Ich fasse in wenigen Worten zusammen, Pater Lambert.« Eymerich legte die Hände vors Gesicht, als wollte er seine Fähigkeiten zur Synthese aufrufen, dann ließ er sie auf den Tisch sinken.

»Die Katharer leugnen wie die von den Kirchenvätern bekämpften Gnostiker die menschlichen Eigenschaften Christi und seine Inkarnation und glauben an sein rein geistiges Wesen. In der Tat halten sie alles, was Fleisch und Materie ist, für Sünde, für ein Hindernis bei der Entfaltung des Geistes, der in jedem existiert und sein wahres Wesen ist. Deshalb bitten sie beim Beten des Vaterunsers nicht um materielles Brot sondern um überirdisches Brot, *pane supersubstantialis.*«

Beeindruckt rutschte Pater Lambert auf seinem Sessel hin und her. »Derart teuflische Lügen könnten ja direkt von Simon Magus oder Valentin stammen.«

»Ich sage Euch noch mehr, werter Pater. Es ist Überzeugung der Katharer, dass die Materie nicht von Gott sondern von Satan geschaffen wurde, und dass dieser nichts anderes ist als der Gott der Bibel oder Jahwe, den sie dem Gott des Neuen Testaments entgegensetzen.«

Sowohl Pater Simon als auch der Notar bekreuzigten sich. Entsetzt bemerkte Pater Lambert: »Dann werden sie den Allmächtigen wohl Demiurg nennen, stelle ich mir vor.«

»Nicht ganz«, antwortete Eymerich, »doch gewiss übernehmen sie die gnostische Häresie in allen wesentlichen Zügen. Es gibt welche, die meinen, das seien rein zufällige Anklänge und sie rührten schlicht von mystischer Exaltation her oder von einer Art Revolte der einfachen Leute gegen die Mächtigen. Ich hingegen meine, der Übereinstimmungen zwischen den beiden Doktrinen sind zu viele, ganz abgesehen von der Tatsache, dass nicht nur Arme dem Katharertum anhängen. Im Moment ihres größten Glanzes hat diese perverse Lehre nicht wenige Fürsten und Männer von Stand verführt.«

»Erlaubt mir, Pater Nikolas, Euren gelehrten Ausführungen etwas hinzuzufügen«, sagte Pater Jacinto und griff nach dem Krug mit Bier, den er vor sich stehen hatte. »Ihr wisst, dass ich ... Aber was ist denn das für ein Speimittel?«

»Ein Gebräu aus den Ländern des Nordens, wovon man hier reichlich Gebrauch macht«, antwortete Eymerich mit einem süffisanten Lächeln.

»Scheußlich. Entschuldigt, ich fahre fort. Ihr wisst, Pater Lambert, dass wir in Castres mit Resten des Katharertums zu tun hatten, weshalb ich im Schatten der Weisheit von Pater Nikolas vieles darüber gelernt habe. Was mich am meisten beeindruckt hat, war die Ablehnung, die die Katharer der Fortpflanzung gegenüber zeigen und folglich auch gegenüber der Ehe. Ich sagte mir, wenn sie solche Abwegigkeiten praktizierten, würden diese Häretiker sich bald selbst auslöschen; und in der Tat, einer von ihnen, der dann auf dem Scheiterhaufen landete, gestand mir, dass ihr Ziel das Ende der Menschheit sei, damit sich der geistige Mensch ein für allemal von seinem irdischen Körper löse.«

»Tatsache ist«, bemerkte Herr de Berjavel, »dass wir es durch die Jahrhunderte wieder und wieder mit der gleichen Ketzerbrut zu tun haben, die offenbar wenig geneigt ist, die eigenen Vorschriften zu befolgen.«

Eymerich nickte. »Sie rechtfertigen diesen Widerspruch durch die unvermeidliche Unvollkommenheit des fleischlichen Menschen, sodass absolute Keuschheit und Zölibat nur wenigen von ihnen vorbehalten ist, die sie die Vollkommenen nennen. Da aber auch die im Fleisch Gefangenen früher oder später den Zustand der Vollkommenheit erreichen sollen, ist das Weiterleben der Häresie nicht aus ihren Prämissen erklärbar. Zumal die Inquisition ihnen seit über einem Jahrhundert die offene Anwerbung von Anhängern untersagt.«

Die Unterhaltung wurde durch den Eintritt des Henkers unterbrochen, der sich Eymerich näherte und ihm etwas ins Ohr flüsterte. Der Inquisitor, der physische Nähe verabscheute, schnellte zurück wie eine Feder, was den anderen ziemlich verwunderte. Dann überwand er sich jedoch und hörte sich den Rest der Botschaft an.

Nachdem der Henker sich wieder zurückgezogen hatte, stand Eymerich auf. »Wollt Ihr mich bitte entschuldigen, werte Patres und Ihr, Herr de Berjavel, wenn ich dieser interessanten Erörterung ein Ende machen muss. Man sagt mir, einige Werkzeuge, deren Vorbereitung ich angeordnet hatte, seien schon fertig, und ich muss sie in Augenschein nehmen. Wir treffen uns zur Vesper, wenn ich mit den Soldaten versuchen will, eine Gruppe von Katharern zu verhaften, die sich gewöhnlich in der Saint-Clair-Kapelle versammeln, jenseits der Brücke am Fuß der Steigung, die hier heraufführt.« Er grüßte die Tischgenossen mit einem Kopfnicken und ging hinaus.

Eymerich fühlte sich etwas unwohl bei der Rolle, die er nun bald würde einnehmen müssen. Ihm lag die subtile Form der Menschenführung; er liebte es, die Menschen fast unmerklich zu seinen Zielen hinzulenken. In Kürze hingegen würde er sich in eine Art Feldherr verwandeln und in den folgenden Tagen im Dorf eine öffentliche Rolle spielen müssen und damit zur Zielscheibe von Hass und Leidenschaft werden. Es war, als ob ihm die Möglichkeit genommen würde, sich nach Wunsch an einen nur ihm gehörigen und allen anderen unzugänglichen Zufluchtsort zurückzuziehen; und das störte ihn und beunruhigte ihn schon jetzt.

Auf einem Wiesenstück vor dem Schloss wickelte Hauptmann Reinhardt zusammen mit vier Soldaten von einer großen Rolle feine Ketten ab, die in regelmäßigen Abständen von großen Ringen unterbrochen waren. Etwas weiter drüben rammten die Gehilfen des Henkers einen etwa acht Ellen hohen Pfahl in die Erde, unter dessen oberes Ende ein Querbalken genagelt war, sodass ein grobes Kreuz entstand.

Eymerich trat zum Hauptmann. »Reichen Eure Ketten für etwa vierzig Leute?«

»Es sind mehr als genug, Pater. Wie viele von meinen Männern soll ich mitnehmen?«

»Alle. Hier oben ist im Augenblick nichts zu verteidigen. Wir sehen uns zur Vesper.«

Dann ging der Inquisitor zum Henker. »Wo ist der junge Mann?«

»Dort.« Philippe wies auf Bernier, der von den Lärchenzweigen halb verdeckt war. Mit einem Ausdruck unverhohlenen Abscheus versuchte er, einen dicken Sack, in dem sich etwas bewegte, an einem Ast festzubinden.

Als er den Inquisitor auf sich zukommen sah, stellte

er seine Last ab und wischte sich mit dem Handrücken einen Schweiß ab, der nicht von der Anstrengung kam.

»Ich habe hier etwa fünfzehn Schlangen, *magister.* Alle, die ich finden konnte. Dazu Eidechsen.«

Eymerich taxierte die Größe des Sacks. »Nattern?«

»Nein, alles Vipern. Aber ohne Gift.«

»Gib sie dem Henker. Er weiß, was er damit machen muss.«

Während der junge Mann den Befehl mit tiefem Ekel im Gesicht ausführte, stieg Eymerich in sein Zimmer hinauf, wo er den Rest des Nachmittags mit Lesen und Nachdenken zubrachte.

Als er eine halbe Stunde vor der Vesper wieder hinunterkam, traf er die zehn Soldaten und Hauptmann Reinhardt schon zu Pferd, jenseits der Felsen, die den Eingang des Schlosses umgaben, in einer Reihe aufgestellt. Alle trugen Stahlwamse und eiserne Kettenhemden und hatten ihre Helme aufgesetzt. Einige hielten kurze Piken in der Hand; andere hatten nur das Schwert an der Seite, zusammen mit dem Dolch und, im Fall des Hauptmanns, einer dicht mit Nägeln gespickten Eisenkeule. Es gab nur wenige Schilde, auf denen als Relief die Tiara oder die Schlüssel von Sankt Peter schimmerten.

Eymerich bemerkte, dass die Pferde nervös waren. Er entdeckte den Grund, als er an einem von ihnen vorüberging und sah, dass die Flanken von den Sporen wundgescheuert waren. Er warf dem Söldner einen strengen Blick zu, der finster und angespannt oben im Sattel saß, die Hand am Schwertknauf. Er nahm sich vor, Reinhardt ein Wörtchen zu sagen über diese barbarische Art, mit Rassetieren umzugehen. Doch dies war nicht der geeignete Augenblick.

Bernier war es, der Eymerich sein Reittier brachte. Er übergab ihm die Zügel, zusammen mit dem Schwert, das er ihm am Abend zuvor überlassen hatte. Trotz der päpstlichen Genehmigung etwas in Verlegenheit, schnallte sich der Inquisitor den Waffengurt über die weiße Kutte. Dann gab er Befehl zum Aufbruch.

Wenig später ritt die Gruppe von Bewaffneten den Hügel hinunter, Eymerich und Reinhardt an der Spitze. Der Abend mit der Sichel des zunehmenden Mondes am Himmel hatte etwas Düsteres. Grund dafür war vielleicht der gespenstische Schein der Gletscher in der Ferne, das Klirren der Rüstungen, die wild wuchernde Vegetation, die den Weg wie zwischen zwei Wänden einzuschließen schien. Eymerich fühlte sich jedenfalls unruhig, und noch unruhiger schienen ihm die Männer, die bei ihm waren.

In der Nähe der Abzweigung, die zur Kapelle des *consolamentum* führte, brachte der Inquisitor die Kolonne mit einem Zeichen zum Stehen. Schweigend stieg er vom Pferd und band das Tier am Ast einer Tanne fest. Er wollte den anderen schon Befehl geben, es ihm gleichzutun, als ein blonder Junge mitten auf dem Weg auftauchte. Mit offenem Mund starrte er die Bewaffneten an, dann begann er aus Leibeskräften zu schreien.

»Heiliger Bösewicht! Heiliger Bösewicht!«

Dieser Ausdruck traf Eymerich wie ein Peitschenhieb mitten ins Gesicht. Sehr blass, wollte er dem Jungen nachsetzen, der aufs Gebüsch zulief. Ein Soldat kam ihm zuvor. Er schnitt dem Jungen den Weg ab und stieß ihm mit Wucht die Pike in die Kehle. Ein Schwall Blut ergoss sich über den Ginsterstrauch.

Fassungslos sah Eymerich, wie der Körper sich einmal um sich selbst drehte und dann zu seinen Füßen niederfiel. Er fühlte wilden Zorn in sich aufsteigen. Er lief zu dem Soldaten und versuchte, seine Zügel zu fassen. »Du Hund! Wer hat dir befohlen, das zu tun?«

Die ganze Antwort war, dass der Soldat seinem Pferd die Sporen gab und in Richtung Brücke davonsprengte. Völlig verstört, konnte Eymerich gerade noch zwei blutunterlaufene, weit aufgerissene Augen sehen und Schaum, der ihm in den blonden Bart troff. An diesem Individuum war nichts Menschliches.

Der Ausbruch von ohrenbetäubendem Geheul lenkte ihn ab. Wie erregt vom Anblick des Blutes des Jungen, waren die Soldaten im Galopp den Hügel zur Kapelle hinaufgesprengt. Sie schrien aus Leibeskräften unverständliche Anfeuerungen und schwangen Schwerter und Piken durch die Luft. Ihre Pupillen waren geweitet, die Zähne gefletscht. Eymerich musste sich auf die Seite werfen, um nicht über den Haufen gerannt zu werden.

Der Überraschung wurde er bald Herr, doch an deren Stelle trat sofort ein Gefühl der Demütigung. Von Zorn übermannt, zog er sein Schwert und lief den Berittenen nach. Als er den Weg hinaufgeeilt war und der Kapelle ansichtig wurde, stockte ihm der Atem vor Grauen.

Die Zeremonie hatte wohl noch nicht angefangen, da der Großteil der Gläubigen sich außerhalb des Gebäudes befand. Verfolgt von den Soldaten, stoben sie in alle Richtungen. Weiterhin brüllend durchbohrten die jeden, der ihnen vors Pferd kam, ohne Rücksicht auf Geschlecht und Alter. Binnen weniger Augenblicke sah Eymerich vom Rumpf abgetrennte Köpfe, kleine Kinder, von vorn bis hinten von der Pike durchbohrt und fast daran aufgehängt, Alte mit zertrümmertem Schädel, deren Körper unwillkürlich noch ein paar Schritte liefen. Die Luft war erfüllt von einem ekelhaften Geruch.

Entsetzen packte ihn, doch es überwog der Zorn. Er lief zu Reinhardt und hätte ihn fast aus dem Sattel gerissen. Er hielt das Pferd an den Zügeln fest und setzte dem Offizier das Schwert an die Kehle.

»Hauptmann! Haltet sie an, oder, bei Gott, ich lasse Euch hängen!«

Mit einer Geste brachte Reinhardt seine Ohnmacht zum Ausdruck. Doch mittlerweile schien das Gemetzel zu Ende zu gehen. Man hörte vor allem die Schreie der Verwundeten, die endeten, wenn eine Eisenkeule ihnen den Schädel zertrümmerte. Auf der Wiese lag mindestens ein Dutzend verstümmelter Leiber. Die wenigen, die entkommen konnten, liefen in Richtung Fluss, wo andere Soldaten sie mit tierischem Brüllen erwarteten. Es blieben noch die Gläubigen in der Kapelle, deren Wände von Blutspritzern verschmiert waren.

Bebend vor Wut ging Eymerich auf das kleine Gebäude zu. Verwirrt folgte ihm Reinhardt. Einige seiner Männer begannen, die blutigen Schwerter und Piken zu betrachten, als ob sie sich fragten, was geschehen war. Vom Fluss herauf drangen weitere Entsetzensschreie, die regelmäßig in einem Jammern untergingen.

»Wir rechnen später ab«, zischte Eymerich Reinhardt zu. »Jetzt kommt mit.« Er drückte gegen die Tür der Kapelle, die Türflügel sprangen auf.

Mit Tränen in den Augen war Authié dabei, den etwa dreißig völlig verängstigten Wesen, die vor ihm knieten, etwas zuzuflüstern. Eymerich schnappte nur einige Worte auf, die im Dialekt dieser Gebirgstäler gesprochen waren: »*Le mur dans la foret,* die Mauer ... im Wald ... *le mur ...*«

Beim Anblick des Inquisitors senkten alle die Köpfe und duckten sich, als ob sie am liebsten verschwinden würden. Die meisten zitterten sichtlich. Nur Authié schlug seinen von Tränen verschleierten Blick nicht nieder, während sich ein leises Murmeln im Raum verbreitete, gleich einer Klage: »Heiliger Bösewicht! Heiliger Bösewicht!«

Als er diesen Ausdruck noch einmal hörte, taumelte Eymerich. Aschfahl im Gesicht, wandte er sich an Reinhardt, der sich nachdenklich den Bart kraulte.

»Hauptmann, verhaftet diese Leute.«

Dann kehrte er ihm den Rücken und ging ins Freie hinaus.

KAPITEL V

Transsylvanien

Es war etwas Beunruhigendes an dieser Revolution. Etwas Unverständliches, Unfassliches, das einem Unbehagen bereitete, ohne dass sich die Ursache dafür rational hätte erklären lassen.

Chantal Delmas war erst seit drei Tagen in Rumänien und schon hatte dieses Gefühl sie beschlichen. In dem einzigen Artikel, den sie bisher an *Libération* geschickt hatte, hatte sie sich wohl gehütet, etwas davon zu erwähnen; im Gegenteil, sie hatte nicht mit Lob für das rumänische Volk und seinen Mut gespart. Trotzdem begleiteten sie vom ersten Augenblick ihres Aufenthalts an Zweifel, die durch die überstürzte Hinrichtung des Diktators Ceausescu und seiner unsäglichen Gattin nur noch weiter geschürt wurden.

Jetzt, als sie in einem gemieteten Renault in Richtung Temesvar fuhr, fragte sie sich, ob ihr Unbehagen nicht von dem fast barbarischen Aussehen der Orte und Gesichter herrühren könnte. Im Schnee zu beiden Seiten der schlecht asphaltierten Autobahn waren Bauernhäuser zu sehen, die aus dem vergangenen Jahrhundert zu stammen schienen und vor denen Scharen von Kindern spielten, alle dick in Schafpelze eingemummt. Gelegentlich überholte sie kleine, von Gäulen gezogene Karren auf Gummirädern, die einzige Art von Wagen, die in dieser Gegend wirklich verbreitet schien.

Die Gesichter der Lenker waren finster, faltig, in keiner Weise herzlich, trotz der zum Gruß erhobenen Hände. Diese Züge schienen von einem uralten Zorn durchbebt, kontrolliert, aber bedrohlich, der nicht einmal durch die Wut eines Volksaufstands zu rechtfertigen war.

Chantal überlegte, dass es Gründe für diese Wut mehr als genug gab. Was sie an Schandtaten des *Conducator* hatte sehen können, hatte sie mit erstauntem Grauen erfüllt. Krankenhäuser, so einladend wie Schlachthöfe, eine primitive und heruntergekommenen Infrastruktur, eine ausgehungerte und erschöpfte Bevölkerung. Allesamt Ergebnis einer Wirtschaftspolitik, die die Übel des neoliberalen Rigorismus mit den Übeln der Apparatschik-Bürokratie kombinierte. Und doch …

Und doch war da noch etwas anderes. Das spürte sie zu deutlich.

Sie kam nach Temesvar hinein, unter dem Schild hindurch, das in großen Lettern den Namen der Stadt trug. Gleich darauf die erste Straßensperre. Soldaten, Angehörige der Nationalen Heilsfront, verfroren und das AK 47 in der Hand, machten ihr Zeichen anzuhalten.

Die waren wenigstens herzlich. »Journalistin?«, fragte ein sympathischer junger Kerl auf Französisch, nachdem er mit übertriebener Gründlichkeit ihren Pass studiert hatte.

»Ja«, antwortete Chantal mit einem kleinen Lächeln. Wenn der junge Mann die Papiere verstanden hätte, die er soeben durchgesehen hatte, wäre diese Frage überflüssig gewesen.

»Journalistin gut. Die Welt muss wissen.«

Er gab ihr die Papiere zurück und deutete auf die monotonen grauen Bauten, die sich hinter einer Schneefläche erhoben und vor dem eintönig grauen Himmel noch trauriger wirkten.

»Viele Tote hier. Viele Tote.«

Chantal nickte und ließ den Wagen wieder an, während der junge Mann den letzten Satz noch einmal wiederholte. Sie kam an einer zweiten Straßensperre vorbei, ohne dass die Soldaten und zivilen Beamten, die in eine lebhafte Diskussion verwickelt waren, sie eines Blickes gewürdigt hätten.

Jetzt befand sie sich in einer Gegend, wo noch zwei Tage zuvor geschossen worden war. Die Hauswände der hässlichen und monotonen Mietskasernen waren vollgeschmiert: JOS ASESINUL, JOS TIRANUL. Die Zeichnung eines Galgens auf einer zerfallenen Mauer stach hervor, daneben stand ein von seiner Besatzung verlassener Panzerwagen.

Die Straßen waren fast völlig menschenleer. Verwundert bemerkte sie auf einer Säule eine plumpe Nachbildung der Kapitolinischen Wölfin. Die Ceausescus hatten das Land mit Denkmälern überzogen, die feierlich wirken sollten. Hingegen waren sie nur grotesk und außerdem sinnlos.

Bei ihrem ersten Ziel hielt Chantal den Wagen an. Eine schlichte Gedenktafel, bedeckt von Schnee und Blumen, erinnerte an den Journalisten Jean Louis Calderon, der in einem der Gefechte im Dezember ums Leben gekommen war. Chantal hatte ihn nicht persönlich gekannt, doch sie hielt es für ihre Pflicht, einem Kollegen und Landsmann die Ehre zu erweisen.

Während sie ein paar Fotos schoss, hielt hinter ihr ein Wagen. »Chantal!«

Als sie den Mann sah, der sich aus dem Fenster beugte, konnte sie eine Grimasse nicht unterdrücken. Es war Gérard Lourie von *Antenne 2* und neben ihm saß Constance Ribaud von *Jours de France*. Sozusagen die Arroganz in Gesellschaft der Eitelkeit. Chantal konnte sie beide nicht leiden, doch es gelang ihr, ein Lächeln aufzusetzen.

»Da ist ja die gesamte französische Presse hier versammelt.«

»Es ist wegen Calderon, Frieden seiner Seele«, antwortete Gérard. »Ein Pflichtbesuch. Jetzt haben wir aber Durst. Kommst du mit in eine Kneipe?«

Chantal konnte nicht ablehnen. »Ich sehe aber keine Lokale hier in der Nähe.«

»Fahr mit dem Wagen hinter uns her. Wir werden schon etwas finden.«

Chantal folgte dem Mercedes der beiden Kollegen und dachte, dass die Art, wie sie Calderons Andenken geehrt hatten, viel über ihre Art zu arbeiten aussagte. Abseits von den Hauptverkehrsstraßen fuhren sie durch schmalere Straßen, eingekeilt zwischen sehr hohen Wohnhäusern mit winzigen Fenstern und kleinen, mit Müll vollgestopften Balkonen. Ein paar Geschäfte hatten geöffnet, doch von einer Bar keine Spur.

Nach guten zehn Minuten hielt der Mercedes endlich in einer ziemlich breiten Straße an, die Gehsteige waren von Schnee bedeckt. Auf der gegenüberliegenden Straßenseite sah man eine Art winzigen Laden mit schmutzigen Fensterscheiben.

Chantal stieg aus dem Wagen und ging zu ihren Kollegen.

»Und das soll eine Bar sein?«

»Rumänische Bars muss man kennen«, sagte Gérard lachend.

»Um den Wagen brauchst du dir kein Sorgen zu machen«, setzte Constance hinzu. »Hier kommen nur Karren oder Panzer vorbei.«

Das Lokal lag in einem riesigen Gebäude, auf dessen Wände in schwarzer Farbe die Buchstaben V und R gesprüht waren. Sie betraten einen verrauchten Raum voller Männer mit finsteren Gesichtern und langen, bis über die Ohren heruntergezogenen Tuchmützen. Beim Eintritt der drei Fremden wandten sich alle nach ihnen um. Jemand murmelte in Richtung der beiden Frauen ein paar Bemerkungen, allem Anschein nach anzügliche.

»Müssen wir wirklich hier bleiben?«, flüsterte Chantal eingeschüchtert.

Gérard lachte. »Kommt doch, ihr braucht keine Angst zu haben. Ich bin doch da und beschütze euch.«

Die Gäste ließen sie nicht aus den Augen und machten auch keine Anstalten, ihnen Platz zu machen. Gérard musste sich mit den Ellbogen seinen Weg zur Theke freikämpfen – ein langer, grober Tisch voller Gläser und Flaschen. Die Männer traten nur widerwillig beiseits und zischten ärgerliche Worte dabei.

»He, der hat mich angefasst«, beschwerte sich Constance.

»Vergiss es«, empfahl Gérard etwas beunruhigt. »Trinken wir schnell etwas und gehen dann.«

Der Wirt, ein schmächtiger Mann mit Bart, servierte ihnen mit finsterer Miene drei Bier. Der Druck der Männer mit den langen Mützen schien nicht nachlassen zu wollen, wurde im Gegenteil immer unverschämter. Constance, die wesentlich auffälliger war als Chantal und trotz der Eiseskälte auch viel leichter bekleidet, bekam das in verstärktem Maß zu spüren.

»Das sind ja Wilde«, murmelte sie. »Wie stelle ich es bloß an, dass sie stillhalten?«

»Nur Mut«, sagte Chantal ironisch zu ihr. »Es ist ja Gérard da, der uns beschützt.«

Plötzlich, auf ein rumänisch gesprochenes Kommando hin, ließ der Druck der Gäste nach und rings um die Journalisten bildete sich ein Freiraum. Es war das Verdienst eines Neuankömmlings: ein Mann um die vierzig, groß, im eleganten Kamelhaarmantel mit falschem blonden Schnurrbart und Stirnfransen. Er durchschritt den Gang, der sich zwischen den Anwesenden gebildet hatte, und ging auf die Gruppe der Fremden zu.

»Verzeihen Sie die schlechten Manieren dieser Leute, meine Herrschaften«, sagte er in tadellosem Französisch. »Wir haben gerade erst eine Diktatur feudalen Zuschnitts hinter uns gelassen und das wirkt sich unweigerlich auf die Sitten aus.«

Chantal fragte sich, wieso dieser Kerl sie als Franzosen erkannt hatte. Ihre Kollegen schien ein solcher Zweifel nicht zu streifen, sie wirkten sichtbar erleichtert.

»Mit wem haben wir das Vergnügen …?«, fragte Constance und schenkte ihrem Retter eines ihrer verführerischsten Lächeln.

»Ion Remesul«, sagte der Mann mit einer leichten Verbeugung. »Ich heiße Ion Remesul. Wenn Sie in diesem Teil von Temesvar etwas brauchen, so können Sie meinen Namen nennen. Hier kennt mich jeder.«

»Gehören Sie zur Nationalen Heilsfront?«, fragte Chantal.

Ein Raunen erhob sich unter den Gästen, die den Sinn der Frage verstanden haben mussten.

»Nein, danke«, antwortete Remesul und zog die Augenbrauen zusammen. »Das hier ist ein nationalistisches Viertel. Wir wollen keine Kommunisten, weder alte noch neue.«

Chantal sagte nichts. Gérard machte Anstalten, die drei halb ausgetrunkenen Biere zu bezahlen, doch der Wirt schüttelte den Kopf und murmelte etwas.

»Er sagt, dass meine Gäste nichts bezahlen«, erklärte Remesul mit sichtlicher Selbstgefälligkeit. »Hier in der Umgebung werden euch alle das Gleiche sagen.«

Gérard und Constance ergingen sich in Danksagungen, denen der andere ein Ende setzte, indem er die Augen schloss und die Hand hob. Da hatte Chantal das bestimmte Gefühl, dass die drei sich kannten, obwohl die gewechselten Worte zu dieser Vermutung keinen Anlass gaben. Sie fragte sich, ob die Wahl des Lokals ein Zufall gewesen war oder ob sie zufällig in ein geplantes Treffen, das geheim bleiben sollte, mit hineingeraten war. Dann überlegte sie, dass Constance und Gérard nicht nur Kollegen sondern auch Konkurrenten waren. Nur logisch, dass sie einige ihrer Kontakte mit potentiellen Informanten, die ihnen womöglich den Exklusivbericht verschaffen konnten, geheim hielten.

Ion Remesul beobachtete Chantal; dann, als er merkte, dass sie zerstreut war, hakte er sie unter und führte sie mit den anderen hinaus. »Kann ich etwas für Sie tun?«

Chantal machte sich los. »Nein danke … Oder vielleicht doch. Ich würde gerne den evangelischen Pastor interviewen, der die Revolte ausgelöst hat.«

Ion Remesul zog eine Grimasse. Er wartete, bis sie draußen waren, dann sagte er: »Der ist Ungar. Ich persönlich habe mit Ungarn nichts zu tun.«

Gérard wollte schon etwas sagen, doch er hielt sich zurück. Auch Chantal wagte nicht, weitere Fragen zu stellen.

»Ich würde Ihnen vielmehr empfehlen, einen Blick auf die Opfer des 17. Dezember zu werfen«, fuhr Remesul in weniger scharfem Ton fort. »Das vermittelt Ihnen einen besseren Begriff von dem, was geschehen ist.«

Auch ein Besuch auf dem Friedhof gehörte zu Chantals Programm. »Ja, ich würde gerne einen Blick auf die Gräber werfen.«

»Es gibt keine Gräber«, sagte Remesul. »Die Leichen liegen noch offen.«

»Oh, wie schauderhaft«, murmelte Constance.

Auch Gérard schien von der Aussicht nicht begeistert. »Ich habe meinen Kameramann nicht dabei«, beeilte er sich zu sagen. »Ich gehe lieber ins Hotel.«

»Ich komme mit dir«, sagte Constance erleichtert.

Einen Moment lang fürchtete Chantal, allein die Gesellschaft von Ion Remesul ertragen zu müssen, was ihr ganz und gar nicht behagte. Es wurde ihr jedoch klar, dass der Mann keine derartigen Absichten hatte, als er sagte: »Wenn Sie mich mitnehmen könnten, meine Herrschaften, fahre ich mit Ihnen. Ich muss in dieselbe Richtung.«

Diese Äußerung bekräftigte Chantals Vermutungen. Ion Remesul konnte gar nicht wissen, in welchem Hotel Constance und Gérard wohnten, wenn dies wirklich ihre erste Begegnung war. Sie beschloss jedoch, darüber hinwegzugehen.

»Vielleicht sehen wir uns unterwegs irgendwo.«

»Vielleicht« sagte Remesul, schon mit den anderen auf dem Weg zu deren Wagen.

Chantal folgte ihnen mit dem Blick. Unterdessen waren die Männer mit den langen Mützen aus der Bar gekommen und hatten sich auf dem Gehsteig versammelt. Als sie sich umdrehte, sah sie, dass sie dreist zu ihr herüberstierten.

Eilig ging sie zu ihrem Renault und nach einem raschen Blick auf den Stadtplan ließ sie den Motor an. Sie war fest entschlossen, den Pastor zu interviewen, ob es Remesul nun passte oder nicht. Um in die Timotei-Cipariu-Straße zu kommen, musste sie jedoch umkehren und noch einmal an der Bar vorbeifahren.

Während Gérards Wagen in der anderen Richtung davonfuhr, wendete sie. Die Männer mit den langen Mützen nahmen jetzt den gesamten Gehsteig ein und drängten sogar auf die Fahrbahn hinaus. Als der Wagen vorbeifuhr, stießen sie gemeinsam mit einem Ruck auf die Fahrbahn vor. Chantal gab Gas und streifte ein paar von ihnen. Als sie in den Rückspiegel schaute, kam es ihr vor, als sähe sie einen von ihnen die Mütze abnehmen, wobei seltsame Auswüchse auf seinem Kopf zum Vorschein kamen.

Sie schluckte und sah noch einmal hin, doch jetzt war die Gruppe schon zu weit weg.

Eine Einbildung, dachte sie, ohne verhindern zu können, dass ihr Herz wie wild hämmerte. Einen Moment lang hatte sie geglaubt, zwei lange Eselsohren zwischen den Haaren dieses Menschen hervorschauen zu sehen. Sie atmete tief durch, machte einen halbherzigen Versuch zu lächeln und versuchte sich auf das Fahren zu konzentrieren.

Die x-te Straßensperre riss sie aus ihren Gedanken; sie war gezwungen, kurz vor der Einfahrt in die Cipariu-Straße anzuhalten. Es waren keine Soldaten, sondern eine Ansammlung von bewaffneten Zivilisten. Dunkle Augen, ungepflegte Bärte, Lederjacken. Keiner von ihnen trug das Abzeichen der Nationalen Heilsfront.

Sie zeigte ihren Pass einem mürrischen Typen mit kahl rasiertem Schädel. Der machte ihr Zeichen umzukehren.

Chantal begann zu protestieren, doch gleich darauf hielt sie inne. Ein paar Meter weiter vorn lag zu Füßen der Männer ein Körper. Ein Arm bewegte sich noch, ganz langsam. Der Kopf lag in einer Blutlache. Einer aus der Gruppe machte mit einem spitzen Stock etwas Schauerliches. Alle schwiegen, in den Anblick versunken.

Chantal wendete den Blick ab und musste einen Brechreiz unterdrücken. Wieder zitterten die Hände und das Herz klopfte rasend.

Der andere schlug ihr mit dem Reisepass einmal kurz auf den Arm und warf ihn ins Wageninnere. Jetzt lachte er.

Chantal warf ihm einen schüchternen Blick zu, wobei sie es peinlich vermied, die grauenhafte Szene in wenigen Metern Entfernung zu beachten. Sie schluckte ein paarmal, dann fragte sie: *»Securitate?«*

Immer noch lachend schüttelte der Mann den rasierten Schädel.

»No lady. He's a bloody Hungarian.«

Der Akzent war schauerlich, aber der Satz war klar. Chantal wusste, dass sie als Journalistin Fragen hätte stellen müssen, aber ihr war nicht danach. Sehr blass, ließ sie den Wagen wieder an und legte den Rückwärtsgang ein. Der andere wurde wieder ernst und deutete auf ein Abzeichen, das er an der Brust trug. Es waren drei Spitzen, vielleicht drei Pfeile.

»Legion des Erzengels Michael«, erklärte er in perfektem Französisch. Dann setzte er zwei Wörter auf Rumänisch hinzu:

»Vatra Romaneasca.«

Chantal nickte, weil sie nichts zu sagen wusste. Sie setzte mit dem Wagen zurück und bog in die nächstbeste Straße ein. Wenig später blieb sie zwischen zwei schmutzigen Schneehaufen am Bordsteinrand stehen. Sie wartete, dass das Zittern nachließ. Sie schloss die Augen und versuchte regelmäßig zu atmen. Langsam, sehr langsam nahm sie die Zigaretten vom Armaturenbrett. Sie zündete sich eine an und blies den Rauch mit einem heftigen Stoß in die Luft.

Nach drei Zügen ging es ihr schon besser. *Vatra Romaneasca,* dachte sie. Legion des Erzengels Michael. Was zum Teufel bedeutete das?

Sie nahm den Stadtplan und überprüfte ihre Position, indem sie am Straßenschild den Namen der Straße ablas. Der Zentralfriedhof war nicht weit entfernt. Besser, sie verzichtete vorerst auf den Pastor und kümmerte sich um die Gräber. Im Grunde war es erst elf Uhr Vormittag, auch wenn die tief hängenden Schneewolken das Tageslicht verfinsterten.

Sie fuhr weiter und kam an dem schlichten Gebäude der Akademie der Wissenschaften vorbei. Die persönliche Domäne Elena Ceausescus, der Halbanalphabetin, die man zur Wissenschaftlerin erklärt hatte und die von den fähigsten Köpfen des Abendlands als solche anerkannt worden war. Die Herrscher Rumäniens hatten es verstanden, ihr Produkt zu verkaufen.

Und da war der Friedhof, groß und verlassen. Chantal parkte ihren Wagen neben vielen anderen genau unter der großen Aufschrift über dem Eingang. ZEN-

TRALFRIEDHOF hieß es da. Das bedeutete, dass es noch andere, perifer gelegene gab, die vielleicht für die hohen Tiere reserviert waren.

Als sie das Tor durchschritten hatte, wurde sie von einem Lärm empfangen, wie er sonst an solchen Orten nicht üblich ist. Sie musste die Grüße von Kollegen aus aller Herren Länder erwidern. Eine Menge aus Journalisten drängte sich im Atrium, nur mit Mühe von ein paar Soldaten zusammengehalten. Auch Gérard und Constance waren dabei, die Einzigen in der Gruppe, die verärgert und wenig begeistert wirkten.

»Sie haben uns in den Hotels abgeholt und hierher gebracht«, erklärte Gérard kopfschüttelnd. »Sie sagen, sie würden uns die Opfer vom Dezember zeigen.«

»Leichen sehen ist das Letzte, was ich will«, setzte Constance hinzu. »Ich möchte wirklich wissen, wie mein Chefredakteur auf die Idee gekommen ist, mich hierher zu schicken.«

Chantal wollte den anderen schon ihr Abenteuer an der Straßensperre erzählen, als die ganze Masse von Berichterstattern, Fotografen, Kameramännern und Reportern nach vorn gedrückt wurde und sie von den beiden getrennt wurde. Die Soldaten waren zur Seite getreten und hatten den Durchgang freigegeben. Ein Mann mit hängendem Schnurrbart, in einen schweren Mantel gehüllt, hatte sich an die Spitze der Gruppe gesetzt und führte sie in den Friedhof hinein, dabei brüllte er Anweisungen auf Rumänisch.

Die Gruppe lief durch einige Alleen, zwischen Grabsteinen und von Schnee bedeckten Gräbern hindurch. Als sie eine von Birken umstandene Lichtung erreicht hatten, drehte sich der Kerl mit dem hängenden Schnurrbart zu den Journalisten um, hob die Hände und wies mit theatralischer Geste auf das Schauspiel hinter ihm.

Die Blitzlichter flammten auf und die Fernsehkameras begannen zu surren, während sich aus der Menge ein Schrei des Entsetzens erhob. Am Ende der Lichtung lagen, vor den Bäumen aufgereiht, dreizehn Leichen. Die meisten waren nackt, die Haut grau wie Pergament. Bei einigen waren die Augenhöhlen leer. Viele Körper wiesen entsetzliche Wunden auf; Gliedmaßen waren zerfetzt, Knochen und Muskelgewebe freigelegt.

Den unerträglichsten und zugleich rührendsten Anblick bot der Leichnam einer Mutter, die man aufrecht hingesetzt und der man den blau angelaufenen Körper eines Mädchens von nicht mehr als zwei Monaten in den Schoß gelegt hatte. Beide trugen eine grauenhafte Wunde über den ganzen Bauch, deren Ränder von groben Stichen zusammengehalten wurden.

Constance hatte sofort die Augen geschlossen. »Das ist ja schrecklich, mein Gott. Es ist schrecklich.«

»Hunde!«, schrie Gérard wütend. »Sie haben sie geschlachtet! Auch Kinder, diese verfluchten Mörder!«

Chantal, die wieder zu ihren Kollegen gestoßen war, bewies trotz des Abscheus, der sich auf ihrem Gesicht abzeichnete, eine gewisse Selbstbeherrschung. »Sie haben sie geschlachtet«, murmelte sie. »Aber warum haben sie sie wieder zugenäht?«

»Das ist doch klar«, erwiderte Gérard trocken. »Um die Spuren ihres Zynismus zu verwischen …«

Er unterbrach sich plötzlich, weil ihm die Unsinnigkeit seiner Antwort bewusst wurde.

Chantal beachtete ihn nicht. Sie hatte einen englischen Kollegen vom *Guardian* bemerkt, den sie vor Jahren in Nicaragua kennen gelernt hatte. Mit verschränkten Armen seine Nachbarn beobachtend, schüttelte der Mann nur stumm den Kopf.

Chantal trat zu ihm. »Eric«, sagte sie und fasste ihn vertraulich am Arm, »was hältst du davon?«

Der andere wandte sich um und sah sie an. Er hatte

ein rundliches Gesicht wie der typische Bankangestellte der Londoner City.

»Oh, Chantal«, sagte er lächelnd. Dann, plötzlich in schneidendem Ton: »Das ist eine Farce. Nichts als eine gottverdammte Farce. Diese Leichen kommen nicht aus den Massengräbern der *Securitate.* Die haben sie aus der Gerichtsmedizin geholt. Siehst du nicht die Schnitte der Autopsie?«

Autopsie. Ich hätte daran denken müssen, rügte Chantal sich selbst. Es gab keinen Zweifel, die Wunden der vermeintlichen Schlächterei waren in Wirklichkeit die Schnitte der Autopsie. Deshalb hatte man die Wunden wieder zugenäht.

Eine Täuschung für die Journalisten also. Viele von ihnen schienen darauf hereingefallen zu sein und lauschten mit aufgerissenen Augen dem Mann mit dem hängenden Schnurrbart, der damit beschäftigt war, Zahlen herunterzubeten, in seiner Sprache, die keiner verstand.

»Warum haben sie das wohl gemacht?«, fragte Chantal mehr sich selbst als den Kollegen.

»In dieser ganzen Revolution ist etwas Düsteres«, antwortete Eric. »Zu viel Spektakel, zu viel Inszenierung. An der Identität des Regisseurs darf man seine Zweifel haben.«

»Hast du den Prozess gegen die Ceausescus gesehen?«

»Wenig überzeugend. Doch auf diesem Gebiet ist es schwer, Nachforschungen anzustellen. Hingegen dürfte es nicht unmöglich sein, etwas mehr über die Frau und das Mädchen herauszufinden, die sie zur Schau stellen. Magst du mich zur Friedhofsverwaltung begleiten?«

Chantal sah auf die Uhr. »Aber ja. Es ist noch nicht Mittagszeit.«

Während sie sich ungehindert auf schneebedeckten Wegen in Richtung des grauen Kastens entfernten, der die Friedhofsleitung zu beherbergen schien, erzählte Chantal Eric in knappen Worten, was sie in den vorangegangenen Stunden gesehen hatte. Der Engländer schien von einigen Details beeindruckt.

»Eselsohren?«, murmelte er. »Das ist gut.«

»Oh, zweifellos war das eine Täuschung«, erwiderte Chantal, »aber es zeigt dir, in was für einer Verfassung ich war ... Was kannst du mir über die Legion des Erzengels Michael sagen?«

»Nie gehört. *Vatra Romaneasca* hingegen kenne ich. Das ist eine nationalistische, rassistische und erzreaktionäre Gruppierung. Sie wird von allen gefürchtet, aber ich bin noch nie jemandem begegnet, der dazugehört.«

»Ich wohl und ich hätte gerne darauf verzichtet«, sagte Chantal und setzte ihre Erzählung fort.

Sie unterbrach sich, als sie den tristen Bau erreicht hatten, in dem die Büros untergebracht waren. Am Eingang stießen sie auf einen katholischen Priester, der gerade herauskam. Obwohl von energischem und jugendlichem Aussehen, stützte er sich auf einen Stock und hinkte sichtbar. Sein Gesicht wurde von einem kurzen Spitzbart geziert und flößte Vertrauen ein, aber die Augen waren hinter dunklen Gläsern verborgen. Er blieb vor ihnen stehen.

»Seid ihr die, die sie erwarten?«, fragte er auf Englisch.

Chantal und Eric wechselten einen Blick, dann schüttelten sie den Kopf. Der Priester beobachtete sie noch einen Augenblick, dann entfernte er sich, ohne noch etwas hinzuzufügen. Die beiden Journalisten verfolgten seinen mühsamen Gang mit halb fragendem, halb amüsiertem Blick.

»Ein Bekloppter«, kommentierte Eric.

»Das war kein Rumäne«, bemerkte Chantal. »Er schien eher ein Spanier oder Italiener zu sein.«

»Vergessen wir das. Wir sollten lieber den Hauswart suchen.«

Das war nicht schwer. Der Mann, schon in fortgeschrittenem Alter, war in der Vorhalle. Er schwang einen Besen, mit viel Energie, aber, so hatte es den Anschein, wenig Nutzen.

Als er die Journalisten sah, warf er den Besen hin und fing an, auf Rumänisch zu schimpfen. Zunächst verstanden Eric und Chantal nichts; dann wurde ihnen langsam klar, dass der Hauswart sich über die Journalisten beschwerte, die ihn dauernd störten, indem sie ihn von seiner Arbeit abhielten und ihn dadurch bei seinen Vorgesetzten in ein schlechtes Licht setzten.

Während der Mann herumschimpfte, bemerkte Chantal ein Abzeichen an der abgetragenen Uniform. Es zeigte drei Pfeile oder vielleicht einen Dreizack. Sie hatte ein Idee.

»Ion Remesul schickt uns. Verstehen Sie? Re-me-sul.«

Auf der Stelle unterbrach der Hauswart seine Schimpfkanonade.

»Remesul?«, fragte er leise, in fast schüchternem Ton.

»Genau der«, bestätigte Chantal mit großer Bestimmtheit. »Herr Remesul höchstpersönlich.«

Der Hauswart überlegte ein paar Sekunden lang, dann machte er den Journalisten Zeichen, sie sollten ihm folgen.

»Genial«, flüsterte Eric, während sie ihrem Führer durch die schäbigen Gänge des Gebäudes folgten. »Dieser Remesul muss wirklich mächtig sein.«

»Aber wo zum Teufel bringt der uns hin?«

Statt sie in die Büros der Friedhofsdirektion zu führen, wie Chantal und Eric gehofft hatten, machte der Hauswart sich nun an einer kleinen Tür zu schaffen. Als er sie endlich geöffnet hatte, sahen sie, dass er sie wieder ins Freie geführt hatte, in einen anderen Teil des Friedhofs. Hier gab es keine gepflegten Wege, sondern aufgewühlte Erde, umgeworfene Kreuze und Grabsteine, Spuren von Grabungen, Steine überall.

»Ob er uns andere Opfer des Massakers zeigen will?«, fragte Chantal.

Der Hauswart hatte jedoch anderes im Sinn, denn während er sie durch dieses Niemandsland begleitete, vergnügte er sich damit, auf die wenigen intakten Gräber zu spucken. Nach jedem Mal Spucken brummte er etwas und brach dann in großes Gelächter aus.

»Was sagt er?«, fragte Chantal und zog ihren Begleiter am Ärmel.

»Er redet von Ungarn und Juden«, antwortete Eric. »Den Rest verstehe ich nicht, aber es müssen Beschimpfungen sein.«

Fast ganz am anderen Ende dieses Geländes, wo eine sehr hohe Mauer den Friedhof von der kompakten Reihe grauer Häuserblocks trennte, blieb der Hauswart stehen. Er zeigte auf eine Grube, die viel größer war als die anderen; um sie auszuheben, hatte man mit der Spitzhacke eine Betonplatte aufschlagen müssen. Am Rand lehnte eine Sprossenleiter, die sich in einem diffusen Licht verlor, das aus dem Inneren der Erde zu kommen schien. Ganz weit unten sah man einen Steinfußboden und so etwas wie die Wände eines Zimmers oder auch eines Korridors.

Lächelnd zeigte der Hauswart auf die Leiter.

»Erwartet der, dass wir da runtersteigen?«, fragte Eric und musste dabei unwillkürlich auf sein vorgewölbtes Bäuchlein schauen.

»Jetzt sind wir schon da«, erwiderte Chantal. »Sehen wir mal, wie das ausgeht.«

Der Hauswart lächelte immer noch und wiederholte nun in einem unentwirrbaren Wortsalat immer wieder den Begriff *Securitate.* Eric zögerte. Chantal ergriff die Initiative und probierte vorsichtig die ersten Sprossen aus. »Sie scheint solide.«

Eric wartete, bis die junge Frau am Boden angekommen war, dann stieg er seinerseits vorsichtig hinunter. Sie befanden sich in einem Korridor, der vom kalten und unangenehmen Licht der Neonröhren erleuchtet war, die an der Decke entlangliefen. Nach beiden Seiten hin machte der Korridor einen Knick, sodass es unmöglich war, sein Ende zu sehen.

Sie warteten, dass der Hauswart nach ihnen heruntersteigen würde, doch der rührte sich nicht. Er beschränkte sich darauf, von oben weiter auf sie einzureden und ihnen mit einem Arm weit ausholend Zeichen zu geben. Jetzt wirkte er wie eine kleine, dunkle Figur vor einem bleiernen Himmel.

»Was machen wir?«, fragte Chantal.

»Er zeigt in diese Richtung.« Eric wies mit dem Kopf auf den Abschnitt des Korridors zu ihrer Rechten. »Wie du gesagt hast, wir können nur weitermachen. Notfalls können wir immer noch denselben Weg zurückgehen.«

Sie machten sich auf den Weg, gingen zwischen engen Wänden entlang, die glänzten, als ob sie radioaktiv strahlen würden. Auf den ersten Knick folgte ein zweiter, dann ein dritter. Ab und zu taten sich in der Monotonie dieser Wände tiefe Nischen auf, in einigen von ihnen stand ein Tischchen mit Telefon.

»Das müssen die berühmten unterirdischen Gänge der *Securitate* sein«, bemerkte Eric. »Kilometer um Kilometer, wie in Bukarest.«

Chantal nahm versuchsweise den Hörer eines dieser Telefone ab und ein unangenehm krächzendes Geräusch kam ihr entgegen. »Besetzt«, sagte sie lächelnd.

»Auch wenn sie dir antworten würden, du würdest nichts verstehen.«

Eine letzte Biegung führte sie endlich an den oberen Rand einer langen Treppe, deren Steinstufen abwärts führten, bis sie sich in dem allgegenwärtigen diffusen

Licht verloren. Von unten kam nur ein leises Murmeln, wie von unterirdisch dahinfließendem Wasser. Auf der ersten Stufe machten sie Halt.

»Gehen wir hinunter?«, fragte Eric.

»Aber ja. Im Grunde sind wir die einzigen Journalisten, die hier eingedrungen sind.« Chantals Tonfall war weniger sicher, als ihre Worte vermuten ließen.

Während sie die Treppe hinunterstiegen, nahm das Wasserrauschen zu und wurde zu einem Lärmen in der Ferne. Nach zahllosen Stufen und zwei Treppenabsätzen gelangten sie zu einer kleinen Metalltür. Eine am Türbalken angebrachte Videokamera begann sofort zu surren. Mit einem Klicken sprang die Tür auf.

Nur mit Mühe konnten Eric und Chantal einen Aufschrei unterdrücken. Hinter der Tür erwartete sie ein Mann in Uniform, dessen Gesicht das Ergebnis von Versuchen eines verrückt gewordenen Genforschers zu sein schien. In diesem Gesicht mit normalen, ja schönen Zügen öffneten sich zwei winzige Augen, in Form und Größe identisch mit Rattenaugen. Die Augenhöhlen schienen darauf abgestimmt, denn keine Vertiefung umgab diese Pupillen ohne Hornhaut, knallrot, von der Größe eines Knopfes.

Der Mann, der eine grüne Uniform ohne Gradabzeichen trug, schien völlig unbeeindruckt von ihrem offensichtlichen Grauen. Er beschränkte sich darauf, beiseite zu treten und sie mit einem Zeichen zum Eintreten einzuladen.

Wie betäubt von dem Schock folgten Eric und Chantal mechanisch der Einladung. Sie betraten einen Raum, der nur mit ein paar Regalen eingerichtet war und mit dem unvermeidlichen Tischchen samt Telefon, neben dem man die Reste einer hastig eingenommenen Mahlzeit sah. Doch die Aufmerksamkeit der beiden wurde bald von diesem erbärmlichen Mobiliar abgelenkt und richtete sich auf die Glasscheibe, die eine ganze Wand des Raums einnahm und hinter der man eine Wasserfläche sah, deren Ausmaße in dem ewigen Leuchten verschwammen.

Das Wasser war trübe, milchig. Die Oberfläche war aufgewühlt, als ob sie von heftigem Wind gepeitscht würde. Man konnte nicht ausmachen, wie groß diese Zisterne war. Bestimmt handelte es sich um ein riesiges Becken und nicht um einen unterirdischen See, da es von Stahlwänden eingefasst schien.

Der Mann mit den Rattenaugen entfernte sich leise durch eine Tür am hinteren Ende des Raums. Chantal und Eric nutzten die Gelegenheit, um ihrem Schrecken Ausdruck zu geben.

»Mein Gott«, murmelte Chantal, »was zum Teufel …« Ihre Stimme versagte und sie konnte nichts weiter sagen.

Eric war nicht weniger verstört. »Ein Ungeheuer. Ein Alptraum. Wenn ich es nicht mit meinen eigenen Augen gesehen hätte …«

Sie wurden unterbrochen durch die Rückkehr der Kreatur, hinter der ein Mann von kleiner Statur auftauchte, die Haare nach hinten gekämmt. Er hatte kristallblaue Augen, eiskalt, aber normal in Form und Farbe. Er trug eine elegante grüne Uniform von ganz anderem Schnitt als die plumpe und formlose der rumänischen Armee. Auf einem Ärmel waren die Rangabzeichen aufgestickt.

Freundschaftlich reichte er ihnen die Hand und sprach in einwandfreiem Französisch.

»Man hat mir gesagt, ihr seid die Besucher, die Ion Remesul schickt. Ich dachte, er würde euch begleiten.« Wenn er das Zittern ihrer Hände bemerkte, so ließ er es nicht merken.

Vielleicht wäre es an der Zeit gewesen, die Verstellung aufzugeben, doch Chantal hatte keine Lust dazu. Nicht, bevor sie nicht ein paar Erklärungen über die

Funktion der unterirdischen Anlage, über das Becken, das hinter ihnen rumorte, und über den Mann mit den ekelhaften Augen bekommen hatte.

»Er konnte nicht kommen«, erwiderte sie mit einem Hauch von Stimme. »Vielleicht kommt er nach.«

»Sehr gut«, sagte der Mann in Uniform. Dann fügte er hinzu: »Verzeihen Sie, ich will ja nicht indiskret sein, aber ich sehe, Sie sind sehr aufgeregt ...«

Rasch wandte Chantal den Kopf in Richtung des Mannes mit den roten Augen, der jetzt seine Mahlzeit aufaß. Der andere lächelte: »Ist das der Erste, den Sie sehen? Dann verstehe ich. Sie gelingen nicht immer und wir können uns den Grund dafür auch nicht erklären.«

Er wandte sich an Eric. »Ich heiße Dimitriu und bin Oberstleutnant in der Legion. Man hat mich beauftragt, Ihnen die Subjekte vorzuführen.«

»Die Legion des Erzengels Michael?«, fragte Eric, der jetzt etwas ruhiger war.

Der Offizier fixierte ihn. »Sie haben einen Akzent im Französischen; man hatte mir zwei Franzosen angekündigt.«

Eric hatte sich in der Hand. »Eine Panne. Ich musste den Kollegen vertreten. Ich bin Engländer.«

Dimitriu war einen Augenblick lang verwundert, dann zuckte er mit den Achseln. »Ist gut, Hauptsache, Sie sind berechtigt zu kaufen ... Sicher«, fuhr er dann fort, »die Legion des Erzengels Michael, welche sonst? Hat Ihr Kollege Sie nicht informiert? Doch jetzt folgen Sie mir, verlieren wir keine Zeit.«

Er führte sie erneut durch ein Labyrinth von Korridoren. Jetzt öffneten sich in den Wänden in regelmäßigen Abständen kleine Fensterchen, durch die man auf das bewegte und milchige Wasser sah. Chantal kam es so vor, als sähe sie unter der Oberfläche weiße Formen, die sich bewegten. Wieder pochte ihr Herz heftig. Sie versuchte, Eric darauf aufmerksam zu machen, doch der Offizier ging schnell, und es war keine Gelegenheit, stehen zu bleiben und das Phänomen zu beobachten. Chantal fragte sich, ob sie das im Grunde wirklich wollte. Sie unterdrückte einen heftigen Schauder.

»Wir müssen einmal ganz um das Becken herum«, sagte Dimitriu. »Das dauert etwa zehn Minuten. Schaffen Sie das?«

»Ja«, antwortete Eric, der jedoch sehr müde aussah. »Aber besteht nicht die Gefahr, auf Männer der *Securitate* zu stoßen, die noch bewaffnet sind?«

Der Offizier lachte. »Wenn sie bestünde, würde ich Sie hier nicht führen. Nein, wir werden keinem *Securitate*-Mann begegnen. Wir haben sie hinweggefegt, als wir die Akademie der Wissenschaften eingenommen haben. Da haben wir auch den Zugang zu den unterirdischen Räumen entdeckt, zu den Labors von Elena.«

»Elena?«, fragte Eric.

»Ja, Elena Ceausescu. Haben Sie das nicht gewusst? Sie war es, die die Methode zur Regeneration der Makrozellen erfunden hat. Sie war gar nicht so dumm, wie man glaubte. Haben Sie den Prozess gesehen?«

»Ich habe ihn gesehen«, sagte Chantal.

»Voltan, der das Verhör führte, wollte so schnell wie möglich zum Schluss kommen. Er fürchtete, die Geschichte mit den Labors könnte herauskommen und die Front der nationalen Rettung könnte sie in ihren Besitz bringen. Ich glaube jedoch nicht, dass sie geredet hätte. Das hätte bedeutet, den Anklägern eine Waffe mehr an die Hand zu geben. Jedenfalls ist alles gut gegangen; Elena ist tot und die Labors sind in unsere Hände gefallen. So werden wir außer Makrozellen auch ganz Rumänien regenerieren.« Die letzten Worte hatte er mit einem gewissen Nachdruck ausgesprochen, was eine tief verwurzelte Überzeugung verriet.

Der Name Voltan war Eric nicht unbekannt. Nach

kurzem Nachdenken fragte er: »Meinen Sie Voltan Voivolescu? Aber der gehört doch zur Front?«

»Alle glauben das, aber in Wirklichkeit ist er einer von Remesuls Männern.« Plötzlich wurde die Stimme des Offiziers misstrauisch: »Aber wissen Sie diese Dinge denn nicht? Mit wem haben Sie den Kauf denn ausgehandelt?«

Eric war überrumpelt und wusste keine Antwort. Chantal sprang ein. »Er weiß wenig oder nichts. Die Verhandlungen habe ich geführt, eben mit Voltan.«

Der Offizier betrachtete sie mit einer gewissen Achtung, doch er sagte kein Wort.

Am Ende des x-ten Korridors kamen sie an eine Tür, die von einem bewaffneten Soldaten bewacht war. Als er den Offizier sah, stand er stramm und präsentierte die AKM, die er im Arm hielt. Dimitriu drückte die Tür auf und bedeutete den anderen, sie sollten ihm folgen. Es war ein großer, eisig kalter Raum. Rohre, an denen in Tröpfchen das Kondenswasser stand, liefen an den Wänden entlang; anstelle einer der Wände gab es eine Glasscheibe, durch die man die vom Wind aufgewühlte Wasserfläche sah. Hier war der Lärm ohrenbetäubend.

In einer Ecke des Raums saßen vier junge Männer in blauem Hemd vor einem langen Bord mit ebenso vielen Computern darauf. Sie würdigten die Besucher eines kurzen Blickes, dann kehrten sie zu ihrer Arbeit zurück, während in rascher Folge Zahlen und graphische Symbole über den Bildschirm flimmerten, die auf den ersten Blick nicht zu entziffern waren.

Eine fünfte Person mit sehr langen Haaren und einem Bart, der bis auf die Brust fiel, saß in der Mitte des Raums an einem Tisch, über dem eine große Neonleuchte hing. Er war in Zivil, aber auf der Binde, die er am linken Arm trug, war das Abzeichen mit den drei Pfeilen zu sehen. Beim Eintreffen des Oberstleutnants und der Journalisten hob er den Blick von den Akten, in denen er nervös herumblätterte.

Er sagte etwas auf Rumänisch, worauf der Oberstleutnant mit einer langen Erklärung antwortete. Der Mann hörte zu und nickte von Zeit zu Zeit, dann wandte er sich in leidlich korrektem Französisch an die Fremden.

»Ich weiß, dass ich aussehe wie ein Wissenschaftler, aber ich bin keiner. Ich bin für die Verkäufe zuständig. Brauchen Sie Organe oder ganze Körper?«

Chantal und Eric erwiderten nichts, in der Annahme, dass der Mann sich falsch ausgedrückt hätte. Doch so war es nicht.

»Organe oder ganze Körper?«, wiederholte er. Dann setzte er hinzu: »Organe haben wir reichlich. Wir holen sie uns vom Ungarnfriedhof, durch den Sie wahrscheinlich hereingekommen sind. Durch Elenas Regenerationsprozess halten sie sich unbeschränkt lange. Ein kurzes Eintauchen ins Becken genügt ...«

Chantal ging ein Licht auf. »Die Frau und das Mädchen«, wisperte sie Eric zu.

Ihr Gesprächspartner nickte. »Sie meinen die Frau und das Mädchen mit der Narbe am Bauch, nicht wahr? Jemand von der Front, ein bisschen übereifrig, hat die Leichen gefunden und gibt sie nun als Opfer der Massaker aus. Uns kann das nur recht sein, Hauptsache, die Wahrheit kommt nicht raus.« Er lachte kurz auf. »Von der Frau weiß ich nichts; ich glaube, sie ist an Leberzirrhose gestorben. Das Mädchen war die Tochter meiner Nachbarn. Sie ist an Blutandrang gestorben, ich glaube, am 9. Dezember. Sie hieß Christina.«

Der Offizier stand mit verschränkten Armen da und wirkte ungeduldig. Er sagte etwas auf Rumänisch zu dem bärtigen Mann, der ihm auf Französisch antwortete:

»Nein, wir brauchen Sie nicht. Gehen Sie nur.«

Der andere schlug die Hacken zusammen, grüßte Eric und Chantal mit einer leichten Verbeugung und verließ den Raum. Die jungen Männer am Computer warfen ihm einen flüchtigen Blick nach und wandten sich wieder ihren Tastaturen zu.

Der bärtige Mann stand mühsam auf. Dabei konnten sie feststellen, dass er überaus klein und fast fettleibig war.

»Ich habe mich nicht vorgestellt. Ich heiße Rudu Valescu und gehöre zum politischen Flügel der Legion, der besser bekannt ist unter dem Namen *Vatra Romaneasca.*«

Auch auf die Gefahr hin, sich eine Blöße zu geben, konnte Eric sich nicht verkneifen zu fragen: »Wie lange existiert die Legion schon?«

Im Unterschied zur Reaktion des Offiziers kam Valescu diese Frage offenbar völlig natürlich vor.

»Die Legion gibt es seit den dreißiger Jahren, aber damals war sie bekannter unter dem Namen Eiserne Garde. Sagt Ihnen das etwas?«

Und ob. Sowohl Eric als auch Chantal hatten schon von der Bewegung unter Codreanu gehört, die die Voraussetzungen dafür geschaffen hatte, dass Rumänien Alliierter des Dritten Reichs wurde. Ein Schauer lief ihnen über den Rücken. Sie wollten jedoch lieber keine Fragen stellen und beschränkten sich auf ein Nicken.

»Sie werden sich fragen, was wir mit dieser Revolution zu tun haben«, fuhr Valescu fort. »Nun, wir haben *unsere* Revolution gemacht. Wir haben uns schon lange darauf vorbereitet, die Menge ist uns nur zuvorgekommen. Jetzt, da die alten Kommunisten weggefegt sind, setzen wir uns dafür ein, auch die neuen loszuwerden. Denn die sind, lassen Sie sich das gesagt sein, viel schlimmer als die alten. Ungarn, Juden und Antichristen sind gar nicht zu zählen unter ihnen.«

Eric wollte etwas fragen, als einer der jungen Männer im blauen Hemd etwas ausrief und Valescu auf die blaue Farbe hinwies, die sein Bildschirm angenommen hatte. Valescu wechselte ein paar Sätze mit ihm auf Rumänisch, dann wandte er sich an Chantal.

»Einige Körper werden gleich auftauchen. Ich muss wissen, was Sie brauchen. Körper oder Organe?«

»Körper«, antwortete Chantal, willkürlich eine der beiden Möglichkeiten wählend.

»Gut.« Valescu lief zur Glasscheibe, die Journalisten folgten ihm. »Sie werden gleich etwas völlig Außergewöhnliches sehen. Ich habe dem Schauspiel nun schon so oft beigewohnt, aber es verblüfft mich immer wieder.«

Es hatte den Anschein, als ob von oben noch stärkerer Wind blasen und die Wasser des Beckens aufwühlen würde. Der Lärm wurde unerträglich, während regelrechte Sturzwellen die Oberfläche durchfurchten. Nach und nach formte sich ein Strudel und wuchs mit zunehmender Geschwindigkeit. Gischtkronen bildeten sich an seinem Rand, formierten sich zu Spiralen und gingen sofort wieder unter, worauf neue an ihre Stelle traten.

Das Wasser schlug jetzt in regelmäßigen Abständen gegen die durchsichtige Wand und ließ dabei unregelmäßige weiße Schlieren zurück, die sich zu Tröpfchen auflösten. Ein regelrechter Abgrund hatte sich in der Mitte des Wassers aufgetan, ein Strudel mit glatten, rotierenden Wänden.

Unmöglich, auf den Grund zu sehen. Chantal erblickte jedoch weiße Formen, ähnlich denen, die sie schon im Korridor erblickt hatte, die in einem verrückten Tanz rund um den Strudel kreisten, knapp unter der Wasseroberfläche. Sie bekam eine Gänsehaut. Dann tauchten die ersten Formen auf, auf den spiralförmigen Wellen wippend.

»Die Organe«, brüllte Valescu, um sich in dem Getöse verständlich zu machen. »Das Schönste kommt jetzt.«

Wie von einer unsichtbaren Feder hervorgeschnellt, tauchten plötzlich aus dem Schaum der Tiefen perfekt gebaute menschliche Körper auf. Sie drehten sich in einer aufrechten Stellung, als ob sie auf Skiern stünden, die Arme baumelten an den Seiten herab. Dann ließ der Lärm plötzlich nach und der Strudel begann sich langsam zu füllen. Die Körper wanderten weiter nach oben, neigten sich dann aber und schließlich legten sie sich flach auf die Wasseroberfläche. Als die Wellen verebbten und der Strudel sich geschlossen und in kleinen Schaumkräuseln verloren hatte, schwammen die Körper und die weißen Formen oben auf der Flüssigkeit, die wieder ölig geworden war.

»Jetzt braucht man sie nur noch herauszufischen«, sagte Valescu und seine Stimme überschlug sich vor Begeisterung. »Menschliche Organe, wieder wie neu, und Körper ohne Intelligenz, ganz nach Wunsch zu gebrauchen.«

Vor Staunen und Grauen hatte es Eric und Chantal den Atem verschlagen. Sie sahen, wie von oben, wo das diffuse Leuchten noch intensiver war, mechanische Greifarme herabkamen und Metallnetze auf dem Wasser ausbreiteten, das jetzt wieder von einem leisen Wind bewegt war. Durch eine Kippbewegung versenkte die Vorrichtung die Ränder des Netzes im Schaum, in dem die Körper schwammen, um sie dann darunter durchzuziehen. Anschließend wurde das Netz wieder herausgezogen und schaukelte mit seinem Inhalt in der Luft. Chantal konnte einen leisen Aufschrei nicht unterdrücken, als sie sah, dass die Körper sich bewegten.

»Nur wenige wissen, wie das Enzym im warmen Wasser wirkt«, sagte Valescu und sah die Gäste mit unterwürfigem Ausdruck an, aus dem die Freude sprach, sie in Erstaunen versetzt zu haben. »Elena spricht darüber in ihrem Buch *Stereoskopische Polymerisation des*

Isopren aber nur andeutungsweise. Mit Sicherheit wirkt es auf das andere Enzym ein, das die Nervenimpulse steuert, das Colchinin, und verändert die Gehirnfunktionen. Aus diesem Becken gehen die lebenden Körper schlanker und ungewöhnlich robust hervor, aber, wie soll man sagen, ohne Seele. Doch das ist es ja gerade, was Sie interessiert. Während die einzelnen menschlichen Organe, die nicht mehr verwertbaren Körpern entstammen, sich erneuern und ihre Funktionen beibehalten.«

Eric sah Valescu mit einem halb entsetzten, halb ungläubigen Ausdruck an. »Was wollen Sie denn mit all dem erreichen?«, fragte er mit heiserer Stimme.

»Das Gleiche, was Ceausescu im Sinn hatte«, antwortete der andere und beobachtete versonnen die letzten Manöver des Herausfischens. »Die Nationalökonomie sanieren. Viele Länder, darunter Ihres, haben Bedarf an guten Soldaten, die nicht zu viele Fragen stellen. Aber noch größeren Bedarf haben sie an Organen für die Transplantation, die unbegrenzt funktionsfähig sind.«

Einer der Männer im blauen Hemd rief etwas, als er bestimmte Zeichen auf dem Bildschirm auftauchen sah.

»Neun ganze Körper eingeholt«, übersetzte Valescu und Befriedigung zeichnete sich auf seinem Gesicht ab. »Einer hat Ziegenfüße, insgesamt aber liegen wir weit unter dem Durchschnitt derartiger Unfälle. Eine Ziege muss in den Bega gefallen sein, der das Becken speist, und das Enzym hat einen Teil der menschlichen Chromosomen nach dem Vorbild der tierischen modelliert. Das kann passieren. Außerdem haben wir acht Paar Lungen, acht Nieren und zwei intakte Herzen bekommen. Haben Sie das Geld?«

Die Frage traf Chantal und Eric unvorbereitet. »Ja«, log der Engländer.

»Warten Sie hier auf mich. Ich lasse Ihnen die Organe einpacken. Die Körper schicken wir Ihnen wie immer mit einem Begleiter und mit Touristenvisa ausgestattet.«

Fast hüpfend verließ er den Raum. Fassungslos sahen Eric und Chantal sich an. Eine Weile lang war keiner von beiden imstande, das, was sie gesehen hatten, zu kommentieren. Dann sah Eric auf die Uhr.

»Wir sind seit mindestens anderthalb Stunden hier.« Er räusperte sich. »Wer hätte das gedacht?«

Chantal begriff, dass der Freund wirr redete, völlig verstört und unfähig war, einen klaren Gedanken zu fassen. Sie musste die Situation in die Hand nehmen. Sie ging in die Mitte des Raums und sagte laut: »Verstehen Sie mich?«

Die jungen Männer im blauen Hemd sahen sie an, ohne ein Wort zu sagen. Einer von ihnen zwirbelte sich mit ratlosem Ausdruck seinen dichten schwarzen Schnurrbart.

»Sie verstehen kein Französisch«, sagte Chantal rasch zu ihrem Freund. »Wahrscheinlich wissen sie nicht einmal, wer wir sind. Sie werden uns nicht aufhalten.«

»Aber Valescu könnte zurückkommen«, wandte Eric ein.

»Nicht so bald. Komm.«

Sie führte ihn zu der Tür, durch die sie hereingekommen waren, ohne dass die jungen Männer am Computer etwas unternommen hätten. Der wachhabende Soldat stand gähnend an die Wand gelehnt da. Als er die beiden Fremden sah, nahm er Haltung an und präsentierte zum Gruß verlegen das Gewehr.

»Schnell«, wisperte Chantal. »Erinnerst du dich an den Weg?«

Eric nickte und ging anstandslos voraus. Fast laufend legten sie die unendlich vielen Korridore rund um das Becken zurück und wurden nur langsamer, wenn sie einem der gelangweilt herumstehenden Wachsoldaten begegneten. Niemand versuchte sie aufzuhalten.

Sie legten die gesamte Strecke doppelt so schnell zurück wie beim Herweg. Als sie den ersten Raum erreichten, fanden sie dort den Mann mit den Rattenaugen und, böse Überraschung, Oberstleutnant Dimitriu.

Der Offizier musterte sie lange, bevor er etwas sagte. »Wohin wollen Sie?«, fragte er dann mit eisiger Stimme.

Noch einmal nahm Chantal die Situation in die Hand und erfand eine Antwort. »Valescu hat uns gesagt, wir sollten oben auf ihn warten. Er lässt uns die Ware bringen.«

Dimitriu musterte sie noch eindringlicher. Chantal begann Angst zu verspüren, dann schien der Oberstleutnant sich zu entspannen. »Wo oben?«, fragte er in gleichgültigem Ton.

»Dort, wo wir hereingekommen sind.«

Chantals Herz pochte heftig. Mit einem flüchtigen Blick auf Eric stellte sie fest, dass er in einer ähnlichen Verfassung sein musste. Sie spürte, wie sich eine eisige Klammer um ihre Gelenke legte.

Dimitriu dachte einen Augenblick lang nach, dann sagte er: »Auf dem Friedhof also.«

Chantal spürte, wie die Anspannung aus ihrem Körper wich. »Ja, auf dem Friedhof«, bestätigte sie und nickte nachdrücklich.

»Sie brauchen nur die Treppe hinaufzusteigen. Durch den linken Korridor kommen Sie direkt zum Ausgang.«

Er entließ sie mit einer knappen Verbeugung. Die ganze Herzlichkeit, die er zuvor an den Tag gelegt hatte, schien verschwunden.

Chantal stellte diesen Unterschied im Verhalten fest, doch jetzt blieb nichts anderes mehr übrig als zu handeln. Als die Metalltür, von dem Offizier betätigt, aufsprang, grüßte sie mit einem Kopfnicken. Dann zog sie den eher benommenen Eric an der Hand mit und erreichte den Fuß der Steintreppe. Fast wütend begann sie die Stufen hinaufzusteigen.

Nach und nach kam Eric wieder zu sich. »Wir haben den Scoop des Jahrhunderts in Händen«, sagte er irgendwann.

»Erst müssen wir draußen sein.« Chantal war unruhig und atmete schwer. »Erst wenn wir im Freien sind, werde ich mich ruhiger fühlen.«

Nach und nach verlangsamten sie ihr Tempo. Das Lärmen des Wassers war jetzt fern, und sogar das Bild dessen, was sie gesehen hatten, nahm jetzt unscharfe Konturen an. Den letzten Absatz nahmen sie entspannt und wieder mit normalem Atem in Angriff.

Plötzlich schob sich ein Schatten zwischen sie und das helle Licht, das vom letzten Abschnitt des Korridors her kam. Obwohl ihr aufgrund des Neonlichts die Augen tränten, hatte Chantal keine Schwierigkeiten, Ion Remesul zu erkennen. Ihr Herz setzte aus. Der Rumäne stand mit verschränkten Armen da, an die Wand gelehnt, unweit der Sprossenleiter, die nach draußen führte.

»Das sind die Idioten, die sich für Euch ausgegeben haben«, sagte er zu Gérard und Constance, die hinter ihm warteten.

Mitleidig schüttelte Gérard den Kopf. Constance trat vor und warf den beiden, die wie versteinert dastanden, einen hasserfüllten Blick zu.

»Die berühmte Journalistin«, zischte sie Chantal zu und starrte ihr in die Augen. »Das Wunderkind des Jahres. Gut, ich brauchte eine neue Katze. Meine ist tot.«

Sie hob den Kadaver einer Katze hoch, den sie am Schwanz hielt, und ließ ihn ihr vor dem Gesicht baumeln.

Als die Behandlung zu Ende war und Chantal wieder zu Bewusstsein kam, merkte sie, dass sie in einer weißlichen und schlüpfrigen Flüssigkeit schwamm. Das verursachte ihr ein Gefühl von großer Ruhe, von Vollkommenheit, als ob ihr ganzes Leben auf dieses erneute Eintauchen in diese Flüssigkeit abgezielt hätte.

Sie bemerkte, dass ihr Ich alle Grenzen verlor und mit diesem wohltuenden und bergenden Fluidum eins zu werden begann. Sie versuchte, sich der süßen Umschlingung durch diese weiche Hülle ganz hinzugeben und all ihre Energie an sie abzutreten. Doch dann sah sie den Körper der Katze schemenhaft in geringer Entfernung dahinschwimmen. Sie sah, wie er sich gleichsam auflöste und in Spiralen dunkler Materie auf sie zukam. Doch auch sie selbst löste sich auf und ihre Atome schienen von dieser fremden Substanz angezogen zu werden.

Namenloses Grauen überwältigte sie. Sie versuchte zu miauen, doch schon füllte Wasser ihr den Rachen. Sie miaute weiter. Ein gurgelnder Laut kam aus ihrer Kehle, der sofort erstickte. Niemand würde sie hören. Nie mehr.

KAPITEL VI

Das Verhör

»Meint Ihr nicht, dass Ihr sie zu grausam behandelt, *magister?*«

Eymerich warf Pater Jacinto einen beleidigten Blick zu.

»Ausgerechnet Ihr, Pater, wollt einen derartigen Vorwurf gegen mich erheben? Dabei solltet Ihr mich doch kennen. Das ist keine Folter, was Ihr hier seht, sondern lediglich ein Mittel, um indirekt ein Geständnis zu erhalten, ohne auf die hochnotpeinliche Befragung zurückgreifen zu müssen.«

Verwundert legte Pater Jacinto sein Gesicht wieder an das Loch, das Eymerich in das dicke Holzbrett hatte bohren lassen, das in den Verliesen des Schlosses von Ussel die große Zelle von den beiden kleineren trennte. Seit zwei Tagen stöhnten die Gefangenen, schrieen und rissen an ihren Ketten, um die Schlangen zu verscheuchen, die an den feuchten Wänden hinaufkrochen und ab und zu mit einem dumpfen Schlag in das stinkende Wasser zurückfielen, das den Boden bedeckte. Die Kinder, vier insgesamt, waren am meisten verängstigt. Seit achtundvierzig Stunden schluchzten sie unentwegt, trotz der Bemühungen der genauso verängstigten Erwachsenen, sie zu beruhigen.

Als er merkte, dass Pater Jacinto von der Zulässigkeit dessen, was er sah, nicht überzeugt war, klopfte Eymerich ihm kameradschaftlich auf die Schulter.

»Auf, mein Freund. Vielleicht war es ein Fehler von mir, Euch meine Absichten nicht zu erklären und Euch auch nicht ausreichend über die Besonderheiten der katharischen Häresie zu belehren. Ich werde sofort Buße tun, doch verlassen wir diesen ungesunden Ort.«

Durch das Wasser tappend, das den Boden bedeckte, verließen sie mit der Fackel in der Hand die innere Zelle und setzten ihren Fuß in den Eingangsraum, wo es vor Feuchtigkeit troff. Als die Gefangenen durch ein vergittertes Fensterchen der beiden Dominikaner ansichtig wurden, brachen sie in Flehen und Schreien aus und streckten die Hände durch die Stäbe. Das grobe Gesicht Authiés erschien hinter der Öffnung in der dicken Holztür der vierten Zelle, der kleinsten von allen.

»Gott verfluche dich, Heiliger Bösewicht«, murmelte er unter Husten, was von dem beißenden Rauch der Fackeln kam. Es lag kein Groll in seinen Worten; es handelte sich mehr um eine Anrufung, so ruhig wie ein Gebet.

Eymerich antwortete nichts, sondern beschleunigte seinen Schritt in Richtung der Treppe hinter dem Felssockel. Pater Jacinto trottete hinter ihm drein.

»Wie können die hier wissen, dass die Katharer in Castres Euch *Saint Mauvais* nannten? Von allen Geheimnissen ist das eines der dunkelsten.«

»Wir werden es lösen, wie die anderen auch.« Ganz eindeutig wollte Eymerich ein Thema beenden, das ihm unangenehm war. Pater Jacinto erahnte seine Gefühle und schwieg.

Oben an der Treppe begegneten sie Pater Lambert, der durch die Gänge des Schlosses ging und laut das kleine Marienlob rezitierte. Als er die beiden sah, schloss er das winzige, reich verzierte Brevier.

»Meint Ihr nicht, Pater Nikolas, dass es an der Zeit wäre, mit den Verhören zu beginnen? Die Tage verstreichen ergebnislos.«

»Hier täuscht Ihr Euch, Pater Lambert«, entgegnete Eymerich, »wie sich auch Pater Jacinto täuscht. Doch mir wird klar, dass ich mich zu großer Zurückhaltung schuldig gemacht habe. Wo ist Pater Simon?«

»In seinem Zimmer, er betet.«

»Gehen wir zu ihm. Ich werde Euch alles erklären.«

Über die Wendeltreppe stiegen sie in den dritten Stock hinauf, leicht keuchend wegen der ungewöhnlich hohen Stufen. Sie trafen Pater Simon am Boden liegend an, auf dem Stroh, das dort ausgestreut war. Die Kälte war so groß, dass den Dominikanern Dampfwolken vor den Mündern standen.

Pater Simon erhob sich mit sichtlicher Mühe, das Gesicht verzerrt. Der lange weiße Bart und das wallende Haar rund um die Tonsur verliehen ihm fast das Aussehen eines Wilden.

»Es ist zu viel Licht in diesem Zimmer«, brummte er. »Und auch zu viele Möbel. Setzt Euch auf diese Truhen.«

»Hochverehrte Patres«, begann Eymerich, als alle Platz genommen hatten, »ich bin Euch mehr als eine Erklärung schuldig. Zwei Tage nach Verhaftung der mutmaßlichen Häretiker ist noch kein einziges Verhör durchgeführt worden. Außerdem erhebt Pater Jacinto Einwände gegen die von mir angeordnete Aussetzung von Schlangen, Eidechsen und Nattern in den Zellen.«

»Keine Strafe ist schwer genug für die Lästerer Christi«, sagte mit nachdrücklichem Ernst Simon de Paris und runzelte dazu seine buschigen weißen Augenbrauen.

»Einverstanden«, warf Pater Jacinto ein, »aber zunächst muss ihre Schuld festgestellt werden. Außerdem billige ich nicht, dass die Gefangenen in dieser ganzen Zeit nichts zu essen bekommen haben, nachdem man ihnen wie zum Hohn Messer ausgegeben hat, als ob eine Mahlzeit unmittelbar bevorstehen würde.«

Auch Pater Lambert wollte etwas sagen, doch Eymerich hob die Hand und kam ihm zuvor.

»Erlaubt, geschätzte Patres, dass ich ein paar Worte zur Erklärung meiner Vorgehensweise sage.«

Er sah seine Gesprächspartner jeden einzeln an, ohne verhindern zu können, dass ein Ausdruck der Genugtuung sich auf seinen Zügen breit machte. Er würde sie in Erstaunen versetzen und er kostete schon im Voraus den Moment der Enthüllung aus.

»Es stimmt, ich habe diese Leute zusammen mit Reptilien eingesperrt, ich habe ihnen Messer gegeben, aber keine Nahrung außer Wasser. Dadurch habe ich aber den klaren Beweis für ihre Zugehörigkeit zur Sekte der Katharer erhalten, ohne lange Verhöre und durch peinliche Fragen erpresste Geständnisse.«

Auf dem pausbäckigen Gesicht von Pater Jacinto zeichnete sich große Verwunderung ab. »Wie ist das möglich?«

»Hat die Angst vor den Schlangen einen der Gefangenen dazu bewegt, ein Geständnis abzulegen?«, fragte Lambert de Toulouse erstaunt.

»Nichts dergleichen.« Innerlich jubelnd entrollte Eymerich ein Papier, das er im Ärmelaufschlag getragen hatte.

»Erlaubt mir, Patres, dass ich Euch die vollständige Formel des *consolamentum* vorlese, was, wie Ihr wisst, die Zeremonie ist, mit der die Katharer ihre Zugehörigkeit zum häretischen Glauben bekunden. Das, was wir gewöhnlich *haereticatio* nennen.«

Er blickte noch einmal in die Runde, räusperte sich zweimal und begann zu lesen: »Gibst du dich Gott und dem Evangelium hin? So schwöre denn, dass du keinerlei Fleisch essen wirst, weder Eier noch Käse noch sonst irgendeine Nahrung, die nicht aus dem Wasser kommt, wie Fische, oder vom Holz, wie Öl. Außerdem, dass du nicht lügen und nicht fluchen wirst und keinerlei Kriechtier töten wirst, dass du deinen Leib nicht zu Zwecken der Wollust gebrauchen wirst, dass du nicht allein gehen wirst, wenn du einen Begleiter haben kannst, dass du nicht allein essen, nicht ohne Hemd und Hosen schlafen wirst und dem Glauben nicht abschwören wirst aus Angst vor Feuer, Wasser oder sonstigen Todesarten.«

Als er die Verlesung des Textes auf Latein beendet hatte, warf Eymerich seinen drei Gefährten einen Blick zu, im dem Triumph leuchtete.

»Versteht Ihr nun, Patres? *Nec occidas quiquam ex reptilibus.* Den Katharern ist es verboten, Reptilien zu töten. Deshalb habe ich ihre Zellen mit ekligen Schlangen anfüllen lassen; deshalb habe ich sie mit Messern ausgestattet, auch auf die Gefahr hin, die Sicherheit der Gefängniswärter aufs Spiel zu setzen. Jeder andere hätte versucht, die Schlangen mit dem Messer zu töten, nicht wissend, dass sie ungiftig waren; jeder, aber nicht die Katharer, die verpflichtet sind, Reptilien zu achten. In der Tat haben sie sich darauf beschränkt, zwei Tage und zwei Nächte lang zu stöhnen und zu schreien, ohne in irgendeiner Weise zu versuchen, sich zu verteidigen. Das kommt einem kollektiven Geständnis gleich.«

Das erstaunte Schweigen, das diesen Worten folgte, wurde von Pater Simon unterbrochen. Der Alte nickte langsam als Zeichen der Zustimmung.

»Der Ruf Eurer Weisheit und Eures Scharfsinns ist wohl begründet, Pater Nikolas. Sehr wohl begründet.«

Voll Überzeugung pflichteten die anderen bei; bei Lambert de Toulouse fiel die Zustimmung begeistert aus, bei Pater Jacinto war sie etwas gedämpfter. Dieser fragte:

»Hätte es nicht genügt, den Gefangenen nach dem Fasten Fleisch aufzutragen? Da es ihnen verboten ist, welches zu essen, hätten sie durch ihre Zurückweisung genauso ihre häretische Zugehörigkeit gezeigt.«

Diesen Einwand hatte Eymerich erwartet. »Das ist eine List, die ich in der Vergangenheit angewendet habe, aber dann bin ich davon abgekommen. Viele unerlaubte, wenn auch nicht notwendigerweise gefährliche Irrlehren verbieten den Genuss von Fleisch. Nur bei den Katharern ist das Töten von Reptilien verboten. Außerdem löst der Ekel, den die Schlangen einflößen, irrationale und unüberlegte Reaktionen aus, weshalb es eines gut verankerten Glaubens bedarf, um bestimmte instinktive Regungen zu bremsen.«

Eymerich machte eine wohlberechnete Pause, dann setzte er hinzu: »Ich habe auch berücksichtigt, dass es unüberwindlichen Abscheu hervorrufen kann, eine Schlange mit dem Messer zu töten. Deshalb habe ich auch Eidechsen und große Nattern in die Zellen werfen lassen, die sogar ein Kind mit der Hand töten kann. Nun, auch diese sind nicht angerührt worden, obwohl von höchst abscheulichem Aussehen.«

Die Bewunderung, mit der die beiden Versehpriester und Pater Jacinto die Worte des Inquisitors aufnahmen, stand ihnen deutlich ins Gesicht geschrieben. Pater Lambert kratzte sich das bartlose Kinn:

»Das ist ja wirklich seltsam, dieses Verbot, Reptilien zu töten. Ich frage mich, wo das wohl seinen Ursprung hat.«

»In der Apostelgeschichte«, antwortete Eymerich in bestimmtem Ton. »Erinnert Ihr Euch an die Bekehrung des Zenturios Cornelius? Petrus, der Hunger leidet, sieht ein Tuch vom Himmel herabkommen, in dem alle Tiere der Erde enthalten sind, einschließlich der Reptilien. Er weigert sich jedoch, sie zu töten und zu essen, mit der Begründung, er wolle keine profane und unreine Nahrung zu sich nehmen. Das genügte als Ausgangspunkt für die plumpe Theologie der Katharer, die daraus das absurde Verbot, Reptilien zu töten, abgeleitet hat.«

Pater Simon schlug die Augen zum Himmel auf. »Welch schreckliche, grobe Lästerungen!«

»Der Hauptanklagepunkt ist damit bewiesen«, fuhr Eymerich fort. »Die wir gefangen haben, sind Katharer, und als solche verdienen sie den Scheiterhaufen, außer sie schwören ihrem Glauben ab. Doch unsere Arbeit hat eben erst begonnen.«

»Warum sagt Ihr das?«, fragte Pater Lambert.

»Weil auch die Verbindung zwischen der Verbreitung der Häresie und den Ungeheuern erwiesen ist. Ich habe Euch erzählt, dass ich auf der Reise nach Chatillon auf einen Jungen ohne Haare gestoßen bin, mit dem Aussehen eines bis auf die Knochen abgemagerten Kindes. Nun, dieses Wesen warf sich vor die Hufe meines Pferdes, nur um eine Blindschleiche zu retten, die sonst zertreten worden wäre. Offenbar gehorchte es demselben Gesetz wie diese Verruchten hier. Und das bringt mich darauf, in dieser ganzen Sache eine Mitverantwortung des Herrn Semurel anzunehmen, der der selbst ernannte Beschützer der kleinen Monstren ist.«

»Das war klar«, sagte Pater Simon. »Finstre und schauerliche Wesen zeugten vom Wirken der Sünde an diesem Ort.«

»Nicht notwendigerweise.« Jedes Mal, wenn Pater Simon das Wort ergriff, schien Pater Jacinto die zwanghafte Atmosphäre, die dabei entstand, nicht zu ertragen. Auch dieses Mal trieb ihn ein unwiderstehlicher Impuls dazu, dem Alten zu widersprechen.

»Sicher habt Ihr von den Hundemenschen auf den Andamanen-Inseln gehört, von denen Marco Polo berichtet …«

»Ich pflege keine profane Lektüre«, fiel ihm der Alte unwirsch ins Wort.

Eymerich griff ein, um den sich abzeichnenden Streit abzuwenden.

»Nachdem wir herausgefunden haben, was ich Euch gesagt habe, ist es an der Zeit, mit unserer Arbeit zu beginnen. Ich lasse die Verurteilten, die wir nunmehr so nennen können, sofort von den Schlangen befreien und ihnen zu essen geben, nachdem sie vom Hunger während der Reptilienprobe geschwächt sind. Jetzt ist die neunte Stunde. Zu Vesper befragen wir den Ersten von ihnen, wenn Ihr einverstanden seid.«

»Authié, nehme ich an«, sagte Pater Lambert.

»Ja, auch wenn ich bezweifle, dass wir etwas aus ihm herausbekommen. Authié ist mit Sicherheit ein Vollkommener, und als solcher ist er verpflichtet, nie zu lügen. Ihr werdet jedenfalls beobachten können, wie geschickt die Anführer der Ketzer darin sind, den peinlichsten Fragen auszuweichen. Aber bei irgendeinem müssen wir ja anfangen.«

Die Unterredung war beendet. Bevor er sich an die Vorbereitungen für die Verhandlung machte, zog Eymerich sich kurz in sein Zimmer zurück, in dem Versuch, ein merkwürdiges Gefühl der Unruhe zu bezwingen, das ihn seit ein paar Minuten befallen hatte.

Es handelte sich um eine Empfindung, die ihn immer häufiger beschlich und ihn verwirrte. Schwer, sie zu schildern. Es kam ihm so vor, als würde ihm sein gesamter Körper fremd, fast als ob Kopf, Rumpf und Glieder nicht miteinander koordiniert wären. In solchen Momenten fühlte er sich wie eine hölzerne Marionette, bestehend aus losen Gliedern, die von unsichtbaren Fäden zusammengehalten wurden.

Zum eigenen Körper hatte er seit jeher ein denkbar schlechtes Verhältnis gehabt, war er für ihn doch kaum mehr als ein vernachlässigenswerter Anhang des Kopfes. Das war ihm sehr zugute gekommen bei der Einhaltung der Zucht des klösterlichen Lebens, den Entbehrungen und körperlichen Leiden, die es mit sich brachte. Seit einem Jahr etwa jedoch schien ihm die Kontrolle über seine Glieder nachzulassen, als ob sein Geist unabhängig vom Körper frei schweifen könnte. Obwohl keiner seiner Bekannten je irgendeine Bemerkung zu ihm darüber gemacht hatte, fürchtete er, grotesk zu wirken und sich ungeschickt zu bewegen.

In der Einsamkeit seines Zimmers, das fast so kalt war wie das von Pater Simon, fühlte er sich jedoch gleich wohler. Er schaute aus dem Fenster und sah über den Wipfeln der Lärchen die Gletscher, die die Berge in der Ferne bekrönten. Er hätte dort oben sein mögen, allein und fern von allen Lebewesen. Das verlieh ihm erneutes Wohlbefinden, das er durch die Lektüre einiger Psalmen noch untermauerte. Dann fühlte er sich bereit, seine Aufgaben in Angriff zu nehmen.

Er stieg in die Eingangshalle hinunter und traf auf Reinhardt. Seitdem seine Männer sich grundlos einem Massaker hingegeben hatten, hegte der Offizier Eymerich gegenüber eine gewisse Scheu. Dem Inquisitor seinerseits war es nicht gelungen, eine befriedigende Erklärung für das Verhalten der Soldaten zu finden. Religiöser Eifer? Wutreaktion auf ein militärisches Leben fernab von den Schlachtfeldern? Zwecklos, diese einfachen Männer mit ihrer eingeschränkten Sprache und ihren ruppigen Manieren zu befragen.

»Was gibt's Neues, Hauptmann?«

»Gar nichts, Pater.« Reinhardt wirkte erleichtert durch den vertraulichen Ton des Inquisitors. »Im Dorf herrscht große Aufregung wegen der Festnahmen und der Toten. Trotzdem ist kein Angehöriger gekommen und hat um die Freilassung von Verwandten oder um die Herausgabe der Leichen der Gefallenen gebeten, und das ist sehr ungewöhnlich.«

»Nachrichten von Semurel?«

»Nein. Es sieht so aus, als hätte er Chatillon letzte Nacht verlassen.«

»Sicher ist er zu Ebail gegangen, um sich mit ihm zu beraten.« Eymerich runzelte die Stirn. »Ich fürchte, wir werden bald Scherereien bekommen. Ich hoffe, nicht zu bald.«

Der Inquisitor blieb still, in seine Gedanken versunken. Reinhardt berührte ihn am Ärmel. »Entschuldigt, Pater Nikolas …«

Mit einer unwilligen Geste zog Eymerich den Arm zurück. Er hasste es, berührt zu werden. »Nun?«

»Ich habe noch einmal mit meinen Männern über das gesprochen, was gestern Abend passiert ist. Sie können sich das Vorgefallene auch nicht erklären. Ich finde sie aber eigenartig, sehr eigenartig.«

»Was wollt Ihr damit sagen?«

Der Hauptmann wollte sich am Kopf kratzen, doch er traf auf den Helmbusch und zog die Hand zurück.

»Sie sind unruhig, streitsüchtig. Wegen Nichtigkeiten geraten sie in Streit. In anderen Momenten dagegen wirken sie wie verblödet. So habe ich sie noch nie gesehen.«

»Wann hat das angefangen?«

»Oh, noch am Tag unserer Ankunft hier. Nur jetzt sieht es so aus, als würde die Sache sich verschlimmern.«

Der Inquisitor zuckte die Achseln. »Ich weiß nicht, was ich da tun soll. Die Verantwortung für ihr Benehmen liegt bei Euch. Freilich solltet Ihr darauf achten, dass Ihr zur Bewachung der Gefangenen die vernünftigsten Männer abstellt. Und noch etwas. Lasst Schlangen und Messer aus den Zellen entfernen. Wir brauchen sie nun nicht mehr. Und gebt den Gefangenen zu essen.«

»Was?«

»Was essen Eure Männer?«

»Brot, Lammfleisch, Safransuppe, Zwiebeln, Wein.«

»Gebt den Gefangenen das gleiche Essen, außer dem Fleisch.« Eymerich deutete ein Lächeln an. »Das würden sie bestimmt nicht essen.«

»Wie Ihr befehlt.«

Die folgende Stunde brachte der Inquisitor damit zu,

Anweisungen zur Vorbereitung des Verhörs zu geben. Er nahm eine leichte Abendmahlzeit zu sich, bestehend aus Brot und einem vollfetten, *sericium* genannten Käse, angemacht mit Zucker und Rosenwasser. Pater Jacinto, der ihm Gesellschaft leistete, lobte den Wohlgeschmack dieses Käses sehr, ließ aber nicht ab von seiner Kritik an dem Bier, das seinem Meister so vorzüglich mundete.

Zur Vesper nahmen Eymerich, Pater Jacinto, Herr de Berjavel und die beiden Versehpriester im Speisesaal Platz, der zum Gerichtssaal umfunktioniert worden war. Der Raum wirkte nun finster und bedrohlich. Das doppelbogige Fenster an der Rückwand war mit schwarzem Tuch verhängt worden, an dem das wurmstichige Kreuz befestigt war. Darunter war ein Eichenholzstuhl mit gekreuzten Beinen aufgestellt worden, in dessen hoher Rückenlehne eine Schnitzerei die fünfte Station des Kreuzwegs Christi darstellte. Zu beiden Seiten zwei kleinere und bescheidenere Stühle und davor, vier Ellen davon entfernt, das Tischchen des Notars, auf dem ein Tintenfass, ein Gänsekiel und eine Sanduhr bereitstanden.

Auf den Matten am Boden war frisches Stroh aufgeschüttet worden, das einen herben Duft verströmte. Für den Gefangenen stand in der Mitte des Raums ein Hocker bereit, der aus drei, auf Holzscheiten aufliegenden Brettern bestand, mit Eisenringen daran, um die Ketten zu befestigen. An den Seiten schließlich standen, aufgrund der wenigen brennenden Kerzen im Halbdunkel, zwei Stühle für die Versehpriester.

Zuerst ließ Eymerich den Henker rufen, seine Helfer und die Soldaten, die als Gefängniswächter fungierten. Zusammen mit den Geistlichen und dem Notar versammelte er sie in der Mitte des Raums und ließ sie schwören, dass sie über das, was sie sehen und hören würden, Stillschweigen bewahren würden. Dann schickte er alle Weltlichen hinaus, mit Ausnahme von

Herrn de Berjavel, der an seinem Tischchen Platz nahm und sogleich seine Blätter darauf ausbreitete.

An der Schwelle wandte der Henker sich noch einmal um. »Pater Nikolas, Euren Anweisungen gemäß habe ich Seilwinde und Gewichte, Zangen in verschiedenen Größen und ein Kohlebecken ins Nebenzimmer bringen lassen. Soll ich schon anfangen, die Eisen heiß zu machen?«

Eymerich schüttelte den Kopf. »Ohne Genehmigung des Bischofs dürfen wir nicht zur hochnotpeinlichen Befragung schreiten. Ich habe den jungen Bernier nach Aosta geschickt, aber er ist noch nicht zurück. Heute Nacht werden wir Eure Werkzeuge nicht in Anspruch zu nehmen brauchen, Meister Philippe. Haltet Euch dennoch zur Verfügung.«

»Welche Umstände«, schimpfte Pater Simon, sobald der Henker sich zurückgezogen hatte.

Eymerich sah ihn mit einer gewissen Strenge an. »Ich erinnere Euch daran, Pater, dass die Clementinische Gesetzgebung noch immer in Kraft ist. Ich habe nicht vor, ohne Genehmigung des Bischofs zur Folter zu schreiten, wie es ein weniger gewissenhafter Inquisitor vielleicht tun würde. Heute Abend beschränken wir uns auf das Verhör.« Er wandte sich an Pater Jacinto: »Was hieltet Ihr davon, wenn Ihr es führt?«

Der korpulente Dominikaner reagierte mit sichtlichem Unbehagen. »Ich habe schon viele Jahre kein Verhör mehr geführt.«

»Ihr könnt auf meine Unterstützung zählen.«

»Nun, sei's drum.«

Pater Jacinto ging und nahm auf dem mittleren Stuhl Platz. Eymerich setzte sich auf einen der Stühle zu seiner Seite und strich sorgfältig seine Kutte glatt. Die beiden Versehpriester blieben stehen.

Wenige Augenblicke später kam Authié in den Saal, geführt von zwei Soldaten. Die Selbstsicherheit des

Marktschreiers war völlig verschwunden. Abgemagert, zerlumpt, über und über zerkratzt, schien er von einem unaufhaltsamen Zittern geschüttelt. Ab und zu zerriss ihm ein bellender Husten die Brust. Nur der Blick bewahrte in diesem zerstörten Körper noch Stolz und Würde.

Während der Mann sich auf dem Schemel niederließ, bemerkte Eymerich zum ersten Mal eine kleine Tonsur in seiner Haarmähne. Er wartete ab, bis die Soldaten die Ketten durch die Ringe am Stuhl gezogen hatten und die beiden Versehpriester sich wieder setzten. Dann gab er Pater Jacinto mit einem Blick zu verstehen, dass er anfangen könne.

Nach kurzem Zögern wandte der Dominikaner sich in kaltem Tonfall an den Angeklagten. »Ich tue dir kund, dass du einen Advokaten oder Notar als Verteidiger benennen kannst. Wenn du jedoch der Häresie für schuldig befunden wirst, wird auch dem Verteidiger, den du benannt hast, wegen des gleichen Vergehens der Prozess gemacht.«

Eymerich lächelte ein wenig, geschmeichelt von der Tatsache, dass Pater Jacinto sich an die Vorschriften seines *Directorium* gehalten hatte. Für andere Autoren, wie Bernard Guy, war es ausgeschlossen, dass der Angeklagte einen Verteidiger haben könnte.

Authié sprach mit rauer Stimme. »Ich verteidige mich selbst.«

»Das ist eine kluge Entscheidung«, bemerkte Pater Jacinto. »Wie heißt du?«

»Pierre Authié, geboren 1311, von Beruf Arzneimittelverkäufer und Apotheker, auch wenn ich nicht zur Zunft gehöre.«

Als er diesen Namen und dieses Datum hörte, betrachtete Eymerich den Mann mit großer Neugier und verdoppelte seine Aufmerksamkeit. Pater Jacinto fuhr fort:

»Weißt du, warum du vor dieses heilige Gericht zitiert worden bist?«

»Nach dem, was die Wachen gesagt haben, haltet Ihr mich für einen Ketzer.«

»Und ist das wahr?«

»Nein, absolut nicht.«

Pater Jacinto wollte schon etwas erwidern, als Eymerich ihm ins Wort fiel. »Achtung, Pater. Die Verneinung des Gefangenen bezieht sich auf den Umstand, dass die Wachen ihm die Anklage mitgeteilt haben. Verpflichtet, die Wahrheit zu sagen, kann er nur bei solchen Spitzfindigkeiten Zuflucht nehmen.«

Pater Jacinto wirkte nicht überzeugt. »Ich kenne die Listen der Häretiker, doch wenn es so wäre, wie Ihr sagt, hätte er schon gelogen, als er Dinge sagte, die die Wachen nicht gesagt haben.«

Eymerich lächelte flüchtig. »Die Katharer sind gerissener, als Ihr trotz all Eurer Erfahrung denkt. Der Ausdruck ›nach dem, was die Wachen gesagt haben‹ bedeutet so viel wie ›wenn ich dem Gehör geschenkt hätte, was die Wachen gesagt haben‹. Es ist nicht wahr, dass er die Anklage von den Wachen erfahren hat, da er ja schon wusste, dass er ein Häretiker ist. Es ist jedoch wahr, dass er, wenn er auf die Wachen gehört hätte, erfahren hätte, dass er für einen Häretiker gehalten wird. Er hat also nicht gelogen.«

Pater Jacinto verdrehte die Augen zum Himmel. »Auf dieser Basis ein Verhör zu führen ist ja Wahnsinn.«

»Das ist es nur, wenn Ihr ihn über die Häresie befragt, die für uns eine erwiesene Tatsache ist. Stellt ihm direkte Fragen über konkrete Dinge.«

Authié hatte diesen Dialog mit einem ironischen Leuchten in den Augen verfolgt. Bei den letzten Worten Eymerichs wurde er dagegen sehr wachsam.

Pater Jacinto dachte einen Moment nach, dann setzte

er ein sehr strenges Gesicht auf. »Wie viele Ketzer gibt es hier?«

»Ich habe noch nie einen gesehen.«

»Du versuchst, mich in die Irre zu führen«, platzte der Dominikaner heraus, der nun durch Eymerichs Worte aufmerksam geworden war. »Wenn du sagst, du hast hier nie Ketzer gesehen, willst du damit sagen, du hast in diesem Raum keine gesehen, außer dir selbst, und dich kannst du ja nicht sehen.«

An diesem Punkt glaubte Pater Simon in seiner Eigenschaft als Versehpriester eingreifen zu müssen. »Gib Acht, mein Sohn. Wenn du dieses Betragen beibehältst, wird dein Fleisch auf dem Scheiterhaufen brennen und deine Seele im Fegefeuer.«

Der Ausdruck, mit dem der Alte diese Worte hervorbrachte, ließ keinen Zweifel daran, dass die Erwähnung des Scheiterhaufens keine Drohung sondern ein Versprechen war.

Authié schauderte. Er gab sich Mühe, sich wieder in den Griff zu bekommen. »Mich zu verbrennen wäre ein echtes Verbrechen, weil ich unschuldig bin.«

»Genau das werden wir herausfinden«, sagte Pater Jacinto. »Wer ist der Führer der Katharer in Chatillon?«

»Es gibt keine Katharer.«

Dem Dominikaner riss endgültig die Geduld. »Elender! Wenn du gesagt hättest, es gibt keine Katharer in Chatillon, hätte deine Antwort vielleicht einen Wert haben können. Indem du jedoch sagst: ›es gibt keine Katharer‹, versuchst du, dieses Gericht in die Irre zu führen, denn du kannst irgendeinen Ort meinen, an dem es keine gibt.«

Wieder ging ein ironisches Leuchten durch die Augen des Gefangenen.

Eymerich, der die Auseinandersetzung mit einer gewissen Belustigung verfolgt hatte, sah den Zeitpunkt gekommen einzugreifen.

»Erlaubt Ihr, Pater, dass ich das Verhör weiterführe?«

»Macht nur.« Pater Jacinto schnaubte. »Dieser Mann ist schlüpfriger als die Schlangen, die Ihr ihm in seine Zelle gesperrt habt.«

Eymerich stand auf und begann, auf und ab zu gehen. Geschlagene zwei Minuten lang sagte er kein Wort und beschränkte sich darauf, dem Gefangenen eisige Blicke zuzuwerfen, wie um seine Widerstandskraft einzuschätzen.

Als er dann sprach, tat er das zu Pater Jacinto und den beiden Versehpriestern gewandt. »Wir wissen schon, dass dieser hier ein Häretiker ist. Sinnlos, unsere Zeit mit Fragen dazu zu vergeuden. Und wir haben auch die Gewissheit, dass er in der Katharersekte eine wichtige Position bekleidet. Für sämtliche Katharer besteht das Gebot, die Wahrheit zu sagen, doch nur für die Vollkommenen ist es absolut bindend, was sie zu komplizierten Wortklaubereien zwingt. Wir wollen nun seine Stellung in der Rangordnung der Katharer herausfinden.«

Während der Inquisitor seine Verhaltensweisen analysierte, gab Authié wachsende Unruhe zu erkennen. Mit aufgerissenen Augen und Schweißperlen an den Schläfen verfolgte er Eymerich, der wieder verstummt war, wie er hinter den Notar trat und einige Blätter vom Tisch nahm.

Nachdem er sie kurz überflogen hatte, legte der Inquisitor die Blätter wieder zurück und trat endlich zu dem Gefangenen.

»Antworte mir mit ja oder nein«, drohte er ihm unvermittelt. »Bist du ein Bischof?«

»Nein.«

»Hast du Kinder?«

Authié schien verwundert. »Ja.«

Herr Berjavel sah von seinen Protokollblättern auf. »Verzeiht, *magister,* aber aus den uns bekannten Unterlagen geht hervor, dass dieser hier keine Kinder hat.«

»Ganz genau«, rief Eymerich aus und in seiner Stimme schwang Triumph mit. »Der Angeklagte hat soeben gestanden, welche Stellung er in der katharischen Hierarchie einnimmt. Ihr müsst wissen, verehrte Patres, dass diese Häretiker, abgesehen von einem Bischof, zwei Figuren an ihrer Spitze haben, die *Filius major* beziehungsweise *Filius minor* genannt werden. Mit der Aussage, er habe Kinder, hat der Angeklagte soeben zugegeben, ein *Filius major* zu sein. Wäre er ein Bischof, so hätte er das nicht einfach leugnen können, ohne zu lügen; wenn er gar keine Spitzenfunktion innehätte, hätte er nicht gesagt, dass er Kinder hat; wäre er ein *Filius minor,* hätte er ebenso verneint, Kinder zu haben, da er keine Geistlichen unter sich hat.«

Eymerichs Scharfsinn versetzte die Anwesenden und selbst Authié in Erstaunen. Er schloss die Augen und beugte den Kopf nach hinten, als ob er einen Schwächeanfall hätte. Dann sah er den Inquisitor mit traurigem Blick an.

»Wir können uns für zufrieden erklären«, fuhr Eymerich fort und nahm wieder auf dem hohen Stuhl Platz. »Wir wissen nun, dass er nicht der Anführer der Sekte ist, sondern dass es da noch einen Bischof geben muss, der ihm übergeordnet ist. Ich halte es jedoch für zwecklos, das Verhör fortzusetzen. Wie lange dauert die Verhandlung schon?«

Herr de Berjavel warf einen Blick auf die Sanduhr. »Schon fast eine Stunde.«

»Das genügt. Schwerlich werden wir ohne Folter aus diesem Mann genauere Angaben herausbekommen. Wir werden es in den nächsten Tagen bei seinen Komplizen versuchen.«

Der Notar ging hinaus, um die Gefängniswächter zu rufen, während Pater Lambert den Gefangenen das Kreuz küssen ließ und ihn dazu zu bewegen suchte, mit ihm zu beten.

Herr de Berjavel kam mit zwei Soldaten wieder herein, die sich des Gefangenen annahmen. Hinter ihnen trat Reinhardt ein. Der Offizier schien sehr aufgeregt. Er trat zu Eymerich, der mit Pater Jacinto redete.

»Verzeiht, Pater Nikolas ...«

»Was gibt's, Hauptmann?«

»Große Probleme mit den Gefangenen.« Reinhardts Stimme war heiser, äußerst beunruhigt. »Beim Anblick des Essens haben sie angefangen zu brüllen, man wolle sie vergiften, da könne man sie ja gleich töten und so weiter. Ich habe Erklärungen verlangt. Sie haben nur geschrien, dass sie das ›Kraut der Gesundheit‹ oder so etwas Ähnliches nicht essen wollten. Mit viel Mühe haben meine Männer die Ruhe wiederhergestellt.«

Eymerich wechselte einen Blick mit Pater Jacinto, dann sah er den Hauptmann an.

»Aber was für Essen habt Ihr ihnen denn gegeben?«

»Brot, Safransuppe, Zwiebeln.«

»Dann haben sie also die Zwiebeln oder den Safran gemeint. Führt mich in die Küche.«

Die Küche lag im Erdgeschoss des Kastells. Es handelte sich um einen sehr großen Raum, der beherrscht war von einem erhöht stehenden Herd, in dem hie und da letzte Glut aufleuchtete. Auf dem Tisch in der Mitte sah man die Reste eines Essens, das von zwei Soldaten zubereitet worden war: einen wolkigen Haufen Zwiebelschalen, eine Holzschüssel, zur Hälfte mit einer dunklen Brühe gefüllt, ein paar Stücke Brot.

Den Kandelaber in der einen Hand, hob Eymerich mit der anderen die Schüssel hoch und roch daran. »Ist das die Suppe, die sie ablehnen?«

»Ich glaube, ja.« Reinhardt wirkte beleidigt wie ein von seinen Gästen kritisierter Gastwirt. »Es ist noch ein ganzer Topf voll da.«

Pater Jacinto roch seinerseits daran. »Sie scheint gut zu sein.«

»Ja«, meinte Eymerich, »doch das scheint mir kein Safran zu sein. Wo habt Ihr dieses Zeug her?«

Reinhardt zeigte auf eine kleine Tür. »Aus der Vorratskammer. Kommt mit.«

Sie stiegen ein paar Stufen hinunter und gelangten in einen kalten, aber trockenen Raum mit Lehmfußboden. Im Licht des Kandelabers, den Eymerich hielt, sah man einen Stapel Holz, Schläuche voll Öl oder Wein, ein paar Säcke Getreide, viele Scheffel voll getrockneter Hülsenfrüchte und, von der Decke hängend, zwei Fasane und ein Viertel Lamm.

Reinhardt zog einen Leinensack hervor und löste das Band, mit dem er zugeschnürt war. Er neigte ihn leicht und schüttete ein Häufchen getrockneter Blütenfäden von rötlicher Farbe auf den Boden.

»Das ist kein Safran«, bemerkte Pater Jacinto. »Es hat die gleiche Form, aber nicht die richtige Farbe.«

Eymerich nahm eine Hand voll von den Blütenfäden und zerrieb sie in der Hand zu Staub. Er sah sie aus der Nähe an, roch daran und ließ den Staub durch die Finger rieseln. »Es stimmt, das ist kein Safran«, sagte er dann. »Wo habt Ihr diesen Sack gefunden?«

»Er war schon hier«, antwortete Reinhardt.

»Morgen lasst Ihr aus Chatillon einen Apotheker kommen. Unterdessen aber gebt Ihr weder Euren Männern noch den Gefangenen von dieser Substanz zu essen.«

»Ganz wie Ihr befehlt.«

Nachdem er sich von Reinhardt und Pater Jacinto verabschiedet hatte, stieg Eymerich mit einer Kerze, die er aus dem Kandelaber genommen hatte, in sein Zimmer hinauf. Er fühlte sich sehr müde, vor allem aber hatte ihn erneut das Gefühl der Getrenntheit seiner Glieder vom Körper befallen.

Die Begeisterung, die er im Lauf des Verhörs empfunden hatte, machte nun einem Gefühl der Verwirrung und der Unklarheit über die eigene Rolle in dieser Geschichte Platz.

Einerseits trat er darin mit der Autorität eines Demiurgen auf, während er sich auf der anderen Seite in einem unheimlichen Komplott bewegte, dessen Fäden andere in Händen hielten. Zwischen diesen beiden Polen hin und her gerissen, machte sich in ihm das Gefühl breit, einem Fremden bei seinem Tun zuzusehen, sowie ein großes Verlangen nach Selbstaufgabe, wovon die Fragmentierung des Körpers eine erste konkrete Erscheinungsform schien.

Noch einmal waren Einsamkeit und Stille dem Inquisitor Trost. Er blieb lange auf einer der Truhen sitzen, die um das Bett herum standen, und starrte auf die kahle Wand vor sich. Dann verbrannte ihm das Wachs die Finger.

Er warf die Kerze von sich, streckte sich auf der mit Stroh gefüllten Matratze aus und schlief ein.

1968 – Der vierte Ring

Die *Securitate* hatte den ganzen vierten Stock des Hotels Aphrodite in Baile Herculane belegt. Der Hoteldirektor schien nicht bereit, sich mit diesem Stand der Dinge abzufinden, und zeterte nach wie vor im Treppenhaus herum.

Gheorghe Mincu, Funktionär der Wissenschaftlichen Abteilung der Sektion Temesvar, sah sich gezwungen, Drohungen zu Hilfe zu nehmen.

»Ihr verliert Gäste durch uns?«, herrschte er den großen Kerl mit Schnauzbart und rot angelaufenem Gesicht an. »Denkt daran, dass ihr hier geschlagene zwei Monate lang den faschistischen Kriminellen Viorel Trifa beherbergt habt. Wenn ihr uns nicht in Frieden arbeiten lasst, werden wir zu der Überzeugung kommen, dass ihr seine Komplizen wart.«

Die Drohung zeigte Wirkung. Der Direktor erbleichte, stotterte etwas und zog sich zurück, gefolgt von zwei Kellnern, die ihn begleiteten. Mincu seufzte, schüttelte den Kopf und kehrte in das Zimmer zurück, das Trifa bis zu seiner Verhaftung bewohnt hatte.

Iancu war noch am Telefon, doch er beendete das Gespräch gerade. Mincu setzte sich aufs Bett. »Und?«

»Nichts. Mittlerweile ist es sicher, dass der jüngere Komplize, Ion Remesul, hat fliehen können. Wir können uns also einzig auf die Erklärungen Trifas und auf die Unterlagen stützen, die die beiden bei sich hatten.«

»Und Trifa, was sagt der?«

»Wenig. Er ist gebrechlich und hat keine Zähne mehr, er hat Mühe beim Sprechen. Unter den Elektroden ist er zweimal in Ohnmacht gefallen. Er besteht darauf, dass seine Gesellschaft ein Wirtschaftsunternehmen ist mit dem Ziel, gemeinsam mit unserer Regierung das Thermalwasser des Flusses Cerna zu nutzen. Natürlich leugnet er, derselbe Trifa zu sein, der die Eiserne Garde befehligt und in den USA antikommunistische Umtriebe organisiert hat.«

Mincu nahm eines der vielen Blätter, die auf der Bettdecke verstreut lagen, und las den Briefkopf. »*R.A.Ch.E. Inc. Roumanian American Chemical Incorporated.* Hast du herausbekommen, wo die ihren Sitz haben?«

Iancu zündete sich ein Zigarette an. Der Aschenbecher auf dem Tischchen quoll schon über.

»Ja. In Santa Fe in New Mexiko. Aber sie haben eine zweite Niederlassung in Guatemala und viele Filialen in Europa. Auch die Thermen von Baile waren, solange Remesul ihr Direktor war, ohne unser Wissen eine Filiale. Wir können uns nicht an alle betroffenen Regierungen wenden, doch wie es aussieht, weiß niemand davon, dass die RACHE mit menschlichen Organen handelt.«

»Zugunsten von neonazistischen Organisationen«, ergänzte Mincu. Er stand auf. »Wer hat die wissenschaftlichen Unterlagen?«

»Zimmer 411«, antwortete Iancu. »Oberstleutnant Magheru und Leutnant Paun.«

»Ich gehe nachsehen, wie weit sie sind. Du suchst weiter nach Remesul.«

Zimmer 411 lag am Ende des Korridors neben einer großen Fensterfront, die auf das bewaldete Tal ging, vielleicht das schönste in ganz Rumänien. Ohne anzuklopfen, drückte Mincu die nur angelehnte Tür auf. Er betrat eine regelrechte Suite, die mit etwas prätentiöser Eleganz eingerichtet war. Am Eingang sahen zwei junge Männer eine Reihe von Papieren durch, die auf einem rosa Marmortischchen zu Stapeln geordnet waren.

»Große Neuigkeiten«, sagte einer der beiden mit Dreitagesbart und abstehenden Ohren. »Wir sind dabei, die ganze Reaktion nachzuvollziehen, und es ist uns fast gelungen.«

»Erklären Sie mir das, Oberst.« Mincu setzte sich in einen Sessel mit verschlissenem Bezug in der Nähe der Tür zum Schlafzimmer. »Aber fassen Sie sich kurz.«

»Die erste Überraschung haben wir erlebt, als wir eine Lösung Colchicin mit Yperit reagieren ließen, was vom chemischen Standpunkt aus Schwachsinn war. Dank der Wasserstoffbrücken ist es aber in Wasser bei 60 °C doch zur Reaktion gekommen: Dieselbe Temperatur, wohlgemerkt, wie das schwefelhaltige Wasser von Baile. Gebildet haben sich Äthylschwefelsäure, Ammoniak, Hypochloridsäure und, das ist das Schönste, ein Polymer aus Wasserstoff und Kohlenstoff, das von der Konsistenz her ganz ähnlich ist wie menschliches Zellgewebe.«

Mincu war beeindruckt. »Haben sie also selbst synthetisch Organe hergestellt?«

Magheru schüttelte den Kopf. »Das glaube ich nicht, allenfalls besserten sie natürliches Gewebe damit aus. Aber ein noch interessanterer Prozess kommt bei tieferen Temperaturen zustande. In diesem Fall zerfallen Colchicin und Yperit nicht in die verschiedenen Säuren und Ammoniak, unter Verlust von Kohlenstoffanhydrid, sondern sie bilden vielmehr ein einziges Makromolekül, das die Eigenschaften eines Enzyms hat. Sie nennen das Cholchosulfurfäthylbichlorase.«

»Und hier verschlägt es einem wirklich den Atem«, bemerkte der andere junge Mann, Paun. »Wir haben das noch nicht überprüft. Doch wenn stimmt, was Trifa in seinen Papieren schreibt, dann verursacht dieses Enzym eine Durchtrennung der DNS-Ketten. Wissen Sie, was das bedeutet?«

»Nein«, antwortete Mincu. »Von Genetik verstehe ich nichts.«

»Die Doppelhelix der DNS wird von den Verbindungen zusammengehalten, die die Nukleotide von Adenin und Timin einerseits, von Guanidin und Zytosin andererseits miteinander eingehen, die sich abwechselnd entlang den Ketten gegenüberstehen.«

»Das weiß ich.«

»Gut. Schon für sich allein genommen verändern Colchicin und Senfgas die Anordnung der Nukleotiden, sodass die DNS im Moment der Zellteilung ein falsches Segment wiederholt, das in einer einzigen Zelle eingeschlossen bleibt. Das Enzym Cholchosulfuräthylbichlorase bewirkt aber noch mehr. Es durchtrennt die Helix und verändert die Anordnung der Nukleotiden, dadurch entsteht neue DNS mit veränderter Zusammensetzung; doch dann wirkt es weiter, bringt auch die neue DNS durcheinander und produziert noch eine andere, anders zusammengesetzte. Und so weiter, bis sich die Wirkung des Enzyms erschöpft.«

»Und was bedeutet das?«, fragte Mincu.

»Das bedeutet, dass sich die Chromosomen bis zu zehnmal im Inneren derselben Zelle multiplizieren und dabei Individuen hervorbringen – ich spreche hier von Pflanzen –, die ungewöhnlich robust sind, ohne dass tumorale Veränderungen auftreten würden, die sich hingegen bei Reaktionen über 60 °C einstellen, wenn sich das Enzym nicht bildet.«

»Und was menschliche Wesen angeht?«

»Das wissen wir noch nicht. Nach diesen Unterlagen sieht es so aus, als hätte die RACHE lediglich Interesse gehabt, verbrauchte menschliche Organe zu regenerieren oder in befruchtete Zellen einzugreifen, um Polyploide zu erzeugen, d. h. Individuen mit einem Vielfachen der üblichen Chromosomenausstattung. Auf einen Erwachsenen angewandt, wäre die Reaktion sehr langsam und gefährlich, ganz abgesehen von den Auswirkungen des Yperit. Haben Sie das Foto von dem Hund gesehen?«

»Paun! Ich bitte dich!«, schrie Magheru, der kreidebleich geworden war.

»Welcher Hund?«, fragte Mincu.

Paun kicherte nervös. »Magheru will nicht, dass man darüber spricht, und er hat Recht.« Er sah den Kollegen an, der drauf und dran zu sein schien, aus dem Zimmer zu stürzen. »Beruhige dich, ich hole es nicht heraus. Ich habe selbst unerträgliche Alpträume davon.«

»Aber worum geht es denn?« Mincu war ungeduldig.

»Um ein Foto, das Trifa bei sich hatte. Man sieht darauf einen alten Mann mit einem Tier, wenn man das ein Tier nennen kann ... Ich könnte dieses Wesen nicht beschreiben, ohne zu kotzen.« Es schüttelte ihn heftig. »Ich glaube, es handelt sich um ein missglücktes Experiment oder so etwas.«

Er betrachtete die verblichene Tapete an der gegenüberliegenden Wand, wie um einen lästigen Gedanken zu verscheuchen. Dann sagte er: »Was ich nicht verstehe, ist, warum die RACHE sich für das Wasser von Baile interessierte. Vielleicht, weil es warm ist?«

Magheru, der sich erholt hatte, breitete die Arme aus. »Das wissen wir nicht. Und Trifa ist ein solches Wrack, dass wir nichts Vernünftiges aus ihm herausbringen. Ich glaube, er wird unter der Folter sterben.«

»Ich habe eine Idee, aber die ist verrückt«, sagte Paun. »Theoretisch ließen sich diese Phänomene auch in der Natur erzeugen. Wenn man Colchicin in schwefelhaltiges Wasser mit Spuren von Chlor darin einbringt, könnte die eben beschriebene Reaktion in Gang kommen, vorausgesetzt, das Wasser hat 60 °C. Kohlenstoff und Wasserstoff in dem Alkaloid würden die Bildung von flüssigem Yperit im Rohzustand erlauben.«

»Baile könnte Eigenschaften dieser Art haben«, bemerkte Mincu. »Und das Enzym?«

»Auch das ließe sich auf natürlichem Weg synthetisieren, vorausgesetzt, das Wasser ist kälter und alle Voraussetzungen sind gegeben. In diesem Fall wäre die Reaktion schnell und würde in einer Art Windstoß Kohlenstoffanhydrid erzeugen.«

»Ja, ein Windstoß«, sagte Mincu, doch man sah, dass er mit den Gedanken woanders war.

Er verabschiedete sich schnell und lief mit großen Schritten den Korridor entlang. Er fand Iancu auf dem Bett ausgestreckt, damit beschäftigt, verschiedene Blätter durchzusehen.

»Iancu«, sagte Mincu, »kommt dir eine sehr wichtige Persönlichkeit in den Sinn, die sich für Polymere und Makromoleküle interessiert?«

Der andere sah ihn erstaunt an. »Aber sicher doch, die Frau des …«

»Genau.« Mincu lachte verschmitzt auf, dann setzte er hinzu: »Iancu, ich glaube, wir haben gerade unser Glück gemacht.«

KAPITEL VII

Colchicum Autumnale

Der Apotheker nahm etwas von dem Staub in die Hand, zerrieb ihn auf der Handfläche und ließ ihn in das Schälchen zurückrieseln. Er ging zum Küchenwaschbecken und wusch sich sehr sorgfältig die Hände.

»Das ist kein Safran«, sagte er zu Eymerich. »Das ist getrocknete Herbstzeitlose.«

»Herbstzeitlose?«

»Ja. Wo habt Ihr das gefunden?«

Reinhardt antwortete. »In der Vorratskammer. Da steht ein ganzer Sack davon.«

Der Apotheker war ein schmächtiges Männchen, das Gesicht durch den Spitzbart noch zusätzlich in die Länge gezogen. Er wischte sich die Hände an seiner schwarzen Jacke mit dem breiten Kragen ab, sah seine beiden Gesprächspartner mit durchdringendem Blick an und sagte:

»Wer diesen Sack in der Speisekammer gelassen hat, will Euch entweder sehr übel oder er ist ein Vollidiot. Dann kennen die Herren also die Herbstzeitlose nicht?«

Eymerich zuckte mit den Schultern. »Ich müsste die ganze Blume sehen, der Name sagt mir nichts.«

»Um die ganze Blume zu sehen, müsst Ihr bis zum Herbst warten«, sagte der Apotheker. »Deshalb heißt sie ja ›Herbstzeitlose‹ oder auch ›falscher Safran‹, wegen der Ähnlichkeit. Vom Safran unterscheidet sie sich vor allem durch die Farbe, die rotviolett ist. Und auch durch die Tatsache, dass sie wie gesagt im Herbst blüht, die Frucht aber erst mit den Blättern im darauffolgenden Frühling bekommt. Es ist eine von den sechshundert Pflanzen, die Dioskurides beschreibt, der ihr auch den Namen Colchicum gegeben hat.«

Der Inquisitor kniff die Augen zusammen. »Wird sie auch ›Kraut der Gesundheit‹ genannt?«

»Nein, nicht dass ich wüsste«, antwortete der Apotheker verblüfft. »Ja, ich würde es rundweg ausschließen. Welche Gesundheit soll denn ein so tödliches Gift verleihen?«

Reinhardt fuhr auf. »Gift, sagt Ihr? Aber meine Männer essen seit drei Tagen davon!«

Der Apotheker nahm einen Ausdruck tiefster Verwunderung an. »Seit drei Tagen? Und sie liegen nicht im Sterben?«

»Nein.«

»So etwas höre ich zum ersten Mal. Vielleicht, weil es verdünnt worden ist. Gewöhnlich tritt der Tod nicht so schnell ein, aber Symptome wie bei der Cholera stellen sich sofort ein.«

Eymerich packte den Apotheker beim Handgelenk und schüttelte ihn rücksichtslos.

»Welche Wirkung hat also diese Herbstzeitlose? Redet schon!«

»Was soll ich Euch sagen?«, jammerte das Männlein und versuchte, sich aus dem Griff loszumachen. »Sie ist schrecklich giftig. Ich habe noch nie von jemandem gehört, der den Genuss überlebt hat, aber ich habe auch noch nie von Leuten gehört, die sie in Wasser verdünnt, erhitzt und getrunken haben. Gewöhnlich bekommt jeder, der auch nur kleine Mengen davon zu sich nimmt, heftige Koliken, Erbrechen und blutigen Durchfall.«

Eymerich ließ den Arm des Apothekers los und wandte sich an Reinhardt. »Wie viele von Euren Männern haben in den Verliesen Wache?«

»Nur zwei.«

»Bringt alle anderen hierher. Sofort.«

Angespannt und besorgt eilte der Offizier davon. Eymerich blieb mit dem Apotheker allein zurück und betrachtete das Schälchen mit den Staubfäden. Nach ein paar Sekunden fing das Männlein mit unsicherer Stimme zu sprechen an.

»Ich möchte Euch etwas sagen ...«

Eymerich schreckte aus seinen Gedanken auf. »Ja?«

»Ich möchte Euch sagen, dass ...« Der Apotheker suchte nach Worten. »... dass ich im Bilde bin über das, war Ihr hier tut, zusammen mit den anderen Patres. Ihr wisst ja gar nicht, wie dankbar wir im Dorf Euch sind. Die Tyrannei dieser Leute ... dieser Ketzer ... lastete jeden Tag mehr auf allen guten Christen.«

Eymerich brachte seine Verwunderung durch eine hochgezogene Augenbraue zum Ausdruck. »Was sagt Ihr denn da? Warum redet Ihr von Tyrannei?«

»Weil sie das Sagen haben. Keiner hat die Toten beweint, und keiner weint denen nach, die Ihr gefangen genommen habt. Ja, wir hoffen, dass Ihr sie alle verbrennt.«

Eine Art wilder Freude glomm in den Augen des Apothekers, während er diese Worte aussprach.

»Ich stelle mir vor, ihren Verwandten wird das nicht so recht sein.«

»Sie haben keine Verwandten. Sie sind ...«

Der Apotheker wurde unterbrochen, weil Reinhardt zurückkam. »Ich habe meine Männer vor dem Tor versammelt. Wenn Ihr sie inspizieren wollt ...«

Nur widerstrebend gab Eymerich die Unterhaltung mit dem Apotheker auf. Zu dem Männlein gewandt sagte er: »Versteht Ihr Euch außer auf Kräuter und Arzneien auch auf Medizin?«

»Gerade so viel, wie ich für meinen Beruf brauche.«

»Dann folgt mir.«

Der Morgen war klar und sonnig, sodass man leicht

die düstere Geschichte, die sich zwischen diesen Bergen abspielte, hätte vergessen können. Die acht Soldaten, bekleidet mit ihren grünen und schwarzen Jacken, außer dem Dolch an der Seite ohne Waffen, hatten zwischen der Gruppe Lärchen und dem Kastell Aufstellung genommen, auf dem winzigen Wiesenstück, auf dem Alpenglöckchen, Primeln und Krokus blühten. Die würzige Luft war kühl und prickelnd.

Eymerich war jedoch von zu vielen Gedanken und Sorgen in Anspruch genommen, als dass er eine so angenehme Umgebung hätte schätzen können. Er trat zu den Soldaten und zum ersten Mal, seitdem er notgedrungen mit ihnen zusammenlebte, sah er jeden Einzelnen von ihnen genau an.

Mehrheitlich waren es provenzalische oder Schweizer Söldner, Relikte aus wer weiß welchen Heeren. Dichte Bärte, gerötete Hautfarbe, grobe Züge, naive Augen. Sie legten eine gewisse Nervosität an den Tag, die der Inquisitor dieser unerwarteten Inspektion zuschrieb.

Auf der Stirn des Ersten von ihnen bemerkte er eine kaum verheilte Schnittwunde. »Was ist das für eine Wunde?«

Der Soldat beschränkte sich auf ein unverständliches Gebrumm. Reinhardt kam ihm zu Hilfe.

»Das ist eine Folge der Spannungen dieser Tage, Pater. Fast alle Männer haben Schnitte oder Quetschungen. Jetzt sind die Streitereien aber zu Ende und die Beziehungen sind wieder kameradschaftlich.«

»Das freut mich«, murmelte Eymerich. Er wollte schon weitergehen zum zweiten Soldaten, als etwas Ungewöhnliches sein Augenmerk auf sich zog. Seine natürliche Abneigung gegen Körperkontakt überwindend, brachte er sein Gesicht dem des Soldaten nahe, der sich verlegen wegdrehte. Mit dem Zeigefinger der linken Hand hob er ihm das Kinn hoch und schob dabei den dichten blonden Bart beiseite.

Ohne etwas zu sagen, machte Eymerich Reinhardt ein Zeichen, er solle näher kommen. Der Offizier gehorchte.

»Das ist sehr geschwollen«, sagte er dann.

»Mehr als geschwollen«, setzte der Apotheker nach einer kurzen Begutachtung hinzu. »Man würde sagen, dieser Mann hat einen Kropf, wenn er nicht an einer völlig falschen Stelle sitzen würde. Und Bluterguss scheint es auch keiner zu sein.«

Eymerich ließ das Kinn des Soldaten los, der von dieser Aufmerksamkeit völlig eingeschüchtert war.

»Hast du schon immer einen so dicken Hals gehabt?«

Zunächst beschränkte sich der Söldner darauf, den Kopf zu schütteln, die tränenfeuchten Augen weit aufgerissen; dann platzte er in erregtem Ton heraus:

»Das sind diese Hexer aus dem Keller! Wir sehen alle so aus! Die tun uns was an, wodurch wir aufgeschwollen werden. Helft uns, Pater!«

Bei diesen Worten umringten sofort alle Soldaten den fassungslosen Eymerich, schreiend und sich gegenseitig übertönend: »Helft uns! Segnet uns! Verbrennt sie, das sind die reinsten Teufel.«

Bei diesen Rufen hoben sie die Jacken, krempelten die Ärmel hoch und rissen die Kragen auf. Alle miteinander hatten sie fürchterliche Geschwülste, die von bläulichen Venen überzogen waren, der eine am Bauch, der andere am Hals oder an den Beinen.

Überrascht und von einer grauenhaften Beklemmung erfasst, packte Eymerich Reinhardt am Handgelenk.

»Habt Ihr nichts davon gewusst?«

Der Offizier schlug die Augen nieder. »Nein, Pater, ich schwöre es Euch. Ich bin genau so fassungslos wie Ihr.«

Als die allgemeine Aufregung etwas nachließ, redete der Inquisitor den nächststehenden Soldaten an. »Seit wann geht das schon so?«

»Seit heute Morgen.« Der Mann warf sich ihm zu Füßen. »Helft uns, Pater!«

Wieder erhob sich ein Chor der Bitten und der Rufe nach Vergeltung. Angezogen von dem Geschrei, kamen Pater Jacinto und Pater Lambert aus dem Schloss gelaufen.

»Was ist denn hier los?«, fragte der Erste.

Mit finstrer Miene sah Eymerich ihn an. »Wollte der Himmel, dass ich es wüsste.«

Er hob eine Hand und wandte sich den Soldaten zu. Nach und nach trat Stille ein. »Um euch zu helfen, muss ich wissen, was geschehen ist. Will mir einer von euch das erklären?«

Einer der älteren Söldner warf seinen Kameraden einen Blick zu und trat einen Schritt vor.

»Seit ein paar Tagen ging es uns nicht gut, Pater. Gestern Abend aber schien alles vorbei zu sein und wir haben mit großem Appetit gegessen. Als Erste haben Rigobert und Gontran etwas von den Schwellungen bemerkt, sie hatten Wache und waren daher munter. Als sie uns aufweckten, merkten wir, dass wir alle diese schrecklichen Dinger hatte, der eine am Arm, der andere am Bein.«

Er zeigte seine linke Hand vor, die doppelt so dick war wie üblich und aussah wie ein knorriger Wurzelstock.

Vorsichtig drückte ihm der Apotheker die Finger. »Tut Euch das weh?«

»Nein, ich würde sagen, nein.«

Ein anderer Soldat von kleiner Statur kniete vor Eymerich nieder. Sein Bauch war auf verdächtige Weise vorgewölbt.

»Das war der Hexer, den Ihr gestern vernommen habt, Pater. Ich bitte Euch, verbrennt sie alle!«

Augenblicklich setzte das vielstimmige Geheul wieder ein, diesmal grimmig und voller Wut.

»Ruhe«, sagte Eymerich, der ganz und gar nicht ruhig war. »Wir werden sehen, was da zu machen ist. Warum habt ihr nicht eurem Hauptmann Bescheid gegeben?«

Wieder sprach der ältere Soldat. »Der Hauptmann war nicht da. Wir haben ihn erst vorhin gesehen, als er uns gerufen hat.«

»Ich war unten und habe die Verliese inspiziert«, rechtfertigte sich Reinhardt.

Eymerich sagte nichts. Er wandte sich an den Apotheker:

»Kann die Herbstzeitlose solche Wirkungen haben?«

»Das weiß ich nicht. Bisher hat noch keiner lang genug überlebt, dass man das hätte feststellen können.«

Der Satz hätte beinah einen erneuten Ausbruch von Zorn und Schrecken ausgelöst. Eymerich dämpfte ihn, indem er beide Hände hob.

»Seid ruhig. Da ihr nicht tot seid, ist euer Leben außer Gefahr. Was diese Geschwüre angeht, so werden wir herausfinden, ob sie natürliche Ursachen haben oder die Frucht von Hexerei sind. Doch im einen wie im anderen Fall werden wir ein Mittel dagegen finden.«

Er sah den Apotheker eindringlich an, um ihm zu verstehen zu geben, dass er eine zustimmende Antwort verlangte. »Könnt Ihr unterdessen etwas tun?«

»Ich werde es mit einem Aufsud von Belladonna versuchen. Wenn das Colchicin noch nicht vollkommen absorbiert ist, ist das das einzig wirksame Mittel. Dazu muss ich allerdings ins Dorf gehen.«

»So geht und kommt bald wieder.«

Eymerich legte dem Soldaten, der noch vor ihm kniete, eine Hand auf die Schulter und ließ seinen Blick von einem zum anderen der Soldaten wandern.

»Pater Lambert wird sofort eine Messe lesen. Ihr werdet beichten und zur Kommunion gehen. Dann trinkt ihr den Sud, wenn der Apotheker zurück ist, und geht wieder an eure Arbeit. Ich versichere euch, es wird euch besser gehen.«

Während der Apotheker auf dem Rücken seines Maultiers davontrabte und Pater Lambert die Soldaten zur Saint-Clair-Kapelle führte, traten Eymerich, Reinhardt und Pater Jacinto zusammen.

»Ihr seht wohl, dass die Situation von Stunde zu Stunde ernster wird. Ich werde sofort an den Papst schreiben, damit er uns neue Soldaten schickt oder wenigstens bewaffnete Diener. Sollten die auf sich warten lassen, muss ich mich an Ebail wenden und ihn um Hilfe bitten.«

Reinhardt schüttelte den Kopf. »An Eurer Stelle, Pater, würde ich ihm nicht trauen.«

»Natürlich traue ich ihm nicht. Ich traue niemandem. Aber es ist nicht denkbar, dass ich meine Mission ausübe mit Soldaten, die ein unbekanntes Gift im Blut haben. Apropos, in welchem Zustand sind die Soldaten, die bei den Gefangenen Wache halten?«

»Ich habe sie noch nicht gesehen«, sagte der Hauptmann. »Wenn Ihr wollt, gehe ich mich erkundigen.«

»Geht, und wenn sie auch krank sind, was höchst wahrscheinlich ist, ermuntert sie mit denselben Argumenten, die ich gebraucht habe.«

Eymerich sah dem Offizier nach, der ins Schloss zurückkehrte, dann wandte er sich an Pater Jacinto, der stumm und mit finstrem Gesicht zugehört hatte.

»Ist Euch auch etwas Verdächtiges aufgefallen?«

»Ja, der Hauptmann hat gesagt, er habe die Wachsoldaten nicht gesehen. Vorher aber hat er behauptet, er sei unten gewesen, um die Verliese zu inspizieren.«

»Genau. Abgesehen davon, dass Reinhardt bei guter Gesundheit zu sein scheint, im Unterschied zu seinen Männern. Vielleicht hat ihm die Suppe ja nicht geschmeckt, die Sache ist auf jeden Fall verdächtig. Selbst ihm können wir nicht vertrauen.«

Schweigend sahen die beiden Dominikaner einander an. Sie verspürten ein Gefühl der Isolation, das immer greifbarer wurde, ganz als ob eine dunkle Macht sie allmählich umzingeln würde. Das helle Licht, von dem das Tal erfüllt war, erschien ihnen jetzt zu gleißend, unnatürlich, als ob es der grelle Widerschein von etwas im Wald oder hinter den Bergen Verborgenem wäre. Etwas Seltsames und Schreckliches.

Endlich ergriff Pater Jacinto das Wort, ein warmer Ton echter Freundschaft schwang in seiner Stimme mit:

»Ich glaube, noch nie hatten wir eine schwierigere Situation vor uns, *magister.* Und Avignon ist fern. Was gedenkt Ihr zu tun?«

Eymerich setzte sich auf einen Baumstamm, der unter dem großen Kreuz lag. Er legte die Stirn in Falten.

»Betrachten wir die Situation mit nüchternem Blick. Jemand hat versucht, unsere Soldaten zu vergiften, oder hat doch eine Substanz herumstehen lassen, die giftige Wirkungen entfalten kann. Hauptmann Reinhardt hat es auf wer weiß welchen Wegen geschafft, der Vergiftung zu entgehen; nachts schleicht er sich davon und hält das Ziel seiner Ausflüge vor seinen Männern wie vor uns geheim. Das Tal ist voll abscheulicher Wesen, halb Mensch, halb Tier, bei deren Geburt niemand dabei war. Nach allem, was mir der Apotheker gesagt hat, sind die Leute in Chatillon froh über die Verhaftung der Ketzer, und niemand ist die Leichen der Ermordeten abholen gekommen …«

Plötzlich unterbrach sich Eymerich, als ob ihm unvermittelt ein Gedanke gekommen wäre. Dann sagte er:

»Aber ja, die Leichen. Wisst Ihr, wo sie begraben wurden? Ich hoffe, nicht in geweihter Erde.«

Pater Jacinto setzte sich ebenfalls auf den Baumstamm, wobei er die weiße Kutte sorgfältig hochzog.

»Der Henker hat mir erzählt, die Leichen seien von den Männern des Herrn Semurel abgeholt worden. Sie haben sie nach Bellecombe gebracht.«

Eymerich riss die Augen auf. »Nach Bellecombe? Und warum ausgerechnet nach Bellecombe?«

»Anscheinend werden die Leichen von Feinden der Kirche in eine Zisterne geworfen, die dort liegt, mitten in einem Wald. Früher wurden dort Tiere bestattet, die von Milzbrand befallen waren, um die Ansteckung zu verhindern. Es ist in dieser Gegend dann Brauch geworden, all diejenigen dort hineinzuwerfen, die eines religiösen Begräbnisses nicht würdig sind.«

»Bellecombe ...« Eymerich kniff die Augen zusammen und versuchte sich zu erinnern. »Aber ja, das ist doch der Kastanienwald, wo Semurel seine Monster versammelt hat.«

»Genau.«

»Semurel, Semurel!« Eymerich sprang auf und ballte die Fäuste. »Alle Fäden in diesem Spinnennetz führen zu Semurel. Und was für ein Spinnennetz das ist! Unsere Soldaten, die sich gegenseitig abschlachten, bevor sie sich aufblähen wie Wasserschläuche und zuvor noch ohne Befehl unter Ketzern ein Blutbad anrichten. Die Gefangenen, die den Schimpfnamen kennen, den mir ihre Glaubensbrüder in Castres viele Jahre zuvor verpasst haben. Und dieser Authié, *Filius major* der Sekte ...«

»Von ihm haben wir wenigstens etwas erfahren«, bemerkte Pater Jacinto in dem Bemühen, den Zorn des Inquisitors etwas zu dämpfen.

Eymerich lachte nervös auf. »Etwas erfahren? Nichts haben wir erfahren. Pierre Authié ist am 9. April 1310 verbrannt worden, nach einem Prozess, der großes Aufsehen erregt hat. Er war das Oberhaupt der Katharer im Languedoc. Versteht Ihr mich? Wir haben einen Mann verhört, der seit über fünfzig Jahren tot ist.«

Bei dieser Neuigkeit kam Pater Jacinto aus dem Staunen nicht mehr heraus. »Aber dann ...«

Eymerich ließ ihn nicht zu Wort kommen.

»Drei Dinge müssen wir tun«, sagte er aufgebracht. »Erstens: Die Gefangenen rücksichtslos befragen, falls nötig auch zur Tortur greifen. Zweitens: Endlich Bellecombe besichtigen, den Kastanienwald und den Wald, von dem Ihr mir erzählt habt. Erinnert Ihr Euch an Authiés Worte? ›Die Mauer im Wald.‹ Es würde mich nicht wundern, wenn damit dieser Wald gemeint wäre. Drittens: In Chatillon über dieses Geheimnis und über andere Nachforschungen anstellen. Doch da gibt es eine vierte Aufgabe, die ich erledigen werde, sobald ich Soldaten habe, die sich auf den Beinen halten können: Semurel verhaften, ihm mit seinen sauberen Freunden den Prozess machen und ihn zusammen mit ihnen verbrennen.«

Pater Jacinto kannte Eymerichs Zornausbrüche gut, doch er erschrak jedes Mal wieder. Mit dünner Stimme wandte er ein:

»Aber wird Ebail uns das gestatten?«

»Ob er das gestattet? Das wird er müssen, wenn er nicht exkommuniziert werden will!« Eymerichs Stimme war geladen von aggressiver Gewalt. »Diese Menschen vergessen, dass ich ein Inquisitor bin, das heißt, ein direkter Abgesandter des Papstes, höher gestellt selbst als der Bischof. Wenn Ebail Widerstand leistet, werde ich ihn zerbrechen, wie ich Semurel zerbrechen werde, den wiederauferstandenen Authié und all die anderen Söhne Satans!«

Eymerich unterbrach sich. Das Gefühl, dass die Glieder vom Körper getrennt waren, hatte sich plötzlich wieder eingestellt. Auch alles um ihn herum sah er plötzlich verschwommen.

Als er ihn schwanken sah, stand Pater Jacinto auf und trat zu ihm. Er wagte nicht, ihn zu berühren, da ihm die Abneigung des Inquisitors gegen Körperkontakt bekannt war. »Fühlt Ihr Euch nicht wohl?«

Eymerich erholte sich wieder. Er entfernte sich einen

Schritt von Pater Jacinto. »Es ist nichts, nur ein Schwindelgefühl. Sagt mir viel eher: Meint Ihr, dass wir dem Henker und seinen Gehilfen vertrauen können?«

»O ja. In der Vergangenheit haben sie dem Heiligen Uffizium hervorragende Dienste geleistet.«

»Gut. Da wir auf die Soldaten nicht zählen können, werden wir uns auf sie und natürlich auf Herrn de Berjavel stützen. Vergewissert Euch, dass sie nichts von der Herbstzeitlose gegessen haben.«

Pater Jacinto lächelte. »Das haben sie bestimmt nicht. Berjavel hat das Gleiche gegessen wie wir und Meister Philippe und seine Jungen essen nichts außer Fleisch. Sie behaupten, bei ihrer Arbeit sei das das angemessene Essen.«

Eymerich sah auf die Sonnenuhr am Schloss. »Gebt ihnen Bescheid. Zur neunten Stunde nehmen wir unsere Verhöre wieder auf. Wenn möglich, hören wir kurz alle Gefangenen an. Philippe und seine Assistenten sollen sie aus den Verliesen holen.«

Die nächsten Stunden waren für Eymerich mit intensiver Arbeit ausgefüllt. Als Erstes inspizierte er die Vorratskammer, wählte die nicht verderblichen Speisen aus und schied diejenigen aus, die vergiftet worden sein konnten. Die Ersten vertraute er Philippe an mit dem Befehl, sie unter Verschluss zu geben.

Der Henker bekam auch den Auftrag, in Chatillon zwei Lämmer und ein Schwein zu kaufen, lebend, die in den folgenden Tagen unter strengster Aufsicht geschlachtet und zubereitet werden sollten. Für diesen Tag lautete der Befehl für alle, bis zum Abend nüchtern zu bleiben und dann nur ausgiebig gekochte, frische Hülsenfrüchte zu sich zu nehmen. Alle Gewürze waren verbannt.

Eymerich war noch damit beschäftigt, die Essensregeln auszugeben, als abgehetzt und erschöpft Bernier eintraf. Er hatte ein Schreiben des Bischofs de Quart bei sich, das mit folgenden Worten begann: »Der Bischof von Aosta von Gottes Gnaden grüßt und segnet Pater Nikolas Eymerich vom Orden der Dominikaner, Inquisitor der häretischen Irrlehre in der Ortschaft Chatillon.«

Der Eröffnungsformel folgten unbestimmte und gewollt zweideutige Sätze, deren Sinn jedoch klar war. Der Inquisitor war zum Einsatz der Folter berechtigt, vorausgesetzt er unterbreitete jeden einzelnen Fall dem Bischof zur Überprüfung. Im Endeffekt lief das auf eine Verweigerung hinaus. Eymerich zerknüllte das Blatt, bis es samt allen Siegeln zur Kugel geworden war, und warf es in den Küchenherd. Der Siegellack prasselte noch lang im Feuer.

Bernier hatte keine Zeit, sich auszuruhen und zu stärken. In der Tat übergab ihm der Inquisitor eine Botschaft für den Papst, die er in aller Eile aufgesetzt hatte, worin er die Situation in groben Zügen schilderte und um eine neue Eskorte bat. Da Berniers Pferd völlig erschöpft war, gab Eymerich ihm sein eigenes. Dann half er dem jungen Mann fast mit Gewalt hinauf und schärfte ihm ein, Avignon so schnell wie möglich zu erreichen.

Schließlich stieg Eymerich in sein Zimmer hinauf, warf sich aufs Bett und starrte an die Decke. Eine halbe Stunde brachte er so zu, bis ihn der Anblick einer Spinne, die die Wand hinaufkletterte, mit Ekel erfüllte. Er versuchte, das Gefühl zu ignorieren, doch schon bald kam es ihm so vor, als ob eine ganze Brut Spinnen ihm unter der Kutte herumkriechen würde. Da stand er auf und tötete das Tier, indem er das Stundenbuch nach ihm warf, und lief ins Erdgeschoss hinunter.

Einer der beiden Gehilfen des Henkers brachte gerade an einer Truhe Ringe an. »Weißt du, was ein Dampfbad ist?«, fragte ihn Eymerich

»Nein, Pater«, antwortete der Junge verwundert.

»Mach ein paar faustgroße, glatt geschliffene Steine glühend heiß. Dann bringst du sie in eine der Wachstuben oben auf dem Glacis. Dein Kamerad hingegen soll einen Bottich voll Wasser mitbringen.«

Der Junge gehorchte, ohne zu verstehen, was der Inquisitor vorhatte. Wenig später saß Eymerich auf der Steinbank in einem der beiden Wachtürmchen mit quadratischem Grundriss und beobachtete die beiden Jungen, wie sie mit großen Zangen, die sie aus dem Arsenal ihrer Folterwerkzeuge genommen hatten, die glühenden Steine in den Bottich fallen ließen. Sofort stieg dichter Dampf von dem Wasser auf.

Als er den Gesichtsausdruck der beiden sah, konnte er sich ein kleines Lächeln nicht verkneifen.

»Ich bin nicht verrückt. Das ist eine Methode, die die Kreuzfahrer mitgebracht haben; deshalb nennt man dies auch ›türkisches Bad‹. Ihr könnt Euch nun zurückziehen.«

Allein geblieben, zog Eymerich die Kutte aus und ließ sich von dem Dampf einhüllen, der durch die kleine Fensterluke und die schmale Eingangstür nur sehr langsam entwich. In diesem milchigen Nebel empfand er ein Gefühl tiefen Wohlbehagens, das ihm half, mit Gelassenheit über die Ereignisse nachzudenken. Dann zog er die Kutte wieder an und trat in die kalte Luft hinaus. Der heftiger Schauder, der ihn erfasste, gab ihm die volle Gewalt über seine Glieder wieder zurück und tilgte das Gefühl, seine Kleider seien voll von Schwärmen abstoßender Insekten.

Zur neunten Stunde, als er zur Verhandlung hinunterstieg, war er fast guter Laune. Sehr ehrerbietig grüßte er Pater Simon, der zehn Stunden des Gebets im Stroh auf dem Boden hinter sich hatte. Der Alte wurde gestützt vom Notar, der in der anderen Hand ein Bündel Papiere trug.

»Hat man Euch gesagt, was geschehen ist?«, fragte Eymerich.

»Herr de Berjavel hat mir alles erzählt.« Pater Simon kniff die Augen zusammen, bis sie nur noch zwei rote Schlitze waren. »Überflüssig, Euch zu sagen, was ich davon halte.«

»Dieses eine Mal, Pater, glaube ich, Eure Meinung vollauf zu teilen.«

Pater Lambert und Pater Jacinto stießen dazu, in Begleitung der Henker. Gemäß der vorgeschriebenen Prozedur ließ Eymerich sie Geheimhaltung schwören. Er ging auf seinen Stuhl zu, als Reinhardt in der Tür zum Saal erschien.

Der Inquisitor runzelte die Stirn. »Was gibt's, Hauptmann?«

Der Offizier wirkte verwirrt, beinahe fiebrig.

»Meister Philippe hat mir gesagt, seine Männer würden meine beim Dienst in den Verliesen ersetzen.«

»Nun und?«

»Ich wollte nur die Bestätigung.«

»Die habt Ihr.«

Reinhardt wollte hinausgehen, machte aber auf der Schwelle noch einmal Halt. Eymerich meinte, seine Gefühle zu erraten.

»Das geschieht nicht aus Misstrauen, Hauptmann. Euren Männern geht es nicht gut und sie brauchen Ruhe. Apropos, wie ist ihre Stimmung?«

»Eure Worte und die Messe haben sie etwas aufgemuntert.« Reinhardt schien etwas ruhiger, doch seine Augen blieben hektisch. »Die Schwellungen sind nicht verschwunden, aber der Apotheker hat seinen Sud gebracht. Im Vergleich zu heute Morgen hat sich die Situation erheblich verbessert.«

»Sehr gut. Geht nun.«

Als der Offizier gegangen war, machte Eymerich Philippe ein Zeichen, er solle näher kommen.

»Lasst alle Gefangenen außer Authié hierher bringen, natürlich in Ketten. Eure Gehilfen sind berechtigt, ein Schwert zu tragen.«

Philippe verneigte sich stumm und entfernte sich, gefolgt von den beiden Jungen. Pater Jacinto und Herr de Berjavel nahmen wieder dieselben Plätze ein wie bei der vorigen Verhandlung. Pater Simon dagegen setzte sich auf einen Stuhl unter dem Kruzifix, links neben Eymerich, während Pater Lambert seinen Stuhl neben das Tischchen des Notars rückte. Das Dreieck aus Brettern in der Mitte fehlte diesmal. Obwohl die Sonne draußen noch hoch stand, war der mit schwarzem Tuch verhängte Saal nur von Fackeln und ein paar Kerzen erhellt. Die Atmosphäre, die darin herrschte, war düster und etwas Trübes lag in der Luft.

Eymerich räusperte sich. »Ich erinnere Euch, hochverehrte Patres, und Euch, Herr Notar, daran, dass die Anklage der Ketzerei gegen die Leute, die bald hier eintreten werden, bewiesen ist. Unser Wirken wird sich also nicht darauf richten, ein Geständnis von ihnen zu erhalten, was überflüssig wäre, sondern darauf, Tatumstände zu erhellen und die Reumütigen zur Umkehr zu bewegen. Ich erinnere Euch auch daran, dass es unter denen, die wir befragen werden, wenige Vollkommene geben wird, wenn überhaupt einen. Die Befragten können also lügen, wenn auch widerwillig. Gleichzeitig werden sie jedoch vermutlich mit weniger entwickeltem Scharfsinn begabt sein, was uns unsere Aufgabe erleichtert.«

»Hat der Bischof den Einsatz von rigorosen Mitteln erlaubt?«, fragte Pater Lambert.

Eymerich schnitt eine Grimasse. »Er will die Genehmigung zur Folter von Fall zu Fall gewähren. Als ob wir ihm jedes Mal das Protokoll des Verhörs schicken und dann seine Entscheidung abwarten könnten. Es ist klar, dass ich mich einem solchen Missbrauch nicht unterziehen werde.«

»Eine Forderung, die nach Komplizenschaft aussieht«, knurrte Pater Simon und ballte die mageren Hände zu Fäusten.

»Zuerst hat dieser Bischof zugelassen, dass sich der Teufel in seinem Gebiet einnistet, und jetzt will er unsere Mission behindern.«

Pater Jacinto erhob einen zaghaften Einwand. »Aber Urban empfiehlt die Zusammenarbeit zwischen Bischof und Inquisitor. Erinnert Ihr Euch an das Breve von 1363?«

»Ja, aber in diesem Fall ist es der Bischof, der die Zusammenarbeit verweigert«, schnitt Eymerich die Diskussion ab. »Nichts verpflichtet uns, jemandem zu gehorchen, der die Anordnungen des Papstes missachtet.«

Das Klirren von Metall auf Stein ließ die Dominikaner verstummen. Das waren die Gefangenen, die in drei Reihen, geführt vom Henker und seinen Gehilfen, hereinkamen. Lange, dünne Ketten schlossen sie an den Metallringen zusammen, die sie um den Hals trugen. Sie waren bedeckt von zahllosen blutigen Kratzern.

Pater Jacinto musste die Augen abwenden, so jammervoll war der Anblick. Männer und Frauen, Alte und Kinder trugen zerfetzte und von ihrem eigenen Kot verschmierte Kleider. Ein kollektives Keuchen stieg aus der Gruppe auf, rasselnd und krankhaft, im Rhythmus des sehr langsamen Schritts. So groß war die Erschöpfung, dass viele von ihnen, in der Mitte des Saals angekommen, zusammenbrachen und andere Mitgefangene in ihrem Sturz mitrissen. Ein widerwärtiger salziger Geruch ging von ihnen aus und erfüllte die Luft.

Eymerich verspürte eine Regung des Mitleids, die er sich sofort zu unterdrücken bemühte. Er stand auf und näherte sich den drei schwankenden Menschenketten. Dann ließ er einen scheinbar teilnahmslosen Blick über die ausgezehrten und verschreckten Gesichter gleiten, die gezeichnet waren von drei in Feuchtigkeit und Angst hingebrachten Tagen.

Die Männer waren in der Überzahl, und unter ihnen konnte man unschwer, aufgrund ihrer besseren Verfassung, die ehemaligen Soldaten erkennen. Unter diesen machte er sofort die drei aus, die er am Abend seiner Ankunft in der Taverne beobachtet hatte. Die Frauen waren insgesamt neun, darunter eine sehr alte, das runzlige Gesicht von spärlichen weißen Haarbüscheln bedeckt, und zwei junge Mädchen, eine blond und eine braun, mit zarten Gesichtszügen, die sich stark ähnelten. Die drei Jungen und das einzige kleine Mädchen im Alter zwischen acht und zwölf Jahren hatten große, weit aufgerissene und rot geränderte Augen, und sie schienen nicht so recht zu verstehen, was um sie herum geschah.

Nachdem er einmal langsam um die Gruppe herumgeschritten war, kehrte Eymerich zu seinem Stuhl zurück. Nach einer kurzen Pause, in der man nur das Klirren der Ketten vernahm, sprach er mit kalter, ruhiger Stimme.

»Glaubt nicht, dass wir Mitleid mit euch haben. Durch die Frevel, die ihr gegen die Heilige Römische Kirche begangen habt, ist euch jedes Mitleid verwehrt. Ihr seid der Sünde der Ketzerei verfallen und habt den Scheiterhaufen verdient, daran gibt es gar keinen Zweifel. Dennoch ist dieses Gericht, das sich aus Guten und Gerechten zusammensetzt, bereit, die Strafe für diejenigen unter euch zu mildern, die von falschen Bischöfen und von falschen Lehrmeistern fehlgeleitet wurden und die willens sind, dies unter Beweis zu stellen, indem sie die Verführer anzeigen und der falschen Lehre abschwören. Im gegenteiligen Fall wird euer Fleisch brennen, bis es verkohlt ist, und ihr werdet schreien, bis euch die verdorrte Zunge aus dem Mund fällt.«

Es war Eymerichs Gewohnheit, die Angeklagten mit effektvollen Sätzen, makabren oder grausamen Bildern einzuschüchtern, um ihren Widerstand zu brechen. Auch in diesem Fall schien das Mittel wirksam zu sein. Ein Ausdruck von Grauen und Verzweiflung ließ diese Gesichter sich zusammenkrampfen und ein Zittern der Glieder erschütterte die Ketten.

»Ihr werdet jeder einzeln befragt«, fuhr Eymerich fort. »Wer sich verstockt zeigt, wird dem weltlichen Arm und seinen glühenden Eisen übergeben, die ihm das entreißen werden, was er verbergen will. Doch bevor wir so weit kommen, frage ich euch: Wollt ihr hier und jetzt dem Irrglauben abschwören, spontan ein kollektives Geständnis ablegen und das Erbarmen der wahren katholischen und apostolischen römischen Kirche erflehen?«

Die Gefangenen schlugen die Augen nieder. Es schien, als sollte geballtes Schweigen auf Eymerichs Aufforderung antworten, doch unerwartet ließ sich eine Stimme vernehmen.

»Du, Diener des Gottes der Juden, der du den Mund vollnimmst mit Erbarmen, kannst du uns sagen, wo unser Bruder Guillaume ist?«

Verblüfft sah der Inquisitor nacheinander Pater Jacinto und Pater Simon an und bekam von ihnen nur ratlose Blicke zur Antwort. Dann sah er wieder die Gruppe an.

»Wer hat gesprochen?«

Ein alter, aber kräftiger Mann trat ein wenig vor, so weit die Ketten ihm dies gestatteten. Eymerich erkannte den Soldaten wieder, der in der Taverne seine Kameraden aufgefordert hatte zu beten. Er herrschte ihn an.

»Von welchem Guillaume redest du, verfluchter Lästerer?«

»Von jenem Guillaume de Narbonne, den Euer Hauptmann heute Nacht weggeführt und aus purer Grausamkeit abgeschlachtet hat. Weißt du wirklich nichts davon, *Saint Mauvais?*«

Verwirrt und extrem blass, versuchte Eymerich aufzustehen, doch er fiel auf seinen Stuhl zurück.

»Was sagt dieser Mann da?«, wisperte er Pater Jacinto zu.

»Ich habe keine Idee.«

»Eine weitere teuflische List!«, brüllte Pater Simon. »Weitere Ränke des Herrn der Finsternis.«

Der Soldat sah ihn hasserfüllt hat. »Schweig, Alter! Deine Kirche ist eine Hexe, die sich von Blut ernährt, deine Bischöfe sind Sklaven des Fleisches, dein Papst …«

Er brachte den Satz nicht zu Ende. Philippes Faust sauste schwer auf seinen Nacken herab und zwang ihn auf die knochigen Knie. Dabei hätte er sich fast erwürgt. Seine Nachbarn an den Ketten fielen nacheinander einer auf den anderen, wie groteske Kegel. Ein einziges schmerzliches Stöhnen ging durch den Saal.

Pater Lambert lief zu Eymerich. »Meister, eine sofortige Untersuchung ist nötig.«

Der Inquisitor hatte rasch den äußeren Anschein von Ungerührtheit wiedergewonnen, doch jetzt war sein Blick fürchterlich.

»Ja«, sagte er und stand auf. »Kümmert Ihr Euch darum. Sucht Reinhardt und durchsucht die Verliese. Herr de Berjavel, wie viele Gefangene waren es insgesamt?«

»Fünfundzwanzig, plus Authié«, sagte der Notar, in seinen Papieren blätternd.

»Ich sehe hier nur vierundzwanzig. Meister Philippe!«

Der Henker war dabei, die Gefangenen wieder aufzurichten, indem er brutal an ihren Ketten riss. »Zu Befehl, Pater.«

»Schließt diese Elenden in die Nebenzimmer ein. Sie dürfen weder essen noch trinken.« Eymerich sah den alten Soldaten, der mit Mühe versuchte, sich aufzurichten, durchdringend an. »Was diesen Verehrer Luzifers angeht … oder sollte ich dich *Filius minor* nennen?«

Der Mann sah ebenso eindringlich zurück, ohne etwas zu antworten.

»Isoliert ihn von den anderen und bringt ihn in den Raum, wo Ihr Eure Werkzeuge aufbewahrt, damit er sich ein Bild machen kann von dem, was ihn erwartet. Kettet ihn am Kohlebecken fest und lasst ihn über seine Sünden nachdenken.«

Während Pater Lambert den Raum verließ und die Gefangenen, erneut in Reih und Glied gebracht, ihren schwerfälligen und keuchenden Gang wieder antraten, ging Eymerich zu Pater Simon, der finster auf seinem Stuhl sitzen geblieben war.

»Wir werden die ganze Kraft Eures reinen und klaren Glaubens brauchen, verehrter Vater. Ihr hattet Recht. Diabolische Mächte haben von dieser Gegend Besitz ergriffen und wir sind wie ein Schiffchen auf hoher See dem Sturm ausgeliefert.«

Die von Falten übersäten Züge von Pater Simon hellten sich etwas auf. »Die Kirche ist ein tüchtiges Schiff und Ihr seid ein hervorragender Steuermann. Kniet nieder.«

Eymerich gehorchte. Der Alte hob die rechte Hand und segnete ihn mit weit ausholender Geste, Tränen in den Augen. Der Inquisitor erhob sich gerührt und von neuer Energie erfüllt.

Sehr unruhig sah Pater Jacinto zu, wie die letzten Gefangenen den Saal verließen. »Glaubt Ihr wirklich, Reinhart könnte einen von diesen Elenden ermordet haben?«

Eymerich breitete die Arme aus. »Das würde sein heimliches Verschwinden erklären, aber nichts weiter. Und dann, wie hätte er eine solche Tat vor den beiden Wachsoldaten begehen können? So ergeben sie ihm auch sein mögen, sie hätten doch nie unseren Befe …«

Eymerich unterbrach sich. Pater Jacinto und Pater Simon sprangen auf. Lambert de Toulouse war schwankend zurückgekehrt. Er stützte sich mit einer Hand gegen die Wand, die Augen geschlossen. Er war außer Atem und erschüttert.

Eymerich lief zu ihm hin. »Was ist Euch, Pater?«

Lambert hob den Kopf und sah ihn an, den Kiefer zusammengebissen. Schweißperlen standen ihm an den Schläfen und in den Mundwinkeln. »Alle tot«, hauchte er.

»Was?«, schrie Eymerich. »Was sagt Ihr da?«

»Alle tot«, wiederholte der Dominikaner. Seine Lippen bebten. »Die Soldaten, die Wachen bei den Zellen, Reinhardt. Alle, sage ich Euch.«

»Ihr scherzt wohl?«, brüllte Pater Jacinto.

»Wollte es der Himmel.« Lambert war einer Ohnmacht nahe und musste sich auf Herrn de Berjavels Schultern stützen, der ihn um die Taille fasste. Er schluckte mehrmals, dann fuhr er fort: »Sie liegen überall, im Keller und in der Eingangshalle. Ihr solltet sie sehen … Oh, mein Gott.«

»Aber wer war das?«, fragte Eymerich mit erstickter Stimme.

»Der Hauptmann muss Selbstmord verübt haben. Bei den anderen muss es das Gift gewesen sein. Sie sind von Geschwüren übersät, grauenhaft gebläht und angeschwollen. Das sind keine Menschen mehr. Man kann sie nicht ansehen …«

»Reinhardt, ein Selbstmörder«, murmelte Pater Simon, dessen weiße Augenbrauen eine einzige V-förmige Linie bildeten. »Er sei verflucht.«

Pater Lambert schüttelte den Kopf. »Sagt das nicht.«

Er richtete sich auf und machte sich aus Herrn de Berjavels stützender Umarmung los. »Er war der Krankeste von allen und wir haben es nicht bemerkt. Ihr solltet ihn jetzt sehen.«

»Gehen wir«, befahl Eymerich scharf. Seine Augen funkelten wie geschliffene Klingen.

1972 – Der fünfte Ring

Verbittert sah Doktor Arthur Guirdham auf den fast leeren Saal, den die Stadt Bristol zur Verfügung gestellt hatte. Ein altes Ehepaar saß in der ersten Reihe; hinter ihnen vier Personen, die den Eindruck machten, als würden sie in jeden Vortrag mit okkultistischem Thema laufen; hinten in der Nähe der Tür ein junger Mann mit roten Haaren und der Reporter der Lokalzeitung. Keiner von ihnen war bislang an den Tisch herangetreten, auf dem mehrere Exemplare von *We are one another* auslagen, zu zwei Pfund das Stück.

Guirdham sah auf die Uhr, warf Fräulein Mills einen traurigen Blick zu und begann:

»Ich bin lange Jahre Arzt gewesen und würde niemals Dinge behaupten, die ich nicht beweisen kann. Ich habe Fräulein Mills 1968 kennengelernt, als ich infolge einer Herzattacke zur Ruhe gezwungen war. Ihr Auto war vor meiner Haustür stehen geblieben. Sie sah mich im Garten und fragte, ob sie telefonieren dürfe. Wir haben ein wenig miteinander geplaudert und uns sympathisch gefunden. Zwei Wochen später kam Fräulein Mills wieder zu mir und bat für eine Reihe von merkwürdigen Zufällen um meinen ärztlichen Rat. Ihr gingen zwei Namen nicht aus dem Kopf: ›Raymond‹ und ›Albigenser‹. Außerdem träumte sie oft, sie würde aus einem Schloss auf einem Steilfelsen fliehen und sich in einer brennenden Palisade wiederfinden.«

»Haben Sie sich mit den Albigensern beschäftigt, Doktor?«, fragte der Lokalreporter ironisch.

»Ja, ihre Geschichte hat mich schon immer fasziniert«, antwortete Guirdham, ohne den Sarkasmus wahrzunehmen. »Eben deswegen ...«

»Ach, was für ein Zufall«, rief der Lokalreporter. Der junge Mann mit den roten Haaren kicherte.

»Eben deswegen, sagte ich, war ich in der Lage, Fräulein Mills, die von den Albigensern nichts wusste, Anhaltspunkte zu liefern. Die letzten Katharer des Languedoc sind 1244 in Schloss Montségur belagert worden, das eben auf einem Steilhang steht, und anschließend auf einem kollektiven Scheiterhaufen verbrannt worden. Raymond de Perella war der Schlossherr. Einige Jahre zuvor war Fräulein Mills nach Frankreich gefahren, und ein unwiderstehlicher Impuls hatte sie nach Carcassonne geführt, was auf ihrem Reiseplan nicht als Ziel vorgesehen war ...«

»Mich zieht in diesem Augenblick ein unwiderstehlicher Impuls in das nächste Pub«, sagte der junge Mann mit den roten Haaren, laut genug, dass alle es hören konnten.

»Bitte, meine Herrschaften.« Guirdham begann nervös zu werden. »Carcassonne war Sitz des berühmtesten Inquisitionstribunals; eben jener Inquisition, die das Massaker von Montségur angeordnet hatte. Als ich weiter mit Fräulein Mills sprach ...«

»Und Ihre Frau, was meinte die dazu?«, fragte der Lokalreporter. Die Mills errötete.

»... stellten sich noch weitere Koinzidenzen heraus. Am 16. März 1969 verspürte Fräulein Mills heftige Schmerzen, deren Ursache unerklärlich war. Nun, genau am 16. März 1244 sind die zweihundert Katharer von Montségur auf den Scheiterhaufen geführt worden. Außerdem erinnerte sich Fräulein Mills zwanghaft an einen sehr ausgefallenen Namen: Esclarmonde. Ich zog einen französischen Historiker zu Rate, Jean Duvernoy, und erfuhr, dass Esclarmonde die dritte Tochter von Raymond de Perella und Corba de Lantar war und dass die Inquisition ihr dasselbe Schicksal bereitet hatte wie den Katharern.«

»Meine Frau ist auch überzeugt, sie sei Taide gewesen, die große Kurtisane von Athen«, sagte eine der Figuren aus der zweiten Reihe mit feierlicher Stimme. Hinten ihm Saal krümmten sich der junge Mann und der Lokalreporter vor Lachen.

Guirdham überging die Unterbrechung. »Ich fuhr fort, die Koinzidenzen aufzuzeichnen, während Fräulein Mills sich fast jede Nacht an Dinge erinnerte, die sie nicht wissen konnte. In ein Heft schrieb sie den Namen Sorba, ähnlich wie Corba, die Esclarmondes Mutter war; sie schrieb den Namen des Bischofs Jean de Cambiaire auf, der wirklich existiert hat. Nach und nach kam ich zu der Überzeugung …«

»… dass es besser ist, mit dem Trinken aufzuhören«, vollendete der Lokalreporter den Satz, während der andere Spaßvogel Tränen lachte.

»Sie glauben also an Reinkarnation?«, fragte der alte Mann in der ersten Reihe.

»Ja, aber ich glaube nicht, dass Fräulein Mills eine Reinkarnation von Esclarmonde ist«, antwortete Guirdham, »sondern dass sie Esclarmonde in Person ist, die, ich weiß nicht wie, sieben Jahrhunderte überlebt hat. Fräulein …«

So angesprochen, produzierte sich die Mills in einer Vorführung, die niemand von ihr erwartet hätte. Sie stand auf, trat vor den Tisch und hob mit einer zugleich linkischen und naiven Geste ihre Röcke hoch. Der Lokalreporter und der junge Mann mit den roten Haaren klatschten frenetisch Beifall und schrien vor Begeisterung. Doch ihre Erheiterung hielt nicht lange an.

Die fürchterlichen Brandwunden, die sie auf den Schenkeln und Hüften der jungen Frau sahen, ließen ihnen ihr Geschrei auf den Lippen ersterben.

Leonard Hayflick lächelte bei den Erinnerungen, die der Journalist in ihm wachgerufen hatte.

»Für mich war das wirklich ein schrecklicher Moment. Professor Peyton Rous, soeben mit dem Nobelpreis ausgezeichnet, weigert sich, meine Arbeit in seinem bedeutenden *Journal of Experimental Medicine* zu veröffentlichen. Sie verstehen: Wenn sich das herumsprach, war meine Karriere zu Ende. Und wenn nicht meine Karriere, so doch die Möglichkeit, jemanden zu finden, der bereit ist, meine Forschungsergebnisse zu veröffentlichen.«

Der Journalist, ein blonder Mann mit markanten Gesichtszügen, nickte und notierte etwas auf seinem Block.

»Ich denke, Professor Rous dürfte schon älter gewesen sein.«

»Fast neunzig, aber immer noch völlig klar. Er knüpfte an die Versuche von Carrell an, dem es gelungen war, Fibroblasten vom Huhn sehr lang am Leben zu erhalten, ohne dass die Zellteilung nachgelassen hätte … Sie wissen, was Fibroblasten sind?«

»Nein.«

»Das sind die Zellen, aus denen sich tierisches Gewebe zusammensetzt, das menschliche eingeschlossen, auch Organe. Alterung tritt ein, wenn die Fibroblasten die Fähigkeit verlieren, sich zu reproduzieren. Carrell war der Überzeugung, dass die Fibroblasten sich unter optimalen Bedingungen unendlich weiter teilen könnten. In meinem Artikel erklärte ich hingegen, dass ihm bei seinem Versuch ein Fehler unterlaufen war. Indem er die Zellkulturen mit Extrakten von erwachsenen Hühnern anreicherte, führte er, ohne es zu wollen, frische Zellen zu.«

Der Journalist schwieg und sah durch das Fenster des Raums in den Park des Winstar Institute hinaus. Es war Hayflick schon aufgefallen, dass er zur Zerstreutheit neigte, als ob ihn das Thema nicht interessierte oder als ob er schon alles darüber wüsste.

»Ich weiß nicht, ob ich mich klar ausgedrückt habe«, sagte er freundlich.

»Oh doch.« Der Journalist sah wieder auf seinen Notizblock. »Wie lautet dagegen Ihre Theorie?«

»Zusammen mit dem Kollegen Moorhead habe ich entdeckt, dass die Zellfasern ohne Eingriffe von außen die Tendenz haben, sich mit steigendem Alter des Subjekts zunehmend weniger zu teilen. Im Fall des Menschen teilen sie sich die ersten 23 Mal auf vollkommene Weise und bringen neue Zellen hervor, die an die Stelle der alten treten. Dann nimmt die Frequenz der Teilungen ab und insgesamt erreichen sie maximal eine Zahl von 50 bis 60.« Der Wissenschaftler lächelte. »Das ist die so genannten ›Hayflick-Grenze‹. Das heißt, die begrenzte Dauer des menschlichen Lebens.«

»Und es gibt keine Möglichkeit, diese Grenze zu überschreiten?«

»Meiner Meinung nach nicht. Doch ich weiß, dass meine Kollegen sich mit dem Problem beschäftigen. Sehen Sie, paradoxerweise ist eine Überschreitung der begrenzten Lebensdauer des Menschen mit dem Wissen über Krebs verbunden. Der besteht ja in einer regellosen Vermehrung der Zellen; der Alterungsprozess hingegen ist durch die Verlangsamung und den schließlichen Stillstand ihrer Reproduktion bedingt. Wenn es gelänge, eine geordnete Reproduktion zu erreichen, ließe sich die Grenze, die meinen Namen trägt, vielleicht überschreiten, und der Krebs wäre besiegt. Doch ich bezweifle, dass das in absehbarer Zeit gelingt.«

Jetzt war der Journalist ganz aufmerksam. »Was halten Sie von den Versuchen, die die Rumänen in dieser Richtung unternommen haben?«

Hayflick sah ihn erstaunt an. »Meinen Sie die so genannte Aslan-Methode?«

»Nein. Ich beziehe mich auf die rumänischen Versuche mit dem Enzym Cholchosulfuräthylbichlorase.«

»Ehrlich gesagt, davon weiß ich nichts.«

»Einige namhafte rumänische Forscher behaupten, dass dieses Enzym Zellteilung durch Segmentierung der DNS bewirkt, aber die verdoppelte Chromosomenausstattung nur in einer Zelle bleibt. So ersetzt die Zelle mit doppelter oder dreifacher Chromosomenzahl die andere Zelle ohne DNS.«

Hayflick saß mit offenem Mund da. »Nun, wenn das möglich wäre ... bekäme man sehr robuste und überaus langlebige Individuen. Extrem langlebig sogar ... Doch ich wäre sehr vorsichtig bei der Verabreichung dieses Enzyms. Wie haben Sie noch gesagt, heißt es?«

»Cholchosulfuräthylbichlorase. Ein Derivat von Colchicin und Äthylbichloratsulfid.«

»Yperit. Sowohl Yperit als auch Colchicin sind potente Mutagene, aber auch äußerst gefährlich.«

Mit lebhaftem Interesse sah der Journalist den Wissenschaftler an.

»Wenn das, was ich gesagt habe, durchführbar wäre, meinen Sie, dann könnte man dadurch eine Verbesserung der Rasse erzielen?«

»Was für eine merkwürdige Frage.« Hayflick war jetzt verwundert und leicht beunruhigt. »Was soll ich Ihnen sagen? Wenn jemand einen Weg fände, zahllose Kopien von der mutierenden DNS zu machen und sie zu verbreiten ... aber zum Glück ist das Klonen ein langsamer und komplizierter Prozess. Ich sage zum Glück, denn ich hoffe, dass niemand derartige ... an Hitler erinnernde Projekte verfolgt.«

»Ich danke Ihnen sehr, Herr Professor.«

Der Journalist war schon an der Tür, als Hayflick ihn ziemlich beunruhigt noch einmal zurückrief.

»Für welche Zeitung, haben Sie gesagt, schreiben Sie?«

»Für *Der Weg* in Buenos Aires.«

»Buenos Aires? Ich dachte, das wäre eine deutsche Zeitung.«

»Das ist sie auch.« Der Journalist legte eine merkwürdige Ungeduld an den Tag. »Es gibt viele Deutsche, die in Argentinien leben, in Südamerika überhaupt.«

»Und die Deutschen in Südamerika interessieren sich für Alterungsprozesse?«

»O ja. Sehr.«

KAPITEL VIII

Wasser und Wind

Am fünften Tag seines Aufenthalts im Kastell von Ussel trat Eymerich nach einer schlaflosen Nacht zu Laudes aus seinem Zimmer, um sich zu der traurigen Zeremonie zu begeben, die gleich stattfinden würde. Pater Jacinto, Pater Lambert, Herr de Berjavel, Pater Simon, Philippe und seine Gehilfen warteten schon vor dem Schloss bei der Gruppe Lärchen.

Auf der Wiese, neben dem Ansatz zu einer Galerie, die vielleicht einmal ein Geheimgang hätte werden sollen, lagen zwölf Leichen. Es waren keine normalen Körper. Bei einem von ihnen war ein grauenhaftes inneres Geschwür am Mund ausgetreten und hatte anstelle der Zunge einen schauerlichen, rötlichen und schwammigen Pilz sprießen lassen, der bis zum Boden herabhing. Eine andere Leiche war grotesk aufgebläht; zwei höckerförmige Auswüchse auf der Höhe des Bauches verliehen ihr das Aussehen einer schlaffen Birne. Alle anderen Leichname waren violett und formlos, wie von einem Schwachsinnigen modellierte Tonstücke.

Dann war da die Leiche des unbekannten Guillaume de Narbonne. Die grobe Tunika, die ihn bedeckte, konnte die grauenhaften Wunden nicht verbergen, die ihm durch ein Schwert zugefügt worden waren. Vor allem das schlaffe Herabhängen des Stoffes auf der Höhe des Bauches und der große rote Fleck, der sich darauf immer noch ausweitete, verrieten, dass dort, wo die Eingeweide gewesen waren, nur noch ein schauerliches blutiges Loch war.

Neben dem Häretiker lag der Leichnam seines Mörders, Hauptmann Reinhardt, auch er für die Höhle der Galerie bestimmt. Die Beine bedeckten eine Art grotesken und schlüpfrigen Schwanz, der aus dem Steiß hervorwuchs. Drei Tage lang war es dem Hauptmann gelungen, das Vorhandensein dieses abstoßenden Wurmfortsatzes zu verbergen.

Als er die Lage der Leichen untersuchte, konnte Eymerich ahnen, wie die Tragödie sich abgespielt hatte. Reinhardt musste der Erste gewesen sein, der die schrecklichen Auswirkungen der Herbstzeitlose an sich bemerkte. Vermutlich hatte sein Leib gleich am Tag der Ankunft begonnen sich aufzublähen, sich zu verformen und in abartiger Weise zu wuchern. Wie seine Männer musste er unkontrollierbaren Impulsen ausgesetzt gewesen sein; ja, es war nicht auszuschließen, dass er selbst das Massaker bei der Kapelle befohlen hatte.

In den folgenden Tagen hatte ihm sein Pflichtbewusstsein auferlegt, geheim zu halten, was ihm zustieß; doch am dritten Tag, als er in einer der kleinen Zellen neben dem großen Verlies seine beiden Wachsoldaten im Sterben liegend und von schauerlichen Geschwülsten bedeckt auffand, hatte die in ihm lauernde Aggressivität jede Vernunft hinweggefegt. Willkürlich hatte er sich einen der Gefangenen herausgegriffen, ihn von den Ketten losgemacht und in die kleine Zelle gezerrt, hatte ihn der Hexerei bezichtigt, verstümmelt und hatte ihm dann vor seinen sterbenden Soldaten die Eingeweide herausgerissen.

Nach diesem blutrünstigen Ausbruch war er vorübergehend wieder zu klarem Verstand zurückgekehrt. Überwältigt von Grauen und Scham, hatte er zuerst versucht zu verbergen, was geschehen war und welches Übel seinen Leib verzehrte. Doch die Täuschung ließ sich nicht aufrechterhalten. Sobald er Gelegenheit hatte, war Reinhardt in die Verliese zurückgekehrt und hatte sich das Leben genommen, indem er sich in sein eigenes

Schwert stürzte, das er unter dem Diktat einer unbekannten Macht in Blut gebadet hatte.

Dass die Dinge sich ungefähr auf diese Weise abgespielt hatten, wurde auch von allen Gefangenen bestätigt, die in den Stunden nach Auffindung der Leichen befragt wurden. Ja, es waren überhaupt die einzigen Worte, die Eymerich aus ihnen herausbringen konnte, bevor er sie ohne Nahrung wieder in die Verliese führen ließ.

Jetzt war der Inquisitor müde, verloren in dem ausweglosen Spinnennetz, in das er sich verstrickt sah. Er gab Meister Philippe ein Zeichen. Gemäß den Befehlen, die er erhalten hatte, goss der Henker aus einem Topf, den er an langen Zangen hielt, flüssigen Schwefel über die Leichen des Häretikers und des Offiziers aus; dann warfen seine Gehilfen die derart versengten Leichen in die Grube, um sie darauf mit Erde zu bedecken. Kein einziges Gebet wurde gesprochen.

Ungerührt sah Eymerich dem Schauspiel zu, dann trat er zu seinen Mitbrüdern und dem Notar, die bei den Leichen der Soldaten standen. Pater Jacinto hielt ihm eine große Bibel hin, die schon beim 13. Psalm aufgeschlagen war. Doch mit kundigen Fingern blätterte der Inquisitor in den Seiten und las mit lauter Stimme: »Deshalb entflammte der Zorn des Herrn gegen sein Volk, er streckte die Hand nach ihm aus und schüttelte es; die Gebirge bebten, wie Aas lagen ihre Leichen auf den Plätzen. Bei alledem ist sein Zorn nicht verraucht und seine Hand bleibt ausgestreckt.«

Ein verwundertes »Amen« beschloss die Lesung. Es folgte der Gesang des *Salve Regina,* das für den Dominikanerorden so typisch ist; dann, nachdem sie die Leichen mit Weihwasser besprengt hatten, gingen die Patres und der Notar in Richtung Schloss, während der Henker und sein Gehilfen die Beerdigung in einer anderen Ecke der Galerie zum Abschluss brachten.

Pater Jacinto ging neben Eymerich. »Was machen wir jetzt, *magister?* Wir haben keine Eskorte, und die, die wir in Avignon angefordert haben, wird erst in ein paar Wochen hier sein. Vielleicht sollten wir uns wirklich an Ebail wenden.«

»Ich habe eine andere Idee«, antwortete der Inquisitor. »Habt Ihr im Schloss ein Banner mit der Jungfrau gesehen?«

»Nein, aber wir können aus einem Wandteppich eines herausschneiden. Was habt Ihr vor?«

Mit seiner Antwort wartete Eymerich, bis auch Pater Lambert, Pater Simon und der Notar näher gekommen waren.

»Wir werden eine Prozession veranstalten. Heute Morgen noch. Wir werden allein hinuntergehen, nur mit einem Banner, und wir werden das Volk aufrufen. Und dann laden wir es ein, eine Miliz zu bilden.«

Pater Jacintos Miene nahm einen skeptischen Ausdruck an. »Das kommt mir etwas gefährlich vor.«

»Nicht so sehr, wie tatenlos in dieser Situation zu verharren.«

»Und Semurel?«, wandte Pater Lambert ein. »Wenn er wirklich aufseiten der Ketzer steht, wird er eine Initiative der Art nicht gerne sehen.«

Eymerich warf sich in die Brust. »Den möchte ich sehen, der es wagt, Geistliche bei einer Prozession anzugreifen. Der Kirche kann Gewalt angetan werden, aber zermalmt oder besiegt wird sie nie. Wenn er nicht verrückt ist, sollte dieser Beschützer von Monstren das genau wissen.«

Kurz vor der dritten Stunde trafen die Dominikaner sich wieder vor dem Schloss. Alle trugen sie über der weißen Kutte den schwarzen Umhang und die schwarze Kapuze. Mühsam hielt Pater Lambert das schwere Kruzifix, das er von den Stoffbahnen im Audienzsaal abgenommen hatte. Pater Jacinto trug ein

Banner, wozu er ein Stück aus einem Wandteppich, das die Jungfrau Maria zeigte, ausgeschnitten und zwischen zwei Holzstangen gespannt hatte. Eymerich hingegen trug eine Monstranz mit dem Allerheiligsten; da er aber nicht sicher war, ob der Gang ins Dorf friedlich verlaufen würde, hatte er es vorgezogen, die Hostien nicht zu weihen.

Philippe, der gegen das Unternehmen war, machte einen letzten Versuch, den Dominikanern seinen Schutz anzubieten.

»Lasst wenigstens zu, dass ich Euch meine beiden Helfer als Begleitung mitgebe.«

Eymerich schüttelte den Kopf. »Selbst ein einziger bewaffneter Mann würde den Sinn unserer Geste verändern. Und dann habe ich eine andere Aufgabe für Euch. Sind die Gefangenen noch immer nüchtern?«

»Ja, Pater. Wie Ihr befohlen habt, habe ich ihnen weder Essen noch Wasser gegeben.«

»Sucht drei von ihnen aus. Ich würde empfehlen, einen Jungen, eins der Mädchen und einen Erwachsenen. Worauf es mir ankommt, ist, dass es die Geschwächtesten sind.«

Meister Philippe kratzte sich am Kopf. »Nun, abgesehen von dem *Filius minor,* der die Nacht am Kohlebecken verbracht und die ganze Zeit geschrien hat, sind bestimmt die Kinder am schwächsten.«

»Ja, aber ich will sie nicht alle. Vergewissert Euch, dass die Ausgewählten mindestens neun Jahre alt sind und damit der hochnotpeinlichen Befragung unterworfen werden können. Ich hoffe, dass es nicht nötig sein wird, Eure Künste in Anspruch zu nehmen, aber sollte es doch so sein, will ich, dass sie nicht bei zu kleinen Kindern angewendet werden.«

Philippe lächelte. »Ich verneige mich vor Eurer Weisheit und vor Eurer Menschlichkeit. Was soll ich mit den dreien machen?«

»Ihr bringt sie ordentlich unter, unter Aufsicht, aber ohne Ketten, in drei verschiedenen Räumen des Kastells. Dann gebt Ihr ihnen Wein.«

»Wein?« Philippes Verwunderung spiegelte sich auch auf den Gesichtern der Dominikaner und des Herrn de Berjavel wider, der ebenfalls zum Aufbruch bereit war.

»Ja, Wein, so viel sie wollen. Und sonst nichts.«

Nach diesen Worten machte Eymerich sich auf den Weg, gefolgt von seinen Mitbrüdern. Der Tag war mild, fast warm, und im Schatten der Lärchen mit ihren hohen und leichten Wipfeln dahinzugehen war ein Vergnügen; weiter unten nahm ein Tannenwald sie auf. Allerdings war der von Blaubeer- und Rhododendronsträuchern gesäumte Weg steil und beschwerlich zu gehen. Bald verspürten die Dominikaner Schmerzen, verursacht von den Steinen und spitzen Felsen, die den Boden bedeckten und so groß waren, dass sie durch die Sohlen ihrer Sandalen stachen.

Einzig Eymerich, der in die Betrachtung der Berge versunken war, schien die Anstrengung gar nicht zu spüren. Ein Windstoß holte ihn in die Wirklichkeit zurück, trug ihm die Stimmen von Pater Lambert und Pater Jacinto zu, die etwas zurückgeblieben waren.

»Aber warum haben sie ihn im Languedoc Heiliger Bösewicht genannt?«, fragte der Erste, unter seinem Kreuz keuchend.

»Weil sie sagten, er hat zwei Gesichter. Gerecht und grausam, menschlich und gnadenlos. Leute, die ihn zu verschiedenen Zeitpunkten kennengelernt hatten, konnten nicht glauben, dass das ein und dieselbe Person sein sollte.«

»Das Volk begreift oft nicht, dass unsere Pflicht uns manchmal zu widersprüchlichen Verhaltensweisen zwingt.«

»Ja, aber ich will Euch sagen, ich selbst …«

Eymerich beschleunigte den Schritt, um nichts weiter

zu hören. Er war Pater Lambert und Pater Jacinto nicht böse, dass sie ein Thema angeschnitten hatten, das seine Person betraf; trotzdem ertrug er es nicht. Von Kindheit an hatte ihm seine Mutter Luz, eine fordernde und distanzierte Frau, eine natürliche Zwiespältigkeit zum Vorwurf gemacht, was für sie mit einer Neigung zu Feigheit und Betrug gleichkam. Diese letzten Anklagen waren ungerecht, der Hauptvorwurf jedoch hatte eine gewisse Berechtigung. Eben deswegen war Eymerich immer wieder betroffen, wenn er daran erinnert wurde, und sei es auch nur durch die Bezeichnung Heiliger Bösewicht.

Nachdem sie die Saint-Clair-Kapelle hinter sich gelassen hatten, gelangten die Dominikaner an die Brücke über den Fluss. Da erblickten einige Bauern die weißen und schwarzen Kutten. Sie ließen ihre Werkzeuge fallen und liefen in Richtung Dorf.

»Ob sie Angst bekommen haben?«, fragte Pater Simon verwundert.

»Wir gehen jedenfalls weiter«, antwortete Eymerich.

Kaum hatten sie die Brücke überquert, da sahen sie von den ersten Häusern von Chatillon einen Menschenstrom auf sich zukommen. Es waren Bauern, Handwerker, Soldaten, Burschen, Kaufleute; Männer und Frauen, Alte und Kinder, Gesunde und Kranke, alle in ihrer malerischen Tracht.

Pater Lambert war etwas unruhig. »Freunde oder Feinde?«

»Freunde«, sagte Eymerich mit einem angedeuteten Lächeln. »Seht doch.«

Die Menge umringte die Dominikaner, bildete einen Kreis aus lächelnden Gesichtern und ausgestreckten Händen um sie. Einige versuchten, die Gewänder der Geistlichen zu berühren, andere bekreuzigten sich beim Anblick der Monstranz, wieder andere knieten nieder oder warfen sich zu Boden.

»Helft uns, Patres!«
»Gott segne Euch!«
»Bringt Gott zurück in diese Gegend!«
»Verjagt die Dämonen! Verbrennt sie!«

Bitten und Jubelschreie übertönten einander, sodass Eymerich kaum etwas verstand. Eine solche Menge und so viel Lärm waren ihm physisch zuwider, doch gleichzeitig freute er sich, dass er die Schlacht gewonnen und Macht über all diese Seelen hatte. In dieser Macht bestand die unüberwindliche Stärke der Kirche, auf sie gründete er seine ganz persönliche Auffassung von der Religion.

Er begegnete Pater Simons Blick und bemerkte darin die Spuren eines Lächelns, das sich auf den vertrockneten Lippen nicht formen konnte. Der Alte erriet Eymerichs Wunsch und hob den dürren Arm, um die Menge zu segnen. Sofort kehrte wieder Stille ein. Dann stimmte Pater Simon mit schwacher Stimme das *Salve Regina* an, das von allen Mündern aufgenommen wurde.

Als der Gesang seine volle Lautstärke erreicht hatte, setzte Eymerich sich langsam in Bewegung, die anderen Dominikaner folgten ihm. Geradeaus blickend und ununterbrochen singend, teilte der Inquisitor die Menge, die beim Vorüberzug der Geistlichen auseinander wich, um sich hinter ihnen wieder zu schließen. Singend und betend zog der Menschenstrom in Richtung Chatillon.

Am Eingang zur Stadt schienen Semurels Wachen unschlüssig, wie sie sich verhalten sollten. Schließlich traten sie beiseite, und beim Vorbeizug der Monstranz und des enormen Kruzifixes, das Pater Lambert mit erneuerter Kraft hochhielt, knieten sie ehrfürchtig nieder.

Eymerich sah den Apotheker in der Tür seines Ladens stehen. Er machte ihm Zeichen, näher zu kommen.

Über die Ehre, die ihm da zuteil wurde, schien das Männlein förmlich zu strahlen.

»Auf diesen Augenblick haben wir gewartet, Pater.«

Der Inquisitor warf ihm einen durchdringenden Blick zu.

»Habt Ihr gewusst, dass alle Soldaten tot sind?«

»Nein, doch es wundert mich nicht. Belladonna kann nur wenig bewirken gegen Colchicin in so hohen Dosen.«

Eymerich richtete den Blick hinauf auf das Schloss der Challant, das die Kirche und die mit Schindeln gedeckten Häuser überragte. »Ist Ebail hier?«

»Nein, aber Semurel ist da.«

»Gut.« Ein etwas düsteres Lächeln umspielte die Lippen des Inquisitors. »Heute fordere ich ihn heraus.«

Die Dorfbewohner, die nicht zum Fluss hinuntergelaufen waren, schlossen sich jetzt der Prozession an oder gingen ihr voraus und scheuchten Mulis oder Federvieh aus dem Weg. Einige machten sich die Mühe, Stroh auszustreuen, in dem vergeblichen Versuch, den Morast aus Schlamm und Kot, der durch diese Gässchen lief, zu bedecken.

Die Menschen, die Geschäfte und die Holzfassaden der Häuser segnend, gelangten die vier Dominikaner bis zur Herberge zu den Drei Königen, in deren Nähe der breite Weg abzweigte, der zur Kirche und zum Schloss Challant führte.

Eymerich hielt die Prozession an und flüsterte dem Apotheker etwas zu. Das Männlein verschwand in der Herberge. Wenig später kam er in Gesellschaft des Wirts, eines Burschen und einer Dienerin wieder heraus. Sie trugen einen kleinen Tisch, den sie auf Anweisung des Inquisitors mitten auf die Wegkreuzung stellten.

Mit einem behenden Satz sprang Eymerich auf den Tisch. Selbst in dieser etwas lächerlichen Position hatte seine hoch gewachsene und schlanke Gestalt etwas Imposantes. Mit einer resoluten Handbewegung brachte er die Gesänge und Gebete zum Verstummen; dann umfasste er nach und nach mit dem Blick die Menge, die aus den Nebenstraßen nachdrängte.

Er erhob die Monstranz und schloss die Augen, mit gesammeltem Gesichtsausdruck.

»Herr, unser Gott!«, rief er. »Ich flehe Dich an, beschütze diese Menschen und ihre dominikanischen Diener vor den Übeln und dem Unheil, die eine schreckliche Brut von Ketzern, geschworenen Feinden des Wortes, in diesen Bergen zu verbreiten getrachtet hat.«

Im Chor antwortete ein leidenschaftliches und befreiendes »Amen« diesen Worten. Da richtete Eymerich sich noch einmal zu seiner vollen Größe auf, schweigend und düster, die Monstranz in die Höhe haltend. Keiner der Anwesenden rührte sich.

Nach einer langen Pause sprach der Inquisitor wieder, an die Menschen zu seinen Füßen gewandt.

»Gute Leute von Chatillon, treue Gläubige der römischen Kirche. Zu lange habt ihr die Bedrohung durch barbarische, von Luzifer selbst eingeflüsterte Irrlehren erdulden müssen. Aber der heilige Papst Urban hat uns hierher geschickt, um euch zu erlösen. Bestimmt habt ihr verleumderische Gerüchte über die Inquisitoren gehört. Doch war nicht auch Abimelech ein Inquisitor, der die Stadt Sichem zerstörte und Baal mit tausend Männern darin verbrannte? Und war nicht Simri ein Inquisitor, der die ganze Familie und Sippschaft des gottlosen Bascha ausrottete? Manchmal ist es vonnöten, dass die Mutter Kirche ihr Schwert entblößt und es ohne Erbarmen den Feinden Christi ins Herz stößt. Das ist unsere Aufgabe unter euch. Ihr seid gute und einfache Leute, die bei der Kirche Zuflucht suchen vor mächtigen und gerissenen Feinden. Doch damit wir diese Aufgabe erfüllen können, ist es nötig, dass ihr uns aufrichtig sagt, welche Schikanen ihr zu erdulden hattet. Wollt ihr das tun?«

Mindestens hundert der Anwesenden begannen gleichzeitig zu reden und wurden immer lauter, als sie sahen, dass sie nicht gehört wurden. In wenigen Augenblicken schwoll das Stimmengewirr zu einem unerträglichen Getöse an. Gereizt war Eymerich gezwungen, die Monstranz noch einmal zu heben. Nach und nach kehrte wieder Ruhe ein.

»Habt ihr Vertrauen zu eurem Apotheker?«, fragte der Inquisitor.

Fast im Chor antwortete ihm ein »Ja«. Es gab nur wenige murrende Stimmen.

»Dann soll er allein reden, im Namen aller. Welchen Schikanen waren die guten Christen von Chatillon ausgesetzt?«

»Vor allem einer, Pater.« Das Männchen drängte sich durch die Menge vor bis zur improvisierten Bühne. »Herr Semurel presst den Dorfbewohnern, mit Ausnahme der Adepten des *consolamentum,* eine hohe Steuer ab, die monatlich eingetrieben wird und womit er die lächerlichen und missgebildeten Geschöpfe ernährt, die er in Bellecombe zusammengeführt hat. Die Leute in diesen Tälern sind arm. Weshalb sollen sie scheußliche Geschöpfe am Leben erhalten, die von wer weiß wem abstammen, während die geschworenen Feinde der Kirche davon ausgenommen sind?«

Die einhellige Zustimmung, die die Worte des Apothekers fanden, zeigte, als wie bedrückend das Problem empfunden wurde. Eymerich hingegen erschien die Argumentation engstirnig, fernab von den Enthüllungen, die er sich erwartet hatte. Er begriff, dass das Gelächter, mit dem das Ungeheuer mit dem Eselskopf auf dem Platz empfangen worden war, lediglich ein Akt der Rache war, harmlos genug, um keine Sanktionen auszulösen; und er fragte sich mit einer gewissen Bitterkeit, ob er jemals Rebellionen finden würde, hinter denen sich nicht schlichte ökonomische Beweggründe verbargen, seien es nun Steuern oder die Zehnten von der Ernte.

Er runzelte die Stirn. »Warum habt ihr eure Beschwerden nicht dem Bischof von Aosta vorgetragen?«

Ironie spielte um den Mund des Apothekers. »Der Pfarrer ist ein armer Alter, der kaum noch die Messe lesen kann. Was den Bischof angeht, der leiht den sehr Mächtigen sein Gehör und den sehr Armen, doch er hat keine Zeit für die kleinen Leute, die arbeiten und sich rechtschaffen ihren Lebensunterhalt verdienen.«

Diese Worte bestätigten Eymerich, dass nicht ideelle Gründe diese Menschen antrieben, sondern vielmehr Groll darüber, ihre Rolle nicht anerkannt zu sehen. Es handelte sich also um schlichten Neid, gleichmäßig nach oben wie nach unten gerichtet.

Trotz einer gewissen Verachtung, die er für die Menge jetzt empfand, beschloss er, das auf sich beruhen zu lassen und diese Gefühle, so niedrig sie auch sein mochten, für seine eigenen Zwecke zu benutzen.

»Wir sind heute hier, um euch von der Steuer und von allem anderen zu befreien. Doch unsere Soldaten sind ermordet worden und schwerlich werden wir so bald Ersatz finden. Daher frage ich euch: Wie viele von euch, tapfere Männer von Chatillon, sind bereit, unter dem Wappen des Papstes die Waffen zu nehmen und unsere Mission zu verteidigen?«

Ein Wald von Armen erhob sich; dann, als diejenigen, die sich gemeldet hatten, gewahr wurden, wie viele sie waren, erhob sich ein Schrei der Begeisterung.

Die Menge brodelte noch, als eine Stimme von oben ihren Überschwang einfrieren ließ.

»Wer erlaubt dir, Pfaff, auf meinen Ländereien Milizen auszuheben?«

Eymerich hob den Kopf. Am oberen Ende des Weges, der zum Schloss hinaufführte, war Herr Semurel erschienen, umgeben von einem Trupp berittener Soldaten. Neben ihm ging zu Fuß der alte Priester, verwirrt und mit abwesendem Blick.

Mit einer eleganten Drehbewegung schwang sich der Lehnsmann vom Pferd. Breitbeinig blieb er stehen, in der einen Hand hielt er die Zügel, die andere lag auf dem Knauf seines Schwerts. Blass und angespannt erwartete er offenbar eine Antwort.

Eymerich maß den Gegner, wie um seine Kraft auszuloten. Die Menge schwieg, hing an seinen Lippen. Mit einem Mal richtete der Inquisitor sich auf, drohend und majestätisch, und hielt die Monstranz wie eine Lanze.

»Wie Ihr seht, Herr Semurel, halte ich das Allerheiligste in Händen. Kniet nieder und empfangt meinen Segen.«

Auf diese Aufforderung Eymerichs war Semurel nicht gefasst. Niederzuknien hätte einen Akt der Unterwerfung bedeutet; den Segen auszuschlagen, wäre dem offenen Eingeständnis der Häresie gleichgekommen; sich zurückzuziehen schließlich hätte bedeutet, dem Inquisitor das Feld zu überlassen.

Semurel murmelte etwas und beugte andeutungsweise das Knie; dann blieb er in großer Verlegenheit aufrecht stehen und sagte voller Wut, die seine feinen Züge entstellte:

»Ich bin nicht hier, um deinen Segen zu empfangen, Pfaff. Antworte mir viel eher. Wer erlaubt dir, Bewaffnete auszuheben und Zwist in dieses Lehen zu tragen?«

Eymerich dachte, dass ihm Semurel im Grunde lieber war als seine Feinde; trotzdem hob er die Monstranz so hoch, wie seine langen Arme es erlaubten, und betete:

»Ave Maria gratia plena, Dominus tecum. Benedicta tu in mulieribus …«

Wie er gehofft hatte, kniete das Volk, das sich um den

Tisch drängte, nieder, fiel in das Gebet ein und verwandelte es in eine donnernde Anrufung:

»… et benedictus fructus ventris tui Jesus. Sancta Maria mater Dei …«

Einer der Offiziere machte Anstalten, das Schwert zu ziehen, doch Semurel hinderte ihn daran, indem er ihm die Linke auf den Arm legte. Er versuchte noch einmal zu sprechen, aber niemand konnte ihn hören. Da stieg er, blass wie noch nie, aufs Pferd. Er warf einen letzten hasserfüllten Blick auf die Menge zu seinen Füßen und ritt davon, gefolgt von seiner Eskorte. Nur der alte Pfarrer blieb übrig, und da er nicht wusste, was tun, schloss er sich dem Gebet aller an. Das »Amen«, womit das *Ave Maria* beschlossen wurde, hallte wie ein jubelnder Donner des Triumphs zwischen den Häuserwänden von Chatillon wider.

»Und jetzt«, schrie Eymerich, »auf in die Häuser der Ketzer! Keine Steuern mehr, keine Schikanen mehr!«

Auf diese Aufforderung hatte die Menge nur gewartet. Jetzt schrien alle, rempelten einander, zeigten in die Richtung, die sie nehmen mussten. Jemand verteilte alte Schwerter, Dreizacke, Hellebarden, gespitzte Pfähle. Wieder bildete sich der Menschenstrom, mit den Dominikanern an der Spitze; doch jetzt war das keine Prozession mehr, sondern ein zügelloses und brodelndes Heer.

Das erste Haus, auf das sie deuteten, besaß zwei Stockwerke aus Holz und ein Strohdach; es wurde nur deshalb nicht den Flammen übergeben, weil Gefahr bestand, dass das Feuer aufs Nachbarhaus übergreifen würde. Tische, Stühle und Mobiliar wurden jedoch aus den Fenstern geworfen und kurz und klein geschlagen. Die Fundamente des Hauses, die zuerst mit Äxten attackiert worden waren, wurden sodann mit Hilfe von Seilen umgerissen. Seines Inhalts entleert, sackte das Haus in sich zusammen, und nichts als ein Haufen Stroh und Bretter blieb von ihm übrig. Auf den Ruinen sprach der eifernde Pater Simon exorzistische Beschwörungsformeln.

So erging es sämtlichen Behausungen von Ketzern, auf die die Horde auf ihrem Weg stieß. Während einer der Plünderungen packte Eymerich den Apotheker an der Schulter.

»Wo ist das Haus von Authié? Das ist mir wichtig.«

»Auf der anderen Seite des Flusses, der am Ortsrand entlangläuft. Wir sind gleich da.«

Es war nicht leicht für den Inquisitor zu verhindern, dass das Haus des *Filius major,* das teils aus Stein erbaut und freistehend war, sofort angezündet wurde. Es gelang ihm dank der Hilfe von etwa dreißig Handwerksburschen, die sich selbst zur Ehrengarde der Geistlichen ernannt hatten und einen Kordon um das Gebäude bildeten.

In der Eingangshalle, die als Küche und Esszimmer fungierte, kam Pater Jacinto auf Eymerich zu; seine Standarte mit der Jungfrau hatte er schon seit einer Weile abgelegt.

»Meister, fürchtet Ihr nicht, dass es schwer sein wird, die entfesselte Menge wieder zur Vernunft zu bringen?«

Der Inquisitor zuckte die Achseln. »Und wenn es so wäre? Sie zerstören Dinge, nicht Menschen. Die Zerstörung der Häuser von Häretikern ist durch das Konzil von Toulouse 1229 autorisiert worden.«

»Ich dachte daran, wie Semurel reagieren wird.«

»Vorerst wird er sich nicht rühren. Er wartet ab, bis wieder Ruhe einkehrt.«

In Authiés Haus gab es nichts Besonderes, abgesehen von zahlreichen Medizinfläschchen, auf den ersten Blick harmloses, ja sogar wirkungsloses Zeug, die in einem Backtrog aufgereiht standen. Was Eymerich interessierte, befand sich im Schlafzimmer, in einer kleinen Truhe: eine Reihe von handgeschriebenen Bändchen unterschiedlicher Größe und schlecht gebunden.

Der Inquisitor blätterte eines davon durch und erlaubte sich ein Lächeln.

»Ich glaube, hier werden wir viel von dem finden, was uns zu wissen drängt. Aber wir werden diese Bücher in Ussel durchsehen. Hier bleibt uns nicht viel zu tun.«

Es war fast die neunte Stunde, als die Dominikaner die Steigung in Angriff nahmen, die zum Kastell von Ussel hinaufführte. Zwanzig Zivilisten waren bei ihnen, die sie unter den am besten bewaffneten Männern ausgewählt hatten, gefolgt von vier Burschen, die Säcke mit Lebensmitteln trugen, einen Schlauch Öl und einen Schlauch Wein. Die anderen Freiwilligen waren unter dem Befehl des Apothekers in Chatillon geblieben, mit dem Auftrag, die Ordnung wiederherzustellen und Semurel im Auge zu behalten.

Auf das Dorf zurückblickend, sah Eymerich, dass Authiés Haus immer noch brannte. Noch zwei Häuser jenseits des Flusses standen in Flammen und eine dicke Rauchsäule stieg zu den Gletschern auf.

Der Inquisitor war sehr heiter. Ein Spektakel dieser Art befriedigte seine Aggressivität und gab ihm zugleich das Gefühl einer radikalen Säuberung, die jede Spur von Unreinheit tilgte. Das ermunterte und stärkte ihn, wie die eisige Luft nach einem türkischen Bad.

In dieser euphorischen Stimmung erteilte er, nachdem Philippe und Herr de Berjavel sich von ihm verabschiedet hatten, seine Anordnungen für die Arbeiten am Nachmittag. Dann verzehrte er eilig etwas Brot, *sericium,* ein Stück Fleisch und einen Krug Bier und zog sich mit den Patres in den Audienzsaal zurück, um die in Authiés Haus gefundenen Bücher zu prüfen.

Eine erste Durchsicht war enttäuschend. »Das sind ja alles kanonische Texte und ein paar Stundenbücher.«

Mit großer Sorgfalt blätterte Pater Lambert ein paar

Bände Seite für Seite durch, einige davon mit groben Miniaturen verziert. »Hier gibt es Abschnitte, die mit Kohle markiert sind. Fast alle beziehen sich auf Wasser.«

»Lasst sehen«, sagte Eymerich. »Vielleicht haben diese Abschnitte ja eine besondere Bedeutung.«

Pater Lambert begann mit einer sehr dürftigen Abschrift des Neuen Testaments, in die ein Blatt als Lesezeichen eingelegt war.

»Das ist das Evangelium nach Johannes. Es handelt sich um die Stelle über den Teich von Betesda, die wir alle genau kennen.«

»Lest trotzdem vor.«

Pater Lambert hob das Buch in die Nähe des Kerzenleuchters. »›In Jerusalem gibt es beim Schaftor einen Teich, zu dem fünf Säulenhallen gehören; dieser Teich heißt auf hebräisch Betesda. In diesen Hallen lagen viele Kranke, darunter Blinde, Lahme und Verkrüppelte, die auf die Bewegung des Wassers warteten. Ein Engel des Herrn stieg aber zu bestimmter Zeit in den Teich hinab und brachte das Wasser zum Aufwallen. Wer dann als Erster hineinstieg, wurde gesund, an welcher Krankheit er auch litt.‹«

Pater Lambert unterbrach die Lektüre. »Die Geschichte von der Heilung des Lahmen, die sich hier anschließt, ist nicht markiert.«

»Hier hingegen gibt es etwas, das ist mehr als ein Zeichen.«

Pater Jacinto wies einen größeren Band vor. »Das ist noch eine Abschrift des Neuen Testaments, wieder das Johannes-Evangelium. Authié hat den Dialog zwischen Jesus und Nikodemus unterstrichen. ›Jesus antwortete ihm: Amen, amen, ich sage dir: Wenn jemand nicht von neuem geboren wird, kann er das Reich Gottes nicht sehen. Nikodemus entgegnete ihm: Wie kann ein Mensch, der schon alt ist, geboren werden? Er kann doch nicht in den Schoß seiner Mutter zurückkehren und ein zweites Mal geboren werden. Jesus antwortete ihm: Amen, amen, ich sage dir: Wenn jemand nicht aus Wasser und Geist geboren wird, kann er nicht in das Reich Gottes kommen.‹ Der ganze übrige Abschnitt ist unterstrichen. Doch das Merkwürdige ist, jedes Mal, wenn hier von ›Geist‹ die Rede ist, hat Authié *pneuma* an den Rand geschrieben.«

Eymerich nickte. »In der Tat wird im griechischen Original des Johannes-Evangeliums, wenn von Geist die Rede ist, das griechische Wort *pneuma* verwendet, was eigentlich *Wind* bedeutet.«

»All das sind plumpe Interpretationen und Wortklaubereien«, griff Pater Simon ein, der bis zu diesem Zeitpunkt finster und stumm dagesessen hatte. »Um den Heiligen Geist zu verleugnen, spricht der Ketzer einfach von Wind.«

»Kann sein.« Eymerich schien leicht verärgert. »Tatsache ist, dass Authié Stellen ausgewählt hat, in denen von Wasser und Wind die Rede ist, hervorgerufen vielleicht vom Flügelschlag des Engels, und von Regeneration und Wiedergeburt. Ihr wisst ja bereits, dass Pierre Authié, ein Katharer mit dem Rang des Vollkommenen, 1310 verbrannt wurde. Unser Quacksalber scheint dieselbe Person zu sein, und nicht nur, weil er denselben Namen trägt. Die Tatsache, dass er sich für Wiedergeburt interessiert, ist also äußerst bedeutsam.«

Für Pater Simons Ohren klangen diese Worten blasphemisch.

»Wenn dieser Mann wirklich wiedergeboren wäre, so wäre er das durch das Wirken Satans, sicher nicht durch Christus!«

»Ich sehe keine weiteren Unterstreichungen«, sagte Jacinto.

»Gut«, entgegnete der Inquisitor. »Unsere Untersuchung ist abgeschlossen.«

Pater Simon schüttelte den Kopf. »Ohne großes Ergebnis, leider.«

Eymerich seufzte. »Wenigstens haben wir etwas mehr, was wir die Gefangenen fragen können. Ja, am besten sollten wir gleich wieder mit den Verhören anfangen. Pater Lambert, wollt Ihr Herrn de Berjavel und Meister Philippe Bescheid geben, dass sie sich bereit machen?«

Lambert ging hinaus. Wenig später kam er in Begleitung des Henkers wieder.

»Es gibt ein Problem«, sagte der.

»Und zwar?«, fragte Eymerich und zog die Augenbraue hoch.

Etwas betreten antwortete Philippe: »Pater, die drei Gefangenen, die auszusondern Ihr mir befohlen habt ... Sind es die, die Ihr befragen wollt?«

»Genau.«

»Nun, Pater, ich weiß nicht, ob das möglich sein wird.« Die Miene des Henkers nahm einen sarkastischen Ausdruck an. »Sie sind vollkommen betrunken.«

Eymerich sprang auf und schlug sich mit der Faust der rechten Hand in die linke.

»Genau, wie ich gehofft habe. Schnell, holt den Notar. Wir fangen sofort an.«

KAPITEL IX

Skinheads

Außer Atem bog Bug in die Harcourt Road ein. Die beiden Liverpool-Fans rannten wie die Wiesel. Wenn sie die Plaistow Road erreichten, würden sie dort auf ihre Kameraden treffen und wären in Sicherheit. So durfte das nicht enden.

Er rannte schneller, ohne sich darum zu kümmern, ob Crazy Dog, Frank und Skip ihm folgten. Die beiden konnten nicht mehr, das sah man. Allerdings, da waren Leute. Aber wenn das echte Eastender waren, dann würden sie verstehen.

Er zog die rechte Hand aus der Tasche, der Schlagring war aufgezogen. Hauptsache, es war kein Polizist da. Aber nein, die waren alle beim Memorial oder vor der Plaistow Station. Er hatte freie Bahn.

Er hörte den keuchenden Atem von Crazy Dog hinter sich. »Langsamer«, glaubte er zu hören. Dieser lächerliche walisische Akzent. Scheiß drauf, langsamer, dachte er.

Da waren sie. Skinheads wie er selbst. Pech für sie; sie hätten sich eben nicht mit der West Ham United anlegen sollen. Sie hatten es so gewollt.

Der Fetteste von ihnen schwankte. Dreckiger Bastard, dachte Bug. Er war jetzt in Reichweite. Er setzte den ersten Schlag. Ganz deutlich hörte man den dumpfen Aufprall von Metall auf dem rasierten Schädel.

Der Fettwanst beschrieb eine komische Pirouette. Er versuchte nicht einmal, sich zu wehren; er versuchte nur, mit dem Ärmel das Blut abzuwischen, das ihm in die Augen lief.

Bug schlug noch einmal zu, von unten nach oben, genau in die Mitte des Schädels. Er traf auf einen schwachen Widerstand, feucht, als ob er mit einem Stock in eine Pfütze gestoßen hätte. Mit einem leisen Wimmern sackte der Dicke in sich zusammen. Crazy Dog, der hinter ihm aufgetaucht war, trat ihn mit seinen Stiefeln. Die Nase des Dicken verschwand unter den beschlagenen Sohlen.

»Hör auf, denk an den anderen!«, brüllte Bug. Aber der zweite Bastard war schon am Ende der Harcourt Road angekommen, an der Ecke zur Plaistow Road. Bug machte ein paar Schritte in diese Richtung, doch dann gab er es auf. Immerhin, eine Befriedigung hatte er gehabt.

Der Fettwanst schien tot, das Gesicht zu Brei geschlagen. Eine alte Frau schrie etwas und deutete auf sie. Ein Wagen blieb stehen.

Er packte Crazy Dog am Arm. »Nix wie weg.«

Während er in Richtung Corporation Street lief, fühlte er sich zufrieden. Die hatten das Spiel gewonnen, aber einer von ihnen würde nicht mitfeiern. Wenigstens das, verflucht noch mal. Wenigstens das.

Skip und Frank erwarteten sie am Ende der Straße, mit leuchtenden Augen.

»Wir haben auch einen geschnappt.« Wie immer war Frank der Enthusiastischste.

Bug spuckte auf den Boden. »Ich habe meinen fast kalt gemacht. Gehen wir zur Subway?«

Crazy Dog schüttelte den Kopf. »Die ist voll mit Bullen. Besser irgendein Autobus.«

Sie gingen die Corporation Street entlang. Ohne Zwischenfälle erreichten sie Manor Road.

»Paki! Paki!«

Der alte Pakistani, der im oberen Stock des Busses in den vorderen Reihen saß, schien den kleinen Chor, der hinter ihm ertönte, nicht zu hören. Mit Sicherheit tat er nur so. Er wollte die olivfarbenen Blagen nicht erschrecken, die vor ihm saßen, vielleicht seine Enkel.

Von so viel Unempfindlichkeit gereizt, stand Bug auf, Crazy Dog tat es ihm gleich. Frank und Skip stampften mit den Stiefeln auf den Boden, im Takt mit den Schreien: »Paki! Paki!« Jetzt brüllten alle vier, begleitet von drei blonden Jungs, die in ihrer Nähe hinten im Bus saßen.

Die alte Schaffnerin sah sich genötigt, den Kopf ins obere Stockwerk hinauf zu strecken. »Was ist los, Jungs?«

»Hau ab, du alte Schachtel!«, brüllte Frank sie an und rollte mit den Augen. Die Frau zog sich zurück.

Begeistert beugte Crazy Dog sich zu Bug und flüsterte ihm ins Ohr: »Früher oder später muss der aussteigen. Dann kannst du jemand fliegen sehen.«

»Schmeißen wir auch die Niggerchen raus?«

»Warum nicht?«

Der Mann machte jedoch keine Anstalten auszusteigen. Ab und zu wandten sich die Kinder, die bei ihm waren, um und schauten beunruhigt nach hinten. Eilig zwang der Alte sie mit nervösen Gesten, sich wieder umzudrehen, bevor sie die gemeinen Gesten der Gruppe von Skinheads sehen konnten.

»O verdammt. Wir sind da.« In Skips Stimme lag Enttäuschung.

»Fahren wir weiter«, sagte Frank. »Wir können nicht zulassen, dass dieses Stück Scheiße so davonkommt.«

»Nein.« Crazy Dog sprang über Bug hinweg und ging zur Treppe. »Wir sind schon seit Stunden unterwegs.«

Bug, Skip und Frank folgten ihm widerstrebend. Bevor er hinunterging, gab Bug einem der kleinen blonden Jungs einen Klaps auf den Kopf. Er zwinkerte ihm zu. »Macht ihr weiter. Okay?«

»Keine Sorge.« Von so viel Vertraulichkeit fühlte sich der Junge sichtlich geehrt.

In der Whitechapel High Street sprangen sie von der Plattform, bevor der Autobus noch die Haltestelle erreicht hatte. Die Schaffnerin und die wenigen Fahrgäste des unteren Stockwerks sahen sich beunruhigt an. Zur Belustigung dieses Publikums machten Skip und Frank auf dem Gehsteig ein paar Walzerdrehungen.

Der Autobus stand jetzt vor einer Ampel. Skip hob den Blick und sah, dass die kleinen Pakistani ihre Nasen am vorderen Fenster platt drückten, die Augen weit aufgerissen. Er zeigte ihnen den Zeigefinger der rechten Hand und schnitt dann eine Reihe von Grimassen, während der Bus wieder losfuhr.

»Was für Stinker«, maulte Frank. »Jeden Tag unverschämter.« Er versetzte einem Haufen Abfall einen Tritt, sodass das Zeug sich über den Gehsteig verteilte.

Ricky Trench stand auf der Schwelle des Last Resort in der Goulston Street 43, umringt von mindestens dreißig Skins, die aus dem Stadion kamen. Im Eingang zum Geschäft hing eine Flut von Union Jacks, verschiedensten T-Shirts, Stachelarmbändern und Postern. Zwei Glatzköpfe, unter denen Bug Nasty Kev wiedererkannte, seinen ehemaligen Kumpel aus der Werkstatt, verkauften eine Fanzeitschrift mit dem Titel *Skins* an Passanten, die nur daran dachten, schleunigst davonzukommen.

Trench musterte sie kalt. Bug konnte diesen Typen nicht ausstehen. Seine demagogischen Reden über die Arbeiterklasse und alle den anderen Quatsch rochen ganz gewaltig nach Kommunismus, auch wenn er das leugnete. Für Trench waren die Skins die Auslese der Proletariats. Schade, dass das vielen Skinheads scheißegal war, auch Bug selbst.

Doch diesmal war Trenchs Kälte nicht auf gegenseitige Antipathie zurückzuführen. Seine Frau Margret verschwand eilig im Laden. Er hingegen deutete mit dem Finger auf Crazy Dog.

»Ihr wagt es, euch hier blicken zu lassen? Ich habe die Nase voll von Idioten wir euch. Habt ihr denn nicht Radio gehört?«

Sein Stimmvolumen stand im Einklang mit dem Umfang seines Brustkorbs, der trotz seines Alters noch muskulös war.

»Was ist passiert?«, fragte Crazy Dog.

»Einer von den Liverpoolern ist tot. Ein Skin wie ihr. Ein Bruder.« Er fügte nichts hinzu, doch es war klar, dass er sie anklagte.

Crazy Dog schluckte. »Können wir unter vier Augen darüber reden?«

Trench winkte gelangweilt ab. »Ich habe euch nichts zu sagen. Sucht euch einen von eurem Schlag. Was weiß ich, Butler. Ja, Butler. Der hört euch zu.«

Er wandte sich wieder seinem Publikum zu, als ob Bug, Skip und Crazy Dog Luft wären.

Sie trafen Oberst Butler in seinem gewohnten Pub in der Wenworth Street. Schmutzige Fensterscheiben, abblätternde Tapeten, scharfer Geruch nach Bratfett und Essig. In der Hierarchie von *Blood and Honour* zählte Butler weniger als Crazy Dog, ja, er zählte eigentlich überhaupt nicht, da er kein Skin war und der Organisation nicht angehörte. Trotzdem hörte man auf ihn und hatte Respekt vor ihm, aufgrund seiner mehr als zwanzigjährigen Freundschaft mit dem großen Colin Jordan. Er knüpfte auch ein paar Verbindungen zur British National Party, allerdings mit Vorsicht.

Als er sie sah, begrüßte er sie mit einem verschwörerischen Lächeln. Er saß allein an einem Tisch, den Bowler neben sich auf der Bank und ein Pint dunkles Bier vor sich. Bug bemerkte, dass der Anzug des ehemaligen Militärs eigentlich verschlissen und vermutlich geflickt war, wenn auch sehr sorgfältig. Er stellte sich Butler in einer Wohnung vor, die früher vielleicht einmal hübsch gewesen sein mochte, jetzt aber völlig verstaubt war, auf einem alten Sofa sitzend und damit beschäftigt, seinen Anzug zu flicken, neben einem Tischchen voll alter, vergilbter Fotografien.

Der Oberst bedeutete ihnen, sie sollten sich setzen. »Ich glaube, ich weiß schon. Ihr wart in Plaistow.«

Diese Worten waren ein Tiefschlag für Bug. Dann stimmte es also. Der Fettwanst aus Liverpool war tot und jetzt wurden sie gesucht.

Mit Mühe konnte er nicken. Die anderen taten es ihm gleich, bleich wie er. Sie wussten, dass die Justiz zwischen Täter und Komplizen keine großen Unterscheidungen machen würde.

»Keine Angst, Jungs.« Butler warf einen schiefen Blick auf die schlecht gekleideten Gäste, die sich an der Bar aufreihten, und begann, seinen Schnurrbart zu zwirbeln.

»Für alles gibt es eine Lösung. Auch für Dummheiten wie eure.«

Sie vernahmen sein Urteil mit angehaltenem Atem. Butlers Stimme klang streng, aber auch amüsiert. Er wusste, dass er sie in der Hand hatte.

Crazy Dog, der weniger verwirrt war als die anderen, unterbrach das erwartungsvolle Schweigen, das sich auf die Gruppe herabgesenkt hatte.

»Können Sie bei der Polizei was ausrichten?«

Butler kratzte sich das kurz geschorene Haar und zog die Luft durch die Nase ein. Er wollte die vier Skinheads seine ganze Macht fühlen lassen.

»Nun ja«, sagte er dann, als ob ihn das Eingeständnis Überwindung kosten würde. »Aber das braucht Zeit. Vorerst müsst ihr verschwinden.«

Frank wollte schon auf den Boden spucken, doch

dann hielt er sich zurück. »Verschwinden, wohin? Das ist leicht gesagt.«

Der Oberst zuckte mit den Achseln. »Wie viele von euch arbeiten?«

»Nur ich«, antwortete Bug etwas zaghaft.

»Liegt dir was an deiner Arbeit?«

»Nein. Sie ist scheußlich. Niggerarbeit.«

»Also, wo liegt dann das Problem? Die Familie?«

Mit einem Grinsen sahen die jungen Männer einander an. Bug dachte an seinen Vater, der im Unterhemd auf dem Sofa saß und Zeitung las, während seine Mutter, schon wieder schwanger, im Bad seine kleine Schwester wusch. Er schüttelte den Kopf.

»Also dann.« Butler betrachtete das fast leere Glas. »Habt ihr Lust, nach Frankreich zu gehen?«

»Zu den Fröschen?«, platzte Skip heraus.

Der Oberst lächelte fein. »In Frankreich gibt es eine Gruppe, die Ähnlichkeiten mit euch hat; sie heißt Troisième Voie.« Er sah Crazy Dog an. »Du, Seelmur, dürftest davon gehört haben.«

»Sicher«, log der andere, stolz auf die Anerkennung.

»Die Beziehungen zwischen Blood and Honour und Troisième Voie sind gut. Sie werden euch für die nötige Zeit aufnehmen. Ich bin sicher, dass sie einwilligen.«

»Für wie lang?«, fragte Bug.

»Ich habe es euch schon gesagt.« Butler machte eine befehlende Geste. »Solange es nötig ist.«

There's a bottle in the corner
That's where I'm going to stay
While me and my bottle of French wine
Are going to drink the night away.
Nobody comes nobody knocks on the door
My friends are far away
If the telephone doesn't start ringing
It's going to be a bad bad day.

Die Zeilen des Songs *Party in Paris* der UK-Submarines waren Bug den ganzen ersten Teil der Zugreise nach Frankreich nicht aus dem Sinn gegangen. Nur, dass für sie nicht Paris das Ziel war, sondern Marseille. Das hatten sie in der Hauptstadt erfahren, als sie sich im Sitz der Troisième Voie präsentierten und von einem Frosch-Skinhead kalt empfangen wurden. Ein rascher Blick auf ihre falschen Papiere und dann ab die Post, wieder auf den Bahnhof und mit dem ersten Hochgeschwindigkeitszug nach Marseille.

Jetzt hatten ihre Irrfahrten durch diese beschissene Stadt sie endlich zu der hastig auf ein Blatt kariertes Papier gekritzelten Adresse geführt: Angelic Club, 67, Rue Vaucon. Von außen gesehen schien das eine völlig normale Bar, mit rot gestrichenen Wänden und vier langen Tischen nebeneinander vor einem Bartresen. In diesem Augenblick, es war acht Uhr abends, saßen da ein paar Soldaten auf Ausgang, darunter ein Fremdenlegionär, zwei Rentner, die an ihren belegten Brötchen herumknabberten, und ein junges Paar. Das Neonlicht war vielleicht etwas zu grell, aber im Übrigen sah das Lokal ordentlich und bequem aus.

»Entweder haben wir uns in der Adresse geirrt oder die haben uns auf den Arm genommen«, knurrte Bug, der am Ende seine Kräfte war.

Crazy Dog packte ihn beim Arm. »Nein, schau. Wir sind richtig hier.«

Mit dem Finger deutete er auf ein winziges Plakat, fast nur ein Flugblatt, das an der Glastür der Bar hing, unter der Werbung für einen mysteriösen Aperitif genannt »Byrrh«.

Bug beugte sich hinunter, um zu lesen, dann richtete er sich wieder auf, die Augen leuchtend vor Begeisterung.

»Die Screwdriver! Jungs, wir sind zu Hause!«

Die anderen beugten sich ebenfalls hinunter. Das

Flugblatt, eine gewöhnliche Fotokopie, zeigte vier junge Männer mit rasiertem Schädel, die mit ausgestrecktem Arm grüßten. Von Hand waren ein paar Informationen hinzugefügt: *THE SCREWDRIVER, Rock against Communism – High Explosive (RACHE). Angelic Club, Rue Vaucon, 10. Mai 1990, 21.30 h.*

»Ich kenne Ian Stuart, den Sänger«, rief Frank. »Worauf warten wir noch?«

»Immer langsam«, sagte Skip bedächtig. »Wer ist der Typ, den wir suchen?«

Crazy Dog warf einen Blick auf das karierte Blatt Papier. »Ein gewisser Jean Gilles Mall … Malka …. was weiß ich, es ist ein griechischer Name.«

Bug zuckte die Achseln. »Vergiss es. Gehen wir rein.«

Der Barmann, ein blasser junger Mann mit Schnurrbart, hob andeutungsweise den Kopf. Sie brauchten ihm keine Fragen zu stellen. Mit dem Kopf deutete er auf eine Treppe zwischen dem letzten Tischchen und dem Eingang zu den Toiletten, die nach unten führte. Dann wandte er seinen Blick ab, als ob ihr Anblick ihn anwidern würde. Bug bekam große Lust, ihm die Fresse zu polieren.

Sie stiegen die Treppe hinunter und durchquerten einen Raum voller Pelforth-Bier-Kästen, die bis unter die Decke gestapelt waren. Vor einem einst grünen, jetzt aber verschlissenen und staubigen Samtvorhang stand ein sehr großer Skinhead, die kräftigen Arme über der Brust gekreuzt. Die fast kindlichen Züge standen in komischem Gegensatz zu der mächtigen Muskulatur.

Er verlangte etwas von ihnen, vielleicht den Zettel; dann, als er sah, dass sie nicht verstanden, blieb er stehen und fixierte sie mit einem halb ironischen, halb ärgerlichen Blick.

»Erklär diesem Arschloch, dass ich mit einem der Screwdriver befreundet bin«, sagte Frank zu Crazy Dog und taxierte die Statur des Aufsehers, die der seinen glich.

»Nein, das würde nichts bringen.« Crazy Dog war einen Augenblick lang unentschlossen, dann kramte er in der Tasche und holte wieder den Zettel heraus, der jetzt ganz zerknittert war. Er hielt ihn dem Kerl vor die Nase.

»Wir Freunde von Jean Gilles. Blood and Honour, Troisième Voie.« Er legte die beiden Zeigefinger zusammen, um eine Verbindung anzudeuten.

Der Koloss runzelte die Stirn. Er nahm das Blatt und warf einen Blick darauf. Dann gab er es schweigend zurück, trat beiseite und schlug den Samtvorhang zurück.

Fast hatte Bug gehofft, dass der Aufseher sie rauswerfen würde. Vor Müdigkeit taten ihm die Glieder weh; doch damit vermischt war ein Unbehagen, das schließlich fast alles überwog; das Unbehagen, so weit weg von zu Hause zu sein und die wiederkehrende Erinnerung an den eisernen Faustschlag auf den Schädel des Liverpool-Fans. Er verspürte ein dringendes Bedürfnis nach Schlaf. Es waren jetzt fast drei Tage, dass er nicht geschlafen hatte, abgesehen von den unruhigen Nickerchen im Zug, die regelmäßig vom Schaffner unterbrochen wurden.

All das zerstob, als er durch den Vorhang und in den dahinter gelegenen Saal trat. Das war wie in London. Dichte Rauchschwaden hingen unter der niedrigen Decke und dämpften die ohnehin schon schwachen Lichter. Nur die kleine Bühne im Hintergrund war hell erleuchtet. Dort oben waren die Screwdriver dabei, ihre Instrumente zu stimmen, indem sie ihnen schrille Töne und hohes Gejaule entlockten.

Mindestens zweihundert Glatzen drängten sich zu ihren Füßen auf engem Raum, den man dadurch gewonnen hatte, dass einige lange Tische an die Wand gerückt worden waren. Auf einem davon in der Nähe des Eingangs hatten die Wirte des Lokals die Fässer und Kohlensäurepatronen für den Bierausschank aufgestellt, und sie hatten alle Hände voll zu tun, das Bier in große Plastikbecher abzufüllen. Eine rote Fahne mit dem Hakenkreuz, die mittlerweile von Schaumflecken durchnässt war, diente als Tischtuch.

Die Luft war kaum atembar wegen des Rauchs, des sauren Geruchs von verschüttetem Bier und vor allem des Schweißes, der in Tröpfchen auf den Schädeln, so glatt wie Billardkugeln, stand und dann den Nacken hinunterlief.

»Ian! Ian!«, rief Frank den Sänger an. Doch der Lärm war ohrenbetäubend, und die schrillen Töne, die ab und zu aus den Lautsprechern dröhnten, verhinderten jedes normale Gespräch.

»Ich versuche, zu ihm durchzukommen«, sagte er brüllend zu den Freunden, um sich verständlich zu machen.

Er verschwand zwischen den dichten Reihen von Militärjacken, hier und da aufgelockert vom schwarzen Leder der vereinzelten Punks, die im Saal zu sehen waren. Nach einem Blick des Einverständnisses machten Bug, Skip und Crazy Horse sich lieber auf den Weg zum Bierausschank.

Sie hatten gerade Zeit gehabt, ihre Becher zu leeren, bezahlt von dem Geld, das Crazy Horse in Calais gewechselt hatte, als das Konzert begann. Sofort ließ die Band von der Bühne aus, die jetzt von unglaublich grellen Spots erleuchtet war, wilde Tonfolgen, Wellen von geballtem und gewaltsamem Klang auf das Publikum los, verzerrt und wütend, untermalt von hypnotischen und überdrehten Rhythmen.

In diesem vibrierenden Schall gefangen, begann die dicht gedrängte Menge der Skins zu pogen und produzierte sich in immer höheren und wilderen Sprüngen.

Ab und zu formierte sich die Masse der grüngrauen Jacken plötzlich zu Linien, die einander anrempelten, über den Haufen rannten, traten und in neue hüpfende Linien zerfielen. Irgendjemand versuchte den Stomp, den typischen Tanz der Skins, wobei Zeige- und Mittelfinger auf die Oberlippe gelegt werden, um Hitlers Schnauzbart anzudeuten. Aber da war nichts zu machen, diese Musik verlangte Pogo.

Lange Spuckefäden landeten auf der Bühne, von den Musikern nachlässig erwidert. Zwischen der Band und ihrem Publikum gab es überhaupt keine Distanz. Der Sänger hüpfte frenetisch herum, mischte sich unter die Umstehenden und wurde zurückgestoßen, verlor das Mikrophon und bekam es wieder, er verspritzte seinen Schweiß auf der ganzen Bühne. In wütenden Sprechchören wurden einprägsame Slogans (»Heil Hitler«) gebrüllt, in einem magmatischen und fesselnden Ritual. Bug wusste schon, dass er sie nach dem Ende des Konzerts noch stundenlang in den Ohren haben würden, wo sie die Emotion wachhalten und ihn mit Energie aufladen würden. Es war schön, ein Skin zu sein, bei Gott!

Der Auftritt der Screwdrivers endete mit der Wiederaufnahme ihrer ersten Stücke: *Antisocial, You're so dumb, Killing nigger, Built up, knocked down.* Als der letzte Akkord verklungen war, erschütterte ein allgemeines »Sieg Heil« das Gewölbe des Saals, das im Rauch nun nicht mehr zu sehen war. Fiebrige und glückliche Augen, über die von Stirn und Augenbrauen reichlich Schweiß troff, blieben auf die Bühne gerichtet, wie in der Erwartung, dass sich das Wunder wiederholen würde.

In der ausgelassenen Freude des Pogo hatte Bug jeden Rest von Müdigkeit vergessen. Euphorisch hakte er Crazy Dog unter und ging mit ihm zum Bierausschank. Er sah Frank auf die Bühne steigen, um seinen Sängerfreund zu begrüßen. Skip war schon beim Biertisch. Er unterhielt sich angeregt mit einem Skinhead-Girl mit blauen Augen und kurzem blondem Kamm, der ihr steif quer über den rasierten Schädel lief. Bestimmt war sie ein Groupie im Gefolge der Screwdriver. Die Ereignisse der letzten Tage, ja selbst der Grund für ihr Hiersein, schienen fern und unwirklich.

»Jetzt wär ein Paki-bashing angesagt«, sagte Crazy Dog lachend.

Bug nickte, während er aus den Händen des klapperdürren und gelangweilten Barkeepers die Bierbecher entgegennahm.

»Ein toller Abend. Ich fühl mich zum Bersten geladen.«

Er hatte den letzten Schluck seines zweiten Bechers Bier getrunken, als im Saal plötzlich Stille einkehrte. Ein untersetzter Mann mit harten Zügen war auf die Bühne gestiegen und stellte sich das Mikrophon ein. Der dunkelblaue Anzug, den er trug, mit blütenweißem Hemd und roter Krawatte, schien in dieser Umgebung absolut fehl am Platz; dennoch zeigte der Mann keinerlei Verlegenheit, auch nicht, als er die Augen hob, um die Zahl der Anwesenden zu schätzen.

»Wer ist denn dieser Scheißkerl?«, fragte Bug, wobei er den Plastikbecher in der Hand zerdrückte.

Einige Skins drehten sich um und sahen ihn drohend an. Das Groupie war bei Skip und machte ihm Zeichen, er solle still sein. »Das ist ihr Chef«, flüsterte sie.

Bug wagte keinen Muckser mehr. Hinter dem Kerl waren unterdessen einige Skins mit finsterem Aussehen aufgetaucht, die mit beiden Händen lange Stöcke hielten. Sie stellten sich nebeneinander auf, bis sie einen Kordon bildeten. Bug prustete kurz vor Lachen, als er meinte, er hätte bei einem von ihnen zu beiden Seiten der Glatze wollige Schafsohren entdeckt. Dann dachte er, dass es sich wohl um eine Frisur handeln musste, wenn auch eine reichlich komische. Wirklich komisch war hingegen der Mann, der diesen kleinen Ordnungsdienst befehligte: Ein Kerl mit priesterhaftem Aussehen, ziemlich korpulent, mit dunkler Brille und kurzem Bart. Er hinkte sichtlich.

Ohne Vorankündigung begann der Mann in Anzug und Krawatte ins Mikrophon zu brüllen, wobei er die Menge der Skins mit zusammengezogenen Augenbrauen ansah. Er sprach so schnell, dass ihm etwas Speichel aus dem Mundwinkel lief. Dennoch lag nichts Groteskes in seiner Beredtheit. Die Worte sprudelten lebendig wie ein funkelnder Wasserfall.

Bug näherte sich Crazy Dogs Ohr. »Was sagt er?«

»Wie soll denn ich das wissen?« Crazy Dog wandte sich an das Groupie. »Verstehst du was davon?«

Das Mädchen konzentrierte sich und begann, ihnen die Übersetzung zuzuflüstern, mit Pausen und Unsicherheiten.

»Die Dämmerung der Dekadenz senkt sich auf Europa herab. Das Joch der jüdischen Herrschaft wird immer drückender. Hinter dem Marionettentheater des Europäischen Parlaments gehorchen die kleinen Männer der alten Parteien nach wie vor ihren offiziellen jüdischen Geldgebern. Wer wirklich bei uns regiert, das sind die Herren über die Kaufhausketten, die Ratenkäufe und die Unternehmen, die alles verscherbeln. Die ›freie‹ Presse ist nichts als ein Organ, das den Einflüsterungen der ausländischen Propaganda unterworfen ist. Afrikaner und Asiaten kommen in Massen, schleppen Aids ein und verderben die Rasse. Radio und Fernsehen verderben den Geist der Zuschauer mit der Trashkultur, mit Ansichten aus der Gosse und dem Dschungel. Nur eine Wissenschaft, die Eugenetik, scheint uns eine Hoffnung auf Regeneration bieten zu können …«

Die Rede war nicht lang, doch sie schien auf die Anwesenden eine ähnlich euphorisierende Wirkung zu haben wie das Konzert der Screwdriver. Ein Wald von Armen schnellte bei ihrem Ende in die Höhe, begleitet von einem donnernden »Sieg Heil!«, dann drangen die langsamen Töne des Horst-Wessel-Lieds aus den Lautsprechern, während der Redner von der Bühne herabstieg und in den ersten Reihen einige Hände schüttelte.

Als der Lieferwagen anhielt, wachte er mit einem schlechten Geschmack im Mund auf. Er sah, dass Skip, Frank und Crazy Dog auch geschlafen hatten und sich jetzt bemühten, die verquollenen Augen aufzubekommen.

»Wie spät ist es?«

»Was weiß ich, es wird eins vorbei sein«, antwortete Frank.

Sie hielten auf offenem Feld neben einer fast drei Meter hohen Mauer, die überragt war von zahlreichen Pinienwipfeln. In der Ferne waren die Lichter einer Kleinstadt oder vielleicht auch eines großen Dorfes zu sehen. Die Straße war schmal und verlassen; abgesehen vom Zirpen der Grillen und dem Rascheln der Blätter war die Stille absolut.

»Wo zum Teufel haben die uns hingebracht?«, jammerte Skip.

Der Fahrer und der Mann mit den Schafsohren waren schon ausgestiegen. Der Erste öffnete den hinteren Wagenschlag und wechselte ein paar Worte mit den zwei französischen Skins, die sofort ausstiegen. Dann wandte er sich an die Engländer.

»Ihr werdet uns helfen. Wir müssen schnell machen. Steigt aus.«

Der Befehlston störte Bug nicht wenig. Er gähnte, streckte sich und stieg ganz gemächlich aus. Seine Freunde taten es ihm nach, wenn möglich noch langsamer, unter den wütenden Blicken des Kolosses. Der sagte jedoch nichts. Er wartete, bis sie ausgestiegen waren, dann machte er sich an einem völlig verrosteten Gittertor zu schaffen, das sich in der Mauer auftat.

Unterdessen lud der Schafsmensch ein Bündel Stahlstangen und ein paar kurze Schaufeln aus dem Lieferwagen aus und etwas, das aussah wie der Griff eines Regenschirms. Als er die Teile fertig am Boden ausgebreitet hatte, machte er den Jungs Zeichen, sich zu bedienen. Für jeden war eine Stange oder eine Schaufel da. Bug bekam den Griff.

In der Zwischenzeit hatte das Gittertor nachgegeben. Leise gingen sie über einen Kiesweg zwischen zwei Reihen Pinien dahin. Der Fahrer ging vor ihnen her.

»Das sieht aus wie ein Friedhof«, flüsterte Bug.

»Es ist einer«, antwortete Crazy Dog. »Schau.«

Trotz Neumond war das Licht der Sterne doch ausreichend, um lange Reihen von Grabsteinen mit seltsamen Inschriften darauf zu beleuchten.

Bug schauderte. »Noten. Musiknoten auf den Gräbern.«

Crazy Dog lachte leise. »Das sind doch keine Noten, du Arsch. Das sind die Buchstaben des hebräischen Alphabets. Jetzt verstehe ich.«

Der Fahrer wandte sich um, um ihn zum Schweigen zu bringen. Noch immer ein wenig betrunken, hatte Crazy Dog die Lautstärke seiner Stimme nicht im Griff; aber noch schlechter erging es Bug, der den Eindruck hatte, sein Kopf stecke in einer Schraubzwinge. Seine Beine gaben nach, sodass er sogar Mühe hatte, den leichten Schirmgriff zu tragen, den man ihm anvertraut hatte.

Als sie in der Mitte einer kleinen, mit Grabsteinen übersäten Lichtung angekommen waren, blieb der Fahrer, der vor der Gruppe herging, stehen und sah sich um.

»Allez-y, cassez-moi ces tombeaux«, bellte er. *»Comme à Eleu ou à Weiterswiller l'année dernière.«*

Keiner rührte sich. Da riss der Koloss ungeduldig einem der Franzosen die Stange aus der Hand, ließ sie durch die Luft sausen und hieb mit Gewalt damit auf den nächsten Grabstein ein. Man hörte einen dumpfen Schlag, während Marmorsplitter in alle Richtungen flogen.

»Qu'est-ce que vous craignez, tas de salauds? Ce sont des tombeaux de Juifs!« Ein zweiter Schlag, mit ebensolcher Wucht ausgeführt, schlug eine Bresche in den Marmor. *»Compris? Allez, donc!«*

Das war der Auftakt zu einer wilden Entladung von Energie. Bug, Crazy Dog, Skip und die beiden Franzosen warfen sich mit ihren Werkzeugen auf die nächstgelegenen Gräber und hieben unter Freudengeheul darauf ein. Jeder Schlag, jeder Funkenregen, jedes Stück weggebrochenen Marmors schürte noch ihre Raserei. Die Schläge waren ohrenbetäubend und erregend zugleich.

Als er einen Grabstein umgelegt hatte, hielt Crazy Dog einen Augenblick inne, um sich mit dem Ärmel den Schweiß abzuwischen. »Warum?«, brüllte er dem Koloss zu.

»Erstens, weil sie Juden sind. Zweitens, weil sie voller Innereien stecken, die man aufpolieren und an irgendeinen Geldsack verkaufen kann.« Der junge Mann lachte. »Vielleicht ebenfalls ein Jude.«

Er unterbrach sich, als er Frank und einen der Franzosen sah, wie sie mit Schaufeln energisch auf eine Grabplatte einhieben.

»Que faites-vous donc, espèces de cons? Vous devez creuser là-bas!« Er wies auf Erdhügel, die in regelmäßigen Abständen angeordnet waren.

Obwohl er die Worte des Kerls nichts verstand, begriff Frank doch die Bedeutung der Geste. Er brummte einen Fluch, wischte sich mit dem Handrücken über den Mund und stieß die Schaufel in die Erde. Nach einem kurzen Zögern folgte der Franzose seinem Beispiel und nahm den zweiten Grabhügel in Angriff.

Mit seinem Schirmgriff sah Bug sich schlecht bedient. Er versetzte einem mit dem Davidstern geschmückten Grabstein ein paar Schläge und konnte ihn doch nur leicht kippen. Da versuchte er, den Namen des Verstorbenen, eines gewissen Bernard Chissachí, zu zerkratzen. Ohne Ergebnis.

Fluchend schleuderte er sein Werkzeug von sich und hätte um ein Haar Frank erwischt. Er sprang mit beiden Füßen auf die marmorne Grabplatte, bis er glaubte, sie knarren zu hören. Dann führte er einen grotesken Tanz auf, hob die Knie und schlug mit den beschlagenen Stiefeln auf den Stein.

Wutentbrannt kam der Koloss angelaufen. *»T'es fou ou quoi?«* Er packte Bug bei seinem T-Shirt, schleifte ihn von dem Grab herunter und warf ihn zu Boden.

Bug beschloss, dass er sich von diesem Frosch nun genug hatte gefallen lassen. Mit ganzer Kraft trat er ihm in den Unterbauch, was ihm einen Aufschrei entlockte, etwas zwischen Klage und Brüllen; dann richtete er sich auf, legte die Hände zusammen, kehrte ihm den Rücken zu, biss die Zähne zusammen und hieb ihm den linken Ellbogen voll ins Gesicht.

Skip, der ganz in der Nähe war, jubelte vor Begeisterung; aber der Koloss, der aus der Nase blutete, richtete sich mit der Wut eines verletzten Tiers schon wieder auf. In seiner Hand blitzte eine Klinge, die einem Skalpell ähnlich sah. *»C'était pour arracher le coeur aux Juifs. Maintenant c'est pour toi, p'tit con!«*

Er wollte sich schon auf Bug stürzen, der ihn vorgebeugt und in den Knien federnd erwartete; doch ein heftiger Stoß gegen den Steiß zwang ihn, das Skalpell loszulassen und in die Knie zu gehen.

Das war Frank, der ihn mit seinem beschlagenen Stiefel getroffen hatte. Er drehte sich einmal um sich selbst und trat dem Mann mit dem anderen Fuß in den Nacken.

»Erledigt!«, brüllte Bug, während der Koloss sich langsam auf eine Seite wälzte; Blut lief ihm aus dem Mund. Bug fühlte sich wie an dem glorreichen Tag, an dem er und Frank auf der Tribüne des Stadions es ganz allein mit sechs Anhängern des Arsenal aufgenommen hatten.

Einer der Franzosen plärrte etwas, hütete sich jedoch, sich einzumischen. Der Schafsmensch stand, seitdem sie die Lichtung erreicht hatten, in einer Ecke und starrte vor sich hin, wie ein Spielzeugautomat, der darauf wartet, aufgezogen zu werden.

Crazy Dog hatte wie die Freunde seinen Spaß daran gehabt zuzusehen, wie der Koloss zu Mus gemacht wurde, doch jetzt, da die Schlacht gewonnen war, wirkte er nachdenklich.

»Es wird schwer sein, den Kameraden die Sache begreiflich zu machen. Außerdem, dieser Idiot sollte uns beherbergen. Und jetzt, was machen wir jetzt?«

Skip, der absolut aufgedreht war, zuckte die Achseln.

»Daran denken wir später. Jetzt gehen wir zum Lieferwagen zurück. Notfalls schlafen wir da drin.«

»Ja, aber morgen?«

»Daran denken wir morgen.«

Nicht sonderlich überzeugt, ging Crazy Dog hinter Bug und Skip, Frank neben sich, über den Kiesweg zurück. Der Franzose folgte ihnen in einem gewissen Abstand zusammen mit dem Schafsmenschen.

Sie hatten erste wenige Schritte getan, als sie eine Reihe kehliger Laute hörten. Alle drehten sich um und sahen in die Dunkelheit.

Es war der andere Franzose, der noch mit Graben beschäftigt war. Offenbar hatte er einen Sarg ausgegraben und ihn aufgebrochen, denn jetzt hielt er einen sehr mageren Körper unter den Achseln, der weißhaarige Kopf baumelte nach vorne.

Frank trat näher, um besser zu sehen. »Das ist der Leichnam eines Alten«, rief er den anderen nach einer kurzen Begutachtung zu. »Was machen wir damit?«

»Der Idiot hier am Boden wollte die Eingeweide rausholen«, bemerkte Skip.

»Aber wir nicht.« Bug legte die Hände um den Mund und rief Frank zu: »Steck ihn zurück in sein gottverdammtes Loch. Wir müssen gehen.«

»Okay«, antwortete Frank. »Aber ich lass ihm ein Andenken.« Er nahm dem Franzosen den Leichnam aus den Armen und ließ ihn in die Grube zurückfallen. Dann nahm er den Schirmgriff, der in der Nähe lag, und machte etwas, das die anderen nicht verstanden. Sie sahen nur, dass er mit ganzer Kraft drückte und lachte, der Franzose ebenfalls.

»Schaut! Wir haben ihn gepfählt!«

»Lass das sein«, schrie Bug. »Komm!«

Nebeneinander gingen sie durch die Alleen, in Richtung des alten Tores. Es herrschte tiefe Stille, auch die Grillen schwiegen jetzt. Als sie auf die Straße hinaustraten, sahen sie, dass der Lieferwagen noch an seinem Platz stand. Davor aber parkte jetzt ein schwarzer Mercedes. Auf der linken Seite, an die Türen gelehnt, warteten Jean Gilles und zwei Skins. Einer hatte eine Kühltasche bei sich, der andere hielt eine AK 47 mit dem Lauf nach unten. Ein paar Schritte entfernt, unter einem Straßenschild mit der Aufschrift CARPENTRAS 1 KM, das Bug jetzt erst bemerkte, stand der Mann mit dem priesterhaften Aussehen, der dunklen Brille und dem Bärtchen, den er schon während des Konzerts gesehen hatte. Jetzt stützte er sich auf einen Stock.

Finster kam Jean Gilles ihnen entgegen. Er wandte sich an Crazy Dog.

»Ich erkenne dich wieder, du bist Theodore Seelmur. Wo sind die Organe? Wo ist mein Bruder?«

Crazy Dog antwortete nicht. Er schlug die Augen nieder.

Jean Gilles packte ihn am Kinn und zwang ihn, den Kopf zu heben.

»Ich wiederhole«, brüllte er. »Wo sind die Organe? Was zum Teufel ist passiert?«

Crazy Dog schwieg weiterhin, während der Skin mit der Kalashnikov die Waffe langsam hob.

Der Mann mit der dunklen Brille humpelte heran, bis er neben Jean Gilles stand. Er sah Crazy Dog eindringlich an.

»Seelmur, mh? Wo bist du geboren?«

Der junge Mann schluckte. »In Bethesda in Wales.« Seine Stimme war nur ein Hauch.

Der Mann schwieg, als ob diese Worte ihm Eindruck gemacht hätten. Dann wandte er sich an Jean Gilles. »Kannst du sie mir überlassen?«

Der andere nickte, trat einen Schritt zurück und ließ den Jungen los. Bug fühlte, wie ihn lähmende Angst beschlich. Wieder fühlte er sich sehr müde.

KAPITEL X

Pneuma

Das blonde Mädchen hätte sehr hübsch sein können, wenn ihre Kleider nicht zerlumpt und das Haar nicht zerzaust gewesen wären. Eymerich bemerkte rote Spuren, wie Brandwunden, an den Füßen und an den Knien und zahlreiche Kratzer an den Armen. Vier Tage *murus artus,* also verschärfte Haft, hatten auf diesen zarten Gliedern ihre Spuren hinterlassen.

Als er sah, wie sie taumelte, obwohl sie von einem der Gehilfen des Henkers gestützt wurde, empfand Eymerich eine Regung des Mitleids; dann sagte er sich jedoch, dass diese Leiden einiger weniger nicht nur unsäglichem Grauen ein Ende bereiteten, sondern auch für ihre eigenen Seelen einen Schimmer der Hoffnung auf Erlösung bedeuten konnten. Diese, wenn auch etwas gekünstelte Überlegung war ihm ein Trost und half ihm auch, dieses unbestimmte Gefühl der Befriedigung beiseite zu schieben, das die Folterung eines so zarten Körpers in einem dunklen Winkel seiner Seele hervorrief.

Er sprach in sehr distanziertem Ton. »Wie heißt du?«

Bevor es antworten konnte, musste das Mädchen ein paar Mal schlucken.

»Esclarmonde.« Die Alkoholfahne war so stark, dass der Notar, der am nächsten bei der Gefangenen saß, sich ein Taschentuch vor die Nase halten musste.

»Esclarmonde«, wiederholte Eymerich. »Wessen Tochter bis du?«

Diesmal antwortete das Mädchen sofort, aber die

Worte kamen undeutlich hervor: »Ich erinnere mich nicht.«

Eymerich neigte sich zu Herrn de Berjavel. »Herr Notar, schreiben Sie: ›Kind unbekannter Eltern‹.« Dann, zu der Gefangenen gewandt: »Du weißt, wer ich bin?«

Das Mädchen grinste breit. »O ja, der Heilige Bösewicht.«

Eymerich war einen Moment lang verwirrt; dann lehnte er sich in seinem Stuhl zurück und atmete tief ein. »Von wem hast du diesen Namen gehört?«

»Alle im Dorf nennen Euch so.« Immer noch schwankend, wackelte das Mädchen nun leicht mit dem Kopf.

»Aber von welchem Dorf redest du? Von Chatillon?«

»Nein, von Castres. Vor vielen Jahren …«

Finster wandte Eymerich sich an Pater Jacinto, der zu seiner Rechten saß.

»Wie alt kann sie damals gewesen sein, als wir in Castres wirkten?«

»Fünf oder sechs Jahre, nicht mehr.«

»Nun, fürwahr, es wäre möglich, dass …«

Der Inquisitor wandte seine Aufmerksamkeit wieder dem Mädchen zu, als ob er befürchtete, den roten Faden zu verlieren. »Wie alt bist du also?«

»Ich weiß es nicht. Es ist zu viel Zeit vergangen.«

»Zu viel Zeit seit wann?«

»Zu viel Zeit.« Die Augen des Mädchens waren feucht. Sie gähnte sehr hörbar.

»Schluss damit«, schaltete sich wütend Pater Simon ein. »Diese Sünderin führt uns an der Nase herum. Die Eisen von Meister Philipp werden sie zum Reden bringen.«

»Noch nicht.« Eymerichs Stimme war ruhig, aber bestimmt. Er betrachtete das Mädchen mit großer Neugier, dann fragte er:

»Du weißt, was dich erwartet?«

»O ja. Diesmal wird es mir gelingen. Ich werde ein Lemur.«

Sie hatte mit tonloser Stimme gesprochen, jedes Wort von Kopfbewegungen begleitet.

Ihre Worte steigerten noch die Bestürzung der Dominikaner. Betroffen sah Eymerich zunächst Pater Jacinto und dann Pater Simon an. Schließlich fragte er:

»Was, hast du gesagt, wirst du?«

Nach einem nochmaligen Gähnen antwortete das Mädchen:

»Eine von den *lemures*. Dann wird mein Geist endlich frei sein.«

»Aber welche *lemures* denn?« Die Augen des Inquisitors waren jetzt nur noch zwei schmale Schlitze.

»Die im Wald von Bellecombes, nicht wahr?« Das Mädchen konnte den Kopf nicht mehr aufrecht halten. Ihre Worte waren nur noch ein Lallen. »Ich bin so müde.«

Pater Lambert erhob sich von seinem Stuhl und trat zu Eymerich. »Mir kommt da ein Verdacht, *magister.*«

»Sprecht.«

»Vor ein paar Tagen habt Ihr womöglich Authiés Worte missverstanden. Er meinte nicht die Mauer, *le mur,* im Wald, sondern *lemures* im Wald. So, wie sie das hier aussprechen, klingt das völlig gleich.«

Eymerich sah Pater Lambert an, er war beeindruckt. »Ja, das ist sehr wahrscheinlich. Aber was sind denn diese Lemuren? Gespenster, Schatten, in der Bedeutung des Wortes, oder Semurels abnorme Geschöpfe?«

Plötzlich packte Pater Jacinto den Inquisitor am Arm, was diesen zusammenzucken ließ.

»Meister, wenn ich es recht bedenke ... Semurel ... *lemures* ... das ist ein Anagramm!«

»Ihr habt Recht«, sagte Eymerich, nun vollends verblüfft, »und das ist bestimmt kein Zufall ... Doch ich fürchte, diese Hexe wird uns recht wenig sagen können.«

Tatsächlich war das Mädchen eingeschlafen und hing schlaff in den Armen des Gehilfen. Der schüttelte den Kopf.

»Sie ist vollkommen weggetreten. Es wird ein paar Stunden dauern, bevor sie wieder aufwacht.«

»Bring sie weg«, befahl Eymerich, »und führ einen anderen Gefangenen her.«

Pater Simon legte die knochigen Hände zusammen. »O Herr unser Gott, hilf uns heraus aus diesem geheimnisvollen Dunkel, das mit jedem Augenblick undurchdringlicher wird.«

Eymerich, der plötzlich vergnügt war, legte ihm eine Hand auf den Arm. »Jetzt haben wir wenigstens einen Spalt, Pater. Es ist an uns, daraus eine Bresche zu machen.«

Obwohl er bei sich war, schien der Junge auch nicht in besserer Verfassung als das Mädchen. Er stammelte unverständliches Zeug, schüttelte den Kopf und war dauernd zerstreut. Er sagte, sein Name sei Robert, er kenne seine Eltern nicht und wisse nicht, wann er geboren sei. Erst als Eymerich die Themen ansprach, die im Verhör des Mädchens aufgetaucht waren, war er imstande, ein paar klare und verständliche Antworten zu formulieren.

»Willst du ein Lemur werden?«, fragte ihn der Inquisitor.

»Ja, aber ich bin noch zu klein.«

Eymerich lehnte sich auf seinem Stuhl nach vorn. »Und wie wird man Lemur?«

Der Junge kicherte und ließ die hellen Augen umherwandern.

»Das ist ein Geheimnis.«

»Los, komm, sag es mir. Ich werde es niemandem weitererzählen.«

Der Junge zögerte einen Augenblick, dann nahm sein Gesicht einen verschwörerischen Ausdruck an.

»Das gelingt mithilfe von Wasser und Wind, aber nur, wenn man ein Vollkommener ist. Vorher geht das nicht. Da wird man nur gesund.«

»Man wird gesund? Willst du sagen, dass man von Krankheiten geheilt wird?«

»Das ist ein Geheimnis.« Der Junge verschloss die Lippen zu einer störrischen Miene; dann wiegte er den Kopf hin und her und summte leise vor sich hin.

Es gelang Eymerich, seine Ungeduld zu zügeln und in vertraulichem Ton zu dem Junge zu reden.

»Ich hab dir schon gesagt, ich werde es niemandem weitererzählen.«

»Man wird gesund und man wird nicht alt. Das ist das Geheimnis des Krauts der Gesundheit.«

Der Inquisitor beugte sich zu Pater Jacinto. »Sie nennen die Herbstzeitlose ›Kraut der Gesundheit‹. Ich glaube, wir sind der Lösung ganz nah.«

Dann, zu dem Jungen gewandt, der wieder angefangen hatte zu summen: »Das Kraut der Gesundheit verhindert also, dass man alt wird. Aber ist es denn nicht giftig?«

Der Junge war wieder abwesend. Als Eymerich seine Frage wiederholte, wirkte er unwillig.

»Ja, sicher ist es giftig, aber man braucht dazu das Wasser der Zisterne und den Wind vom Turm. Denn sonst …«

Der kleine Gefangene wollte den Satz beenden, als er von einem heftigen Hustenanfall gepackt wurde. Rötlicher Schaum lief ihm aus dem Mund, dann erbrach er in einem Schwall eine rötliche Flüssigkeit.

»Blut?«, fragte Eymerich beunruhigt.

Der Gehilfe des Henkers lachte. »Nein, das ist nur der Wein, den er getrunken hat. Er ist voll wie ein Schlauch.«

Als der Junge den ganzen Wein erbrochen hatte, den er im Magen hatte, war er nicht mehr in der Lage, irgendwelche Fragen zu beantworten. Kreidebleich schnappte er nach Luft und verdrehte die Pupillen nach oben.

Der Gehilfe hob sein Gesicht an und untersuchte es.

»Er ist ohnmächtig«, sagte er dann.

Eymerich zuckte die Achseln. »Bring ihn weg und führ den letzten Gefangenen herein.«

Der Mann, der hereingeführt wurde, diesmal von Philippe persönlich, war in besserer Verfassung als die Kinder. Obwohl schwankend, konnte er sich doch selbst auf den Beinen halten, und mit ziemlich festem Schritt trat er in die Mitte des Raums. Im Gesicht trug er einen vorsichtigen Ausdruck, doch es war klar, dass so viel Selbstbeherrschung ihn erhebliche Mühe kosten musste.

»Er kommt mir nicht so schwach vor«, bemerkte Eymerich, »und auch nicht betrunken.«

Meister Philippe lachte. »Das ist einer von denen, bei denen der Wein mehr auf die Glieder als auf den Geist geht. Seht nur, Pater.«

Er versetzte dem Gefangenen einen leichten Stoß. Mit einem Plumps landete der Mann auf seinem Hintern. Er strampelte wie ein aufgespießtes Insekt, doch so sehr er sich auch bemühte, er kam nicht wieder hoch. Mutlos blieb er im Stroh sitzen, von leichtem Schluckauf geschüttelt.

»Wie heißt du?«, fragte ihn Eymerich.

Der Mann musste sich zusammennehmen, um antworten zu können.

»Raymond Tornabois, Soldat im Dienst des *dominus* Ebail de Challant und seines Prokurators, Herrn Semurel.« Von dem langen Satz war seine Stimme rau geworden.

Eymerich stand auf. Wie es seine Gewohnheit war,

ging er langsam um den Gefangenen herum, der mit seinem Kopf komische Verrenkungen machte, um dieser Bewegung zu folgen; dann fragte er ihn: »Weißt du, wer ich bin?«

Die Antwort kam prompt, wenn auch stotternd:

»Der Heilige Bösewicht, der Mann mit den zwei Seelen.«

Eymerich schlug ihn nicht, wie es seine spontane Regung gewesen wäre. Lieber fragte er ihn nach einer weiteren langsamen Umkreisung unvermittelt: »Und werde ich ein Lemur werden?«

Der Häretiker brach in ein so krampfhaftes Gelächter aus, dass es mehr wie Schluchzen als wie Lachen wirkte. Halb erstickt antwortete er:

»Sicher nicht. *Quod divisum est divideri non potest.*«

»Was willst du damit sagen?«, fragte Eymerich.

»Wie willst du den Geist vom Körper trennen, wenn dein Geist nicht heil ist, sondern in sich schon gespalten?«

»Ein Lemur ist also reiner Geist?«

»Du machst dich über mich lustig. Ein Lemur, das ist der Körper, nachdem der Geist sich befreit hat. Aber deiner wird sich nie befreien.«

Plötzlich wurde der Mann gewahr, dass er zu viel gesagt hatte. Mit einem kräftigen Schwung aus den Hüften kam er wieder auf die Beine und blieb aufrecht stehen, von Husten geschüttelt. Er schien auch eine gewisse Klarheit zurückgewonnen zu haben.

Die Anwesenden schwiegen und sahen auf Eymerich. Sie warteten ab und wollten sehen, auf welche neue List der große Inquisitor verfallen würde, um dem am wenigsten willfährigen der drei Gefangenen weitere Enthüllungen zu entlocken.

Eymerich wusste um diese Erwartung, die zu seiner Rolle gehörte, und er ließ sich Zeit. Im Geist spielte er alle möglichen Attacken durch, verwarf ein Angriffsschema nach dem anderen. Zuletzt beschloss er, sämtliche Bruchstücke der Wahrheit, die er bis dahin gewonnen hatte, zum Einsatz zu bringen und dabei verborgen zu halten, dass ihm das letzte Bindeglied, das alles zusammenhielt, noch unbekannt war.

»Mach dir keine Illusionen«, sagte er, wobei er sein Umhergehen plötzlich unterbrach und den Gefangenen scharf ansah. »Wir wissen mehr, als du glaubst. Wir wissen Bescheid über das Wasser in der Zisterne, über den Wind vom Turm, das Kraut der Gesundheit und jetzt auch über die Lemuren. Wir wissen, dass Authié den Scheiterhaufen überlebt hat, und wir kennen Semurels Rolle.«

Die Eröffnung traf den Gefangenen wie ein Schlag ins Gesicht. Doch obwohl die Nebel des Weins erneut in ihm aufstiegen, war die Erschütterung nicht so stark, dass sie ihn zu Kapitulation bewegt hätte. Mit einer gewissen Anstrengung brachte er lediglich vor:

»Wenn du alles weißt, warum befragst du mich dann?«

Eymerich verbarg ein Lächeln. Ein geschickter und hartnäckiger Gefangener hätte sich darauf beschränkt, zu leugnen oder zu schweigen. Dieser hier verging vor Verlangen weiterzuplaudern. Er würde ihm behilflich sein.

»Deine Antworten haben mich nicht befriedigt, besonders in dem, was mich angeht. Ich habe vor, euch Ketzern vorzuführen, dass euer Glaube falsch ist, indem ich selbst mich dem Experiment mit Wasser und Wind unterziehe.«

Ein erneuter Ausbruch von Gelächter, diesmal etwas gekünstelt, schüttelte den Gefangenen.

»Du weißt wirklich nicht, wovon du redest. Wenn du dich in die Zisterne werfen würdest, würde nichts von dem geschehen, was du dir vorstellst.«

»Und mein Körper würde kein Lemur?«

Der Mann lachte noch lauter. »Nicht mehr als die Tierkadaver, die auf dem Boden liegen. Das wird dein Ende sein, du Sklave des Teufels!«

Ruckartig wandte Eymerich sich zu Pater Jacinto um. »Habt Ihr mir nicht gesagt, dass die toten Ketzer in eine Zisterne geworfen werden, die früher für die Tiere verwendet wurde, die von Milzbrand befallen waren?«

»Ja«, antwortete der Dominikaner. »So berichtete es mir Meister Philippe.« Er sah den Henker an, der zustimmend nickte.

»Dann haben wir's.« Eymerich wandte dem Gefangenen den Rücken zu, wie um zu unterstreichen, dass sein Beitrag nun nicht mehr wichtig war.

»Die Zisterne, die die Katharer benutzen, liegt in Bellecombe, mitten in einem Wald. Es dürfte leicht sein, sie zu erkennen, da sie sich vermutlich am Fuß eines Turms befindet; außerdem kennen die Einwohner von Chatillon sie bestimmt. Morgen führen wir die guten Christen des Dorfes dorthin und zerstören sie.«

Der Gefangene zappelte in Philippes Armen, der ihn schön fest hielt.

»Das wirst du nicht tun, vermaledeiter Sohn des Baal! Gott wird dich daran hindern!«

Eymerich betrachtete ihn mit grausamer Miene.

»Schweig, du Trunkenbold! Nicht nur wird Er mich nicht daran hindern, sondern Er wird mir auch Seinen Segen gewähren. Morgen hauen wir eure *lemures* in Stücke, sodass sie nie mehr ins Leben zurückkehren. Und euren Bischof werden wir in den Trümmern des Turms verbrennen.«

Der Gefangene riss die Augen auf. »Hat sie auch gestanden?«

Eymerich fühlte, wie Jubel schäumend in ihm hochstieg, trotzdem gelang es ihm, nichts davon nach außen dringen zu lassen. »Sicher. Von wem meinst du denn, dass ich das alles über euch erfahren habe?«

Der andere schwieg. Als er ihn insgeheim beobachtete, entdeckte Eymerich auf seinem Gesicht Anzeichen einer gewissen Erleichterung. Wenn der Bischof geredet hatte, verloren seine Geständnisse an Gewicht.

»Bringt diesen Säufer weg«, sagte er zu Philippe. »Wir brauchen ihn nicht mehr. Dann holt Ihr die älteste Frau unter den Ketzern aus den Verliesen und sperrt sie in eins der Zimmer im Schloss, gut angekettet.«

»Und das Mädchen und der Junge?«, fragte der Henker.

»Werft sie wieder zum großen Haufen. Auch sie brauchen wir nicht mehr, wie auch den *Filius minor,* wenn er noch am Leben ist. Und gebt jedem Gefangenen ein Stück Brot und eine Schale Wasser. Sinnlos, sie weiter auszuhungern.«

Philippe ging hinaus und schleifte den Gefangenen mit sich, dessen Züge nun von lebhafter Verzweiflung verzerrt waren. Allein geblieben, fingen Lambert, Simon, Jacinto und der Notar alle gleichzeitig an, auf Eymerich einzureden, überschütteten ihn mit Fragen. Schließlich setzte sich Pater Jacinto mit seiner kräftigen Baritonstimme durch.

»Warum die älteste Frau unter den Gefangenen, Meister?«

»Verwundert Euch das?«, fragte Eymerich.

»Ja. Ich weiß wohl, das Wahnsystem der Katharer sieht vor, dass auch Frauen die höchsten Ämter in der Hierarchie erreichen können. Doch ich vermute, als der Soldat sich mit seiner Frage ›Hat sie auch gestanden?‹ verraten hat, meinte er das Mädchen, das wir vor ihm verhört haben, und nicht die Alte.«

Die Frage, die Jacinto gestellt hatte, war komplexer als diejenigen, die die anderen Dominikaner anbringen wollten. Deshalb schwiegen sie und verfolgten den Dialog zwischen den einzigen beiden unter den Anwesenden, die über gründliche Erfahrungen mit dem Inquisitionsprozess verfügten.

»Diese Möglichkeit habe ich sofort ausgeschlossen«, sagte Eymerich nach kurzer Überlegung. »Zunächst mal ist ein Bischof notwendigerweise ein Vollkommener, und als solcher ist er verpflichtet, alle Exzesse zu meiden, einschließlich der Trunkenheit. Wenn das Mädchen der Bischof wäre, den wir suchen, dann hätte sie keinen Wein angerührt, auch auf die Gefahr hin, umzukommen vor Durst. Das entscheidende Argument ist hingegen ein anderes. Das Mädchen hat uns gesagt, diesmal würde es ihr gelingen, ein Lemur zu werden. Wenn es sich das zum Ziel macht, dann heißt das, dass es noch keine Vollkommene ist, also kann sie kein Bischof sein.«

»Aber wenn sie der Bischof ist«, wandte Pater Jacinto ein, »wäre die Alte ja eine von denen, die sie *lemures* nennen.«

»Das glaube ich nicht. Wenn ich recht verstanden habe, ist ein Lemur ein Körper ohne Seele. Es ist wahrscheinlich, dass es Vollkommene gibt, die, obwohl sie die Möglichkeit hätten, die Seele vom Körper zu lösen, diesen Moment hinausschieben, um ihrer Gemeinde als Führer zu dienen. In dieser Lage müssten sich, wenn meine Vermutung richtig ist, der Bischof, der *Filius major* und der *Filius minor* befinden.«

»Und warum könnte der Bischof nicht auch eine andere der Frauen in unserer Gewalt sein?«, fragte Pater Lambert.

»In der Tat habe ich keine Beweise für meine Vermutung«, antwortete Eymerich. »Aber es ist wahrscheinlich, dass diese Häretiker bei der Auswahl ihrer Autoritäten wie unsere Kirche verfahren; nach ihrem Vorbild nehmen sie Alter und Weisheit zum Maßstab. Bis zum Beweis des Gegenteils deutet alles ganz natürlich auf die Älteste hin.«

Stolz auf seine zwingend logische Beweisführung, erwartete Eymerich sich nun das verdiente Lob für seine große Fertigkeit in dieser aristotelischen Kunst, die an den Lehranstalten der Dominikaner besonders gepflegt wurde, vor allem an der *universitas* von Toulouse, wo er seine Ausbildung genossen hatte. Der Ruf dagegen, der nun durch den Raum schallte, überraschte und beschämte ihn.

»Jetzt reicht's!«

Alle wandten sich zu Pater Simon um. Der Alte stand auf, die Augen verengt und an allen Gliedern zitternd vor mühsam beherrschtem Zorn. Er schüttelte einen Finger, so dünn wie ein Hühnerknochen, gegen den Inquisitor, der sich wider Willen eingeschüchtert fühlte.

»Ist Euch denn überhaupt klar, welchen Grad der Perversion wir erreicht haben?«, brüllte der Alte. »Geführt von Euch, auf den der Großteil der Verantwortung zurückfällt, sind wir im Begriff, den teuflischsten Lügen Gehör zu schenken. Vor lauter Spitzfindigkeit sind wir bei der Befragung dieser Elenden dahin gekommen, wie selbstverständlich anzunehmen, dass eine Seele aus dem Körper weichen kann und er am Leben bleibt, dass die Wiederauferstehung des Fleisches ohne göttliche Einwirkung zustande kommt, dass ein verbrannter und begrabener Ketzer fünfzig Jahre danach immer noch am Leben ist, dass es Lemuren, Gespenster, Schimären und was weiß ich noch alles gibt. Ist Euch klar, dass Ihr dieses ganze Gift, das Euch eingeträufelt wurde, in Euch aufgesaugt habt wie die pure Wahrheit? Ist Euch bewusst, dass Ihr damit selbst der Häresie verfallen seid?«

Mit solcher Vehemenz angegriffen, verschlug es Eymerich die Sprache. Überraschenderweise war es Lambert de Toulouse, der ihm zu Hilfe kam.

»Verzeiht, Pater, wenn ich wage, Euch zu widersprechen«, sagte er zu Simon gewandt, »aber ich glaube, Ihr habt die Absichten unseres *magister* missverstanden. Ich habe wenig Erfahrung mit Prozessen gegen die Katharer, doch ich habe an vielen Verfahren gegen Nekromanten teilgenommen. Nun, ich kann Euch sagen, dass ich mit meinen eigenen Augen dämonische Wesen gesehen habe, wie sie Kröten, Knäuel von Würmern und widerliche Schnecken ausspuckten, mit der Autorität von Gelehrten ihnen unbekannte Sprachen sprachen, Stürme entfesselten und Gegenstände versetzten. Mit meinen eigenen Ohren habe ich Geständnisse entgegengenommen über Flüge auf dem Besenstiel, Besuche in Höllenstädten, die mit Gold und Kinderknochen gepflastert waren, Erscheinungen des Herrn der Fliegen mit Ziegenfuß und Hammelhorn. Ich habe erfahren, dass die Reste von Macht, die Luzifer geblieben sind, ihn befähigen, verblüffenden und schrecklichen Zauber zu wirken. Wie soll ich mich da also wundern über die Existenz von Menschen mit Tierköpfen, von Lemuren ohne Seele, von jahrhundertealten Geschöpfen, von Brunnen der Widergeburt? Wo Satan am Werk ist, ist alles möglich. Das Wichtige ist, sich nicht blind und leichtgläubig überrumpeln zu lassen.«

Die Argumentation war zwingend, doch Pater Simon wollte sich nicht gleich geschlagen geben.

»Gerade darin liegt ja das Anstößige. Hier ist viel von Gott die Rede, wie ich höre, aber nie von Satan, obwohl seine Anwesenheit manifest ist. Außerdem liegen Meister Philippes Werkzeuge unbenutzt herum, während die gefangenen Ketzer sogar Wein zu trinken bekommen.«

Diesmal war es Pater Jacinto, der es kaum abwarten konnte, die Argumente des Alten zurückzuweisen.

»Ihr habt Pater Nikolas Eymerich vor Euch, den gelehrtesten der Inquisitoren, dem Heiligen Vater der genehmste. Wenn er die Argumentation der Verhörten aufgreift, dann weil er ihre geheimen Beweggründe verstehen will, sicher nicht, weil er daran glaubt.

Wenn er statt der hochnotpeinlichen Befragung die Dialektik walten lässt, so geschieht das, weil er damit nützliche Ergebnisse zu erzielen hofft. Wie oft habe ich in Frankreich und Aragón den Folterungen beigewohnt, die auf seinen Befehl hin vom weltlichen Arm ausgeführt wurden! Ihr solltet mehr Vertrauen haben zu demjenigen, den der Papst zu seinem Stellvertreter bestimmt hat.«

Pater Simon verstand den Hinweis auf die Kirchenhierarchie, der in diesen Worten mitschwang. Zuerst rutschte er unbehaglich auf seinem Stuhl herum; dann erschienen zwei dicke Tränen in seinen von Falten umlagerten Augen und rollten langsam in den weißen Bart hinunter. Er erhob sich und ging mit schwankendem Schritt auf Eymerich zu, der sich bewusst abseits gehalten hatte. Er wollte schon vor ihm niederknien, doch der Inquisitor packte ihn, seine angeborene Abneigung überwindend, an den Armen und zog ihn an sich. Die beiden Männer umarmten sich fest und die Rührung war allgemein.

»Vergebt mir, Meister«, murmelte der Alte.

»Ihr seid mein Meister«, antwortete Eymerich sanft. Sich aus der Umarmung lösend, setzte er dann noch hinzu:

»Die Zwistigkeiten zwischen uns sind auch Frucht der Bosheit unsere Feinde. Doch morgen wird all das ein Ende haben. Wir gehen nach Bellecombe und machen ihrem Kult ein Ende und müssten wir die Zisterne mit Blut und den Turm mit Leichen anfüllen. Das schwöre ich Euch.«

Ebenfalls gerührt, verließ Herr de Berjavel sein Tischchen voller Blätter, die Zeilen um Zeilen mit einer feinen und eleganten Schrift bedeckt waren.

»Habt Ihr die Absicht, die Bischöfin zu befragen?«

»Nein.« Eymerich runzelte die Stirn. »Zuvor soll ihre Sekte zerschlagen und aufgelöst sein. Angesichts der

Trümmer ihres Werks wird sie selbst die Befreiung durch den Scheiterhaufen erflehen.«

Als er den Saal verlassen hatte, hielt der Inquisitor sich kurz beim Henker und bei den in Chatillon angeworbenen Freiwilligen auf und gab ihnen Anweisungen für den folgenden Tag. Sodann zog er sich zur Komplet mit den anderen Dominikanern zurück, um das *Salve Regina* zu singen, ein Brauch, den sie seit zu vielen Tagen schon vernachlässigt hatten. Schließlich ging er in sein Zimmer hinauf.

Mit sich allein, konnte Eymerich sich beim Erklimmen der Wendeltreppe seiner Schwäche überlassen, die er den ganzen Tag hindurch unterdrückt hatte. Die von den Ketzern erhobene Anklage, eine doppelte Seele zu haben, hatte ihn verletzt; doch noch viel tiefer hatte ihn der Vorwurf Pater Simons bestürzt, er wolle mit allen Mitteln die Folter vermeiden.

Vor gar nicht so langer Zeit hatte Eymerich Torturen aller Art angeordnet und war, wie die Vorschrift es wollte, bei deren Ausführung durch den weltlichen Arm zugegen gewesen. Ein gewisser Ekel war in ihm herangereift, nicht so sehr vor dem Schauspiel, dem er beiwohnte, als vielmehr vor der Erregung, die er im Innersten dabei empfand, insbesondere wenn es junge Frauen waren, die der Folter unterzogen wurden. Er verließ diese Sitzungen verwirrt und mit sich selbst entzweit.

Eine abstrakte, sterile Gewalt wäre ihm lieber gewesen, die er nicht verpflichtet war mitanzusehen. Auch weil er sich die – obgleich seltenen – Male, bei denen der Angeklagte ihn direkt angerufen hatte, einem Schuldgefühl ausgeliefert gesehen hatte, das nicht einmal die Absolution, die die Inquisitoren sich gegenseitig zu erteilen pflegten, hatte mildern können. Und es handelte sich dabei keineswegs um falsches Mitleid mit den Opfern; wenn er indirekt hätte agieren können, hätte er jedwede Grausamkeit angeordnet, die die Kirche für zulässig hielt, und sich dabei auch noch am Gefühl seiner Allmacht über Leben und Tod berauscht.

Dunkelheit und Kälte in seinem Zimmer machten diesen gefährlichen Gedankengängen Eymerichs ein Ende; sie vermittelten ihm jedoch wieder dieses Gefühl der Unabhängigkeit der Glieder vom Rumpf, das er noch mehr fürchtete. Er beschloss, sich völlig zu entkleiden und sich auf den eiskalten Boden zu legen, nachdem er das Stroh beiseite gewischt hatte. Das verschaffte ihm wieder die nötige Herrschaft über sich selbst und gewährte ihm ein paar Stunden traumlosen Schlafs.

In der ersten Stunde des folgenden Tages trat Eymerich auf die kleine Fläche vor dem Kastell hinaus und stieß dort zu den anderen Teilnehmern der Expedition nach Bellecombe. Zunächst hatte er an eine Art Kreuzzug gedacht, zu dem er die gesamte Bevölkerung von Chatillon aufrufen würde, doch er hatte die Idee fast im selben Moment wieder verworfen. Es waren nämlich nicht genug Pferde da, und auch die, die man im Dorf hätte beschlagnahmen können, reichten nicht. Ein Fußmarsch hingegen wäre zu langsam gewesen und vielleicht auch zu anstrengend. Ganz abgesehen davon, dass das den potentiellen Feinden erlaubt hätte, die Gefahr rechtzeitig zu entdecken und sich dagegen zu wappnen, sei es mit Waffen oder durch Flucht.

Er hatte es daher vorgezogen, zehn kräftige und entschlossene Freiwillige auszuwählen – so viele, wie noch Pferde von den päpstlichen Soldaten vorhanden waren – und voll zu bewaffnen; und er hatte den Apotheker aus Chatillon kommen lassen, damit er das Kommando über die Truppe übernahm. Mit ihm würden nur Pater Jacinto und Meister Philippe reiten, dessen Treue mittlerweile über jeden Zweifel erhaben schien.

Die Gruppe zog in der prachtvollen und majestätischen Umgebung dahin, zwischen steilen Gebirgshängen und Talböden voller Tannenwälder. Die wie gewöhnlich kühle und klare Luft ließ in der Ferne weiß gleißende Gletscher und sehr hohe Gipfel erkennen, mit steil abstürzenden Felshängen und Schluchten oder von Tannenwäldern bedeckten Bergrücken.

Eymerich lenkte sein Pferd neben das des Apothekers, der sich für dieses Mal gezwungen sah, sein Maultier aufzugeben, und mit dem Tausch nicht sehr zufrieden war.

»Kennt Ihr Bellecombe gut?«

Noch etwas verschlafen, schüttelte das Männchen den Kopf.

»Kaum. Seitdem Semurel seine Kolonie dort angesiedelt hat, habe ich mich nur selten bis dorthin vorgewagt. Ich erinnere mich, dass das Dorf aus wenigen Häusern besteht, die in einem Tannenwald liegen. Doch mehr kann ich Euch nicht sagen.«

»Apropos Semurel, was gibt es Neues aus Chatillon?«

»Wenig. Der Tyrann muss mit all seinen Männern abgezogen sein, aber insgeheim. Die Leute sind zu ihrem Alltagsgeschäft zurückgekehrt. Gestern Abend haben ich und andere Notablen der Stadt uns versammelt, zusammen mit den Meistern der beiden Zünfte. Wir haben beschlossen, dass es an der Zeit ist, die Dinge im Tal zu ändern. Es ist absurd, dass diejenigen, die durch ihre Arbeit zu Wohlstand und Ansehen gelangt sind, von müßiggängerischen Herren ausgebeutet oder mit ketzerischen Lobpreisungen der Tugend der Armut geplagt werden. Von nun an versuchen wir, allein zurecht zu kommen und uns durch den Rat der Zünfte selbst zu regieren.«

Eymerich bemühte sich, den Abscheu zu verbergen, den ihm der vollkommene Mangel an Idealismus bei dem Apotheker einflößte.

»Vorausgesetzt, das führt nicht zu Aufruhr und Unordnung.«

Das Männchen lächelte. »O nein. Wir sind alle Freunde der Ordnung. Unordnung war das, was unter der Regierung der Faulpelze geherrscht hat.«

Eymerich enthielt sich jeden Kommentars.

Sie waren noch keine Viertelstunde unterwegs, als in der Ferne, am Ende des Weges, auf dem sie dahinritten, eine Ansammlung von kleinen Hütten auftauchte, die fast völlig von der Vegetation überwuchert waren. Eine Schar Kinder, die vor den Hütten spielten, bemerkte ihrerseits die Reiter, und unter hellem Geschrei, das durch die Entfernung und vom Wind gedämpft wurde, stob sie auseinander.

Eymerich richtete sich im Sattel auf. »Bellecombe?«

»Noch nicht«, antwortete der Apotheker. Verachtung stand ihm ins Gesicht geschrieben. »In diesen Baracken leben all die, die wir aus Chatillon vertrieben haben. Lepröse, Bettler, Dirnen, unheilbare Krüppel, Sittenstrolche. Alles Lumpenpack, das nichts tut den lieben langen Tag, über das Semurel seine schützende Hand hält.«

Eymerich warf dem Männchen einen schiefen Blick zu, sagte aber nichts. Er machte sogar Pater Jacinto, der zu ihnen gestoßen war, Zeichen, still zu sein und weiterzureiten.

Als sie an den Hütten vorbeiritten, bemerkten sie flüchtig menschliche Elendsgestalten, die sich in aller Eile zu verstecken suchten, der eine seine Krücken schwingend, der andere am Boden kriechend oder wieder ein anderer sich zwischen den Bäumen dahinschleppend. Das Klingeln von Glöckchen kündigte die Anwesenheit von Leprösen an.

»Es sieht so aus, als hätten sie Angst«, bemerkte Eymerich schließlich.

»Sie haben auch allen Grund dazu«, entgegnete der Apotheker mit einem Grinsen. »Mehr als einmal haben wir versucht, diese Höhle des Lasters und der Krankheit in Brand zu setzen. Die Bürger von Chatillon haben es satt, diese elenden Hungerleider mit Abgaben von ihrem Verdienst am Leben zu erhalten.«

Als sie an den Hütten vorbei waren, tauchte ein großer Kastanienwald auf, in dessen Mitte man Strohdächer und rauchende Schornsteine erkennen konnte. Das leicht abschüssige Gelände ringsum war von Lärchenwäldern bedeckt, die sich dann mit den Tannenwäldern vermischten, die sich die Berghänge hinaufzogen.

»Wir sind in Bellecombe«, verkündete der Apotheker.

Hinter ihm hörte man Pater Jacinto: »Schaut, dort unten! Dieser Turm!«

Eymerich zog die Zügel an und sah in die Richtung, in die der Dominikaner gewiesen hatte. Zuerst sah er nur eine einheitliche Fläche von Tannenwald, aus dem hier und da Felsbrocken hervorschauten. Dann, als er genauer hinsah, entdeckte er die eingestürzte Spitze eines runden Bauwerks, die über die Wipfel der Bäume hinausragte.

»Was ist das?«, fragte er den Apotheker.

Das Männchen zog die Schultern hoch. »Eine alte Turmruine. Soweit ich weiß, ist das Innere eingestürzt und es hat sich eine Art von Brunnen gebildet. Früher wurden die Kadaver von Tieren hineingeworfen, die an Milzbrand verendet waren. Man brachte sie hierher, weil Ansteckungsgefahr bestand. Später sind die Bewohner des Hüttendorfes, das Ihr eben gesehen habt, hier begraben worden, die der Bestattung in geweihter Erde nicht würdig waren.«

»Gehen wir hin«, sagte Eymerich.

»Aber wollten wir nicht nach Bellecombe gehen?« Der Apotheker klang enttäuscht.

»Es gibt Entwicklungen, die Ihr nicht kennt. Nach Bellecombe gehen wir anschließend. Wie kommen wir hinunter?«

»Ich glaube nicht, dass es Wege gibt.«

»Wir reiten trotzdem hinunter.«

Es gab einen Weg und Eymerich hatte ihn auch bald ausfindig gemacht. Wegen des starken Gefälles sehr vorsichtig, betraten die vierzehn Männer einer nach dem anderen auf ihren Pferden den Pfad und fanden sich fast sofort in einem dichten Wald aus Rottannen wieder.

Das Getrappel der Hufe wurde durch einen dicken braunen Nadelteppich gedämpft, während die Sonne hinter einer hohen Kuppel aus dunkelgrünen Ästen verschwand. Nur ab und zu fiel ein Lichtstrahl auf sehr hohe Stämme, von denen viele sich vor Alter schräg neigten und von Moos und Pilzen bedeckt waren. Lange, graue Flechten hingen von den Ästen herab und schlugen den von dieser Dunkelheit und dieser Stille verschüchterten Reitern ins Gesicht. Ein durchdringender Geruch nach vermoderndem Holz, Harz und verfaulten Blättern schien von überall aufzusteigen.

Auf einmal stieß der Apotheker einen Schrei aus.

»Was habt Ihr?«, fragte ihn Eymerich.

Mit zitterndem Finger deutete das Männchen auf die Wand aus Finsternis. »Seht dort«, murmelte er.

Da bemerkten alle zu ihrer Linken sechs weit aufgerissene, glühende Augen. Die Männer hielten den Atem an, von unbeschreiblicher Angst gepackt. Dann verschwanden die Augen und man sah drei lange und sehr bleiche Gestalten zwischen den Bäumen dahinhuschen. Die vorgestreckten Arme waren doppelt so lang wie gewöhnlich. Doch das war die Vision eines Augenblicks. Ein Raunen abergläubischen Schreckens lief durch die Truppe. *»Manteillons«*, flüsterten viele.

»Kehren wir um«, jammerte der Apotheker. »Das sind *manteillons*, Bergkobolde.«

Eymerich lachte böse. »Ich glaube, diese *lemures*, wie

die Ketzer sie gerne nennen, sind nicht gefährlicher als die Ausgestoßenen, die Ihr so gern verbrennen würdet. Seid also den einen gegenüber ebenso tapfer, wie Ihr den anderen gegenüber unerbittlich seid.«

Gelähmt vor Schreck, bemerkte der Apotheker den Sarkasmus in Eymerichs Worten nicht. Der extrem langsame Ritt durch die Dunkelheit ging weiter und die Freiwilligen zuckten jetzt beim geringsten Geräusch zusammen. Und Geräusche gab es viele in diesem schmalen Korridor durch die Dunkelheit.

Das blendende Licht, das auf die kleine Lichtung fiel, auf die sie nun plötzlich hinaustraten, zwang sie, die Augen zu schließen. Als sie sie wieder öffneten, brauchten sie ein paar Momente, bis sie das, was sie vor sich hatten, klar erkennen konnten.

Es war ein Turm, kaum höher als die Bäume, die an diesem Punkt eine Höhe von etwa fünfzehn Fuß erreichten. Die Bäume traten hier zu einer fast völlig kreisrunden Lichtung auseinander und bildeten eine Mauer, braun an der Basis, grün in der Mitte und rot zu den Wipfeln hin.

Das Fundament des Turms war mächtig und rund, gefügt aus grob behauenen schwarzen Felsblöcken. Schwarz waren auch die Wände, kompakt und besser geglättet, und eine üppig wuchernde Efeupflanze hatte ein Netz feiner Arme darum geschlungen. Es gab keine einzige Öffnung in dem Bauwerk, das wie ein Monolith zu einer ausgebrochenen und an vielen Stellen lückenhaften Zinnenkrone aufstieg. Die großen Ziegelsteine und die Scherben von Dachziegeln, die ringsumher lagen, ließen erkennen, wo die Zinnen abgebrochen waren, als ob eine unaufhaltsame Karies sie durch die Jahrhunderte zerfressen und zersetzt hätte.

Etwas Beunruhigendes lag in der Luft, fast als ob der Turm ein bösartiges Eigenleben besäße und die Besucher insgeheim beobachten würde. Eymerich stieg vom

Pferd und betrachtete finster das Gebäude. Dann zog etwas seine Aufmerksamkeit auf sich. Er bückte sich und tastete mit der Hand das Gras der Lichtung ab. Als er sich wieder aufrichtete, hatte er ein paar Blätter in der Hand, die er dem Apotheker hinhielt.

»Herbstzeitlose?«

Das Männchen stieg ebenfalls ab und nahm die Blätter in die Hand, die noch immer zitterte.

»Ja, kein Zweifel.« Er sah sich um. »Auf dieser Wiese gibt es so viel davon, wie ich noch nie an einem Ort gesehen habe.«

Wortlos begann Eymerich eine große Runde um den Turm, die anderen folgten ihm diszipliniert in einer Reihe. Es war Pater Jacinto, der als Erster eine Marmortafel bemerkte, über einem Gestrüpp von Kletterpflanzen, das bis auf den Boden herabfiel.

»Sagt Euch dieser Text nichts, *magister?*«

»Wenn ich mich nicht täusche, ist das eine Stelle aus dem Brief des Paulus an Titus«, antwortete Eymerich. Er las laut vor: »›Er aber hat uns gerettet, nicht weil wir Werke vollbracht hätten, die uns gerecht machen können, sondern aufgrund seines Erbarmens – durch das Bad der Wiedergeburt und der Erneuerung im Wind, die uns zu einem neuen Geschöpf machten.‹ In diesem Fall haben sie das griechische *pneuma* direkt mit ›Wind‹ übersetzt.«

»Die Tafel ist nicht alt«, bemerkte Pater Jacinto. »Sie ist auf Provenzalisch verfasst.«

Ohne etwas zu erwidern, ließ Eymerich sich von Meister Philipp das Schwert geben und stieß damit mehrmals in das Efeugestrüpp. Die ersten drei Male hörte man das Klirren der Spitze auf Stein. Beim vierten Mal drang das Schwert zwischen den Blättern bis zum Knauf ein.

»Da haben wir's. Das ist der Eingang zum Turm«, sagte der Inquisitor.

Mit ein paar kräftigen Hieben schnitt er Äste und Triebe ab. So legte er einen schmalen und hohen Spalt frei, etwa zweieinhalb Ellen hoch, ohne Türflügel oder Stufen. Eine Art Risswunde im Stein, die einen erschaudern ließ.

»Man wird Fackeln brauchen, *magister*«, bemerkte Pater Jacinto mit unsicherer Stimme.

»Da die Spitze teilweise eingestürzt ist, wird etwas Licht da sein. Ich gehe zuerst hinein. Ihr folgt mir, während die Bewaffneten draußen warten.«

Zu hören, dass er nicht in diese finstere Ruine hineingehen musste, erleichterte den Apotheker; trotzdem erhob er anstandshalber einen schwachen Einwand.

»Das kann gefährlich sein, Pater. Sollen wir Euch nicht doch lieber begleiten?«

»Nein«, antwortete Eymerich. »Das Gebäude sieht verlassen aus.« Er sah Pater Jacinto an: »Gehen wir?«

»Gehen wir.«

1984 – Der sechste Ring

Anlässlich des traditionellen jährlichen Wissenschaftskolloquiums war die Aula Magna der Cetus Corporation in Emeryville bis auf den letzten Platz belegt. Sofort entdeckte Homer Loomis Doktor Gary Dullis. Er unterhielt sich mit Joshua Lederberg, dem Rektor der Rockefeller University. Beide betrachteten ein Plakat, das oben die Abkürzung PCR trug und eine schematische Darstellung der DNS zeigte.

Loomis wartete, bis der Rektor sich entfernte, dann trat er zu Dullis.

»Gestatten Sie, Herr Doktor? Ich bin Homer Loomis von der RACHE.«

Dullis, ein sympathischer, energischer Mann begrüßte ihn mit einem warmen Händedruck.

»RACHE haben Sie gesagt?«

»Ja. Ein Chemiekonzern mit Hauptsitz in Santa Fe. Wir haben von Ihrer Entdeckung gehört: die Kettenreaktion der Polymerase.«

»Es freut mich, dass Sie sich dafür interessieren.« Lächelnd deutete Dullis auf das Publikum in der Runde.

»Offenbar lässt mein Plakat, abgesehen von Professor Lederberg, alle kalt. Ich will Ihnen gestehen, dass ich mich leicht gekränkt fühle.«

»Könnten Sir mir Ihre Entdeckung in einfachen Worten erklären? Etwas weiß ich schon darüber, aber ich möchte mir eine genauere Vorstellung machen.«

»Gerne, Herr Loomis. Haben Sie schon einmal von der DNS-Polymerase gehört?«

»Das ist ein Enzym, wenn ich mich nicht irre.«

»Genau. Ein Enzym, das die DNS verdoppelt. Wenn wir also einen Abschnitt DNS haben und einen kürzeren, mit diesem verbundenen Abschnitt, so kann die Polymerase den zweiten verlängern, indem sie Nukleotide in einer zum ersten komplementären Reihenfolge anfügt. Wenn wir wissen, welche Nukleotide durch die Polymerase an das verlängerte Segment angefügt wurden, dann ergibt sich daraus, welche Reihenfolge die Nukleotide im Originalsegment hatten.«

»Ein Segment wirkt also praktisch als Schablone für das andere«, kommentierte Loomis.

»Ganz genau.« Dullis schien erfreut über den Scharfsinn seines Gesprächspartners. »Der Prozess kommt zum Stillstand, wenn das verlängerte DNS-Segment die Länge der Schablone erreicht hat.«

»In Ihrer Kettenreaktion dagegen, dem Namen nach zu schließen, kommt der Prozess nicht zum Stillstand.«

»Exakt. Sehen Sie sich dieses Plakat an. Ich erhitze praktisch zwei Segmente DNS, sodass sie sich voneinander lösen, wobei jedes ein Stück vom anderen behält. Dann kühle ich sie ab und die Polymerase fügt Nukleotide zu den zurückgebliebenen Abschnitten hinzu, verlängert sie und macht sie komplementär zu den Schablonensegmenten. Ich erhalte vier Segmente, wovon jeweils zwei identisch sind. Ich wiederhole den Prozess für jedes Paar und erhalte acht Segmente, wovon jeweils vier identisch sind. Ich mache noch einen Versuch: sechzehn Segmente. Noch mal: zweiunddreißig. Und so weiter. Von wegen Klonen!«

Loomis betrachtete das Schema an der Wand. »Aber auf diese Weise …«

»Auf diese Weise erhalte ich im Lauf eines Nachmittags hundert Milliarden Repliken eines DNS-Moleküls«, schloss Dullis befriedigt.

»Und hat nur die DNS-Polymerase solche außerordentlichen Wirkungen?«

»Nein, alle Enzyme, die der Polymerase ähnlich sind – unter der Bedingung allerdings, dass sie bei Temperaturen unter 60 °C eingesetzt werden.«

»Und wenn die DNS eine Mutation durchgemacht hat?«

Die Frage überraschte Dullis. »Was verstehen Sie unter Mutation?«

»Ich meine, wenn die Reihenfolge der Nukleotiden in der DNS durch Einwirkung eines Mutagens unkenntlich geworden ist.«

Dullis runzelte die Augenbrauen. »Ich verstehe. Ja, es wäre der veränderte Abschnitt, der die Kettenreaktion durchmachen würde. Die Nukleotide würden getäuscht und würden sich mit denen zusammenschließen, die komplementär zu ihnen scheinen.«

»Auch wenn das Mutagen das Enzym selbst ist?«

»Dann würde die Reihenfolge der Nukleotiden bei jedem Durchlauf durcheinander gebracht. Wie ich Ihnen gesagt habe, in meiner Reaktion sind es Milliarden Durchläufe. Trotzdem sollte es möglich sein, die aufeinander folgenden Konfigurationen eben gerade wegen ihrer enormen Zahl durch statistische Beobachtung zu kontrollieren und zu steuern.« Dullis unterbrach sich und fixierte seinen Gesprächspartner.

»Aber was hat die RACHE vor? Eine neue Menschheit zu schaffen?«

Loomis sah ihn verträumt an und antwortete nicht. Unhöflich kehrte er dem Wissenschaftler sodann den Rücken und verschwand, ohne sich zu verabschieden, in der Menge.

Dullis folgte ihm mit äußerst bestürztem Blick. »Ich muss George McGregor auftragen, Informationen über diesen Loomis einzuholen«, murmelte er bei sich. »Und über die RACHE.«

KAPITEL XI

Das Urteil

Die Wände des Spalts waren mindestens einen Klafter dick. Als sie hindurchgetreten waren, wurden Eymerich und Pater Jacinto von einem schauerlichen Gestank überfallen, einem Gemisch aus Schwefel und Essig. Einen Augenblick lang waren sie versucht, auf der Stelle kehrtzumachen; doch dann nahmen sie ihre Kräfte zusammen, rafften die Kutten eng um die Beine und drangen in das Innere vor.

Sie befanden sich in einem Raum, der das gesamte Innere des Turms einnahm und in den durch das eingestürzte Dach schwaches Licht einfiel. Sie schwankten zwischen Beklemmung und Neugier. Dann schärften sie den Blick, soweit das bei den erstickenden Dämpfen und dem heftig wirbelnden Luftzug möglich war, und konnten von Schimmel bedeckte Wände sehen, in denen sich auf unterschiedlichen Höhen kleine Nischen öffneten. Der Windhauch, der an den Mauern entlangstrich, brachte so etwas wie ein Heulen hervor.

Pater Jacinto tat einen Schritt nach vorn, um besser zu sehen. Sofort stieß er einen Schrei aus. »Oh, mein Gott!«

Am Boden wimmelte es von Kakerlaken; sie waren so dicht gedrängt, dass man auf ihnen ausrutschte. Eymerich sah ebenfalls auf den Boden und stieß einen erstickten Schrei aus. Er packte den Mitbruder an den Schultern und riss ihn heftig nach hinten.

»Die Zisterne!«, brüllte er ihm ins Ohr, in dem Versuch, das Heulen des Windes zu übertönen.

Pater Jacinto fühlte, wie ihm die Knie zitterten wegen der überstandenen Gefahr. Die Steinplatte, auf der er stand, war Teil eines begehbaren Simses, der am Außenrand des ganzen Raums entlanglief. Auf gleicher Höhe und die ganze Fläche des Turms ausfüllend, dehnte sich eine schwarze, ölige Wasserfläche, die von dem Wind, der an den Wänden entlangstrich, nicht berührt zu werden schien. Sie glich einem dunklen, glänzenden Teppich, der die Mitte des Raums einnahm, hier und da von ein paar gelblichen Flecken getrübt.

Pater Jacinto streckte den Arm aus. »Seht doch! Was sind das für Kreaturen?«

Beklommen wendete Eymerich seinen Blick langsam in die angezeigte Richtung. Erleichtert zuckte er mit den Schultern.

»Ratten. Seht Ihr nicht?«

In der Tat liefen am gegenüberliegenden Rand der Zisterne ein paar große Ratten herum, dicht am dunklen Wasser entlang. Eymerich bückte sich; darauf achtend, dass er nicht mit den Scharen von Kakerlaken in Berührung kam, die ihm zwischen den Füßen herumliefen und ihn mit Ekel erfüllten, nahm er einen der vom Dach herabgefallenen Ziegelsteine auf und warf ihn in das Becken. Mit einem leisen Gurgeln versank der Stein und bewegte bei seinem Absinken weißliche Formen. Ein paar Holzstücke stiegen langsam an die Oberfläche.

»Offenbar ist das Wasser, aber seine Konsistenz ist wie die von Schlamm«, rief der Inquisitor. »Deshalb wird es vom Wind nicht bewegt.«

»Es muss sehr tief sein.«

Ein paar Augenblicke lang betrachteten sie noch den Raum, während der Wind ihnen die Kutten vom Leib reißen zu wollen schien. Dann brüllte Eymerich seinem Begleiter ins Ohr:

»Gehen wir hinaus, wenn wir nicht in diesem Gestank umkommen wollen. Hier gibt es nichts mehr zu sehen.«

Wieder ins Freie zu kommen war wie das Abwerfen

einer drückenden Last. Auch die Freiwilligen wirkten erleichtert.

»Was habt Ihr entdeckt?«, fragte der Apotheker.

»Nichts«, entgegnete Eymerich, wobei er Meister Philippe sein Schwert zurückgab. »Der Turm steht auf einem Abgrund von schwarzem und stinkendem Wasser. Ihn zu zerstören wird nicht so leicht sein, wie ich dachte. Wir versuchen es ein anderes Mal.«

»Gehen wir nach Bellecombe?«

»Ja, nach Bellecombe. Wer weiß, vielleicht finden wir dort den Schlüssel zu dieser Geschichte.«

Jetzt ritten sie mit weniger Furcht durch das Dunkel des Waldes als auf dem Hinweg. Während sie den gewundenen Pfad über den Hang hinauf zurücklegten, setzte Eymerich sich neben den Apotheker.

»Glaubt Ihr, dass etwas geschieht, wenn man Pulver von Herbstzeitlosen in ein Wasserbecken gibt?«

»Das würde ich nicht sagen. Bestimmt würde das Wasser giftig.«

Eymerich zuckte die Achseln. »Das Wasser, das ich gesehen habe, würde niemand trinken.«

»Umso weniger, als es voller Tier- und Menschenknochen sein muss«, ergänzte der Apotheker.

Unterdessen waren die Rottannen zurückgewichen und von einem hübschen Kastanienwald mit enorm dicken Stämmen und mächtigem Wurzelwerk im feuchten Waldboden abgelöst worden. Das Dorf stand zwischen drei kolossalen Bäumen, auf einem Flecken Waldboden, der bunt gescheckt war von Farn, Ginsterbüschen und Blaubeersträuchern. Doch die Lieblichkeit des Orts konnte ein Gefühl der Beklemmung und der Angst nicht vertreiben, das Eymerich empfand und das immer stärker wurde, je näher sie ihrem Ziel kamen. Er spürte etwas Krankhaftes, etwas unerträglich Morbides, das sich zwischen diesen Sträuchern und Bäumen verbergen musste. Bei jedem Rascheln in den Zweigen, jeder aus den Augenwinkeln wahrgenommenen Bewegung zuckte er zusammen, auf die Gefahr hin, sein Pferd, das ohnehin schon unruhig war, noch scheuer zu machen.

Das Dorf schien verlassen. Es waren zwei Reihen von solide gebauten Hütten; die Fundamente bestanden aus Stein und die Wände aus Holz. Die Dächer waren mit Schindeln gedeckt.

Der Weg, der zwischen ihnen hindurchführte, war voller Steine, aber frei von allem Unrat. Man sah weder Geschäfte noch Kleinvieh. Nur am einen Ende des Dorfs waren auf der Straße ein paar lange Tische mit Bänken aufgestellt, als ob die Einwohner die Angewohnheit hätten, ihre Mahlzeiten gemeinsam einzunehmen. Es war jedoch keine Spur von Geschirr oder Nahrungsmitteln zu sehen.

Die vierzehn Reiter durchquerten das Dorf in vollkommenem Schweigen. Als sie bei den letzten Häusern angekommen waren, stieg Eymerich vom Pferd und sah sich unruhig um.

»Zieht die Schwerter und haltet euch bereit. Ich werfe einen Blick in dieses Haus.«

»Ich begleite Euch«, sagte Meister Philippe.

»Nein. Wenn es sich um eine Falle handelt, sollten wir nicht zu zweit hineintappen.«

Mit pochendem Herzen ging er auf das nächstgelegene Haus zu. Die Tür bestand lediglich aus einem einfachen Stück Stoff, das vom Türbalken herabhing. Mit einem Ruck riss Eymerich es herunter und trat ein. Dann stieß er einen Schrei aus.

Sechs gelbe Augen starrten ihn an. Instinktiv wich er einen Schritt zurück und trat wieder ins Freie. Beunruhigt und fragend sahen seine Männer ihn an. Er machte eine beschwichtigende Handbewegung in ihre Richtung und bemühte sich, den Schrecken, der ihn durchdrang, zu verbergen. Er atmete tief durch, umschloss mit der Hand das Kruzifix, das er um den Hals trug, und ging wieder in die Hütte zurück.

Diesmal war die Erschütterung nicht so groß. Die Augen gehörten zu drei kahlköpfigen und spindeldürren Wesen, die um einen roh gezimmerten Tisch saßen. Trotz der aufgerissenen Augen waren sie sicher tot, ein paar Fliegen spazierten über ihre kahlen Schädel und die sehr langen Gliedmaßen.

Als er spürte, dass sein Herzschlag langsam wieder normal wurde, trat Eymerich näher, um die Körper zu untersuchen. Er sah Adern und Sehnen dicht unter der Haut, einen leichten Flaum anstelle der Augenbrauen, Nasen und Ohren waren kaum angedeutet. Jeder Leichnam hatte einen zusammengeknäulten Stofffetzen im Mund, der mit schrecklicher Gewalt in den Rachen gestoßen worden sein musste.

Er warf einen Blick auf das Evangelium, das in der Mitte des Tisches aufgeschlagen lag, dann ging er auf die Straße hinaus. Die Erschütterung war kalter Wut über den Moment der eigenen Schwäche gewichen.

»Seht in allen Häusern nach«, befahl er den Freiwilligen. »Ich vermute, dass alle tot sind. Seid jedoch vorsichtig.«

Die Männer verteilten sich auf die Häuser, stießen die Türen auf und brachen diejenigen auf, die sie geschlossen fanden. Ausrufe des Grauens und der Verwunderung begleiteten die Durchsuchungen. Am Ende kamen sie geschlossen wieder zu Eymerich zurück, der mit Pater Jacinto, Philippe und dem Apotheker draußen geblieben war und wartete.

»Es sieht so aus, als wären wirklich alle tot, Pater«, sagte ein Freiwilliger mit vor Erregung verzerrter Stimme. »Und jedes Ungeheuer hat einen Knebel im Rachen.«

Eymerich sah Pater Jacinto bedeutungsvoll an. *»Endura?«*

Der Dominikaner nickte. »Es sieht so aus. Es ist schrecklich.«

»*Endura?*«, fragte der Apotheker. »Was bedeutet das?«

Finsterer denn je, antwortete Eymerich fast widerwillig: »Das ist einer der barbarischen Bräuche der Katharer. Am Ende ihres Lebens angekommen oder in dem Wunsch, ihm ein Ende zu bereiten, essen sie mit Glassplittern vermischte Speisen und stecken sich einen Knebel in den Hals. Sie meinen, so könnten sie die Qualen des Jenseits vermeiden.«

»Etwas passt da aber nicht zusammen«, bemerkte Pater Jacinto. »Wenn das hier die *lemures* sind, von denen uns die Gefangenen erzählt haben, dann wären das Körper ohne Seele. Wieso sollten sie sich dann um die Höllenqualen Sorgen machen?«

Eymerich machte eine ausweichende Geste. »Wer kann das wissen? Vielleicht wollten sie sich ganz einfach umbringen und haben es auf die für die Sekte charakteristische Weise getan. Im Übrigen scheinen sie mir seit mindestens einem Tag tot.«

»Genauso ist es«, bestätigte der Apotheker, »Sie müssen sich umgebracht haben, als sie die Häuser ihrer Glaubensgenossen in Chatillon brennen sahen.«

Eymerich fuhr sich mit dem Handrücken über die Stirn, wie um sich Schweiß abzuwischen, der gar nicht vorhanden war.

»Kann sein.«

Er wandte sich an die Gruppe der Milizionäre, die sehr bleich und verstört aussahen.

»Ich vertraue euch eine unangenehme, aber notwendige Aufgabe an. Holt alle Leichen aus den Häusern und legt sie in die Mitte des Wegs. Danach tragt ihr alles Stroh zusammen, das ihr finden könnt.«

Widerwillig, doch ohne zu murren, machten sich die Männer unter Philippes Leitung an die Arbeit. In ihren

Augen war der Inquisitor der einzige Halt, an den sie sich in diesem Abgrund von Schlechtigkeit und Grauen klammern konnten. In diesem Augenblick war seine Autorität größer als die jedes Richters oder Feudalherren, Challant und die Grafen von Savoyen eingeschlossen.

Eine Viertelstunde später schritt Eymerich, Ekel und Unruhe im Gesicht, die Dutzenden von Leichen ab, die auf dem Weg aufgereiht lagen. Überwiegend waren es Wesen mit sehr langen und mageren Gliedmaßen und mit einer Muskulatur, die trotz der zarten Gestalt von überdurchschnittlicher physischer Kraft zeugte. Einige machten jedoch eine Ausnahme davon.

»Da ist der Eselsmann«, murmelte der Inquisitor und machte vor einer der groteskesten Leichen Halt. »Wie ist so etwas Abscheuliches nur möglich?«

»Am Ende der Reihe liegt ein noch viel schrecklicherer Mann mit dem Körper eines Schweins und fast menschlichem Gesicht und da sind sogar Wesen mit Mausaugen und -ohren«, sagte Pater Jacinto. »Einer der Männer behauptet gar, er habe im Gebüsch Ratten mit menschlichen Händen anstelle der Pfoten gesehen.«

»Hier ist aber ein normaler Mann und auch eine Frau. Sind das auch Lemuren?«

Pater Jacinto beugte sich über die Leichen. Sein Gesicht, das von den vielen Erschütterungen ausgezehrt wirkte, nahm einen erstaunten Ausdruck an.

»Wenn mich nicht alles täuscht, Meister, kommen mir diese Gesichter bekannt vor. Ich glaube, ich habe sie in der Kapelle des *consolamentum* gesehen; sie waren unter den Opfern von Reinhardts Soldaten. Jetzt hingegen kann man keine Spur von Verletzungen mehr an ihnen entdecken.«

»Genug! Genug!« Eymerichs Aufschrei ließ alle zusammenzucken. »Genug von diesen Greueln! Bringt Stroh herbei und verbrennt diesen Haufen von Ungeheuern! Und Du, Herr, o mein Gott, wappne meine Hand und hilf mir, dieses Tal von allem teuflischen Unwesen zu reinigen!«

In einem Ausbruch wilder Freude als Reaktion auf die ausgestandenen Ängste machten sich die Freiwilligen an die Ausführung des Befehls. Rasch errichteten sie aus Stroh und mit Pech eingelassenem Holz einen riesigen Scheiterhaufen und warfen die Leichen wahllos darauf. Als der Scheiterhaufen nach mehreren Versuchen endlich Feuer fing, wurden die ersten Flammen von Schreien des Jubels begrüßt.

»Endlich keine Steuern mehr, um Semurels Ziehkinder durchzufüttern!«, frohlockte der Apotheker.

Diesmal griff Eymerich das Männchen mit unerhörter Heftigkeit an.

»Jetzt reicht's mir aber! Die Häresie ist Euch völlig gleichgültig, Euch geht es nur um Eure Interessen. Ihr seid kein besserer Christ als diese Ungeheuer. Passt auf, dass es nicht auch für Euch bald einen Scheiterhaufen gibt.«

Der Apotheker erwiderte nichts, einzig erleichtert darüber, dass der Inquisitor ihn nicht geschlagen hatte.

Eymerich stieg wieder aufs Pferd, das beim Anblick des Feuers nervös geworden war.

»Steckt das ganze Dorf in Brand«, brüllte er den Männern zu. »Von Bellecombe und seinen Greueln soll keine Spur bleiben.«

Als die Reiterkolonne zwischen der dritten und sechsten Stunde auf dem gewundenen Weg nach Ussel zurückritt, sah es so aus, als ob hinter ihnen der ganze Kastanienwald in Flammen stünde. Der rote Feuerschein wurde von den Gletschern in der Ferne zurückgeworfen, in einer Art von düsterem, künstlichem Sonnenuntergang, in dem auch das Sonnenlicht verändert schien.

Beim Blick auf den Turm über dem Brunnen verspürte Eymerich, von einem Gewirr aggressiver Regungen gepackt, einen Kloß in der Kehle, ganz als ob dieses einsame Bauwerk ihn verhöhnen und anlocken wollte. Das Gefühl bedrückte ihn eine ganze Weile, bis sie auf der Straße auf drei *lemures* mit durchgeschnittenen Kehlen stießen.

»Ich wette, das sind die Epheben, die wir im Wald gesehen haben«, sagte Pater Jacinto. »Sie werden den Brand in Bellecombes gesehen und sich ebenfalls umgebracht haben.«

Eymerich starrte weiter vor sich hin, die Stirn in immer tiefere Falten gelegt.

»Das ist gleichgültig. Gehen wir.«

Das Hüttendorf war bevölkert von jämmerlichen Kreaturen in Lumpen und in einigen Fällen mit Kapuzen. Jetzt flohen sie nicht mehr, da sie begriffen hatten, dass das Unwetter, das über diese Berggegend hereingebrochen war, nicht ihnen galt. Sie beschränkten sich darauf, die zwölf Reiter still zu betrachten, mit Augen, in denen man Schüchternheit, Angst und vielleicht auch einen Vorwurf lesen konnte. Eymerich, der sie eines flüchtigen Blickes würdigte, sah nur Armstümpfe, von der Lepra zerfressene Gesichter, wirres Haar, zahnlose Münder. Der Apotheker, der Lektion von kurz zuvor eingedenk, enthielt sich jeden Kommentars.

Endlich tauchten die Umrisse des wuchtigen, an den Felsen gekrallten Kastells auf. Der Inquisitor, ganz in düstere und ängstliche Betrachtungen versunken, bemerkte nichts vom Aufblitzen des Stahls hinter der Gruppe von Lärchen. Und auch die anderen Reiter bemerkten nichts davon, da sie zu sehr damit beschäftigt waren, sich hin und wieder umzudrehen und den Brand im Kastanienwald zu beobachten.

Der Erste, dem etwas Ungewöhnliches auffiel, war der Apotheker.

»Es sieht so aus, als ob in Ussel Leute wären«, murmelte er. Dann, einen Aufschrei unterdrückend:

»Seht doch, die Standarten der Challant!«

Mit einem Ruck hob Eymerich den Kopf. »Was sagt Ihr da?«

Eine Antwort war nicht nötig. Jetzt erkannte man deutlich hinter der letzten Wegbiegung einen Wald aus Standarten mit dem silbernen Wappen, der roten Binde und dem schwarzen Band und viele andere Wappen auch noch.

»Das muss Semurel sein, der versucht, sich zu rächen«, sagte Eymerich und seine Stimme überschlug sich vor Zorn.

Pater Jacinto kam an seine Seite, Besorgnis im Gesicht. »Was machen wir, Meister?«

Der Inquisitor richtete sich auf, den Blick auf die Fahnen geheftet. »Wir ziehen weiter. Wir sind die Abgesandten des Papstes. Niemand kann uns aufhalten.«

Die Freiwilligen teilten Eymerichs Entschlossenheit nicht. Ein paar von ihnen wendeten ihre Pferde und sprengten im Galopp davon in Richtung Bellecombe; die anderen taten es ihnen, nach einem hilflosen Blick auf den Inquisitor, gleich und ritten sofort hinterher.

Streng sah Eymerich den Apotheker an. »Und Ihr, was macht Ihr?« Das Gesicht des kleinen Mannes war von Schrecken verzerrt. »Mein Geschäft und mein Hab und Gut sind in Chatillon. Wohin sollte ich fliehen?«

»Ich hingegen würde lieber nicht mitkommen, Pater.«

Finster wandte Eymerich sich zu Meister Philippe um. Er sah ihn einen Augenblick lang an, dann beschränkte er sich darauf, mit müder Stimme zu sagen: »Ich verstehe. Viel Glück.«

»Viel Glück für Euch, Pater.« Philippe gab seinem Pferd die Sporen und verschwand im Dickicht.

»Und jetzt gehen wir«, befahl Eymerich.

Auf dem Felsplateau von Ussel wimmelte es von Soldaten, zu Fuß oder zu Pferd. Der Inquisitor begriff, dass Semurel allein kein so zahlreiches Heer hätte zusammenstellen können. Er bemerkte auch die Unterschiedlichkeit der Wappen und Fahnen. Trotzdem war er überrascht von dem Schauspiel, das sich ihm bot, nachdem er an Lanzen und Rüstungen vorübergeritten war, die vor ihm auseinander wichen.

Genau unter der Wölbung des Portals war ein Podest mit einem Baldachin darüber errichtet worden, geschmückt mit dem Wappen der Challant und anderen, ihm unbekannten. Dort erkannte er auf einer Art Thron sitzend Ebail de Challant, wie immer erregt und voller Energie. Zur Linken des Feudalherrn saß auf einem gewöhnlichen Stuhl ein korpulenter Mann, der ihm ähnlich sah, vermutlich sein Bruder Francois.

Aber die Persönlichkeit, die Eymerich erschaudern ließ und seinem Herzen einen Stoß versetzte, saß auf dem Stuhl rechts von Ebail. Der Inquisitor brauchte gar nicht lang den breitkrempigen Hut, das kostbare Kreuz auf der Brust, die Kutte und den violetten Mantel zu betrachten, um den Bischof von Aosta zu erkennen. Er unterhielt sich liebenswürdig mit Herrn de Berjavel, der sich an seiner Seite vollkommen wohl zu fühlen schien.

Pater Jacinto murmelte etwas, das Eymerich nicht verstand, als er langsam, die Nerven zum Zerreißen angespannt, auf das Podest zuritt, auf dem nun alle verstummt waren und ihn ansahen. Während die Soldaten sich zu einem unregelmäßigen Kreis formierten, sah er aus den Augenwinkeln Pater Lambert, Pater Simon und die beiden Gehilfen des Henkers. Blut lief ihnen aus dem Mund und in ihren Augen stand Verzweiflung. Doch seine Aufmerksamkeit wurde angezogen von einigen Stühlen, die vor dem Podest aufgereiht standen und auf denen etwa zehn reich gekleidete Adelige saßen. Unter ihnen stach Herr Semurel durch sein schlichtes schwarzes Gewand hervor.

In der Nähe des Podests angelangt, hielt Eymerich sein Pferd an. Pater Jacinto trat neben ihn, während der Apotheker verängstigt ein paar Schritte zurückblieb.

Eine Weile lang sagte keiner etwas. Der Inquisitor versuchte, seine Glieder zu lockern und das Hämmern des Blutes in den Adern zu beschwichtigen. Stolz, Aggressivität, Angst vor einer Demütigung kämpften in ihm, im Übrigen aber lag über allem die Gewissheit, sich auf der Seite der Vernunft zu befinden und letztlich auch der wahren Kraft.

Dann beschloss er, als Erster zur reden, was ihm einen unschätzbaren Vorteil verschaffen würde.

»Ich grüße die Herren von Challant und Monsignore, den hier zu treffen ich nicht erwartet hätte. Ich sehe jedoch auf diesem Podest einen Häretiker und Beschützer von Häretikern sitzen, mit dem die Heilige Inquisition viele Rechnungen zu begleichen hat.«

Nachdem er diese Worte gesprochen hatte, fühlte Eymerich sich erleichtert. Die Stimme hatte kraftvoll und sicher geklungen und das leichte Zittern unter der Haut, das er verspürt hatte, schien vorüber.

Es war Ebail, der antwortete, und er tat es in distanziertem Ton, als ginge es um eine ganz gewöhnliche und rein formale Angelegenheit.

»Pater Nikolas, Ihr befindet Euch in Gegenwart der *Curia ambulans* der Herren über diese Täler. Außer mir und meinem Bruder setzt sie sich zusammen aus meinen *pares,* den Herren di Bard, di Arnauds, di Quart, di Nus, di Saint Martin und Herrn Semurel, dem Kastellan von Ussel. Auf unsere Einladung hin ist auch der Bischof von Aosta anwesend, Eymerich de Quart.«

So wenig hatte sich der Inquisitor für den Bischof interessiert, dass er nicht einmal wusste, dass er seinen Familiennamen als Namen trug. Neugierig musterte er ihn. Etwa zehn Jahre älter als er, hätte der Prälat ihm durchaus ähnlich sehen können, doch sein Gesicht war weniger angespannt und sein Ausdruck wohlwollender. Er lenkte seine Aufmerksamkeit wieder auf Ebail, der eine Reaktion zu erwarten schien.

Um Zeit zum Nachdenken zu gewinnen, stieg er vom Pferd, darin sogleich gefolgt von seinen Gefährten. Er versuchte in knappem, aber nicht beleidigendem Ton zu sprechen.

»Ich danke all diesen Herren für ihren Besuch. Ich muss jedoch noch einmal unterstreichen, dass ich unter Euch einen Unwürdigen sitzen sehe, der die schwere Schuld der Häresie auf sich geladen hat. Ich meine Herrn Semurel.«

Einer der *pares,* den Ebail kurz zuvor als Herrn di Bard vorgestellt hatte, ergriff mit wutentbrannter Stimme das Wort, was gut zu seinem finsteren Aussehen passte.

»Hier ist nicht die Rede von Semurel. Ihr seid es, der vor Gericht steht.«

»Ich?« Eymerich brach in gekünsteltes Gelächter aus. »Ich weise Euch darauf hin, meine Herren, dass ich ein Inquisitor bin, und Seine Heiligkeit Papst Urban V. höchstpersönlich hat mich durch Seine Gnade dazu ernannt. Niemand außer dem Papst selbst kann über mich zu Gericht sitzen. Nicht einmal der Bischof, der hier zugegen ist.«

Zornig wollte Ebail auffahren, doch eine entschiedene Geste seines Bruders hielt ihn zurück. Er war es, der nun das Wort ergriff, mit tiefer und maßvoller Stimme.

»Über Eure Beglaubigungen verhandeln wir später, Pater Nikolas. Das Wesentliche ist doch, dass man Euch anklagt, auf unseren Besitzungen in Chatillon eine Revolte zu schüren, unter Mitwirkung von anderen Dominikanern und des Plebejers in Eurer Begleitung. Außerdem werdet Ihr beschuldigt, die Bewohner des Dorfes aufgehetzt zu haben, damit sie unseren Prokurator, Herrn Semurel, absetzen und eine so genannte freie Kommune der Plebejer ausrufen, sowie Häuser abgebrannt und Personen ermordet zu haben. Wir selbst haben die Trümmer und Schäden gesehen, die Ihr in einer einzigen Woche angerichtet habt, nachdem Ihr von uns in der respektvollsten Weise empfangen worden seid.«

Eymerich hatte nicht damit gerechnet, dass das Gespräch so bald eine solche Wendung nehmen würde. Das Wesentliche war, es sofort wieder auf die entscheidenden Themen zu bringen.

»Und hat man Euch gesagt, Herr, dass in diesen Tälern eine Gemeinschaft von Katharern überlebt hat, die am helllichten Tag ihren Satanskult ausübte? Hat man Euch gesagt, dass diese Katharer seit unvordenklichen Zeiten am Leben sind und ihre Körper regelmäßig regenerieren? Und dass der Geist, wenn sie das Stadium des Vollkommenen erreichen, diese Körper verlässt, die dann *lemures* genannt werden und weiterleben? Hat man Euch gesagt, dass in diesen Bergen schauerliche Ungeheuer hausen, halb Mensch halb Tier?«

Eymerich unterbrach sich mit einem Schlag. Während er sprach, hatten die *pares* angefangen zu kichern und waren bald zu unverhohlenem Lachen übergangen. Das Gelächter hatte dann auch die Herren auf dem Podest angesteckt, einschließlich des Bischofs, der sich manierlich die Hand vor den Mund hielt. Sogar Herr de Berjavel schien amüsiert. Sofort begann auch die Menge der Bewaffneten zu lachen, bis Eymerich sich von einer dichten Mauer der Heiterkeit umschlossen sah.

Pater Jacinto trat vor, rot vor Empörung. »Lacht nicht! Dieser Mann spricht die Wahrheit!«

»Schweigt!« Ebail lachte nicht mehr, trocknete sich aber noch die Tränen. Er stand auf, mit finsterem Gesicht, und sah Eymerich mit zunehmend kälterem Blick an.

»Ihr habt sämtliche Legenden über die *orchons* und *manteillons* zusammengetragen, die unter unseren Gebirgsbewohnern verbreitet sind, und nun versucht Ihr, sie zu Eurer Rechtfertigung anzuführen. Stimmt es oder stimmt es nicht, dass Ihr die Bevölkerung von Chatillon zur Revolte angestachelt habt?«

In Eymerich begann der Zorn einem Gefühl der Ohnmacht zu weichen. Dennoch konnte er erwidern:

»Diese Leute haben sich gegen die Abgaben aufgelehnt, die sie an Herrn Semurel entrichten mussten, um die ketzerischen Monster von Bellecombe am Leben zu erhalten.«

Der Kastellan, der bisher geschwiegen hatte, wandte sich mit einem kleinen Lächeln an Ebail.

»›Ketzerische Monster‹ nennt dieser da die Leprösen und Lahmen von Bellecombe, die Ihr selbst mir erlaubt habt zu ernähren.«

»Worin ein leuchtendes Vorbild christlicher Nächstenliebe zu erblicken ist«, kommentierte der Bischof mit salbungsvoller Stimme.

»Nein!« Als er spürte, wie das Netz sich immer enger um ihn zusammenzog, reagierte Eymerich mit derselben unwirschen Feindseligkeit, wie eine zu dichte Menge sie in ihm hervorrief.

»Ich spreche von Ungeheuern, nicht von Leprösen! Von halb tierischen Ungeheuern! Ich spreche von Häretikern, von Katharern, von Albigensern!«

Bischof de Quart lächelte herablassend. »Die Albigenser-Häresie ist vor mehr als einem Jahrhundert erloschen und hier ist sie nie verbreitet gewesen.«

»Und diese so genannten Ungeheuer, wo sollen die sein?«, fragte Francois de Challant. »Könnt Ihr sie uns zeigen?«

Eymerich fühlte sich in die Enge getrieben. »Nein,

ich habe sie alle verbrannt«, sagte er mit erstickter Stimme.

»Was habe ich Euch gesagt?«, rief Semurel triumphierend aus.

Aufgebracht lief Pater Jacinto an den Stühlen der *pares* vorbei vor bis zum Podest.

»Ich habe sie gesehen, die Ungeheuer! Alle Einwohner von Chatillon wissen, dass es sie gibt!« Schon waren zwei Soldaten bei ihm und drängten ihn zurück.

»Das ist nicht wahr.« Die Stimme des Apothekers klang anfangs schwach, gewann jedoch nach und nach an Sicherheit. »Ich bin in Chatillon geboren und habe noch nie etwas von Ungeheuern gehört, genauso wenig wie von Ketzern.«

Eymerich fuhr zu dem Männchen herum und schleuderte ihm einen fürchterlichen Blick entgegen.

»Dieser Feigling ist der Anstifter der Revolte gewesen und jetzt will er seine Schuld in Vergessenheit bringen.«

Er wandte sich an Ebail, bemüht, den Ausdruck seiner Empörung zu zügeln.

»Herr, die Wahrheit meiner Behauptungen wird Euch Herr de Berjavel bestätigen können, Angehöriger des Gerichts von Carcassonne, den ich dort neben Monsignore sehe.«

Der Notar heuchelte Überraschung, dass er angerufen worden war.

»Versucht nicht, mich in Eure Delirien mit hineinzuziehen!«, protestierte er. »Ich weiß nichts von diesen Phantastereien und ich will auch überhaupt nichts davon hören.« Mit gespielter Empörung stieg er rasch vom Podest herab und entfernte sich.

Eymerich, der so wütend war, dass er kein Wort herausbrachte, sah ihn in der Menge verschwinden. Mühsam schluckend blickte er wieder zu Ebail.

»Hört nicht auf diesen elenden Verräter. Hört lieber

auf die Zeugenaussage von zwei bewährten Kirchenmännern, den verehrten Patres Lambert de Toulouse und Simon de Paris.«

»Zu spät, Pater Nikolas.«

»Zu spät?«

Einen höhnischen Ausdruck auf den groben Zügen, ergriff Herr di Bard das Wort.

»Eure Komplizen sind schon vor Eurer Ankunft von diesem Gericht verurteilt worden, zusammen mit den zwei Lümmeln, die Ihr bei Euch hattet. Viele haben in ihnen die Anstifter der Revolte wiedererkannt. Wir haben beschlossen, ihr Leben zu verschonen, ihnen aber die Zunge abzuschneiden, damit sie nicht länger Seelen verhetzen können. Die Soldaten des Herrn Semurel haben das Urteil schon vollstreckt.«

Mit den Augen suchte Eymerich die seiner Kameraden. Die schmerzliche Verzweiflung, die er darin las, war ihm unerträglich. Er wandte den Blick ab und legte sich eine Hand auf die Brust. Ein starkes Kältegefühl breitete sich in ihm aus.

»Habt Ihr noch etwas zu sagen?«, fragte Ebail de Challant.

Diese verhasste Stimme gab dem Inquisitor einen Rest Energie zurück.

»Die gefangenen Katharer wissen nur zu gut um die Wahrheit dessen, was ich sage.«

»Ich habe das Schloss gründlich durchsuchen lassen«, sagte Semurel ruhig. »Keine Spur von Gefangenen.«

Eymerich begriff, dass er eine falsche Strategie gewählt hatte. Wenn er sich verteidigte und die Gegenbeweise zu entkräften suchte, so bedeutete das die implizite Anerkennung des Urteils, dem er unterworfen wurde. Auf diese Weise hatte er die kühnen Täuschungsmanöver Semurels noch unterstützt.

Er beschloss, sein Verhalten zu ändern, und nahm einen stolzen Ausdruck an.

»Ich betone, dass ich ein vom Papst ernannter Inquisitor bin. Dieses Tribunal hat folglich überhaupt keine Autorität, weder mir noch meinen Gefährten gegenüber. Ich verlange, dass meine Beglaubigungsschreiben begutachtet werden.«

Ebail auf seinem kleinen Thron brach in Gelächter aus. Er hielt Francois die Rechte hin, der ihm eine Pergamentrolle reichte.

»Ich habe hier den Brief des Heiligen Vaters, den Ihr mir vor einer Woche gezeigt und dabei meine Gutgläubigkeit ausgenützt habt. Ich lese den Anfang vor.« Er rollte das Papier auseinander. *»Bischof Urbanus, Diener der Diener des Herrn, grüßt Pater Eymerich, erteilt ihm seinen apostolischen Segen und beauftragt ihn, die häretischen Irrlehren auf den Gebieten des edlen Herrn von Challant zu untersuchen.«*

Mit einer knappen Handbwegung schloss Ebail die Rolle wieder.

»Den Rest erspare ich Euch. Es ist klar, dass unser Heiliger Papst Urban den hier anwesenden Bischof von Aosta, Eymerich de Quart, mit den inquisitorischen Aufgaben betrauen wollte, ohne uns einen fremden und mit unserem Land nicht vertrauten Inquisitor zuzumuten. Dieser Mann hat eine Namensgleichheit ausgenützt, um sich Ämter anzumaßen, die gar nicht die seinen sind.«

Sowohl Eymerich als auch Pater Jacinto waren fassungslos angesichts einer derartigen Unverfrorenheit. Im ersten Moment fand keiner von beiden die Worte, um etwas zu erwidern. Beiden war nun klar, dass sie nicht nur in den von Semurel ausgelegten Netzen zappelten, sondern auch in den Fängen einer von den Herren des Tals ausgeheckten Verschwörung, die, mit Billigung des Bischofs, darauf abzielte, sie loszuwerden.

Nunmehr besiegt, spielte Eymerich die letzte Karte

aus, die ihm geblieben war, ohne sich große Illusionen über ihre Wirksamkeit zu machen.

»Ich habe ein Gesuch um Hilfe an den Papst geschickt. Solltet Ihr unsere Unverletzlichkeit missachten, habt Ihr mit seinem Zorn zu rechnen.«

Der Bischof neigte sich zu Ebail.

»Tatsächlich hat vor ein paar Tagen ein junger Mann bei mir vorgesprochen, der schwachsinnig wirkte, ein gewisser Bernier. Er bat darum, dass ich ihm beim Pferdewechsel behilflich sein sollte, weil er nach Avignon wollte. Ich haben den armen jungen Mann den Augustinern anvertraut, bei denen ein Geisteskranker in guten Händen ist. Und ich habe mir von diesem Betrüger eine Botschaft aushändigen lassen, die voller Verleumdungen und abwegiger Phantastereien steckte.«

Ebail de Challant warf Eymerich einen eisigen Blick zu.

»Wollt Ihr noch etwas hinzufügen?«

Der Inquisitor sah ihn finster an.

»Ihr seid ein Vasall. Es ist mein Recht, von Eurem Herrn, dem Grafen Amadeus von Savoyen, verurteilt zu werden.«

Ebail grinste breit. »Wusstet Ihr, dass Amadeus sich in Aosta aufhält? Er ist gekommen, um mit mir den nächsten Kreuzzug gegen Serben und Türken zu planen, zu dem wir ein gutes Drittel der Truppen beisteuern werden. Zum Zeichen des Dankes hat der Grüne Graf uns Challant die *omnimoda jurisdictio* und das *jus gladii* in unseren Ländern verliehen.«

Damit war der Kreis geschlossen. Die Versöhnung zwischen dem Savoyen und dem Challant machte das Interesse des Ersteren an den Ketzern von Chatillon hinfällig und ließ Ebail freie Hand. Vielleicht würde sogar Urban nichts mehr von dieser Geschichte hören wollen, jetzt, da die Teilnahme des Savoyen an seinem Kreuzzug gesichert war. Das Verschwinden des Inquisitors kam allen gelegen, ja, es war geradezu eine politische Notwendigkeit geworden.

Im Bewusstsein all dessen, fühlte Eymerich jeden Kampfwillen schwinden, und er reagierte auch nicht, als Pater Jacinto ihm liebevoll einen Arm um die Schulter legte. Auf dem Podest sagte Ebail unterdessen, dass die Versammlung der *pares* die Aufwiegler Herrn Semurel überantworten und es ihm überlassen würde, in welcher Form er das Todesurteil vollstrecken wolle.

Die letzten Worte, die Eymerich hörte, während die Soldaten ihn abführten, kamen vom Bischof und waren an ihn gerichtet:

»Denkt daran, Pater Nikolas, dass heutzutage, in einer verstörten und zerrissenen Welt, die Kirche die einzige Retterin der gesellschaftlichen Ordnung ist. Diese Funktion darf nicht angetastet werden, denn von ihr hängt eine künftige Wiedergeburt ab. In unseren Tagen ist es vielleicht die schlimmste Sünde, die ein Mann begehen kann, die Ordnung anzutasten. Besonders, wenn er ein Geistlicher ist.«

Der geschlagene Inquisitor wurde in derselben stinkenden und halb unter Wasser stehenden Zelle eingeschlossen wie zuvor Authié. Er konnte gerade noch sehen, wie Pater Jacinto in die miteinander verbundenen Zellen geführt wurde, dann vernagelten die Soldaten seine Tür mit Brettern und verschlossen jedes Guckloch.

Allein geblieben in der Dunkelheit und in einer Stille, die nur eben vom Platschen seiner Füße im schmutzigen Wasser unterbrochen wurde, fühlte Eymerich sich gleich viel wohler. Nach und nach fiel alle Angst von ihm ab und machte einer sanften Trägheit Platz, die ihm erlaubte, die eben durchlebten Ereignisse sich noch einmal vor Augen zu rufen, ohne sich daran beteiligt zu fühlen, fast, als ob jemand anderer sie durchlitten hätte.

So brachte er eine ungewisse Anzahl von Stunden hin, auf und ab gehend, den Kopf leer. Er hatte weder Hunger noch andere Bedürfnisse; er hätte sich nur gewünscht, dass diese Ruhe sich ins Unendliche dehnen möge und seine gemarterte Seele sich in einen Wattebausch aus stumpfsinniger Stille zurückziehen und darin heilen könne.

Daher reagierte er mit Verärgerung, als er nach einiger Zeit hörte, wie sich jemand an seiner Zellentür zu schaffen machte. Er hätte sich einen Besuch von Semurel erwartet; doch als er seine Augen an das von draußen hereinfallende Licht gewöhnt hatte, sah er eine alte Frau, begleitet von zwei Soldaten.

»Ah, die Bischöfin«, murmelte er.

»Kettet ihn an«, befahl die Frau.

Eine Fessel wurde ihm um das rechte Handgelenk gelegt, das er widerstandslos hinhielt; dann wurde eine nicht zu dicke Kette zwischen den Stäben des vernagelten Fensterchens an der Innenseite der Tür durchgezogen, und eine zweite Fessel umschloss sein linkes Handgelenk.

Die Alte ließ sich von einem der Soldaten eine Fackel geben.

»Lasst mich mit ihm allein.«

So blieb Eymerich an die offen stehende Zellentür gekettet, in einem Zustand vollkommener Passivität. Mit einem Blick ohne jede Neugier betrachtete er das faltige Gesicht der Frau mit intelligenten Augen, wirrem Haar und schmalem Mund, den alterslosen Körper in einem schwarzen Kleid.

»Also weißt du, wer ich bin«, stellte die Alte fest.

Eymerich warf ihr einen Blick zu, ohne zu antworten.

»Und bist du nicht neugierig, meine Geschichte zu hören?«

Der Inquisitor machte eine unbestimmte Kopfbewegung. Dann setzte er hinzu:

»Lass mich, ich will mich in Frieden auf meinen Tod vorbereiten.«

»Aber dir ist nicht der Tod bestimmt.«

Dieser unerwartete Satz riss Eymerich aus seiner Trägheit. Er betrachtete noch einmal dieses alte Gesicht, auf dem der Widerschein des Feuers spielte. Vorsichtig fragte er:

»Was willst du damit sagen?«

Die Frau antwortete nicht direkt. Sie schwieg ein paar Augenblicke lang, dann fragte sie:

»Hast du je von Montségur gehört?«

Eymerich log und verneinte mit einem Kopfschütteln.

»Montségur ist ein Schloss oben auf einem Steilfelsen über dem Fluss Lauzon. Wir waren zweihundert dort oben, vielleicht die letzten Katharer im Languedoc. Der Schlossherr, Raymond de Perella, hatte uns vor den Verfolgungen durch den König von Frankreich und die Inquisition von Toulouse Schutz gewährt. Von seinen drei Töchtern Philipa, Arpais und Esclarmonde gehörte Letztere unserem Glauben an.«

»Von welchem Jahr redest du, Alte?« Eymerich fand zu seiner Aggressivität zurück, doch er trauerte der vorherigen Dumpfheit nach. Jetzt würde es schwieriger sein, sein Schicksal anzunehmen.

Die Frau schloss einen Moment lang die Augen, öffnete sie wieder.

»1243 haben wir uns dort hinauf geflüchtet, aber die Belagerung dauerte bis ins folgende Jahr. Im März 1244 versuchte Raymond VII. von Toulouse zu vermitteln, scheiterte aber. Am 14. März war ein letzter Angriff unserer Feinde erfolgreich. Zwei Tage später wurden wir Katharer aus dem Schloss geführt, die Alten und Kranken von den Jüngeren auf Bahren getragen.«

Ungeduldig riss Eymerich an den Ketten, die ihm die Handgelenke einschnürten.

»Warum erzählst du mir diese Dinge, Alte?«

»Warst du nicht der Inquisitor, der alles über uns wissen wollte?« Die Frau gab den ironischen Tonfall jedoch gleich wieder auf. »Nein, darum geht es nicht. Die Wahrheit zu erfahren wird dir helfen, die Natur deiner Strafe zu verstehen und zu begreifen, welche Leiden Männer wie du anderen leichten Herzens auferlegt haben. In einem gewissen Sinn ist meine Erzählung Teil deiner Strafe.«

»Die kein Todesurteil ist«, bemerkte Eymerich, zusehends wieder Herr seiner selbst.

»Nein, das ist sie nicht. Doch lass mich fortfahren.« Die Frau schluckte. Diese Erinnerungen wachzurufen musste ziemlich schmerzhaft für sie sein. »Als sie uns aus dem Schloss hinausführten, sahen wir, dass die Soldaten eine große Palisade errichtet hatten. In ihrem Inneren war der Boden von Pech geschwärzten Brettern und haufenweise Heu bedeckt. Sie stießen uns in diesen Pferch, als ob wir Tiere wären, dann verschlossen sie den einzigen Ein- und Ausgang. Wir warteten lang und schauderten in den blauen Gewändern, die sie uns gezwungen hatten anzuziehen. Unterdessen sangen die Soldaten Eure geistlichen Lieder und die Dominikaner sahen oben vom Felsen auf uns herab und sprachen Eure Gebete.«

Die Frau machte ein Pause und sah forschend in das reglose Gesicht des Inquisitors. Dann fuhr sie fort:

»Nach einer Stunde begannen die Soldaten, brennende Fackeln über den Palisadenzaun zu werfen. Das Stroh und die Bretter fingen sofort Feuer und die Innenwand der Palisade stand in Flammen. Wir schrien alle vor Entsetzen und begannen, gegen die Pfähle zu schlagen. Ich sah, wie Mütter ihre Kinder zu schützen versuchten, wie Alte auf ihren Bahren verbrannten. Ich wiederhole, wir waren zweihundert, und der Gestank von verbranntem Fleisch ist unerträglich. Weißt du, was das heißt, bei lebendigem Leib zu verbrennen, Bruder Nikolas?«

Eymerich machte eine abwehrende Geste. Diese Frage verdiente keine Antwort.

»Stimmt«, fuhr die Frau fort, »du hast ja viele verbrannt. Es bedeutet unsägliche Schmerzen, die keinen Winkel des Körpers verschonen. Es bedeutet, zu einer lebenden Säule aus Schmerz zu werden. Und nicht auf einmal. Wir waren nicht an einen Scheiterhaufen gefesselt, wir waren frei auf brennendem Boden. Frei, mit unserem verkohlten Fleisch hierhin und dorthin zu laufen, während deine Brüder sich von oben am Schauspiel unserer wild gewordenen und brüllenden Herde ergötzten.«

Die Frau machte eine kurze Pause, als wollte sie ihre Erinnerungen wieder wachrufen. Jetzt war ihre Stirn von Schweiß bedeckt.

»Plötzlich sah ich Esclarmonde, von schauerlichen Brandwunden bedeckt, wie sie ihre Arme ins Feuer tauchte und hastig die Bretter beiseits schob. Sie konnte ein Stück Boden freilegen, und da verstand ich, was sie vorhatte. Die Stelle, auf der der Pferch stand, war von einem giftigen Kraut bedeckt, das Herbstzeitlose heißt. Auch wenn das Feuer es versengt und ausgetrocknet hatte, würden wir, wenn wir es büschelweise aßen, vielleicht unser Leiden abkürzen. Ich tat es Esclarmonde nach, schob Bretter beiseite und stopfte mir das Kraut in den Mund. Andere von uns, die noch einen Funken Leben in sich trugen, machten es ebenso.«

Eymerich hörte mit extremer Aufmerksamkeit zu. Die Frau beachtete ihn jedoch nicht. Sie sprach für sich und durchlebte diese schreckliche Szene in allen Einzelheiten noch einmal.

»Wenige Momente später brach unter dem Feuer eine ganze Seite der Palisade in sich zusammen. Fast alle von uns waren tot. Nur fünf von uns warfen sich in diese Richtung, um dann zu entdecken, dass jenseits der Pfähle nicht die Rettung war, sondern ein Abgrund. Wir stürzten uns ins Leere, ohne uns das zweimal zu überlegen, nicht um zu überleben, sondern um schneller zu sterben. Denn das Gift hatte überhaupt keine Wirkung gehabt. Unterdessen verschaffte der Einsturz der Palisade und die Entstehung eines einzigen, riesigen Glutkraters unseren Henkern die Illusion, bei dem Autodafé hätte es keine Überlebenden gegeben.«

Eymerich war so gebannt von der Erzählung, dass er seine eigene Lage vergaß. Er sprach, als ob er noch immer der Inquisitor im Vollbesitz seiner Macht wäre.

»Wir seid Ihr davongekommen, Alte?«

»Wir stürzten die Steilwand hinunter, in brennenden Kleidern. Zwei von uns zerschmetterten an den Felsen. Ich hingegen, Esclarmonde und Bertrand Marty, einer der vier Vollkommenen, die unseren Widerstand gegen die Belagerung angeführt hatten, wir fielen noch lebend in den Lauzon, in der Nähe einer schwefelhaltigen Quelle, die ihr Wasser in den Fluss ergoss. Ich weiß nicht mehr recht, wie wir zu der Quelle gelangten, die in einer Grotte lag; ich glaube, wir waren bewusstlos und die Strömung hat uns dorthin getragen. Tatsache ist, dass wir in einer windigen Grotte aufwachten, das heißt in Sicherheit vor den Soldaten, die entlang den beiden Flussufern aus Montségur abzogen.«

»Ich glaube, den Rest errate ich«, sagte Eymerich. »Das schwefelhaltige Wasser und der Wind, im Verein mit den Wirkungen der Herbstzeitlose, hatten die gleiche Wirkung, wie Ihr sie dem Turm von Bellecombe zuschreibt.«

»Genau. Als wir den Abhang hinunterfielen, hatten wir nichts Menschliches an uns. Unsere Haut war zum Teil verkohlt und löste sich ab, unsere Gesichter waren blutende Wundmale, unsere Lungen waren vom beißenden Rauch verbrannt. In dieser Grotte gewannen wir im Lauf eines einzigen Tages unser normales Aussehen zurück, abgesehen von ein paar Narben an Esclarmondes Beinen, die fast völlig verkohlt gewesen waren. Der Vollkommene Bertrand Marty enthüllte uns das Geheimnis. Das war die Quelle von Betesda, von der der Evangelist Johannes spricht, und der Wind kam zustande durch den Flügelschlag des unsichtbaren Engels. Aus diesem Grund waren wir geheilt.«

Eymerich lachte ein Lachen ohne Fröhlichkeit. »Törichte Alte, Jesus hat in Judäa gelebt, nicht in Montségur.«

Die Frau sah ihn mit einer Spur Mitleid an. »Dann weißt du also nicht, du gelehrter Inquisitor, dass die Wasser, die unter der Stadt Jerusalem fließen und von den Juden *Tehom* genannt werden, dass diese Wasser durch die Wasseradern der ganzen Welt fließen? Für uns war klar, dass in der Grotte die Wasser der Quelle Betesda entsprangen; und der Beweis dafür waren unsere Körper, die wieder heil waren wie im Paradies. Dieses göttliche Zeichen gab uns zu verstehen, dass Gott mit uns war und dass die Mission der Katharer nicht zu Ende war.«

Eymerich schüttelte den Kopf. »Eure Glaubensmeinungen sind unstet und schwankend wie die Flamme dieser Fackel. Auch wenn ihr den Körper für eine Schöpfung des Teufels haltet, freut ihr euch doch über seine Regeneration.«

»Ja, weil das bedeutet, dass die erreichte Vollkommenheit noch nicht vollständig war und dass noch viel zu tun blieb, um den Menschen aus ihrer sterblichen Hülle herauszuhelfen.«

»Das sind Lästerungen des Menschensohnes«, knurrte Eymerich.

»Du bist es, der lästert«, erwiderte die Frau ruhig. »Doch lass mich zu Ende erzählen. Ich werde nicht im Einzelnen beschreiben, was dann geschah. Zunächst ließen wir uns im nahen Orange nieder, doch die Verfolgung durch die Inquisition war zu schlimm. Dann begannen wir herumzuziehen, von einem Ort der Provence und des Languedoc in den nächsten, und wir fanden unsere Gemeinschaften zerstört und unsere Leute verbrannt. Unterdessen suchten wir nach anderen Quellen, aus denen das Wasser von Betesda entsprang. Eine entdeckten wir in der Höhle unter der Stadt Lourdes, doch das Tribunal von Carcassonne war zu nah, als dass wir uns dort hätten niederlassen können. Einige der Anhänger, die wir gewinnen konnten, reisten in den Norden und berichteten von einer ähnlichen Quelle in Banneux in der Grafschaft Flandern, aber dort oben hatten wir keine Freunde.«

»Und so habt ihr schließlich von der Zisterne von Bellecombe gehört.«

»Viel später. Jahrelang versammelten wir uns weiterhin in der Grotte von Montségur, obwohl das äußerst gefährlich war. Wir waren etwa hundert Leute geworden, jeden Alters. Recht bald wurden wir gewahr, dass wir nicht alterten. Wir wurden allerdings auch nicht jünger: Wir behielten einfach unser Aussehen bei. Das bekümmerte Bertrand Marty, der von uns zum Bischof ernannt worden war, aber jetzt nur noch darauf wartete, sich von seinem materiellen Körper trennen zu können. Also beschloss er, im Einvernehmen mit der Gemeinschaft, sich in den Wassern von Montségur zu ertränken, nachdem er seinen Nachfolger benannt hatte.«

»Dich, nehme ich an.«

»So ist es. Ich war die Älteste, da Esclarmonde fünfzehn Jahre alt geblieben war. Ihre Schwester Philipa, die als Katholikin dem Autodafé entkommen war und erst später zu uns stieß, war ein Jahr jünger.«

»Diese Details interessieren mich nicht, Alte. Fahr fort.«

»Es war eine großartige Zeremonie. Unser Bischof

warf sich ins Wasser, das aufwallte, während der Wind durch die Grotte blies. Aber keiner von uns hatte bedacht, dass der Bischof, wie wir alle, in letzter Zeit große Mengen von dem Kraut der Gesundheit zu sich genommen hatte. Als das Tosen des Wassers nachließ, sahen wir ihn wieder auftauchen und sich auf die Felsen schleppen. Er hatte keine Haare mehr, wirkte magerer, doch er lebte.«

»Aber ohne Seele«, sagte Eymerich, ein Interesse heuchelnd, das in Wirklichkeit schon fast erloschen war. In der Tat überlegte er seit einigen Augenblicken, wie er sich befreien könnte.

»Genau, ohne Seele.« Die Frau schaute in das flackernde Licht der Fackel. »Seine Augen waren leer und er verstand kaum etwas. Er hatte die Sprache verloren. Für uns war klar, dass sein Geist sich endlich befreit hatte, und wir dankten unserem Herrn für das Ereignis. Noch oft haben wir ihm in den kommenden Jahren so gedankt, wenn einer aus der Gruppe die Vollkommenheit erreicht hatte und es ihm gelang, die Seele vom Körper zu trennen.«

»Du hingegen hast sie noch nicht erreicht, da du noch unversehrt bist.«

Die Frau runzelte die Stirn. »In meiner Eigenschaft als Bischof habe ich mich verpflichtet, die Gemeinschaft der Gläubigen in ruhigere Gegenden zu führen, bevor ich meine eigene geistige Vollendung anstrebe. Doch wo Sicherheit finden, wenn mittlerweile ganz Südfrankreich in Händen der Inquisition ist? Zum Glück hatten wir Freunde, die unserem Glauben fern standen, uns jedoch wegen unserer Leiden bedauerten. In ihrer Obhut ließen wir, ständig zur Flucht gezwungen, die Quellen und die Körper unserer Vollkommenen, die wir *lemures* nennen.«

»Warum *lemures?*«, fragte Eymerich.

»Was waren sie denn sonst, wenn nicht Schatten?

Doch wir Katharer konnten diese Körper nicht töten, unser Glaube verbietet uns, überhaupt irgendetwas zu töten. Wir ließen sie bei den Leuten, die ich erwähnt habe, bei den Hütern der Wasser von Betesda. Damit jeder unserer Mitbrüder sie gleich erkennen konnte, baten wir sie, einen Namen anzunehmen, der ein Anagramm von *lemures* darstellt, und diesen Namen an ihre Nachfolger weiterzugeben.«

»Semurel«, murmelte Eymerich.

»Genau, Semurel. Zu ihm gelangten wir nach langer Zeit und sehr vielen Leiden. Ab und zu wurde einer von den unseren entdeckt und verbrannt. In einigen Fällen konnten wir ihn dank des Krauts der Gesundheit vom Scheiterhaufen erretten. So erging es Pierre Authié, dem es gelungen war, unsere Reihen fast völlig wieder zu schließen. Viele andere hingegen wurden getötet. Weißt du, was das heißt, hundertneunzig Jahre zu leben, gequält von dem Alptraum des Feuers?«

Eymerich wollte etwas erwidern, doch die Frau fuhr fort:

»Eine der brutalsten Verfolgungen war die, die du selbst in Castres ins Werk gesetzt hast. Damals haben wir beschlossen, Frankreich zu verlassen und nach Savoyen zu ziehen, wo unsere Kundschafter Jahre zuvor eine Quelle von Betesda ausgemacht hatten, die dann in Vergessenheit geraten war. Noch einmal machten wir Überlebenden uns also auf den Weg und zogen über die Alpen. In Chatillon stellten wir uns unter den Schutz von Semurel, Sohn eines anderen Semurel und Hüters der Quelle. Zum ersten Mal handelte es sich dabei um einen Adeligen und das sicherte uns ein paar Jahre lang Frieden.«

»Bis ich kam«, ergänzte Eymerich mit einem Grinsen.

Die Frau warf ihm einen Blick zu, ernst, doch ohne Groll.

»Davor hat es noch andere Probleme gegeben. Jahrelang hatten die Leute hier die Kadaver von Tieren ins Wasser von Bellecombe geworfen, die an Milzbrand gestorben waren, in der Überzeugung, dass sie so sterilisiert würden. Wenn unsere Vollkommenen sich der Zeremonie der Trennung von Seele und Körper unterzogen, tauchten einige von ihnen mit Teilen von Tierkörpern wieder auf. Als Erster war da der Eselsmensch, dann andere auch noch. Ich habe sogar einen Rattenkörper mit menschlichen Fingern anstelle der Pfoten auftauchen sehen, eindeutig Folge des Ertrinkens einer der Ratten, die den Turm verpesten.«

»Das sollte dir den teuflischen und nicht göttlichen Ursprung dieser Wiederauferstehungen vor Augen führen.«

»Ja warum denn? Was bedeutet schon der Körper, wenn die Seele frei ist?«

Mit einem Mal trat die Frau einen Schritt zurück.

»Meine Geschichte ist zu Ende. Mittlerweile wirst du erraten haben, was dein Los ist.«

Ein so abruptes Ende der Unterhaltung überraschte Eymerich, der noch keinen Fluchtplan hatte ausarbeiten können. Mit einer gewissen Verwirrung fragte er:

»Was ist es? Der Scheiterhaufen?«

»Nein. Du wirst dem Henker übergeben, der dich in das Wasser im Turm werfen wird.«

Ein Schauder überlief Eymerich beim Gedanken an diesen stinkenden Abgrund.

»Werde ich also ertränkt?«, fragte er mit rauer Stimme.

Das Gesicht der Alten war jetzt zur steinernen Maske erstarrt.

»Nein, du wirst nicht sterben. Wir töten nicht. Du wirst lebend aus dem Wasser steigen und vielleicht halb-unsterblich.«

»Aber meine Seele wird vom Körper getrennt?«

»Deine Seele ist schon von deinem Körper getrennt. *Quod divisum est divideri non potest.*«

Eine schwacher Hoffnungsschimmer stieg in Eymerich auf.

»Also werde ich ich selbst. Lebendig!«

Die Frau sah ihn kalt an. »Du wirst am Leben sein, ja. Aber verrückt. In alle Ewigkeit.«

Viele Stunden später spürte der Verurteilte, wie er wieder an die Oberfläche des Brunnens gelangte. Um ihn herum im brodelnden Wasser schwammen tausende von Kakerlaken, die ihn bei seinem Fall begleitet hatten, als er vom Henker, den Semurel für die Gelegenheit angestellt hatte, in den Abgrund gestoßen worden war.

An den Schultern verspürte er den Luftzug des starken Windes. Da versuchte er, die Augen wieder zu öffnen, aber er sah nichts als Dunkelheit.

Seine Hand berührte einen Felsen. Mehr instinktiv als aus bewusstem Wollen klammerte er sich daran. Alles ringsum war Dunkelheit, doch die tiefste Dunkelheit war in seinem Geist.

Mühsam zog er sich auf die Steinplatte hoch, keuchend und sich windend. Er versuchte zu sprechen, doch sein Mund war noch voller Blätter der Herbstzeitlose. Er stieß einen Kehllaut aus, den das Heulen des Windes hinwegfegte.

Er versuchte sich aufzurichten, konnte aber nur knien, einen Fuß noch im warmen Wasser. Da spuckte er die Blätter aus und schrie. Diesmal übertönte sein Schrei den Wind und hallte von den Wänden des Turms wider:

»Wer bin ich?«

Und noch einmal: »Wer bin ich? Wer bin ich? Wer bin ich?«

Keine Antwort.

Rache – Der letzte Ring

»Was halten Sie davon?«, fragte Loomis, sehr blass im Gesicht.

Der Primar wirkte müde. »Ich weiß nicht. Sicher ist es eine Form von Delirium, aber doch ein unglaublich kohärentes Delirium. Äußerst ungewöhnlich unter Hypnose.«

Der dicke Priester schien eingeschlafen zu sein, wie das jedes Mal geschah, wenn das Verhör unterbrochen wurde. Die Ärztin hatte sich erschöpft auf dem Stuhl zurücksinken lassen und drückte sich mit Daumen und Zeigefinger auf die Augen und den Nasensattel.

»Delirium, hm?«, kommentierte Loomis. »Aber sollte ein Delirium nicht auch Elemente der Wirklichkeit einschließen?«

Nachdenklich nickte der Primar. »Ja. Hingegen ist das einzige reale Element, das der Patient anführt, mein Name, Semurel. Er könnte sich aber auch auf einen meiner Vorfahren beziehen. Meine Familie lebt seit vielen Generationen im Aostatal.«

Loomis streckte den Kopf vor und schloss die Augen halb.

»Sie schließen also nicht aus, dass die Erzählung dieses Priesters wahr ist.«

»Was soll ich Ihnen sagen? Die Logik würde es verbieten, aber er bringt so viele Details ... Wenn ich etwas von diesem Zeug verstünde, würde ich von Parapsychologie reden, von Seelenwanderung oder sonst etwas dieser Art.«

Sehr müde drang die Stimme der Hypnotiseurin aus der Wechselsprechanlage.

»Doktor Semurel, kann ich die Sitzung beenden?«

»Nein«, krächzte Loomis. »Noch nicht. Ändern Sie lieber Ihre Strategie. Zwingen Sie ihn, sich kürzer zu fassen. Übers Mittelalter wissen wir jetzt genug.«

Die Ärztin sah ihn an, ohne aus der Abneigung, die er ihr einflößte, im Geringsten ein Hehl zu machen.

»Ich unterstehe Doktor Semurel.«

»Der wiederum mir untersteht«, erwiderte Loomis mit einem Grinsen. »Stimmt's nicht, Doktor?«

Der Psychiater reagierte nicht auf diese Demütigung. Er wandte sich an die Ärztin: »Wenn Sie können, bringen Sie ihn dazu, dass er die Einzelheiten weglässt. Uns interessiert sein gegenwärtiges Leben.«

Die Ärztin zog die Schultern zusammen und beugte sich über den Patienten. »Pater Jacinto ... Pater Jacinto Corona ... Hören Sie mich?«

Der Priester schlug die Augen auf. Das Licht, das jetzt bei hoch stehender Sonne den Raum durchflutete, schien ihn nicht zu stören. »Ja, aber ich bin müde«, sagte er bloß.

»Eine letzte Anstrengung noch. Erzählen Sie uns kurz, was nach der Verurteilung Eymerichs geschah und wie Sie bis heute gelebt haben. Ich rate Ihnen nur, fassen Sie sich kurz.«

Der Mann atmete tief durch. Dann kam seine Stimme tonlos, aber flüssig. Er sprach sehr langsam.

»Sie sperrten mich in diese Verliese im Kastell von Ussel, in eine der beiden miteinander verbundenen Zellen. Als sie den *magister* wegbrachten, kam die alte Katharerin, um mit mir zu reden. Sie kündigte mir Eymerichs Schicksal an, erzählte mir von der Belagerung von Montségur und schilderte mir die Wirkung der Herbstzeitlose in Kombination mit warmem, schwefelhaltigem Wasser. Das war der letzte Mensch, den ich sah, dann zwei Jahre lang niemanden, außer dem Diener des Herrn Semurel, der mir jeden Tag etwas zu essen brachte …«

»Fassen Sie zusammen«, forderte ihn die Ärztin auf. »Lassen Sie die Einzelheiten weg.«

Pater Jacinto seufzte erneut.

»Das ist leicht gesagt. Vielleicht hatten sie mich vergessen oder sie wussten nicht so recht, was sie mit mir anfangen sollten. Ich war weniger wichtig als Eymerich und im Grunde auch weniger schuldig, in ihren Augen. Eines Tages ließ der Diener die Zellentür offen stehen. Ich bin sicher, dass er das absichtlich tat. Ich floh und gelangte in die Provence, entschlossen, über die Pyrenäen zu ziehen und nach Spanien zurückzukehren. Ich hatte ein Säckchen mit Samen der Herbstzeitlose bei mir, die ich auf dem Weg über die Alpen gesammelt hatte. Ich machte Rast in Carcassonne, wo ich bei den Dominikanern vorsprach. Sie empfingen mich freundlich und dank der Intervention eines alten Freundes wurde ich wieder in den Orden aufgenommen. Auf meinem Weg ins Königreich Aragón verbrachte ich eine Nacht in Lourdes …«

Loomis fuhr ärgerlich hoch. Die Ärztin bemerkte es und sagte mit immer müderer Stimme: »Ich bitte Sie, Pater Jacinto, fassen Sie sich kurz.«

»Das ist wichtig«, wandte der Priester in kurzzeitig wieder etwas lebhafterem Ton ein. »In Lourdes war es, wo ich die Samen der Herbstzeitlose schluckte. Ich hatte in einer windigen Höhle Schutz gesucht, in der eine kleine Quelle mit warmem Wasser entsprang. Ich schluckte die Samen und legte mich in den Bach, der sich zwischen den Felsen dahinschlängelte, obwohl ich recht skeptisch war …«

Ungehalten schob Loomis den Primar beiseite und beugte sich über die Wechselsprechanlage, obwohl das gar nicht nötig war.

»Jetzt sind wir schon seit Stunden hier«, schnauzte er. »Wir brauchen keine weiteren Details über die wundertätigen Quellen, Frau Doktor. Sorgen Sie dafür, dass er von seinen letzten Jahren spricht. Ich muss spätestens heute Abend das Flugzeug nehmen.«

»Einen Moment.« Überraschend energisch hatte der Primar das Wort ergriffen. Loomis sah ihn ärgerlich an, wagte aber nicht, ihn zu unterbrechen.

»Einen Moment«, wiederholte Doktor Semurel. »Frau Doktor, fragen Sie den Patienten, ob er weiß, warum das Colchicin seine geistigen Fähigkeiten nicht beeinträchtigt hat, wie es hingegen Eymerich ergangen ist und denen, die er als *lemures* bezeichnet hat.«

Als die Frau ihm diese Frage stellte, erschien etwas wie ein Lächeln auf Pater Jacintos Gesicht. »Alles hängt von der Menge Herbstzeitlose ab. Bei kleinen Mengen der getrockneten Pflanze bleibt der Geist unversehrt.«

»Weil sie das Colinesteraseenzym nicht verändert«, murmelte Loomis. »Graf hatte das schon gesehen.«

»Was haben Sie gesagt?«, fragte Semurel.

Loomis zuckte mit den Schultern. »Oh, lassen wir das.«

»Die Gefahr war vielmehr, sich mit irgendeinem Tier vermischt wiederzufinden. Doch ich habe das Wasser des Baches ganz genau untersucht, bevor ich darin eintauchte. Dagegen habe ich viele Jahre später erfahren, dass Bernier, den man wie mich hatte laufen lassen und der wie ich über das Geheimnis der Katharer Bescheid wusste, ein fürchterliches Schicksal widerfahren war. In der Quelle, in der er badete, war ein Hund ertrunken …«

Durch die Glasscheibe bemerkte die Ärztin wieder ein Zeichen der Ungeduld von Loomis. Sie beschloss, dem unausweichlichen Wutanfall vorzubeugen: »Pater Jacinto, beschränken Sie sich jetzt darauf, meine Fragen zu beantworten, ohne irgendetwas hinzuzufügen. Verstanden?«

Der Priester kniff die Augen zusammen und wandte den Kopf von der Fensterscheibe weg. Der Schweiß lief ihm in Bächen über die Stirn. »Ja.«

»Wie kommt es, dass Sie heute Jesuit sind, während Sie vor vielen Jahrhunderten Dominikaner waren?«

»Fast drei Jahrhunderte lang war ich gezwungen, alle Klöster, in denen ich Aufnahme gefunden hatte, wieder zu verlassen. Die anderen Mönche wurden älter und ich nicht: Ich war in Gefahr, selbst der Hexerei angeklagt zu werden. 1633 lernte ich in Trier einen Jesuitenpater kennen, Friedrich von Spee. Er war wie ich Inquisitor gewesen, doch er war schließlich dahin gekommen, die Inquisition zu verabscheuen, und er hatte ihre Methoden in einem Buch angeprangert. Ich sah bei ihm große Aufgeschlossenheit und Großzügigkeit und ließ mich von ihm überzeugen, in die Gesellschaft Jesu einzutreten. Doch dieses Mal beschloss ich, meine ganze Geschichte zu erzählen, sowohl von Spee als auch meinen neuen Oberen. Ich war zu alt, um weiterhin ein Leben ohne Wurzeln und ohne feste Bleibe zu führen.«

»Endlich haben wir's!«, rief Loomis aus. »Fragen Sie ihn, was die Jesuiten mit den Quellen zu tun haben.«

Pater Jacinto schien die Frage äußerst banal zu finden. »Meine Oberen glaubten an die Wahrheit meiner Erzählung und nahmen mich brüderlich in die Gesellschaft auf. Sie verpflichteten mich jedoch zu absolutem Stillschweigen. Ich glaube, sie haben nicht einmal die Autoritäten im Vatikan darüber informiert. Nach von Spees Tod im Jahr 1635 waren nur ich, der General der Gesellschaft und wenige andere im Besitz des Geheimnisses der Herbstzeitlose. Ich wurde mit der Aufsicht über die Quellen von Betesda betraut, und diese Aufgabe wurde von sämtlichen Generälen erneuert, die sich in der Leitung des Ordens ablösten. Weitere drei

Jahrhunderte hindurch erledigte ich meine Aufgabe gewissenhaft, zog mal hierhin, mal dorthin in der Welt, wenn meine Gefährten im Vergleich zu mir zu sehr alterten. Dann, vor etwa vierzig Jahren, geschah etwas Unvorhergesehenes.«

»Und zwar?«, fragte die Ärztin, die jetzt neugierig geworden schien.

»Ein gewisser Viorel Trifa, ein Ehemaliger der Eisernen Garde und Führer einer höchst zweifelhaften Sekte von rumänischen Exilanten, fing an, sämtliche wundertätigen Quellen, die meiner Aufsicht unterstanden, eine nach der anderen zu besuchen. Da es sich dabei hauptsächlich um heilige Stätten und Thermalbäder handelte, hätte die Sache harmlos erscheinen können. Aber Trifa stellte zu gezielte Fragen, und vor allem versuchte er, mit den Nachfahren der antiken Hüter der *lemures* in Kontakt zu kommen.«

Jetzt war Loomis gespannt wie ein Raubtier. »Fragen Sie ihn, ob er damals versucht hat, sich bei uns einzuschleusen.«

Pater Jacinto überhörte die Frage. »Ich beging den Fehler zu glauben, Trifa handle für sich allein und seine Sekte wolle sich in den Besitz des Geheimnisses bringen, das wir schon kannten. Ich vergeudete viel Zeit damit, ihm hinterherzureisen, ohne zu bemerken, dass nach jedem seiner Aufenthalte eine ganze Organisation sein Werk weiterführte. Als ich es begriff, war das ganze Geschlecht meiner antiken Quellenhüter schon von Trifas Organisation, der RACHE, kontaktiert und übernommen worden. Doch deren wirklicher Name war *Hilfsorganisation* und sie wurde geführt von kriminellen Nazis.«

Loomis lächelte Doktor Semurel zu, der schwieg.

»Nicht alle neuen Adepten waren im Bilde über die letzten Ziele, die die RACHE verfolgte. Theodore Seelmur, ein blutjunger Rowdy und Sohn des Hüters der

Quelle von Bethesda in Wales, war in eine extremistische Randgruppe hineingezogen worden, wo er auf seine vollgültige Aufnahme wartete. Sein Initiationsritual sollte die Schändung eines jüdischen Friedhofs in Südfrankreich sein. Doch wir konnten ihn rechtzeitig festnehmen und jetzt steht er in England vor Gericht, wegen Mordes an einem Fan der gegnerischen Mannschaft. Von allen war er jedenfalls der Harmloseste. Andere, wie der Mexikaner Mureles oder der Rumäne Remesul, waren dagegen in führende Positionen der RACHE aufgestiegen und kannten Mittel und Ziele.«

Prompt reagierte die Ärztin auf ein leises Zeichen von Loomis. »Wie ging Ihre Einschleusung vor sich?«

»Wie gesagt hatte ich mich Trifa an die Fersen geheftet. Angesichts meines Alters mag das lächerlich wirken, aber die Gesellschaft wollte nicht zu viele Leute hinein verwickeln und bat mich, allein zu agieren. Ich schloss Freundschaft mit Trifa und gewann sein Vertrauen. Fast sofort erfuhr ich von der Existenz der *Hilfsorganisation,* doch ich brauchte Jahre, um deren Organigramm zu erstellen. Mit Grauen erfuhr ich, dass ein Nazibiologe, ein gewisser Jakob Graf, seinerzeit im Labor die chemischen Prozesse nachvollzogen hatte, die dem Geheimnis der Herbstzeitlose zugrunde liegen. In der Tat finanzierte sich die RACHE durch Regeneration menschlicher Organe, die sie dann an diejenigen verkaufte, die eine Transplantation brauchten; und für besonders skrupellose Auftraggeber besorgte sie sogar ganze Körper, so lebendig wie die Lemuren der Katharer. In zahlreichen Kriegen, auch in jüngster Zeit, sind diese Ungeheuer im Kampf eingesetzt worden.«

Loomis zeigte eine gewisse Unruhe. Offenbar fürchtete er, der Priester könnte zu viel sagen. »Bitten Sie ihn, sich kurz zu fassen.«

Es war nicht nötig, dass die Ärztin die Aufforderung

wiederholte. Über alles Maß des Erträglichen erschöpft, hatte Pater Jacinto kein Interesse, sich zu verbreiten.

»Als Trifa 1968 in Rumänien verschwand, blieb ich als Berater eines gewissen Oberst Dollmann in der *Hilfsorganisation,* der in der Hierarchie sehr weit oben stand. In den folgenden Jahren sabotierte ich die Organisation, wo ich konnte, und beobachtete ihre Entwicklung mit immer größerem Entsetzen. Da gab es eine Sache, die mir nicht klar war. Auf der einen Seite verwendeten die Nazis in den Labors, die die RACHE in der ganzen Welt einrichtete, Grafs Entdeckungen. Doch auf der anderen Seite richteten sie ihre Aufmerksamkeit mit ebensolchem Nachdruck auf die natürlichen Quellen.«

»Was ist merkwürdig daran?«

»Das waren zwei völlig verschiedene Denkrichtungen. Die Suche nach den Quellen hatte nichts mit Jakob Graf zu tun, sondern schien eher an die mittlerweile sehr fernen Geschicke anzuknüpfen, die Eymerich und ich durchlebt hatten. Trifa wusste etwas, doch darüber hat er nie mit mir reden wollen. Er behauptete, es sei Doktor Mureles gewesen, der ihn auf diesen Weg gebracht hatte, nachdem er die Wunder des Heiligtums von Chimayò untersucht hatte. Aber ich begann, einen auf den ersten Blick absurden Verdacht zu hegen …«

»Und zwar?«

»Dass ich nicht der einzige Überlebende der Schrecken von Chatillon war. Dass noch jemand anderer am Leben geblieben war, dank der geheimen Kräfte der Herbstzeitlose, und dass er auf irgendeine Weise in Kontakt mit den Nazis gekommen war. Der Schlüssel zu allem war Mureles …«

»Warum?«

»Trifa sagte, er sei verantwortlich für die Verschiebung der Forschungsrichtung vom Gebiet der Chemie, auf dem Graf operiert hatte, zu den natürlichen Prozessen. Die Geschichte mit dem Heiligtum von Chimayò überzeugte mich ganz und gar nicht. So kam es, dass ich nach Guatemala fuhr, mit Dollmanns Erlaubnis, und so die Existenz der finstersten Filiale der RACHE entdeckte.«

Die Ärztin unterdrückte ein Gähnen. »Warum die finsterste?«

»Vor allem, weil dort Kinder mit einer abnormen Anzahl innerer Organe zur Welt gebracht wurden, die dann später ›ausgeräumt‹ wurden, um den US-amerikanischen Markt zu bedienen. Das und noch einiges mehr hat mir ein amerikanischer GI und ehemaliger Berater der berüchtigten Kompanie Cobra im guatemaltekischen Heer enthüllt. Er hieß Richard Da Costa.«

»Was ist aus Da Costa geworden?«, krächzte Loomis in die Wechselsprechanlage. »Warum ist er verschwunden?«

Als die Ärztin ihm die Frage wiederholte, lächelte Pater Jacinto. »Er ist Gefangener der Revolutionären Union Guatemalas. In der Tat kommt der Skandal um den Handel mit Kinderorganen nach und nach ans Licht. Zum rechten Zeitpunkt wird Da Costa wieder auftauchen und den Schlussakkord setzen.«

Die Ärztin dachte einen Augenblick nach. »Sie haben gesagt, da war noch etwas anderes. Was?«

»In seiner Klinik in Guatemala City sammelte Mureles Monstren. Einige waren unbehaarte Wesen ohne Verstand, Ergebnisse der Versuche von Graf. Andere waren dagegen Menschen mit dem Kopf oder den Gliedern von Tieren. Pferde- oder Eselsköpfe, Hundepfoten, Augen von Mäusen oder Eidechsen, Insektenscheren. Ich hatte sofort den Verdacht, dass diese Monstren nicht das Ergebnis der sterilen Versuche von Graf waren, sondern aus der natürlichen Verbindung von Colchicin, warmem, schwefelhaltigem Wasser und Wind hervorgegangen sind. Kurz, ich kam zu der Überzeugung, dass jemand Mureles die Existenz der Quellen von Betesda verraten hatte und dass Mureles die Validität dieser Hypothese persönlich hatte überprüfen wollen.«

»Und hat sich Ihr Verdacht bestätigt?«

»Nein. Ich musste Guatemala verlassen und zunächst nach Rumänien und dann nach Frankreich reisen. Meine Informanten hatten mich auf die Aktivitäten von zwei Nachkommen der Hüter der Lemuren, Seelmur und Remesul, aufmerksam gemacht. Von Seelmur habe ich schon berichtet. Remesul ist ebenfalls verhaftet worden und wartet nun in Bukarest auf seinen Prozess.«

»Sind Sie der Vermutung weiter nachgegangen, es könnte noch einen anderen Überlebenden geben?«

»Nein, denn ihr habt mich gefangen genommen. Gerade als ich herausfinden wollte, ob nicht der *magister*, Nikolas Eymerich selbst, noch am Leben war. Wer sonst hätte euch etwas von den Quellen erzählen können?«

»Aber wäre das nicht verrückt?«, fragte Loomis.

Als die Ärztin ihm die Frage wiederholte, blickte Pater Jacinto direkt auf die Glasscheibe. »Ihr seid es auch.«

»Genug.« Loomis sah auf die Uhr. »Ich muss wirklich gehen.«

»Können wir ihn wieder aufwecken?«, fragte Semurel.

»Ja, auch wenn ich mich frage, bis zu welchem Grad er wirklich eingeschlafen war.« Loomis machte ein paar Schritte durch das Büro des Primars, dann wandte er sich um. »Noch eine Frage.«

»Bitte.«

»Kann man es einrichten, dass er alles vergisst? Ich meine nicht nur dieses Verhör, sondern auch die Vergangenheit. Eymerich, die Lemuren, die Quellen und alles Übrige.«

Der Arzt wirkte bestürzt. »Sie glauben also an diese Geschichte?«

»Das ist hier nicht die Frage. Lässt sich das machen?«

»Ja, aber nur mit vielen Sitzungen und einer progressiven Vertiefung. Der Patient ist schwierig, das haben Sie selbst gesehen.«

»Vielleicht wird das gar nicht nötig sein«, sagte Loomis mit einem kleinen Lachen. »Trotzdem, für den Fall, dass wir uns entschließen sollten, ihn am Leben zu lassen, halten Sie sich bereit.«

»Wie Sie wünschen.«

Fräulein Penland begrüßte Loomis mit einem warmen Lächeln. »Wie geht's dir, Homer?«

»Nicht schlecht, Betty. Kann ich rein?«

»Moment, ich sehe nach.«

Betty Penland und Homer Loomis kannten sich seit 1956, als beide in der Arbeiterbewegung von Colombo aktiv waren, einer Nazigruppierung mit Basis in Atlanta. Jetzt sah die Penland aus wie fünfundzwanzig und Loomis wie sechsunddreißig.

Nach ein paar Worten durch die Gegensprechanlage lächelte die junge Frau wieder. »Er erwartet dich sehnlich.«

Es war immer wieder ein erhebendes Gefühl, die Schwelle zum wichtigsten Raum der RACHE zu überschreiten, zweiundzwanzig Meter unter dem Erdboden von Santa Fe. Nachdem er eingetreten war, schlug Loomis die Hacken zusammen und grüßte mit gestrecktem Arm. Der korpulente Alte mit rasiertem Schädel kehrte ihm den Rücken zu. Im Stehen verfolgte er einen Fernsehbericht über den fehlgeschlagenen Staatsstreich gegen Michail Gorbatschow.

Er schaltete das Gerät aus und wandte Loomis das Gesicht mit den grobschlächtige Zügen zu. »Lassen Sie diesen Gruß! Wir leben in anderen Zeiten.«

Etwas mühsam gelangte der Alte an seinen Schreibtisch. Der Sessel quietschte unter seinem Gewicht. Er bedeutete Loomis, ebenfalls Platz zu nehmen, und begann:

»Ich habe gehört, ihr habt ihn gefangen?«

»Ja«, antwortete Loomis mit leuchtenden Augen. »Er heißt Jacinto Corona, Spanier, Jesuitenpater. Eine Weile lang hatte er unsere Reihen infiltriert.«

»Ich weiß schon alles. Ich habe die Videoaufzeichnung des Verhörs gesehen. Ich bezweifle allerdings, dass der Mann wirklich unter Hypnose stand.«

Loomis nickte. »Das glaube ich auch. Die Behandlung, der er unterzogen wurde, kann allenfalls seine Abwehr geschwächt haben.«

Der Alte runzelte die Augenbrauen. »Wir hätten unser Auge nicht auf das Wasser von Lourdes werfen dürfen. Das war ein Fehler von diesem Idioten Trifa. Es ist seine Schuld, wenn wir dann die Jesuiten auf den Fersen hatten. Lourdes hätten wir nicht antasten dürfen. Umso weniger, als wir wundertätige Quellen und Heilwasser gar nicht mehr brauchten.«

Beide schwiegen. Fast liebevoll betrachtete der Alte die Büste von Jakob Graf, die auf seinem Schreibtisch stand. »Und wenn ich bedenke, dass ich verärgert war, als der Führer ihn mir anvertraute, damals im Bunker«, murmelte er. »Ihm verdanken wir alles.«

Loomis nickte. »Auch das Leben.«

»Ja, auch das Leben. Aber das verdanken wir nicht nur ihm.« Nachdenklich sah der Alte auf die wuchtige Truhe in einer Ecke des Raums, die von der raffinierten Modernität der Einrichtung abstach. Dann riss er sich los. »Wir könnten den Jesuiten verwenden, um einen Tausch vorzuschlagen. Wie viele von uns sind in ihren Händen?«

»Etliche, leider.« Loomis zählte an den Fingern nach. »Mindestens zehn, würde ich sagen, darunter Seelmur und Remesul. Da Costa ist, wie der Priester gesagt hat, von der Revolutionären Union Guatemalas gefangen genommen worden. Aber das Schlimmste ist, dass sie mit ihm zusammen auch Mureles erwischt haben, der viel mehr weiß.«

Mit gerunzelter Stirn sah er auf die Truhe.

»Verflucht der Moment, als Trifa auf Lourdes verfallen ist!«, rief der Alte aus. Ruhiger setzte er dann hinzu: »Ja, ich glaube, sie werden den Tausch akzeptieren. Wo habt ihr Pater Corona gefangen genommen?«

»In der Nähe von Chatillon, einem Ort in Norditalien. Er untersuchte die Überreste einer alten Quelle, die uns in der Vergangenheit auch interessiert hat, auf die wir dann aber verzichtet haben, weil ihr Wasser schon seit 1600 in das nahe gelegene Städtchen Saint Vincent geleitetet wird. Es war Doktor Semurel gewesen, der uns auf die Anwesenheit des Jesuiten hingewiesen hat.«

Der Alte drehte sich auf dem Stuhl um und sah auf die Weltkarte, die hinter ihm an der Wand hing und übersät war von zahllosen kleinen Kreisen. »Norditalien. Ich verstehe. Und ist er jetzt noch in Saint Vincent?«

»Ja, in Semurels Klinik. Wir dachten, ihn in unsere Filiale von Bethesda in Ohio zu transferieren und ihm dort die übliche Behandlung zuteil werden zulassen.«

»Nein. Schluss mit dem Handel mit Organen und Körpern ohne Geist. Der Markt ist mittlerweile durch Kleinproduzenten gesättigt.« Der Alte drehte sich auf seinem Stuhl wieder um. Er wies auf die Büste von Graf. »Dank dieses kleinen, unscheinbaren Mannes ist es uns gelungen, zunächst uns selbst fast unsterblich zu machen und dann unsere Pläne durch den Handel mit Herzen, Lungen und revitalisierten Körpern zu finanzieren. Doch jetzt ist das alles zu Ende.«

»Wollt ihr zur dritten Phase übergehen?«

Die Augen des Alten leuchteten auf. »Ja. Die Erneuerung der Rasse. Eine Gruppe von Unsterblichen, die über Polyploide mit athletischem Körperbau und der

Kraft eines Stiers herrschen. In den kommenden Monaten beginnen wir mit der Kettenreaktion der Cholchosulfuräthylbichlorase an einer Gruppe von menschlichen Embryonen, dann müssen wir nur noch die Ergebnisse abwarten. Und Zeit haben wir ja.« Ein kleines Lächeln erschien auf seinem Gesicht, erlosch aber sofort wieder. »Keine Behandlung für den Gefangenen. Versucht lieber herauszubringen, was er an dem Ort getan hat, wo er gefunden wurde.«

»Ich habe einen Bericht von Semurel bekommen, der mit den Verhören weitermacht. Offenbar trieb er sich in der Ruine eines alten Turms herum, in dem sich die Quelle befand, von der ich schon erzählt habe. Er hatte sich sogar einen Bagger gemietet, um den Steinhaufen beiseite zu räumen. Am nächsten Tag hat Semurel versucht, dies zu wiederholen, um herauszufinden, was der Priester suchte, und er erlebte eine komische Überraschung.«

»Welche Überraschung?«

»Den beiseite geräumten Trümmern ist ein Individuum mittleren Alters entstiegen, das wer weiß wie lang darin eingeschlossen war.« Loomis weidete sich am Staunen des Alten. »Es handelte sich um einen Verrückten, in Lumpen gekleidet und mit weit vortretenden Augen. Mit ihm zusammen kamen Scharen von Kakerlaken heraus. Könnt Ihr euch denken, wer das war?«

»Eymerich?«, riet der Alte.

Loomis nickte. »Ich glaube, er war es wirklich. Pater Corona war zu der Überzeugung gelangt, dass nur er uns die Informationen über die Quellen von Betesda gegeben haben konnte.« Er warf einen flüchtigen Blick auf die große Truhe. »Er ahnt die Wahrheit nicht.«

»Habt ihr ihn befragt?«

»O nein. Er hat zwar überlebt, das stimmt schon, aber er ist wirklich verrückt. Er stammelt unaufhörlich etwas daher in einer Sprache, die dem Französischen ähnelt.

Außer seinem eigenen Namen, eben Eymerich, wiederholt er immer nur einen Satz.«

»Welchen Satz?«

»›Wer bin ich‹«, antwortete Loomis lachend. Durch Bormanns Augen huschte ein amüsiertes Lächeln.

Nachdem Loomis hinausgegangen war, trat Bormann zu der Truhe, die in einer Ecke stand. Er hantierte an einer ihrer Seiten herum und öffnete ein Türchen, hinter dem ein sehr enges Holzgitter zum Vorschein kam. Man hörte eine krampfhafte Bewegung, wie von einem Körper, der sich auf engem Raum dreht.

»Hast du gehört, Bernier? Auch dein alter Meister ist noch am Leben. Ihr fangt langsam an, zu viele zu werden, ihr Menschen aus dem Mittelalter.«

Man hörte andere Geräusche, dann murmelte eine unglaublich raue Stimme: »Menschen?«

Bormann lachte. »Stimmt, in deinem Fall ist diese Bezeichnung etwas gewagt. Wie lange bist du über die Jahrmärkte gezogen?«

Zunächst war da Stille, dann flüsterte die Stimme:

»Jahrhunderte.«

»Genau. Bis Mureles dich in einer Jahrmarktsbude in Mexiko City entdeckt hat. Jetzt ist er in den Händen unserer Feinde, doch da bleibt er nicht lange.« Bormann machte Anstalten, das Türchen zu schließen. »Ich muss jetzt arbeiten. Möchtest du etwas, Bernier? Einen Keks?«

Eine Hundepfote schob sich zwischen den Gitterstäben hindurch. Die Stimme klang flehend. »Ich will sterben.«

»Nein, Bernier. Wir brauchen dich noch.«

Bormann schloss die Truhe wieder mit einem kurzen Schlag. Die Pfote wurde gerade noch rechtzeitig zurückgezogen. Man hörte ein Winseln, das einem Schluchzen ähnelte. Dann nichts mehr.

Epilog

Die Stimme des Verurteilten hallte nach wie vor durch den Spalt unten am Turm. Eymerich hörte es stirnrunzelnd, dann wandte er sich an Herrn de Berjavel.

»Er fragt sich immer noch, wer er ist. Was bedeutet das?«

Der Notar zuckte die Achseln. »Er ist vollkommen verrückt geworden. Er hat es nicht ertragen, dass ihm das Los widerfährt, das Euch bestimmt war. Ihm, Eymerich de Quart, dem mächtigen Bischof von Aosta.«

Meister Philippe stand auf den Stiel der Spitzhacke gestützt und nickte. »Als ich ihn nach der Auswechslung hierher schleifte, war er nicht mehr derselbe. Er wiederholte in einem fort: ›Aber ich bin ein anderer Eymerich!‹ Doch er wurde immer blöder dabei.«

Die Glocken im Tal hatten eben die erste Stunde geläutet. Im Osten über dem Gebirgsrund zeigten sich die ersten Sonnenstrahlen und brachten das Weiß der Gletscher zum Leuchten. Es war sehr kalt, doch Eymerich kümmerte sich nicht darum.

»Meister Philippe, beginnt mit Eurer Arbeit«, befahl er. »Man braucht nur den Balken zu berühren, damit diese Öffnung einstürzt. Dieser Fürsprecher der Ketzer soll für immer hier eingeschlossen bleiben.«

Der Notar zog die Augenbrauen hoch. »Wollt Ihr ihn zum Tod verurteilen?«

Der Inquisitor machte eine wegwerfende Geste. »Wenn Satan sein Herr ist, wird er gut zu ihm sein und ihn bald sterben lassen. Doch ich wünsche mir, dass er dem Fluch seiner Katharerfreunde verfällt und Jahrhunderte lang in diesem Brunnen leben muss. Deswegen hab ich ihm den Mund mit Herbstzeitlose vollgestopft. Er wird reichlich Zeit haben, über das Los eines unwürdigen Bischofs nachzudenken.«

Philippe schwang die Spitzhacke. Ein einziger Hieb auf den Balken genügte. Ein Funkenregen stob von der Spitze des Werkzeugs. Dann hörte man einen heftigen Knall, eine Masse alter Steine stürzte herab und wirbelte eine Staubwolke auf. Die drei Männer beeilten sich, beiseite zu treten. An einer Seite des Turms bröckelte die äußere Schicht ab und enthüllte die großen Felsbrocken, die ihre Grundstruktur bildeten. Der Zugang zum Brunnen wurde vollkommen verschüttet.

Eymerich warf einen letzten Blick auf den Bau, dann ging er, gefolgt von seinen Gefährten, zu den Pferden, die am Rand der Lichtung grasten.

»Ich verdanke Euch mein Leben, Herr de Berjavel«, sagte er mit einem Anflug von Lächeln. »Es ist wohl Schicksal, dass Ihr immer in den kritischen Momenten in mein Leben eingreift, indem Ihr mir die entscheidende Hilfe bringt.«

Der kleine Notar zuckte die Achseln. »Ich würde das nicht Schicksal nennen. Ihr seid es doch gewesen, der mir befohlen hat, im Kastell zu bleiben, in der weisen Voraussicht, dass Semurel mit Verstärkung wiederkommen könnte. Und Ihr habt mir auch befohlen, einen Verrat vorzutäuschen, falls die Lage sich verschlechtert.«

»Das ist eine gute Regel, sich immer einen Ausweg offen zu halten«, sagte der Inquisitor schlicht. Dann fuhr er fort: »Nein, Herr de Berjavel, ohne Eure Klugheit wäre ich verloren gewesen. Ich hatte Euch nicht befohlen, Eure Akkreditierung in Avignon beim Bischof einzusetzen und Euch zu erbieten, ihn nach Aosta zu begleiten.«

Philippe, der das Zaumzeug seines Pferdes richtete,

brach in Gelächter aus. »Unterschätzt Euch nicht, *magister.* Ohne die Verdienste des Herrn Notars schmälern zu wollen, aber Ihr habt doch angeordnet, dass ich im Fall der Gefahr so tun sollte, als würde ich Euch verlassen, um dann mit Herrn de Berjavel in Kontakt zu treten. Ihr hattet alles vorausgesehen.«

Eymerich stieg aufs Pferd und ergriff die Zügel. Er schüttelte den Kopf. »Nein, nicht alles. Erst als die Alte mir sagte, ich würde dem Henker der Challant übergeben, war mir klar, dass da noch eine Hoffnung für mich war. Ebail hatte mir nämlich gesagt, dass er gar keinen Henker hat.«

Herr de Berjavel zeigte einen listigen Gesichtsausdruck. »Ebail ist ein Dummkopf. Als ich ihm erklärte, ich könnte ihm einen Henker empfehlen, hat er nicht den geringsten Verdacht geschöpft.«

»Dank Eurer Titel und der Fürsprache des Bischofs.«

Schweigend ritten sie durch den Wald, in den die ersten Sonnenstrahlen eindrangen. Erst als sie ihn durchquert hatten und auf dem Weg waren, der am Dorf der Leprösen entlangführte, brachten sie ihre Pferde nebeneinander und fingen wieder an zu sprechen.

»Wie viele Tote in dieser Geschichte«, murmelte Eymerich mit einem Blick auf die Ruinen von Bellecombe in der Ferne, von denen noch immer Rauch aufstieg. »Der Finger Satans hat in dieser Gegend Trauer ausgesät.«

»Ihr müsst auch die drei Soldaten von der Eskorte des Bischofs hinzurechnen, die ich am Ausgang von Chatillon töten musste«, sagte Philippe. »Ich hoffe, Ihr erteilt mir die Absolution.«

»Ich werde sie Euch erteilen, doch Ihr habt sie überhaupt nicht nötig. Diese Soldaten dienten einem der Kirche feindlichen Vorhaben. Das waren keine Menschen, das waren bloße Körper.«

Unwillkürlich befühlte Eymerich mit den Händen

seine Beine, wie um zu kontrollieren, ob sie noch an ihrer Stelle waren. Sofort unterdrückte er die Geste. Noch nie hatte er sich seiner Identität so sicher gefühlt, noch nie so stark wie jetzt.

»Von jetzt an müssen wir vorsichtig sein. Sie dürfen uns nicht sehen«, sagte der Notar.

»Oh, bestimmt suchen sie uns nicht. Sie glauben, ich sei im Turm eingesperrt und Ihr seid mit dem Bischof auf dem Weg nach Aosta. Zum Glück hat niemand meiner ›Hinrichtung‹ beiwohnen wollen.«

»Die Alte hätte es vielleicht gewollt«, sagte Philippe, »doch ich bin mit Euch aufgebrochen, als sie noch Pater Jacinto befragte. Im Übrigen waren die beiden Offiziere bei mir.«

»Wo habt Ihr ihre Leichen versteckt?«

»Hinter der Brücke gleich außerhalb des Dorfes. Für die bitte ich Euch nicht um Absolution. Sie waren Diener Semurels, also des Bösen.«

»Ihr habt Recht.«

In der kleinen Ansammlung von Hütten linker Hand des Wegs schien das Leben wieder zu seiner elenden Normalität zurückgekehrt. Man sah Kinder barfuß im Schlamm spielen, die kleinen Körper von Krankheiten zerfressen, und Verkrüppelte und Lepröse, die sich hierhin und dorthin schleppten, offenbar ohne Ziel.

»Wer wird in Zukunft für diese Unglücklichen sorgen?«, fragte Herr de Berjavel.

»Semurel, nehme ich an. Ihr dürft nicht vergessen, dass er noch an seinem Platz ist.« Zorn flackerte in Eymerichs Augen auf. »Ich glaube nicht, dass es mir gelingen wird, ihn zu bestrafen, wie ich möchte. Und Ebail ebensowenig. Ihre Teilnahme am Kreuzzug wird in Avignon einiges Gewicht haben. Oder täusche ich mich?«

»Ihr täuscht Euch nicht«, bestätigte der Notar. »Wenn der Papst die ganze Geschichte erfährt, wird er die entsprechenden Maßnahmen gegen die überlebenden Katharer ergreifen. Sogar über das Verschwinden des Bischofs von Aosta wird er hinwegsehen. Doch es ist nicht zu hoffen, dass er den offenen Kampf mit Amadeus von Savoyen und seinen Vasallen, einschließlich Ebail, aufnimmt. Das ist traurig, aber so ist es nun einmal.«

»Das glaube ich auch.« Eymerichs Blick blieb nachdenklich auf zwei Frauen haften, die zwischen den Hütten herumhumpelten, auf lange Stöcke gestützt, um sich aufrecht zu halten. »Diese Ausgestoßenen haben nicht die Adeligen zu fürchten, sondern einen schlimmeren Feind.«

»Welchen?«

»Kleinbürger wie den Apotheker. Sollten sie eines Tages die Oberhand über die Adeligen gewinnen und ihr freies Gemeinwesen einrichten, dann werden sie viel grausamer sein als ihre früheren Herren. Sie haben keine anderen Moralvorstellungen außer ihrem Gewinn, und sie hassen die Mächtigen, weil sie nicht mit ihnen mithalten können. Doch mehr als alles andere hassen sie die Armen, weil sie der lebendige Spiegel ihrer Herkunft sind. Und ihres möglichen Endes.« Er zuckte die Achseln. »Das aber sind Dinge, die uns nichts mehr angehen. Jetzt müssen wir uns auf den sichersten Weg konzentrieren.«

Sie sahen auf die Anhöhe von Ussel und die Dächer von Chatillon. Eymerich streckte den Arm aus.

»Wir reiten am Fluss entlang und halten uns dicht am Gebüsch. Im Fall der Gefahr sind wir in einem Augenblick verschwunden.«

Während sie den Weg verließen, in das Brombeergebüsch eindrangen und versuchten, im Schatten der Tannen verborgen zu bleiben, fragte der Notar: »Was wird aus Pater Jacinto? Werdet Ihr ihn befreien können?«

Eymerich schüttelte den Kopf. »Ich werde es versuchen, doch ich fürchte, das wird vergeblich sein. Wir werden nicht so bald in Avignon sein, immer vorausgesetzt, wir schaffen es überhaupt. Bis dahin ist Pater Jacinto hingerichtet.« Er richtete sich im Sattel auf. »Seht Ihr, Herr de Berjavel, Jacinto trug lieber das Kreuz als das Schwert. In diesen Zeiten hingegen braucht die Kirche schärfere Schwerter als die der Fürsten. Und die Inquisition ist die schärfste Waffe, über die die Kirche verfügt.«

Der Notar lächelte. »Und Ihr seid die Klinge.«

Eymerichs Augen wurden schmal. »Entscheidend ist zu wissen, wohin man trifft. Wo Disziplinlosigkeit, Nachsicht mit ketzerischen Ideen und dumme Reden des Verständnisses für Sünder herrschen, da verläuft die Hauptschlagader Satans. Diesmal habe ich sie zum Teil verfehlt, doch ich bin schon bereit zum nächsten Schlag. Verdorbenes Blut zu vergießen ist keine Grausamkeit, es ist Medizin. Heilsam wie ein Aderlass.«

Sie ritten weiter in Richtung Fluss, dessen eisiges Wasser unten auf dem Talboden funkelte, beschienen von einer Sonne, die nicht wärmte.

»O Gorizia, tu sei maledetta«

Rick Da Costa ließ sich das Fernglas reichen und robbte vor bis zur Schießscharte des halb eingestürzten Wachturms. Schnee rieselte ihm leicht auf sein graues Haar. Er stellte das Fernglas ein und bemühte sich, den Aufgang zum Schloss in den Blick zu bekommen.

»Da sieh einer an«, murmelt er gleich darauf. Er ließ sich über den Haufen Sandsäcke zurückrutschen und hockte sich wieder zu seinen Männern.

»Sie haben chinesische Panzer vom Typ 69«, verkündete er erstaunt. »Ein völlig veraltetes Modell.«

»Rücken sie näher?«, fragte Leutnant Bidmead.

»Nein. Sie stellen sie einfach in einer Reihe auf. Aber sie werden sich bestimmt bald in Bewegung setzen.«

Eine Gewehrsalve prasselte mit voller Wucht gegen die Mauern des Wachturms. »Wir sollten uns besser zurückziehen«, sagte Roheim ruhig. »Auch wenn es schneit, hier wird's jetzt brenzlig.«

»Ja.« Da Costa packte seine finnische M 76, nahm sie an ihrem gefrästen Kolben wie einen Stock, dann setzte er über den Haufen Sandsäcke hinweg, der die Trümmer der Rückwand bedeckte, und lief auf eine Reihe von Blechbaracken in der Ferne zu. Die fünf Männer, die bei ihm waren, folgten ihm, hielten aber untereinander Distanz. Vom Schloss her kam keine Reaktion, abgesehen von ein paar zufällig abgefeuerten Salven. Die Polyploiden der RACHE mussten damit beschäftigt sein, hinter den Panzern Aufstellung zu nehmen, in Erwartung des Signals zum großen Angriff. Die Schreie der Ausbilder, die ab und zu, getragen von dem eisigen

Wind, durch das stille Schneegeriesel herüberdrangen, bestätigten diese Vermutung.

Da Costa schlüpfte durch den Einlass zwischen zwei Blechwänden, vor denen schwarze Eiszapfen herabhingen. Sobald er im Inneren der Baracke war, atmete er auf, während die anderen zu ihm stießen. Major Gauss erhob sich von seinem Tischchen beim Ofen und kam ihm lächelnd entgegen. Die in allen Winkeln der Baracke herumlümmelnden Soldaten hingegen spielten weiter Karten, als ob nichts wäre.

Er wickelte den Schal vom Kragen ohne Abzeichen und trat zum Ofen. »Sie bereiten einen Panzerangriff vor, Herr Major. Das glaube ich wenigstens. Typ 69, etwa ein Dutzend.«

Gauss strich sich über das schlecht rasierte Kinn. »Typ 69? Habe ich ja schon jahrelang keinen mehr gesehen.«

»Ich auch nicht.« Da Costa hielt die Hände über die fast glühende Herdplatte und versuchte sie zu wärmen. Seine Männer sammelten sich in einer Ecke des Raums, unbemerkt von den anderen. Zwischen Söldnern und den regulären Soldaten der Euroforce herrschte kein gutes Klima.

In Gedanken versunken betrachtete Gauss das triste Panorama, das man durch die mit Wasserdampf beschlagenen Fensterscheiben sehen konnte. Die wenigen übrig gebliebenen Gebäude des kleinen Städtchens trugen die Spuren von Phosphor und Napalm. Nach Monaten der Bombardierung hatte sich auch in der Luft etwas verändert. Der Schnee, der ununterbrochen fiel, zeigte im Dunkeln ein merkwürdiges, intensives Leuchten. Ein gelber, ungesunder Dunst stieg manchmal in dichten Schwaden vom Boden auf. Der Himmel war grau und leer und grau waren auch die wenigen vertrockneten Blätter an den Bäumen.

»Es ist seltsam, dass die RACHE an einen Frontalangriff denkt. Bisher hat sie den Krieg mit mittelalterlichen Methoden geführt, mit Belagerungen und Hinterhalten. Sie haben doch für sie gekämpft, können Sie mir das erklären?«

»Ich habe für die RACHE gekämpft, solange sie von meiner Regierung unterstützt wurde«, antwortete Da Costa etwas pikiert. »Jetzt gibt es diese Regierung nicht mehr. Die Erklärung ist jedoch einfach. Seitdem sie das Schloss eingenommen haben, sind sie in Gefahr, selbst die Belagerten zu werden. Diese Panzerbewegung sieht aus wie ein präventives Ausfallmanöver.«

»Dann überschätzen sie uns. Wir sind weit davon entfernt, sie eingeschlossen zu haben.« Der Major deutete auf eine Flasche auf dem Tisch. »Möchten Sie etwas trinken?«

»Was ist das?«

»Ein Pflaumenschnaps, der hier in der Gegend gebrannt wird. Oder genauer, gebrannt wurde, als es noch Pflaumen gab. Fragen sie mich nicht, wie er heißt.«

»Das ist genau das Richtige für mich.«

»Dann bedienen Sie sich; ich benachrichtige unterdessen das Oberkommando.«

Da Costa wischte die Öffnung der Flasche mit der Hand ab und nahm einen großen Schluck. Der Schnaps wärmte, aber er brannte auch im Magen. Zum x-ten Mal trauerte er den weichen Rumsorten von Guatemala und Nicaragua nach, als die Vereinigten Staaten noch eine Großmacht waren und Militärberater es sich in der Etappe gemütlich machen konnten. Ganz zu schweigen vom Klima, von der Bläue des Himmels …

Gauss hängte das Feldtelefon wieder ein. »Wir sollen nichts unternehmen. Sie im Auge behalten, aber nichts unternehmen.« Er zog eine angewidertes Gesicht. »Offenbar steht eine diplomatische Initiative unmittelbar bevor.«

Bidmead, der mit seinen Kameraden plauderte, drehte sich ruckartig um. »Was? Nehmen Sie uns auf den Arm?«

Gauss war es nicht gewöhnt, sich von einem Untergebenen in diesem Ton anreden zu lassen. Er musterte den anderen. Ein kräftiger blonder Kerl in irgendeinem Tarnanzug, aus dem ein T-Shirt mit der Aufschrift EAT LEAD … YOU LOUSY RED! hervorschaute. Er verzog den Mund.

»Befehl ist Befehl, Herr Leutnant. Das Oberkommando weiß, was es tut.«

Bidmead ließ sich von dem Verweis auf seinen Rang nicht einschüchtern. Er zuckte die Achseln.

»Ich weiß nicht, warum wir auf die Deutschen hören. Bis jetzt haben wir eine Schlacht nach der anderen verloren.« Er rülpste, um seiner Verachtung Nachdruck zu verleihen.

Gauss' großflächiges, rotes Gesicht verzerrte sich. Da Costa hielt es für geboten, einzugreifen.

»Mit wem haben Sie beim Kommando gesprochen? Mit General Macrí?«

»Nein, der ist auf die andere Seite übergelaufen«, brummte Gauss. »Es war Schlegel, der Generalstabschef.« Er deutete auf Bidmead und seine Augen verengten sich. »Haben Sie gehört, was er gesagt hat? Das ist Ihr Mann, nicht wahr?«

Da Costa sah ihn ironisch an. »Und was soll ich machen? Ihn bestrafen?« Dann leise, getrieben von einem Groll, den er schon zu lange unterdrückt hatte: »Dieser Krieg ist ganz der eure, und die Euroforce ist ganz deutsch. Das wissen ja sogar die Steine. Aber wenn ihr uns wenigstens kämpfen lassen würdet …«

»Was erlauben Sie sich …«, versuchte Gauss zu erwidern. Seine Lippen zitterten, sowohl aus Überraschung als auch vor Empörung, und der Satz ging in einem Gestammel unter.

»Ich erlaube mir, und ob«, sagte Da Costa in ruhigem,

aber bestimmtem Ton. »Vor zwei Jahren habt ihr alle *freedom fighters* der ganzen Welt gegen die RACHE zusammengerufen. Und da stecken wir nun fest in einem Krieg, der nur aus Verhandlungen und Rückzügen, Rückzügen und Verhandlungen besteht. Und alles bloß, weil Deutschland mit seinen TIR-Lastern voller Waschmaschinen ungehindert ans Ägäische Meer kommen will, ohne zu viele Zollschranken dazwischen.«

Einige der Euroforce-Soldaten, die an den Wänden hockten, standen mit finsteren Gesichtern auf. Die Gruppe der Söldner hingegen umringte Da Costa, als ob sie ihn vor einem unmittelbar bevorstehenden Angriff schützen müsste. In dem Moment kam von draußen das Getöse einer Explosion, gefolgt von zwei weiteren.

Roheim lief zur Tür und streckte den Kopf hinaus. »He«, rief er, »die Panzer bewegen sich! Sie greifen uns an!«

Miserabler Laune lief Unteroffizier Grol hinter den rollenden Panzern her. Die Einheiten der Polyploiden waren unkoordiniert und schwankten wie ein Haufen Blinder mal hierhin, mal dorthin. Etliche Männer – konnte man sie eigentlich so nennen? – waren schon unter den Ketten der Panzer gelandet, nachdem sie auf dem Schnee ausgerutscht waren. Einer von ihnen war ohne einen Arm wieder aufgestanden, drehte sich im Kreis und verspritzte ringsum Blut.

Heftig riss er einen Ausbilder am Jackenärmel, der genauso verstört war wie er selbst. »Aber kann man die nicht in Reih und Glied bringen?«, brüllte er. »Das ist ja ein Tollhaus hier!«

Der Gefreite, ein junger Mann mit völlig zerzaustem blondem Haar, schüttelte den Kopf. »Die Fotozellen hinten an den Panzern sind vereist. Und sie laufen den Fotozellen nach.«

»Worauf wartet ihr, sie sauberzumachen?«

»Das Eis ist so voller Phosphor und anderem Dreck, dass es richtig festklebt. Und dann ist es auch gefährlich, es entfernen zu wollen. Ohne das Signal könnten die Polyploiden anfangen, wild drauflos zu schießen.« Mit unglücklichem Gesichtsausdruck breitete der junge Mann die Arme aus. »Sie sind es so gewohnt.«

Wie um seine Worte zu bestätigen, hob in diesem Moment ein Polyploide sein AK 47 und schoss eine Salve ab. Ein paar Kugeln durchbohrten einen Kameraden, der jedoch weiterlief, als ob nichts wäre. Die anderen Schüsse schlugen gegen die Rückwand des Panzers, der vor der Gruppe dahinratterte. Einer der Panzersoldaten streckte einen Moment lang den Kopf aus dem Turm, zog ihn jedoch gleich wieder zurück und verschloss die Luke.

Entnervt breitete Grol die Arme aus. »Ein Tollhaus! Ein Tollhaus!«

In den vorderen Reihen gingen weitere Salven los, bis die gesamte Menge der Polyploiden anfing, blind drauflos zu ballern. Sie liefen weiterhin den Panzern hinterher, die auf dem abschüssigen Gelände schneller wurden. Sie wirkten wie eine glühende Lavamasse, aus der Feuerfunken aufstieben, während sie sich den Hügel hinunterwälzten in Richtung auf die Stadt, die unter dichtem Nebel lag.

Grol, der sich zu Boden geworfen hatte, stand nach ein paar Sekunden wieder auf und zog seine zerknautschte Mütze zurecht. »Nun, wenigstens laufen sie in die richtige Richtung«, murmelte er dem Ausbilder zu, der neben ihm kniete.

Der antwortete nicht. Grol betrachtete ihn genauer und sah, dass eine verirrte Kugel ihm durch die Kehle gefahren war und ihn in das Standbild eines Betenden verwandelt hatte, der zu einem Gott betet, den es nirgendwo mehr gab. Er zuckte die Achseln und ging gemächlich auf die polygonale Einfassungsmauer des Schlosses zu. Für den Tod eines Idioten hatte er keine Träne übrig.

In der Nähe des Wachpostens informierte ein Schild, das von Hand geschrieben war und im phosphporeszierenden Schnee fast versank, dass dies der Sitz der Regierung des Westlichen Balkanien war, dessen Hauptstadt Gorica, einst Gorizia, war. Das waren erbärmliche Fiktionen. Balkanien hatte nur eine Regierung, nämlich die RACHE, es sei denn, man wollte diese Gespensterrunde mit Sitz in Sofia Regierung nennen, die nicht einmal von der Existenz Gorizias etwas wusste. Was die angebliche »Hauptstadt« anging, so glich sie jetzt einem Trümmerfeld mit notdürftig zusammengezimmerten Baracken, auf dem die durchlöcherten Fahnen der verschiedenen Heere flatterten, die sich diesen Müllhaufen unter einer Schicht von leuchtendem Eis streitig machten.

Im Hof wimmelte es von Soldaten, die sich an einem Lastwagen zu schaffen machten. Ein Fernsehteam nahm auch die belanglosesten Details dieser Szene auf, hielt die Kameras aber vor allem auf eine Gruppe Ziviler, die beim Brunnen zusammengekauert hockten. Es waren ungefähr vierzig Menschen, Männer, Frauen und Kinder, die mit Schnüren und Stricken aneinander gefesselt waren. Man erkannte zwei Priester und eine junge Chinesin, die ein blondes Kind an sich drückte. In ihren Augen las man weniger Schrecken als eine totale Verwirrung, als ob sie nichts von dem verstünden, was um sie herum vorging.

Flüchtig bemerkte Grol einen einzelnen Polyploiden ganz in der Nähe. Er hielt den Mund weit nach oben aufgesperrt, als ob er den verseuchten Schnee schlucken wollte, der aus den Wolken fiel. Er wusste von dem ständigen Durst, der diese Kreaturen plagte, Frucht des

Nahrungsbedürfnisses einer sich ständig vermehrenden Anzahl von Zellen. Es lag jedoch etwas Kindliches in der Haltung des Polyploiden, als ob er die Pose wiederholen würde, mit der er als Kind versucht hatte, mit dem Mund eine Schneeflocke zu erhaschen. In einem anderen Zusammenhang hätte man vielleicht gerührt sein können. Aber Grol wusste nicht, was Rührung war, und schon gar nicht angesichts eines Monsters.

In dem Moment trat Oberleutnant Kolov aus dem Gebäudeflügel, in dem das Oberkommando untergebracht war. Grol lief ihm entgegen und stieß dabei unsanft zwei Kameraden zur Seite, die aus einem Lastwagen zwei schauerliche Gemälde ausluden, die wer weiß wo beschlagnahmt worden waren. Als er ihn sah, verfinsterte sich Kolovs Gesicht. »Jetzt habe ich keine Zeit, Herr Unteroffizier. Ich muss mich ums Fernsehen kümmern.«

Grol, der außer Atem war, versuchte Luft zu schöpfen. »Es ist was Ernstes. Die Polyploiden sind außer Kontrolle geraten. Sie schießen in alle Richtungen.«

Auf Kolovs feinem Gesicht erschien ein hochmütiger und andeutungsweise ironischer Ausdruck. »Hat man Ihnen nicht beigebracht, wie Sie Ihre Vorgesetzten zu grüßen haben, Herr Unteroffizier?«, sagte er mit Nachdruck. »Wen glauben Sie denn, dass Sie vor sich haben?«

Derart überrumpelt, deutete Grol ungeschickt einen Gruß an. »Aber …«

»So ist es schon besser. Und jetzt sprechen Sie. Gehen die Polyploiden in die richtige Richtung?«

»Meinen Sie, in Richtung Stadt? Ja, aber …«

»Etwas anderes interessiert mich nicht. Und wenn es mich nicht interessiert, dann sollte es Sie auch nicht interessieren. Helfen Sie mir lieber hier.« Er wies auf die Gruppe verfrorener Gefangener. »Sehen Sie die da?«

»Ja.« Grol fragte sich, ob der Oberleutnant betrunken

war, doch er wagte es nicht, irgendeine Bemerkung zu machen. »Ja, ich sehe sie.«

»Bringen Sie sie vor die Fernsehkamera, einen nach dem anderen. Drehen Sie ihnen den Arm auf den Rücken, reißen Sie sie an den Haaren, schütteln Sie sie. Ich will Großaufnahmen von leidenden Gesichtern, nicht von verblödeten Gesichtern. Haben Sie mich verstanden?«

»Ja, Herr Oberleutnant.« Grol verstand den Sinn dieses Befehls. Die öffentliche Meinung konnte ruhig glauben, dass die RACHE ihre Gefangenen tötete. Was sie hingegen nicht wissen durfte – oder wovon sie doch so tun musste, als wisse sie es nicht –, war, dass die RACHE aus den kräftigsten von ihnen Polyploide machte, nachdem sie sie in die großen Becken von Karlovac eingetaucht hatte, in denen ein Enzym mit unaussprechlichem Namen brodelte. Strohdumme, aber fast unverletzliche Krieger, mit Organen, die sich dank des Mutagens ständig vermehrten. Die Polyploide starben von allein, wenn die Anzahl ihrer Herzen, Lungen und Nieren exzessiv wurde im Verhältnis zu ihrer Statur. Oder wenn sie von den Explosionen buchstäblich zerfetzt und verkohlt wurden. Trotzdem konnte eine einzelne Kugel ihnen nicht ernstlich etwas anhaben, manchmal nicht einmal eine ganze Salve.

Gleichgültig ging Grol auf die Gefangenen zu. Ihr Leben und ihre Gefühle waren ihm weitgehend egal. Er war bei der RACHE, weil er an eine Welt von starken Männern glaubte, deren Elite aus Menschen bestand, die über Mitleid erhaben waren. Diese grandiose Vision von faszinierender Grausamkeit half ihm, die Schikanen der Offiziere zu ertragen und die wirklich schrecklichen Gewalttätigkeiten, denen er als kleiner Junge in Maribor ausgesetzt gewesen war, zu vergessen. Jetzt war er auf der Seite derer, die das Heft in der Hand hatten, und um nichts in der Welt hätte er seine neue Position aufs Spiel gesetzt.

Er versetzte einem Männchen in schneebedeckten Kleidern einen Tritt in die Rippen. »Los, steh auf«, befahl er barsch. Der Mann versuchte zu gehorchen, doch er verfing sich in dem Strick, mit dem er am Fuß gefesselt war, und fiel mit dem Rücken gegen den Brunnen. Irritiert zog Grol ihn an den Armen hoch, dann, als er aufrecht stand, gab er ihm eine schallende Ohrfeige. Das weiche Gesicht des Mannes glitt ganz auf die andere Seite, dann kehrte es an seine Stelle zurück, verzerrt von einem weinerlichen Ausdruck. Die Asiatin bedeckte die Augen des blonden Kindes und drückte es gegen die Brust.

»Nicht so«, sagte der Kameramann, indem er näher herankam. »Diese Bilder sind fürs ausländische Fernsehen bestimmt.«

»Mach deine Arbeit und spar dir deine Kommentare«, schnauzte Grol. Innerlich grinste er. Dieser Idiot wusste nicht, das die RACHE Wert darauf legte, Brutalitäten zu zeigen. Die Wirkung war nicht nur abschreckend, sondern auch anziehend auf diejenigen, die ihre Ideale von barbarischer Stärke teilten. Oberst Selerum, der starke Mann der RACHE in Westbalkanien, hatte sogar eine eigene Agentur damit beauftragt, Bilder von Vergewaltigungen und Episoden unerhörter Gewalt zu zehntausenden in der ganzen Welt zu verbreiten, um die Wirklichkeit eines sich dahinschleppenden Krieges zu dramatisieren und aufzubauschen. Wenn man wollte, dass die Menschheit zu den ursprünglichen Werten von Eisen, Blut und Feuer zurückkehrte, musste man das Bewusstsein systematisch von jedem Vorbehalt gegenüber einer kriegerischen Ethik befreien.

Leutnant Grol packte das Männchen bei den Haaren und machte der TV-Kamera Zeichen, sie solle näher kommen. Zu seinen Füßen weinten zwei Frauen leise. Besser so. Die Szene würde dramatischer wirken.

»Ist er Jude?«, fragte der Kameramann, während er den Zoom bediente.

»Nein, Juden gibt es keine mehr«, antwortete Grol zerstreut. »Aber er ist ein Weltmensch.« Der Begriff, der nichts bedeutete, war in Gebrauch gekommen, um jemanden zu bezeichnen, der keiner bestimmten Volksgruppe angehörte und weder landsmannschaftliche noch Blutsbindungen zu verteidigen hatte. Praktisch war es ein unspezifischer Ausdruck der Verachtung, ohne ideologische Färbung. »Mit seinen Freunden hat er versucht, die Linien zu überschreiten und auf die andere Seite zu wechseln.«

»Wie dumm«, platzte der Kameramann heraus. »Als ob sie dort drüben jemand mit offenen Armen empfangen würde.«

»Ja.« Grol riss den kleinen Mann so lange an den Haaren, bis er endlich zu schluchzen anfing. Dann stieß er ihn zu Boden, trat zu der Chinesin und wollte sie zum Aufstehen zwingen. Doch in dem Moment verstummte der Widerhall der Schüsse der Polyploiden mit einem Mal und eine plötzliche Stille trat ein. Grol sah fragend Kolov an, der unweit davon mit dem Chef des Fernsehteams plauderte.

Der Offizier schien beunruhigt. Er rief ihn zu sich. Grol ließ von der Frau ab und gehorchte.

»Lauf hinaus«, befahl Kolov finster. »Geh nachsehen, was los ist.«

Verständnislos betrachtete Da Costa die feindliche Horde, die plötzlich das Feuer einstellte und bei der ersten Reihe Baracken stehen blieb, gleich hinter der Linie der Typ 69. Eine Viertelstunde lang waren die Polyploiden fächerförmig vorgerückt, in alle Richtungen schießend. Eine erstaunliche Feuerkraft, aber völlig ineffizient. Mehr als einmal hatte er den Eindruck gehabt, sie würden sich gegenseitig beschießen, wie zum Spaß. Das Ergebnis war jedes Mal eigenartig und beeindruckend. Der verwundete Polyploide drehte sich um sich selbst und ging dann weiter voran, gleichgültig gegenüber dem Blut, das ihm über die schwarze Uniform lief.

Regelmäßig mähte die leichte Artillerie der Euroforce die erste Reihe nieder, doch neue Polyploide rückten vor und trampelten auf den Gefallenen herum. Im nächsten Moment standen auch die wieder auf und nahmen erneut ihren planlosen Marsch auf, als ob nichts gewesen wäre. Wenigstens bis vor einem Augenblick. Jetzt hingegen standen sie alle mit der Waffe in der Hand, den Blick in die Betrachtung der Leere versenkt. Auch die Panzer waren ohne ersichtlichen Grund stehen geblieben, vielleicht weil ihnen klar war, dass diese schwachsinnige Infanterie aufgehört hatte, den von ihren Ketten gebahnten Wegen zu folgen.

Da Costa schüttelte den Kopf, wie um sich loszureißen, und schaute hinter sich. Die Euroforce wich zum Fluss hin zurück und überließ die Baracken dem planlosen Vorrücken der Feinde. Die Rolle der Artillerie war rein symbolisch: wütendes Feuer, doch ohne Zielrichtung. Von der Luftwaffe ganz zu schweigen. Dabei hätten ein paar Bomben zwischen dem Schloss und den Baracken genügt, um den Hügel leer zu fegen. Es wirkte wie die Ankündigung einer gewollten Niederlage.

Gemächlich ging er zu Major Gauss, der seine Männer beobachtete und sie in Reih und Glied zu halten suchte. Um ihn dazu zu bringen, sich umzusehen, musste er ihn am Ärmel schütteln. »Sie haben zu schießen aufgehört«, verkündete er knapp. »Wie um uns zur Gegenoffensive aufzufordern.«

Verärgert deutete Gauss eine Verneinung an. »Keine Gegenoffensive. So lautet der Befehl.«

»Befehl der Euroforce«, erwiderte Da Costa aufgebracht. »Na gut. Meine Männer und ich sind es aber nicht gewohnt, uns kampflos zurückzuziehen.«

Die Augen des Offiziers verengten sich feindselig. »Hören Sie mir mal gut zu. Das ist nicht Ihr Krieg, das haben Sie selbst gesagt. Sie sind eine Art Missionar, der hierhin und dorthin eilt in der Welt, um Kommunisten aufzuspüren. Aber hier gibt es keine Ideologie zu bekämpfen oder zu verteidigen. Wenn Sie uns helfen wollen, gut. Sie müssen sich jedoch dem Willen des Oberkommandos unterstellen. Andernfalls können Sie gehen.«

»Das ist genau das, was ich tun werde.« Insgeheim aber fühlte Da Costa sich gedemütigt. In Gauss' Worten lag eine Wahrheit, die er sich nicht eingestehen konnte.

»Worauf warten Sie dann noch?«

Da Costa sah Bidmead an, der hinter ihm mit fragendem Ausdruck wartete. »Ruf Roheim, Riccardi, Felsen und die anderen zusammen. Die Eurobank hat beschlossen, auf unsere Dienste zu verzichten.«

Bidmead grinste. »Vielleicht hat sie kein Geld mehr, um unseren Sold zu bezahlen.« Er lief zu den Kameraden, die in Richtung Fluss marschierten, einem grauen Rinnsal ohne Leben, wie alles Übrige hier auch.

Gauss zuckte mit den Schultern. »Passen Sie bloß auf, dass Sie uns nicht in die Quere kommen. Da könnten Sie Überraschungen erleben.« Er entfernte sich im Schneegestöber, das eine schwärzliche Färbung angenommen hatte.

Etwas irritiert wartete Da Costa, bis seine Männer zu ihm stießen. Es waren etwa fünfzehn, in graugrünen Overalls, die für die bleichen Farben der Umgebung wenig geeignet waren. Auf den groben und ausdruckslosen Gesichtern war eine Spur Ratlosigkeit zu erkennen. Er bemerkte das und bemühte sich, in überzeugendem Ton zu sprechen.

»Diese Schlappschwänze ziehen sich schon wieder mal zurück. Gerade, als die Offensive zum Stillstand kommt und die von der RACHE dumm dastehen und nur auf unsere Schüsse warten. Es ist klar, dass dahinter irgendeine diplomatische Intrige steckt. Aber wir sind hier, um zu siegen, auch ohne die Erlaubnis von General Schlegel.«

Roheim schaute über die Baracken hinaus auf das Schloss. »Wenn sie aufgehört haben vorzurücken, muss es einen Grund dafür geben. Das sind keine Menschen, das sind Roboter. Sie handeln nur auf Befehl.«

»Ein Grund mehr, ihre Schemata zu durchbrechen.« Da Costa ließ die M 76 von der Schulter herabgleiten. Er nahm sie in die linke Hand, während er mit der Rechten das halbmondförmige Magazin einlegte. »Ihr wisst, wen wir vor uns haben. Das sind synthetische Menschen ohne Intelligenz. Wenn wir sie überraschen, können wir sie zu Brei machen. Seid ihr bereit dazu?«

»Ja, aber wer zahlt?«, fragte El Carnicero. »Die amerikanische Regierung? Die italienische Regierung?«

Da Costa sah in das Gesicht des Ex-Contra, das von den Kriegsjahren in Nicaragua gezeichnet war. Vielleicht war selbst ihm nicht klar, dass die Zeiten sich geändert hatten.

»Keine von beiden gibt es mehr, das solltest du wissen. Jetzt haben wir die Eurobank auf der einen und die RACHE auf der anderen Seite. Könnte sein, dass wir uns selbst bezahlen müssen. Aber ich glaube, wenn wir recht viele Polyploiden erledigen, wird die Euroforce uns wieder nehmen müssen.«

Er kehrte den anderen den Rücken zu und ging los in Richtung Schloss.

»Ist gut, wer will, kommt mit mir, und wer nicht, der kann zum Teufel gehen.«

Das Klirren von Rucksäcken, Munition und schussbereiten Waffen bestätigte ihm, dass das Gros seiner

Männer ihm folgte. Bei sich lächelte er und schlüpfte zwischen den Baracken durch, an denen überall die Eiszapfen hingen und wo es nach Schwefel roch.

Die Gruppe schlängelte sich zwischen den Blechwänden durch, wobei sie von Zeit zu Zeit über die erforenen Leichen von Zivilisten hinwegsteigen mussten, die nicht schnell genug aus Gorizia geflohen waren, als die RACHE die Stadt eingenommen hatte. Plötzlich sahen sie die wuchtige Masse eines quer gestellten Typ 69 vor sich. Schnell duckten sie sich und brachten sich hinter einem Haufen formloser Wracks in Deckung.

Der Panzerführer war auf das Dach des Fahrzeugs gestiegen und rief den Männern im Inneren etwas zu. Er wirkte überrascht und er hatte allen Grund dazu. Auf dem Hügel vor ihm stand reglos die Horde der Polyploiden, wie ein Wald von Statuen, und starrte in den Himmel, der angefüllt war von dichtem Schneegestöber und einem trüben Dunst. Da Costa stellte das Gewehr ab und setzte das Fernglas an, das er um den Hals trug.

»Unglaublich«, murmelte er Roheim zu, der neben ihm kniete. »Sämtliche Monster stehen mit offenem Mund da und bewegen die Kiefer. Es sieht so aus, als würden sie Schnee essen.«

»Was kann das bedeuten?«

»Ich weiß es nicht, aber etwas muss schief gelaufen sein, auf ihrer Seite. Versuchen wir, das auszunützen. Haben wir Magnetmienen da?«

»Zwei.«

»Jag mir diesen Panzer in die Luft.«

Roheim rollte am Boden bis zu Lepic hinüber, der eine Metallkassette im Arm hielt. Er machte sich an dem Schloss zu schaffen, dann sprang er auf und rannte los, etwas in Händen haltend. Als er dicht bei dem Typ 69 war, sah der Panzerführer ihn, stieß einen Schrei aus und versuchte, von dem Fahrzeug abzuspringen. Ein einziger Schuss von Da Costa durchbohrte ihm den

Schädel. Bevor der Turm sich bewegen konnte, platzierte Roheim die Magnetmiene an der Rückwand des Fahrzeugs und rannte davon, so schnell er konnte. Man sah die Panzersoldaten, die versuchten, aus dem Fahrzeug zu entkommen. Zu spät. Ein fürchterliches Dröhnen, gefolgt von einer sehr hohen Stichflamme, riss sie in Stücke und zerfetzte den Stahlmantel des Panzers. Eine schwarze Rauchwolke hüllte die Szene ein.

Da Costa half Roheim, wieder in die Deckung zurückzukommen. »Feuerbereit«, brüllte er. »Bald werden sie aus dem Rauch auftauchen. Wenn wir die Ersten umgelegt haben, ziehen wir uns hinter die letzte Reihe Baracken zurück.«

Es verstrichen ein paar Minuten in äußerster Anspannung, in einer unnatürlichen Stille. Man hörte das Gerassel anderer Panzer, doch der Lärm schien sehr weit weg. Dann durchbrach der eisige Wind die Rauchsäule und verwehte sie. Hinter dem Wrack des Typ 69 standen die Polyploiden noch immer reglos an derselben Stelle, die Münder himmelwärts aufgerissen. Hunderte und aberhunderte von aufgesperrten Mündern.

»Ich verstehe das nicht«, schimpfte Bidmead. »Warum sind sie stehen geblieben?«

Mit fiebrigen Fingern stellte Da Costa das Fernrohr ein. Nach ein paar Momenten ließ er es auf die Brust herabfallen, fassungslos. Er sah die Männer an, die ihn umringten.

»Sie stehen nicht still. Ihre Körper bewegen sich. Es sieht aus wie …« Er suchte nach Worten. »Ja, es sieht aus, als würden sie pulsieren. Wie von innen belebte Blasebälge.«

Grol versuchte, in den Schlosshof zurückzugelangen, aber Soldaten und Offiziere strömten massenweise heraus, um die Szene zu betrachten, die sich am Fuß des Hügels abspielte. Das Fernsehteam hatte schon seit einem Weilchen draußen Position bezogen, um die bevorstehende Schlacht zu filmen. Jetzt aber hatten die Techniker die Kameras abgeschaltet und versuchten zu verstehen, was dort unten vor sich ging.

Ein großer Mann mit wie in Holz geschnitzten Zügen drängte sich durch die Menge der Schaulustigen. Neben Grol machte er Halt.

»Stimmt es, dass sie einen Panzer in die Luft gesprengt haben, entgegen dem Abkommen?«, fragte er barsch.

»Ja, Herr Oberst.« Grol hatte Mirko Selerum erkannt, den Kommandanten von Gorizia. Er hätte ihn fragen mögen, welche Abkommen er meinte, doch er wagte es nicht. Er fügte lediglich hinzu: »Da ist noch mehr. Die Polyploiden stehen still da und strecken die Nase in die Luft. Sie scheinen verrückt geworden zu sein.«

»Ja, das sehe ich«, murmelte Selerum finster. Auf dem Abhang vor den ersten Reihen der Baracken wimmelte es von halbsynthetischen Menschen, die den Kopf in den Nacken gelegt hielten. »Such jemanden von der wissenschaftlichen Abteilung und bring ihn mir her.«

Der Befehl war einfach auszuführen. Gut die Hälfte der Offiziere der RACHE waren Wissenschaftler. Nicht umsonst bedeutete RACHE »Rassenchemie«. Eine vor langen Jahren von Militärs und Wissenschaftlern gegründete Organisation mit häufig eng verflochtenen Kompetenzen und einer gemeinsamen feudalen Vorstellung von Macht. Grol machte einen Major von der Wissendiv ausfindig, der durchs Fernrohr den Panzer betrachtete, der in der Ferne brannte. Ein Mann mit Rangabzeichen am Ärmel und sehr professionellem Gehabe. Er schleppte ihn zu Selerum, dann stellte er sich in der Nähe auf und wartete.

Der Oberst betrachtete den Neuankömmling. »Ich will eine chemische Analyse des Schnees, der gerade fällt. Wie lange brauchen Sie dafür?«

»Oh, die haben wir schon gemacht.« Der Major dachte nach, um sich zu erinnern. »Spuren von Phosphaten und Acetyl. Sicherlich Rückstände von den Bombenabwürfen der letzten Monate.«

»Die Polyploiden scheinen ganz versessen auf diese Substanzen. Können Sie mir einen Grund dafür nennen?«

Der Major runzelte die Brauen. »Das Einzige, was mir dazu einfällt, ist, dass Acetyl und Phosphate bei der Zellteilung eine Rolle spielen. Genauer gesagt, am Ende der sogenannten G1-Phase. Sie wirken als Wachstumsfaktoren und sind imstande, die Inhibitoren auszuschalten.«

Selerum zuckte zusammen. »*Sämtliche* Inhibitoren?«

»Ja, alle. Einschließlich der reziproken Kontakter. Starke Dosen davon können praktisch kanzerogen wirken. Sie ermöglichen den Zellen, sich eine nach der anderen zu vermehren.«

»Aber der genetische Code der Polyploiden ist doch eigens so angelegt, dass unregereltes Zellwachstum verhindert wird.«

»Dann wird es geregeltes Wachstum geben, aber frei von den Konditionierungen der Inhibitoren.«

Selerums Gesicht verfinsterte sich. »Heißt das, dass die Zellen sich ungehemmt vermehren können?«

»Ich fürchte, ja, und zwar sehr schnell. Die Polyploiden werden ja so behandelt, dass bei ihnen spontane Kettenreaktionen in Gang treten. Sie wissen das besser als ich.«

»Dann werden wir ja bald was erleben.« Selerum blickte sich um und sah die Fernsehkameras. »He, ihr da! Räumt dieses Zeug weg!«, schnauzte er. Sein Blick fiel auf Grol. Er winkte ihn heran. »Bringen Sie mir einen Funker. Sagen Sie ihm, er soll mit seiner ganzen Ausrüstung herkommen. Auf der Stelle.«

Grol rannte los in Richtung Schloss und kämpfte sich

mit den Ellbogen seinen Weg durch die Menge von Soldaten jeden Grades, die noch immer die reglose Schar der Polyploiden beobachtete. Die Gefangenen lehnten noch am Brunnen, bleich vor Kälte. Das Fernsehteam kehrte außer Atem zurück, bepackt mit Kabeln und Richtmikrophonen. Nach längerem Suchen fand Grol den Mann, den er suchte, in dem verfallenen Gebäude zwischen der ersten und der zweiten Einfassungsmauer, das einst »Fürstenschlösschen« hieß. Er überbrachte ihm den Befehl und folgte ihm, während er, bepackt mit einem Feldtelefon älterer Bauart über die Brücke ging, die vom vereisten Skelett einer Kletterpflanze überwuchert war.

Ungeduldig griff Selerum nach dem Hörer. »Ich bin's … Ja, haben Sie verstanden. Machen Sie sich fertig für einen Bombenangriff aufs Niemandsland.« Pause und dann: »Hauptmann, zwingen Sie mich nicht, meinen Befehl zu wiederholen. Ich weiß ganz genau, dass unsere Truppen dabei sind … Genau, so ist's richtig. Aber warten Sie mein Signal ab.« Er hängte ein und sah den schmächtigen jungen Kerl an, der die Anlage hielt. »Jetzt rufen Sie mir General Schlegel von der Euroforce. Sie kennen die Frequenz.«

Grol fragte sich, ob er sich nicht besser zurückziehen sollte. Die Gelegenheit war verlockend, aber gefährlich. Die telefonische Unterhaltung von zwei hochrangigen Offizieren aus gegnerischen Lagern zu belauschen konnte ihn seinen Dienstgrad kosten und vielleicht sogar das Leben. Doch niemand schien ihn zu beachten, und sowohl der Major von der Wissendiv als auch der Funker waren ja in derselben Lage wie er. Also beschloss er zu bleiben.

»Schlegel?«, sagte Selerum wenig später und drückte den Hörer fester ans Ohr. »Ich bin dabei, einen Befehl zu geben, der nicht vorgesehen war. Bomben auf die Polyploiden. Ich wollte Ihnen Bescheid geben, damit Sie nicht an einen Angriff denken … Glauben Sie mir, ich sage Ihnen die Wahrheit, aber am Telefon kann ich nicht mit Ihnen darüber reden. Wenn Sie herkommen wollen … Ja, meine Offiziere wissen Bescheid. Ich habe auch die Fernsehkameras ausschalten lassen.« Ein langes Schweigen trat ein, dann verzogen sich Selerums Lippen zu einem Grinsen. »Dann sind wir uns also einig. Ich bitte Sie nur um eines. Irgendjemand von den Ihren hat vor kurzem einen unserer Panzer in die Luft gejagt. Ja, ein Idiot … Ist gut, bringen Sie ihn mir, das übernehmen wir. Bis gleich. Ich lasse mit der Bombardierung nicht beginnen, bevor sie hier sind.«

Er hängte wieder ein und sah seine Untergebenen an. »In Kürze bekommen wir Besuch. Kehrt auf eure Posten zurück.«

Er wandte ihnen den Rücken zu und ging mit großen Schritten auf das Schloss zu, achtlos gegenüber den Grüßen der kleinen Menge von Soldaten in durchnässten Uniformen.

Verblüfft sah Da Costa auf die gegen ihn gerichteten Waffen. Dann schlug die Verblüffung um in Zorn. »Nein, ich hebe die Hände nicht! Warum sollte ich? Mit welchem Recht verlangen Sie das von mir?«

Gauss grinste. »Ich hatte Sie gewarnt: Wenn Sie auf eigene Faust handeln, könnten Sie sich auf Überraschungen gefasst machen. Los, machen Sie keine Geschichten.« Er wandte sich an die Soldaten, die um ihn herumstanden, und deutete auf die Söldnergruppe. »Entwaffnet sie, und wenn Sie sich zu Wehr setzen wollen, dann schießt.«

Wutschnaubend trat Da Costa auf ihn zu. »Das werden Sie büßen!«

»Glauben Sie vielleicht, das ist meine Initiative? Da täuschen Sie sich. Wenn's nach mir ginge, hätte ich Sie zum Teufel gehen lassen. Nein, der Befehl kommt von Schlegel persönlich.«

»Schlegel?«

»Ja, und er wird es Ihnen gleich selbst bestätigen. Jetzt legen Sie alle Waffen, die Sie bei sich haben, auf den Boden. Schön langsam.«

Bebend vor Wut gehorchte Da Costa. Seine Männer taten es ihm nach, bleich und unruhig. »Gut«, kommentierte Gauss. Er wies auf das Schloss in der Ferne. »Jetzt gehen wir da hinauf.«

»Da hinauf?«, brüllte Da Costa. »Das ist ja Verrat!«

»Nein, kein Verrat. Es ist nur ...«. Er unterbrach sich. Ein Jeep mit herabgelassenem Verdeck war am Ende der Straße aufgetaucht und kam nun direkt auf sie zu. Mit einem Ruck hielt er an.

Gauss lief zum linken Wagenschlag und öffnete ihn eilfertig. Ein massiger Mann stieg aus, lange weiße Haare fielen ihm über den mit Sternchen besetzen Kragen, der aus einem grünen Mantel hervorschaute. Seine Gesichtszüge waren weich, gezeichnet von Müdigkeit. Er erwiderte Gauss' Gruß, indem er zwei Finger an den Mützenrand legte. »Haben Sie diese Idioten gefasst?«, fragte er ohne Umstände.

Gauss wies auf die Gruppe der Söldner. »Ja, Herr General. Das sind sie.«

Schlegel wandte nicht einmal den Kopf nach ihnen um. »Gehen wir jetzt. Wir müssen voranmachen, denn es sieht so aus, als würde mit den Polyploiden etwas Seltsames vor sich gehen. Und wir müssen mitten zwischen ihnen durch.«

Da Costa fühlte sich vom Lauf einer M 16 vorwärts gestoßen. Mechanisch ging er voran, mit dem Gefühl, auf Watte zu treten. Mit einem Mal hatte er alles vergessen. Die hohe Gestalt Schlegels, der vorneweg ging, schien der einzige Bezugspunkt zu sein. Ob nicht vielleicht alles bloß die Ausgeburt dieses Schneegestöbers war, schmutzig und leuchtend wie in einem Alptraum?

Im Niemandsland konnte er nicht umhin, die grotesken Körper der Polyploiden zu streifen, die immer noch reglos mit in den Nacken gelegtem Kopf dastanden, darauf bedacht, alles zu schlucken, was vom bleiernen Himmel fiel. Ihre enormen Bäuche pulsierten, sie dehnten sich aus, als ob sie die Wehen einer monströsen Geburt durchlitten. Sie hielten ihre Waffen noch in der Hand, aber auf den Boden gerichtet, wie eine unnütze Last. Ihre gesamte Lebensenergie schien um die aufgerissenen Münder konzentriert, die damit beschäftigt waren, schmutziges Eis und in der Luft schwebende Rußpartikel zu kauen.

Etwa auf der Hälfte des Steigung kam Da Costa auf die Idee, einem der Monstren das Gewehr abzunehmen. Er verwarf sie sofort. Wohin hätte er fliehen können? Er begegnete dem hilflosen Blick von Carnicero, dann dem angespannten von Roheim. Er fragte sich, wie sie in einem Krieg hatten landen können, in dem man nichts verstand.

Er hatte Selerum noch nie gesehen, doch er war sich sicher, dass dies der korpulente Mann war, der oben auf dem Hügel vor der Schlossmauer wartete. Er lächelte Schlegel zu, als ob sie alte Freunde wären, und er war bestimmt kein Mann, der leicht lächelte. Da begriff Costa, dass es für ihn keine Hoffnung mehr gab. So viele Kriege, gekämpft im Namen von nichts, fanden ihr passendes Nachspiel in einem Krieg, der aus Nichts gemacht war.

In Gesellschaft von Oberleutnant Kolov und sechs weiteren Soldaten beobachtete Grol neugierig die Gruppe, die den Hang heraufkam und dabei eilig die Reihen der verrückt gewordenen Polyploiden durchquerte. Dann schüttelte Selerum schon mit peinlicher Freundlichkeit General Schlegel die Hand, während ein Gefreiter einen Schirm über sie hielt.

»Das sind die Gefangenen, die zu übernehmen sind.«

Kolov deutete auf etwa fünfzehn erschöpft aussehende Männer, in Schach gehalten von ebenso vielen Soldaten der Euroforce. Von diesen unterschieden sie sich durch die verschlampten Uniformen ohne Rangabzeichen, dafür voller Nadeln, Aufkleber oder blecherner Totenköpfe. Kolov verzog die Lippen zu einer verächtlichen Miene.

»Dilettanten des Kriegs, angeheuert über Anzeigen in *Soldier of Fortune.* Die schlechtesten Soldaten der Welt. Behandelt sie, wie sie es verdienen.«

»Wohin mit ihnen?«, fragte Grol.

»Oh, in den Keller. Aber halten Sie den mit den grauen Haaren separat. Das muss ihr Anführer sein.« Kolov kniff die Augen zusammen, um sie besser zu beobachten. »Ich könnte wetten, dass mir dieses Gesicht nicht neu ist.«

Die Männer legten die AK 47 an und rückten auf die Abteilung der Euroforce vor. Zwischen den beiden Gruppen gab es weder Begrüßungen noch Feindseligkeiten. Die Soldaten der RACHE machten den Gefangenen lediglich Zeichen, ihnen zu folgen, während die der Euroforce auseinander traten. Die Söldner gehorchten mit bockiger Fügsamkeit, den Blick stur auf den von leuchtendem Eis bedeckten Boden geheftet.

Grol ging hinter dem Mann mit den grauen Haaren und setzte ihm das Gewehr an die Nieren. Er drängte ihn aus der Gruppe hinaus und zwang ihn, auf Kolov zuzugehen.

»Hier die fetteste Beute, Herr Oberleutnant«, verkündete er, als sie am Ende der Steigung angekommen waren.

Das Gesicht des Offiziers nahm einen höhnischen Ausdruck an. »Natürlich kenne ich den! Rick Da Costa, Militärberater im Heer der Vereinigten Staaten, als es sie noch gab!« Er ging einen Schritt auf den Gefangenen zu. »Wie geht's, Rick?«

»Was für eine idiotische Frage«, maulte Da Costa, hob den Kopf und starrte Kolov in die Augen.

Der Leutnant war nicht beleidigt. Mit einer Geste befahl er den Soldaten, die anderen Söldner ins Schloss zu führen, dann sah er wieder den Gefangenen an, der von Grol mit dem Gewehr in Schach gehalten wurde.

»Die RACHE zu verraten hat dir kein Glück gebracht, scheint mir.«

Da Costa zuckte mit den Schultern. »Ich habe niemanden verraten. Jetzt, wo ich keine Regierung mehr habe, gehe ich zu dem, der mich am besten zahlt.«

»Warst du das, der unseren Panzer in die Luft gejagt hat?«

»Ja. Und?«

Kolov lachte kurz auf. »Du hast wirklich nichts kapiert. Weißt du denn nicht, dass zwischen der RACHE und der Euroforce ein Abkommen besteht?«

»Der Verdacht war mir gekommen.« Da Costa wies auf Schlegel und Selerum, die unter dem großen Schirm bei der Brücke leise miteinander sprachen. »Jetzt habe ich den Beweis.«

»Seit Monaten führen wir fingierte Schlachten, gut fürs Fernsehen. Der Eurobank ist Balkanien völlig egal. In ihren Augen hat es keinerlei wirtschaftlichen Wert. O ja, es produziert ein bisschen Holz, ein bisschen Kohle, ein paar Mineralien. Aber auf dem Finanzmarkt zählt es überhaupt nicht. Die Eurobank hat es schon aufgegeben. Hattest du dir das so vorgestellt?«

Zunächst antwortete Da Costa nicht, dann platzte er heraus: »Ihr verbindet das Übelste von Faschisten und Kommunisten. Es mag ja ein falscher Krieg sein, aber ihr habt ihn angefangen.«

Während er diese Sätze sagte, wurde ihm klar, dass sie sinnlos waren. Aber er musste irgendetwas Anklagendes vorbringen, sonst wäre die Würdelosigkeit seiner Lage unerträglich für ihn gewesen.

Kolov lächelte. Er sah Grol an, der der Unterhaltung desinteressiert folgte. »Sie, Herr Unteroffizier, woher kommen Sie?«

Überrascht musste Grol erst schlucken, bevor er antworten konnte: »Aus Maribor.«

»Maribor? Das ist Ex-Slovenien, wenn ich mich nicht irre.«

»Ja.«

»Erklären Sie diesem Mann, wie die Dinge gelaufen sind. Warum gibt es Slovenien nicht mehr?«

Grol fand die Frage schrecklich schwierig. In Gedanken kehrte er zur Abspaltung von Ljubljana zurück, aber er erinnerte sich nicht mehr genau an die Gründe.

»Nun, in Maribor waren die besten Industrieunternehmen, es wurde mehr gearbeitet. Aber wir mussten die ganze Faulenzerbande in der Hauptstadt erhalten.«

»Und erinnern Sie sich noch, wann Sie angefangen haben, über all das zu diskutieren?«

Mit einem Schlag fiel Grol alles wieder ein. »O ja. Das war die Geschichte mit dem Kredit. Die Eurobank verlangte von Slovenien, es solle den Gürtel enger schnallen. Aber uns in Maribor ging es gut. Warum hätten wir uns für die Bürokraten aus Ljubljana krumm legen sollen? Da haben wir unsere Unabhängigkeit erklärt.«

»Und Deutschland, oder besser gesagt die Eurobank, beeilte sich, eure Republik anzuerkennen«, schloss Kolov. Er sah Da Costa mit einer Art von Mitleid an.

»So hat das alles angefangen, kleiner Söldnersoldat. Vor Maribor gab es Karlovac, Graz und Pecs. Dann kamen Temesvar, Debrecen, Nitra und Gorizia. Republiken schossen wie Pilze aus dem Boden. Die RACHE hat nichts weiter getan, als die Bruchstücke der Länder einzusammeln, die ihr zerstückelt habt.«

Da Costa wusste genau, dass das die Wahrheit war. Die RACHE hatte die ethnische und historische Spaltung von Gemeinschaften und Dörfern registriert, die vom ökonomischen Zerfall des Balkans in Klein- und Kleinststaaten verursacht wurde, und hatte das einzig mögliche politische System zum Vorschlag gebracht, das imstande war, diese Teile alle zusammenzuhalten: eine neue Art von Föderalem Reich, untergliedert in Feudalstaaten und zusammengehalten von einer gnadenlosen, auf Blut und Gewalt gegründeten Hierarchie.

»Ihr seid gottverdammte Nazis«, sagte er finster. »Euer Reich ist auf Hass gegründet. Es wird nicht lange dauern.«

Kolovs Gesicht verzog sich zu einer hämischen Grimasse.

»Von dir hätte ich mir diese Art von Rhetorik wirklich nicht erwartet. Mag sein, dass es stimmt, aber bist du nicht der Da Costa, der in La Lodoza die *Contras* ausbildete, vor zwanzig Jahren? Da unten graben sie noch immer, um die Leichen der Gefangenen aus den Massengräbern zu holen. Oder der Da Costa aus Guatemala, der den kleinen Indiokindern den Schädel zertrümmerte, indem er sie gegen die Wände schleuderte? Was den Einsatz von Gewalt betrifft, habt ihr im Westen uns wenig voraus. Schade, dass ihr erst seit kurzem begriffen habt, wie sehr wir uns ähnlich sind. Du freilich hast es immer noch nicht kapiert.«

Plötzlich übertönte ein riesiges Geheul Kolovs Stimme, zusammengesetzt aus tausenden von Stimmen, die aus dem Niemandsland kamen. Alle Polyploiden hatten im selben Moment zu schreien angefangen, verharrten jedoch unbeweglich auf ihrem Platz, wie fette und verrenkte Götzen. Die aufgerissenen Münder schluckten nun keinen Schnee mehr, sondern waren sperrangelweit aufgerissen, zu diesem einzigen, gellenden Schrei.

Ein Schauder überlief alle, die sich außerhalb des Schlosses aufhielten. Selerum und Schlegel unterbrachen ihre Unterhaltung und wichen erstaunt zurück. Entsetzt ließ Grol die Waffe, die er auf Da Costa gerichtet hielt, sinken. Der Söldner nützte die Gelegenheit nicht aus. Auch er verfolgte die Szene, die sich da unten abspielte, erschüttert von einer Angst, wie er sie nie zuvor empfunden hatte.

Jetzt hatte sich das Pulsieren der grotesken Körper der Polyploiden, die unglaublich aufgebläht waren, noch verstärkt. Dann geschah etwas Grauenhaftes und Abstoßendes. Brust und Bauch eines dieser Monster platzten und heraus quoll ein blutiger Wirrwarr von Herzen, Nieren und Lungen. Der Polyploid sank in sich zusammen wie ein leerer Sack, wobei er mit schmerzlichem Blick die sich bewegenden Organe ansah, die noch immer aus seinem Brustkorb und aus dem zerfetzten Bauch hervorquollen.

Einen Moment später wurde der zweite Polyploid durch eine ekelhafte Explosion zerfetzt; aus der Wunde erbrach er Knäuel von abnormen Zellen und verbreitete schleimige Flüssigkeiten um sich. Dann war ein dritter dran und ein vierter, während der kollektive Schrei unerträgliche Lautstärke erreichte. Im Lauf weniger Minuten legten die Polyploiden die deformierten Organe am Boden ab, mit denen sie prall gefüllt waren, während ein Strom von Blut sich schaumig auf die Baracken zuwälzte, in dem sich der teerfarbene Himmel rot widerspiegelte.

Die Soldaten der RACHE und der Euroforce hatten sich vor dem Zaun instinktiv zu Grüppchen zusammengeschart, wie um das Grauen diese Szene besser zu ertragen. Grol hörte, wie der Major von der Wissendiv Selerum zuraunte:

»Die Phosphate ihm Schnee haben die Zellen wuchern lassen. Im Lauf einer halben Stunden haben sich die inneren Organe vervielfacht, bis die Körper sie nicht mehr halten konnten. Binnen kurzem werden alle Polyploiden tot sein.«

Selerum nickte, dachte einen Moment nach, dann

gab er die Erklärung leise an Schlegel weiter. Da Costa beschloss, dass dies der richtige Zeitpunkt war, um zu fliehen. Er wich langsam zurück, um aus Grols und Kolovs Gesichtsfeld zu kommen, dann ging er schneller rückwärts. Schließlich drehte er sich um und ging mit großen Schritten an der Schlossmauer entlang, in der Absicht zu laufen, sobald er außer Sichtweite war.

Grol bemerkte die Bewegung aus dem Augenwinkel. Er hob das Gewehr, zielt kurz und gab einen einzigen Schuss ab. Da Costas Kopf, der voll getroffen war, färbte sich rot. Der Söldner machte noch ein paar Schritte, dann fiel er mit dem Gesicht in den Schnee. Grol sah Kolov an, der ein Zeichen der Zustimmung gab. Die anderen wandten unangenehm berührt den Blick ab. Im Niemandsland ging etwas Unglaubliches vor.

Die zerfetzten Polyploide waren alle zu Boden gesunken und atmeten nicht mehr. Ihre Organe jedoch, die überall in Trauben herumlagen, pulsierten noch weiter; ja, es hatte den Anschein, als ob sie sich noch weiter vermehrten. Kleine blutende Herzen entsprangen aus Herzen und begannen zu wachsen, dass man zuschauen konnte, pfropften sich auf andere Teile auf, die ebenfalls weiterwucherten. Lebern und Lungen sprossen aus anderen Lebern und Lungen hervor, verbanden sich miteinander, hoben und senkten sich im selben Rhythmus. Der Hügel war Schauplatz eines sehr schnellen und erschreckenden Wachstums von fibrösen Geweben, aufgebläht, fasrig, beweglich wie Pseudopodien. Ein riesiger roter Teppich aus Nerven und Muskeln, von einem wilden Eigenleben in Bewegung gesetzt, wand sich in Klumpen und Auswüchsen, bedeckte und verschlang die reglosen Körper der Polyploiden.

Selerum schüttelte Entsetzen und Panik ab. Er suchte nach dem Funker, doch der war verschwunden.

»Jemand muss der Luftwaffe Befehl geben!«, brüllte er. »Man muss dieses Zeug bombardieren.«

Grol wollte zum Schloss laufen, aber Kolov hielt ihn zurück. »Nein, ich gehe!«

Er war ihm fast dankbar. Er konnte die Augen nicht von dieser Monstrosität abwenden, die am Fuß der Hügels anschwoll und sich jetzt in Bändern und Fasern von formlosen Organen zu organisieren schien, die sich zusammenschlossen und neue Auswüchse hervorbrachten. Es war, als ob der Teppich von Muskelgewebe, der den Abhang bedeckte, sich zu einer riesigen knorpeligen Schlange einrollen würde, darauf bedacht, sich in dem See von Blut zu suhlen, den sie selbst nährte. Die Luft roch nach Schwefel und Ammoniak.

Grol war nicht der Einzige, der von diesem grausigen Schauspiel fasziniert war. Er hörte, wie Selerum Schlegel in fast ekstatischem Ton zuraunte:

»Schauen Sie! Wenn es einen Gott des Krieges gibt, dann liegt er vor unseren Augen!«

Der andere hatte keine Zeit zu antworten. Der Himmel erbebte von einem mächtigen Dröhnen, zuerst in der Ferne, dann immer näher. Die kleine Menge auf dem Hügel lief, um sich innerhalb der Mauern in Sicherheit zu bringen, während ein Geschwader von HIND-Hubschraubern vom Himmel herabstieg, ihre Ladung Raketen unter den gedrungenen Stummelflügeln.

Grol wurde heftig gestoßen und verlor fast das Gleichgewicht, doch er konnte sich auf den Beinen halten und jenseits der Brücke in Sicherheit bringen. Wenige Sekunden später ließen die Explosionen die Mauern des alten Gebäudes erzittern und flammende Geysire schossen weit über den zentralen Turm hinaus. Dann hörte man das Geschwader rasch abdrehen.

Als das Dröhnen abgeklungen war, folgte Grol, erschüttert, aber trunken vor Erleichterung, Schlegel, Selerum und den Offizieren beider Seiten aus dem Schloss hinaus. Die absurde Schlange aus Fleisch und Organen war noch da, aber sie wuchs nicht mehr. Sie wand sich langsam über den versengten Boden und über die Rinnsale siedenden Bluts, das von bläulichen Flammen verzehrt wurde. Die Trauben von Lungen, Herzen, Lebern und Nieren waren zu Mengen verkohlter Fasern zusammengeschrumpft. Über allem stand ein weißer und ekelhafter Rauch.

Selerum schien begeistert. »Schlegel«, sagte er, »erinnern Sie sich an diese Szene. Vorhin habe ich von einem Gott des Krieges gesprochen, aber das, was da unten stirbt, das ist bloßes Fleisch, mit einer Beigabe von Blut. Was könnte wahrer, in strengerem Sinn biologisch sein? Das ist ein großartiger Tod.«

Grol, der den Sinn dieser Worte nicht verstand, hörte den Rest nicht mehr. Er stieg den Hügel ein Stück hinunter und ging etwas näher zu dem sterbenden, in den letzten Zuckungen liegenden Organismus hin. Erst da bemerkte er, dass auf den leicht dampfenden Bächen von Blut, die den Hang hinunterliefen und den Schnee zum Schmelzen brachten, Dinge schwammen. Es waren verkohlte Fotografien, von den Explosionen verformte Uhrgehäuse, Kettchen mit einem Kreuz daran, zerbrochene Kugelschreiber, Bruchstücke von Brillen, unleserliche Notizbuchseiten. Erst da kam ihm in den Sinn, dass die Polyploiden vor dem Krieg ganz normale Menschen gewesen waren.

Einfache, hilflose Menschen, die ihre kollektive Macht nur durch den Willen eines anderen zum Ausdruck hatten bringen können, als sie schon in Monster verwandelt worden waren.